Lektorat: Mag.ª Eva Adelbrecht
Korrektorat: Mag.ª Elisabeth Mitterschiffthaler
Umschlaggestaltung und Buchsatz: Corinna Öhler (Buchschmiede)

Druck und Vertrieb im Auftrag des Autors:
Buchschmiede von Dataform Media GmbH
Julius-Raab-Straße 8, 2203 Großebersdorf, Österreich

www.buchschmiede.at – Folge deinem Buchgefühl!
Kontaktadresse nach EU-Produktsicherheitsverordnung:
info@buchschmiede.at

ISBN: 978-3-99181-258-6

Printed in Austria

Helmut Santner

Das Dorf am Zaun

Der Expressbus hält nur an wenigen Stationen. Martins Gedanken verlieren sich in der Musik der auf die Fenster des Busses trommelnden Regentropfen. Durch die Bahnen des an der Scheibe abfließenden Wassers hindurch erkennt er, dass die Landschaft immer vertrauter wird und sein Zuhause zusehends näher rückt. Überrascht stellt er fest, dass der Bus direkt in sein Heimattal abbiegt. Nach wenigen Kilometern meldet die Stimme des Busfahrers, dass für die Passagiere mit Zielort Spieß die Endstation erreicht ist. Sie fahren auf einen Grenzbalken zu. Der Bus biegt auf einen riesigen Parkplatz ab und fährt eine Schleife, bevor er anhält und die Türen öffnet. Der Chauffeur erklärt, sie müssten sich bei den Grenzern anmelden und könnten dann passieren. Drüben, auf der anderen Seite, warte ein anderer Bus auf sie, der sie weiterbringen werde. Auf die Frage, was denn da los sei, ernten sie nur ein kryptisches Lächeln. Als sie mit ihrem Gepäck im Freien stehen, fährt der Bus wieder ab. Nun stehen sie allein im Regen.

»An welcher Grenze sind wir denn da? Ist drüben schon Italia?«, fragt Ivana irritiert.

»Ach wo, Italien ist weit weg. Für mich ist das alles neu. An dieser Stelle war noch niemals eine Grenzstation. Keine Ahnung, was da los ist.«

Er blickt sich verwundert um. Sie stehen in der Mitte eines riesigen Parkplatzes. Die Straßendurchfahrt ist durch einen rot-weiß-rot gestrichenen Grenzbalken versperrt. An diesen Balken schließt links und rechts ein circa vier Meter hoher Zaun aus massivem Maschendraht an. Er verläuft quer über den Talboden und bindet an die Felsen der jeweiligen Talränder an. Für diese Absperrung wurde eine Engstelle am Beginn des weiterführenden Tals genutzt. An der rechten Eingangsseite befindet sich ein halb hochgezogener Rohbau eines Gebäudes aus gebrannten Tonziegeln, mit stillstehendem Kran und Baumaschinen daneben. Ein riesiger Container davor dient offenbar als Station für die Grenzer. Hinter dem Zaun ist eine weit ausgreifende Parkfläche angelegt, auf der mehrere Busse verschiedener Größe nebeneinander abgestellt sind. Ivana beobachtet Martins verblüfftes Gesicht.

»Was jetzt? Wir müssen wohl da durch, oder?«

»Ich habe nicht die geringste Ahnung, was da los ist. Diesen Zaun habe ich noch nie gesehen. Gehen wir zu den Grenzposten hinüber, die werden uns schon aufklären können.«

Sie schieben ihre Koffer weiter. Aus der Tür des Containers tritt ihnen ein kräftig gebauter Mann in grün-braun-geflecktem Overall entgegen. An einem breiten Ledergürtel um seine Hüfte ist rechts eine Pistolentasche befestigt. Diese scheint aber leer zu sein. Auf seinem weinroten Barett sind die

Buchstaben SPWD aufgedruckt. Sie könnten wohl für *Spießer Wachdienst* stehen, vermutet Martin. Er erkennt das Gesicht des Riesen. Ist der gewachsen! Seine Erinnerung zeigt ihm einen Fünfzehnjährigen, wie er zum ersten Mal eine Prangstange getragen hat, den Maurer Hansl. Ist das möglich? Bevor er etwas sagen kann, kommt von diesem Gegenüber die Frage: »Wollen Sie hinein nach Spieß?«

»Ja, freilich!«, antwortet Martin irritiert über die förmliche Anrede.

»Dann brauch ich Ihre Ausweise.« Der Koloss streckt seine offene Hand aus und bekräftigt mit dieser seine Forderung.

»Der Zutritt nach Spieß ist nur mit Registrierung möglich und dazu brauchen wir Ihre Ausweise!«, beharrt der Uniformierte.

Martin rätselt, ob er überhaupt echt ist oder nur ein Roboter. Während er noch an seiner Wahrnehmung zweifelt, hat Ivana bereits ihren Reisepass hervorgeholt und legt diesen auf die Hand des Grenzers. Dieser nimmt den Pass mit seiner Linken, ohne ihn zu prüfen, und hält seine Rechte fordernd Richtung Martin hin, ohne ein weiteres Wort zu sagen. Animiert durch Ivanas Beispiel, schiebt Martin seine Skepsis beiseite und holt seinen Pass hervor. Wortlos dreht sich der Roboter um und verschwindet mit den beiden Ausweisen im Container. Martin tritt an die Tür heran und sieht neben dem stehenden Maurer Hans einen zweiten Uniformträger vor einem Computerbildschirm sitzen. Er glaubt in ihm den Dorfpolizisten Ferdinand Hofer zu erkennen. Dieser scannt den ersten Ausweis und blickt wieder auf den Schirm. Nach kurzer Wartezeit zeigt Hofer auf den Monitor und spricht mit seinem Kollegen. Beide drehen ihre Köpfe Richtung

Martin. Dann nimmt Hofer Ivanas Pass in die Hand, öffnet ihn, verharrt kurz und zeigt ihn dann seinem Kollegen. Eine Diskussion entwickelt sich, welche von Hofer, so ist Martins Eindruck, mit einem dezidierten Beschluss beendet wird. Hans nimmt die beiden Ausweise, kommt aus dem Container und stellt sich vor ihn hin.

»Sie dürfen passieren, sie aber nicht.« Beim zweiten *Sie* zeigt er auf Ivana. »Kommen Sie, ich mache auf!«, fordert er Martin auf, ihm zum Durchgang zu folgen. Verwirrt von den vielen Sies, folgt dieser dem Koloss rasch und versucht ihn zur Seite zu ziehen.

»Wieso darf meine Freundin nicht mit mir kommen? Was ist da los? Seit wann gibt es überhaupt Zutrittsbeschränkungen nach Spieß?«, fragt er mit gedämpfter Stimme.

»Ich kann Ihnen keine Auskunft geben. Aber sie darf nicht hinein!«, bekommt er zur Antwort.

»Wieso nicht? Dafür muss es doch einen Grund geben!«, beharrt Martin.

»Zigeuner dürfen nicht nach Spieß!«, kommt es zischelnd aus dem Mund des Roboters.

»Was war das?«, meldet sich Ivana von hinten.

»Er hat behauptet, dass rumänische Staatsbürger keinen Zutritt nach Spieß bekommen!«

»So hat er das nicht gesagt! Ich habe seine verächtliche Wortwahl genau mitbekommen. Martin, packen wir zusammen und reisen wir wieder ab. Das ist doch alles Irrsinn hier!« Sie greift nach seinem Koffer und zieht diesen gemeinsam mit ihrem weg.

»Ivana wart doch! Da kann nur ein Irrtum vorliegen. Ich ruf meinen Vater an. Der muss das klären.«

»Mir reicht es. Du kannst deine Eltern besuchen. Das ist deine Sache. Ruf mir bitte ein Taxi! Ich will weg von hier.«

In diesem Moment fährt eine Kolonne von vier Geländefahrzeugen auf die Grenzstation zu. Die Grenzer springen aus dem Container, hasten auf den Absperrbalken zu und öffnen ihn. Salutierend lassen sie den Trupp passieren und schließen den Schranken wieder. Ivana und Martin blicken sich an. Was war das gerade eben?

»Ich muss meinen Vater anrufen. Der ist Bürgermeister in Spieß. Er wird das alles klarstellen. Das ist doch nicht zu glauben, was da läuft! Ich hol mir seine Telefonnummer von denen da drinnen.«

»Wozu denn? Du hast doch Internet auf deinem Handy. Da musst du seine Nummer finden können. Lass diese Idioten in Ruhe!«

»Ach, bin ich blöd! Du hast recht.« Er beginnt auf seinem Handy zu suchen. Es dauert. Ivana stellt sich zu ihm und schaut auf das Display seines Smartphones.

»Nichts. Ich finde die Website der Gemeinde Spieß nicht. Das gibt's doch nicht, die haben doch tatsächlich keine Website mehr. Als ob es sie nicht mehr geben würde. Ich muss zu den beiden Beamten hinüber. Die müssen mir die Telefonnummer meines Vaters herausrücken. Das wär doch gelacht!« Er eilt zum Container und will durch die Tür eintreten, wird aber vom Maurer Hans daran gehindert.

»Stopp! Hier ist der Zutritt für Zivilpersonen verboten!«

»Aber Hansl, Ferdl, ihr müsst mich doch erkannt haben! Spätestens als ihr meinen Ausweis gesehen habt. Ich bin's, der Martin, der Grössing Martin, der Sohn eures Bürgermeisters.«

»Was willst du denn?«, kommt es von innen.

»Na endlich! Ich brauche die Handynummer meines Vaters. Gebt sie mir bitte!«

Es dauert eine Weile, bis ihm eine Karte mit der gewünschten Nummer gereicht wird. Er kehrt zu Ivana zurück und tippt ins Handy. Es klingelt lange. Endlich hört er die Stimme seines Vaters.

»Hallo Papa. Da ist Martin ... dein Sohn ... ... ich stehe vor eurem blöden Schranken hier in Spieß ... ja ... ja ... ... ich bin auf dem Weg nach Hause ... ja, ich stehe praktisch vor eurer Haustür ... ... er hat aufgelegt.« Fassungslos schaut er zu Ivana. Er versucht wieder zu wählen, aber da klingelt schon sein Handy.

»Ja, Papa? ... ... ja ... ja ... Eure Wachposten da heraußen, der Maurer Hansl und der Hofer Ferdl lassen uns nicht durch den Schranken. Wir stehen da und sind schon völlig durchnässt ... ... Ich weiß, dass wir uns registrieren lassen müssen, das hab ich schon begriffen, ist ja schon alles passiert. Wie du vielleicht vernommen hast, ich rede ständig von uns und nicht von mir. Wir, nicht ich! Ich bin nämlich nicht allein hier und das ist das Problem. Ich habe meine Freundin mitgebracht und ich darf mit ihr nicht heim! Sie ist Rumänin. Rumänen haben offenbar keinen Zutritt. Kannst du ... ... Er hat schon wieder aufgelegt. Was läuft denn da ab?«

Gleich darauf ist ein Klingelton aus dem Container zu hören. Wortwechsel. Kein Wort zu verstehen. Nach wenigen Minuten tritt der Roboter aus dem Container, schreitet wortlos zum Schranken und kurbelt ihn hoch. Auf der gegenüberliegenden Seite wird ein Kleinbus gestartet und fährt vor.

»Ihr dürft gehen!«, ruft ihnen Hofer in der Containertür stehend zu.

Das Unangenehme war,
dass etwas über ihnen schwebte,
nicht zu sehen,
nicht zu hören,
nicht zu spüren,
nicht zu riechen.

Warum soll er, warum sollen sie wieder aufsperren? Geht es ihnen nicht gut so? Haben sie sich das nicht immer gewünscht, genau so? Haben sie sich nicht alle ausgesprochen wohlgefühlt die letzten Wochen? Vorschreiben. Vorschreibungen machen, das können sie! Von außen. Was wollen die von draußen über sie alle bestimmen? Von oben herab. Fehlt gerade noch, dass die EU mit Vorschriften daherkommt und ihnen vorgibt, was sie hier zu tun hätten. Von Brüssel aus! Über eine Entfernung von 800 Kilometern, Luftlinie, glauben sie vielleicht zu wissen, was die Spießer hier brauchen. Peter Grössing lässt verärgert sein Handy auf das Bett fallen, erhebt sich und schlurft ins Badezimmer. Er dreht den Wasserhahn auf und lässt das Wasser rinnen, bis es eiskalt aus der Leitung kommt. Mit beiden Händen formt er eine Schale und hält sie unter den Strahl. Das so aufgefangene Nass kippt er über sein Gesicht. Noch zweimal wiederholt er den Vorgang, bis die wässrige Frische die Nacht aus seinem Schädel verdrängt hat. Er trocknet sich ab und betrachtet sein Gesicht im Spiegel. Wieder spät geworden am Vorabend. Die Sondersitzung der Gemeindevertretung hat sehr lange gedauert. Es gab viel zu bereden. Auch die obligatorische Nachbesprechung stand auf der Tagesordnung. Nur nicht beim Kirchenwirt, wie sonst immer. War ja eine geschlossene Gesellschaft. Und eine besondere Situation. Im großen Gemeindesaal war der vorgeschriebene Abstand von zwei Metern von Person zu Person einzuhalten. Zehn Leute im großen Saal verteilt, das ging gut. Die Kommunikation verlief völlig ungewohnt. Es war gar nicht so einfach, sich über die Entfernung gut zu verständigen. Die üblichen Schreiduelle blieben diesmal aus. Gott sei Dank. Nur der Hermann, der Feichter Hermann, hatte Schwierigkeiten machen müssen. Er hatte die Lacher auf seiner Seite, als er völlig überraschend mit einer Guy-Fawkes-Maske aufgetaucht war. Grössing hatte keine Ahnung, wessen Gesicht diese Maske darstellt. In seiner Erinnerung blieb nur ein grinsendes, weißes Gesicht, dicke Augenbrauen, ein breit gezwirbelter Schnur- und ein schmaler Kinnbart in Schwarz haften. Er wundert sich, dass er sich am Morgen danach überhaupt noch daran erinnern kann. Das waren doch alles nur Faxen. Typisch Hermann halt. Der braucht seinen Auftritt. Als alle losgeprustet hatten, war der Zauber auch schon wieder vorbei. Das, was hier geschehe, das ganze Theater mit den Ausfahrts- und Ausgangsbeschränkungen und den Mindestabständen, sei alles ein Faschingsscherz. Fehlte gerade noch, dass sie wieder Schutzmasken tragen müssten. Deshalb habe er sich entschlossen, eine Faschingsmaske zu verwenden. Sie entspreche der vorliegenden Situation wesentlich besser. Nach dieser Erklärung hatte er seine mitgebrachte Larve wieder abgenommen und sie vor sich auf den Tisch gelegt. Er hatte seinen Auftritt gehabt.

Ohne seinen Gedankengang zu unterbrechen, stellt Grössing eine kleine Tasse unter den Kaffeeauslauf der Espressomaschine und drückt den Einschaltknopf. Nach der kurzen Einlage seines oft widerspenstigen Gegenspielers in der Gemeindevertretung hatte er ohne weitere Verzögerung auf sein Anliegen umschwenken können. Mit klar gesetzten Worten unterbreitete er ihnen seine Idee. Zum Abschluss versicherte er noch, er habe die aktuelle Stimmung in der Gemeindebevölkerung aufgefangen und sei zu dieser, seiner festen Überzeugung gelangt. Jetzt sei der ideale Zeitpunkt dafür. Er blickte jeder und jedem in die Augen und wartete auf ihre Reaktion. Es kam kein Gegenargument. Sogar die Widerrede des Hermann Feichter, der für gewöhnlich schon aus Prinzip einen Einwand anbringen musste, blieb diesmal aus. Offenbar hat er mit seiner Idee genau dessen Nerv getroffen. Nachdem Grössing aufgezählt hatte, wer aller aus der Gemeinde bei ihm vorstellig gewesen war und ihn darum gebeten hatte, und zwar genau um diese Vorgangsweise, gab es keine Ablehnung. Auch Silvia und Max ließen keine Spur einer Kritik vernehmen. Alle Gemeinderäte haben anstandslos das Sitzungsprotokoll unterschrieben.

»Hat's Probleme gegeben?«, hört er Ida von der Küchentür her fragen.

»Nein, hat es nicht. Alles bestens. Die Gemeindevertretung ist einstimmig dafür.«

»Wart, ich geh nur kurz ins Bad, dann komm ich und mach uns das Frühstück. Dann kannst du mir erzählen. Bin schon sehr neugierig,« unterbricht seine Frau ihn und verschwindet wieder.

Er nippt an seiner Tasse und überblättert noch einmal das Sitzungsprotokoll. Marga, die Gemeindesekretärin, hatte wie gewohnt genauestens schriftlich festgehalten, was bei der Sitzung besprochen und beschlossen worden war. Sie ist seine Stütze, auf sie kann er sich blind verlassen. Wann haben sie das letzte Mal einen einstimmigen Beschluss gehabt? Er kann sich nicht mehr erinnern. Hat es innerhalb seiner zwölfjährigen Periode als Bürgermeister so einen Fall von Einstimmigkeit, von Widerspruchslosigkeit, von Einhelligkeit schon einmal gegeben? Vielleicht sollte er Marga beauftragen, die alten Sitzungsprotokolle nach vergleichbaren Abstimmungsergebnissen zu durchkämmen.

»Sogar der Hermann hat zugestimmt? Das glaub ich dir jetzt aber nicht«, tönt es vom Kühlschrank her.

»Selbst wenn du es nicht für möglich hältst, es war so. Er hat mit uns gestimmt!«

»Und die Roten? Wie hast du denn die zwei herumgekriegt? Silvia hatte keinen Einwand?«

Er dreht verneinend seinen Kopf und räkelt sich auf seinem Sessel.

»Dieses Abstimmungsergebnis wird als Einmaligkeit in die Geschichtsbücher unserer Gemeinde eingehen, da bin ich mir sicher. Ein einstimmiges Ergebnis hat es in so einer bedeutungsvollen Entscheidung noch nie gegeben.«

»Sei nicht zu euphorisch! Wart ab. Wie oft habe ich dich völlig zerknirscht erlebt, nachdem sie dir bei deinen Vorhaben hintenherum Stricke gedreht haben. Lass es erst einmal in ihre Köpfe sickern. Ich würde mich wundern, wenn da nicht noch ein Widerstand aufkäme. Nur um gegen etwas zu sein, das von dir kommt«.

Sie schneidet dünne Scheiben vom Brotlaib, den sie am Vortag im Bauernladen gekauft hat, und belegt sie mit Käse vom Jedlbauern. Dann stellt sie Butter und den Teller mit den Broten vor ihn hin.

»Bringst du mir noch einen Kaffee?« Er hält ihr die leere Tasse hin. »Diesmal sagt mein Bauchgefühl, dass es hält. Dass da alle mitziehen!«

Nachdenklich, skeptisch über seinen Optimismus, drückt sie auf den Knopf der Kaffeemaschine. Dann stellt sie die Tasse vor ihn hin und streicht ihm mit der rechten Hand über das

Haar. »Na, du riechst heute aber ganz fremd! Nicht wie sonst immer nach Kirchenwirt.«

»Wie sollte ich nach Kirchenwirt riechen, wenn wir in der Gemeinde gefeiert haben?«, reagiert er unangemessen heftig. Er kennt ihre Nase: haarscharf und unfehlbar, wie die eines Hundes.

»Wer hat dich beim Verabschieden zuletzt umarmt? Die Silvia oder die Marga? Ich nehme an, dass es nicht der Hermann gewesen ist«, hängt sie mit einem mehrdeutigen Lächeln an und beißt in ihr Marmeladebrot.

Er steht ruckartig auf und stellt sich unter die Dusche.

*

Heller tritt in die Gaststube des Kirchenwirts. Zu dieser Tageszeit, es ist knapp nach zehn Uhr Vormittag, ist hier selten ein Gast anzutreffen. Er liebt es, in ein Kaffeehaus zu treten, einen Espresso zu bestellen und kurz in den Zeitungen zu schmökern. Jetzt in seiner Pension, im Ruhestand sozusagen, hat er diese während seines Berufslebens nur gelegentlich umsetzbare Neigung zu einer täglichen Gewohnheit gemacht. Nach dem Umzug von Mödling nach Spieß. Er hat sich zusammen mit seiner Frau ein kleines Holzhaus geleistet. Auf dem Land in der Abgeschiedenheit eines Dorfes wohnen, beschaulich, ohne den städtischen Trubel, war ihr gemeinsames Wunschziel für den Lebensabend gewesen. Jeder kennt jeden. Du bist kein anonymer Irgendwer unter vielen.

In Ermangelung eines Cafés muss er hierorts allerdings mit der Gaststube eines Wirtshauses vorliebnehmen. Das Zeitungsangebot beschränkt sich auf die Kronenzeitung.

Meistens versorgt ihn Irmi, die Kellnerin, mit den Neuigkeiten aus dem Dorf. Er fühlt sich von ihrer ruhigen Art und ihrem Lächeln besonders angezogen. Neben ihrer Nähe geht es ihm um die Aktualitäten aus ihrem Munde, denn er will unbedingt am Dorfleben teilhaben und sich bei Bedarf aktiv einbringen. Er hätte großes Wissen und Erfahrung anzubieten. In seinen mittlerweile zweiundsiebzig Lebensjahren hat sich einiges angesammelt. All diese Schätze könnte er seiner Mitwelt zur Verfügung stellen. Hier bekommt er den Kontakt zur Innenwelt des Dorfes. Zuhause findet er durch zwei abonnierte Tageszeitungen und das Internet den Kontakt zur Außenwelt. Seit zwei Jahren tritt der pensionierte Professor an Werktagen, wenn ihm nichts dazwischenkommt, in das Gastzimmer des Kirchenwirts und freut sich auf den Empfang durch die Kellnerin. An diesem Tag grüßt ihn allerdings die Stimme des Wirts und an seinem Stammplatz sitzt der alte Andre Fuchs und hält sich mit beiden Händen an seinem Bierkrug fest. Es braucht einen Moment, um seine unerfüllte Vorfreude auf Irmi hinunterzuschlucken. Dann erwidert er den trockenen Gruß des Wirts, geht zu seinem Tisch und nimmt dem Alten gegenüber Platz.

»Wie geht's denn, lieber Freund? Du hast doch hoffentlich nichts dagegen, dass ich mich an meinen Stammtisch setze?«

»Dein Stammtisch? Das wusst ich nicht. Steht kein Taferl da. Mir ist da herinnen noch nie ein Stammtisch aufgefallen. Von welchem Stamm soll er sein? », gibt Andre ruhig und mit einem Lächeln zur Antwort. Er war vor achtundsiebzig Jahren hier im Ort zur Welt gekommen und hatte seither immer in der Gemeinde gewohnt. Für ihn ist ein Sitzplatz dort, wo Platz zum Sitzen ist. Von Stammplätzen hält er nichts. Schon gar nicht in einem Wirtshaus, wo die Menschen kommen und gehen.

»Vom Stamm der Immigranten«, sagt Heller und lacht laut auf. »Aber wir beide haben ja ausreichend Platz hier. Sag, wie geht es dir denn?«

»Leider schrumpf und schrumpf ich immer mehr!«, brummt Andre.

»Mach dir nichts draus! Mir geht's nicht viel besser, ich bin auch schon ein paar Zentimeter eingegangen. Und ich bin etliche Jährchen jünger als du! Das ist der Lauf der Zeit. Wirst sehen, in zwanzig Jahren bist du so klein.« Er deutet zwischen Daumen und Zeigefinger die Länge von eineinhalb Dezimetern an.

Andre schaut ihn mit großen Augen an.

»So klein wie eine Frankfurter oder eine Burenwurst! Dann kommt ein Hund und frisst dich. Nach einem Tag scheißt er dich wieder aus«, setzt Heller mit einem Grinser nach.

Andre weiß nicht, was er damit anfangen soll. Schließlich protestiert er verärgert: »Wie kannst du mich mit einem Hundstrümmerl vergleichen? Das ist doch unverschämt!«

»Aber Andre, du hast mich nicht richtig verstanden! Wieso kaprizierst du dich jetzt auf das kleine Hundsdingerl da? Ich bin noch nicht fertig! Lass mich ausreden! Ich red nicht darüber, was du jetzt bist, sondern wohin du dich nach deinem Tod entwickeln könntest. Es geht um einen völlig natürlichen Vorgang. Das Hundstrümmerl fällt auf die Wiese und wird durch Regenwasser aufgelöst. Weil der Hund, bevor er dich verschlungen hat, einen Marillenknödel gefressen hat, kommt aus dem Hundekot ein Kern hervor. Dieser beginnt im Boden zu keimen und angetrieben durch den Dünger aus dem Hundewürstel, also von dir, wächst ein Marillenbaum aus dem Boden hervor. Ist das nicht ein wunderschöner Gedanke?«

Andre schaut in Hellers todernste Miene und schüttelt den Kopf. Marillenbaum? Noch nie war in seinem Dorf ein Marillenbaum aus der Erde gesprossen. Der hat doch überhaupt keine Ahnung, der Mann!

Heller ergötzt sich an der Verwirrtheit seines Gegenübers und setzt fort: »Andre, du kennst doch den Energieerhaltungssatz, nicht? Dieser besagt, dass nichts verloren geht. Die gesamte Energie, die in uns drinnen steckt, bleibt in irgendeiner Form erhalten. Aus einem Teil wächst, wenn du Glück hast, ein wunderschöner Marillenbaum, der jedes Jahr große, süße Marillen schenkt. Der andere Teil verwandelt sich in Wärme. Diese Wärme kommt wieder den Lebewesen zugute. Ist doch tröstlich zu wissen, nicht?«

Andre nickt, ohne ihm in die Augen zu schauen.

»In welche Form, Andre, kann unsere körperliche Energie, die fleischliche, die chemische, noch umgewandelt werden?«

Dieser starrt vor sich hin.

»In Schall!«, beantwortet Heller seine Frage selbst. »Schall ist auch Energie, Andre, das weißt du doch. Das ist jene Energieform, in die wir Menschen uns zu einem erheblichen Teil verwandeln. Was glaubst du, wie dick wir wären, würden wir nicht einen großen Teil der durch das Essen aufgenommenen Energie wieder aus uns herausreden. Ist dir nicht aufgefallen, dass eigentlich alle Menschen, die viel reden, dünn sind? Schau dich einmal um, es gibt nur ganz wenige Ausnahmen.«

»Der Pavarotti zum Beispiel! Was der an Schall abgegeben hat, der hätte spindeldürr sein müssen!«

Heller reißt den Mund auf und vergisst für kurze Zeit, ihn

wieder zu schließen. Niemals hätte er damit gerechnet, dass dieser alte Bauer, oder was der auch immer von Beruf gewesen sein mag, irgendetwas von einem Opernstar Pavarotti gehört hatte. Nicht hier in Spieß. Sein Staunen darüber fällt sogar dem Wirt auf, der dem Gespräch mit halbem Ohr zugehört hat und in den gesprochenen Sätzen überhaupt keinen Sinn entdecken konnte.

»Moment, Andre!«, setzt er nach der kurzen Überraschungspause fort, »das kann ich dir genau erklären, warum meine These bei Opernsängern nicht zutrifft. Sing du einmal eine ganze Oper durch als Tenor! Da brauchst du so viel Schallenergie, dass du mit einem normalen Körpervolumen nicht auskommst. Pavarotti hat so viel gesungen, der musste sich einen großen Akkumulator zulegen, damit er immer über ausreichend Energie verfügen konnte. Verstehst du? Der hat in seinen besten Zeiten wahrscheinlich nur gesungen und gegessen. Anders hätte er sein Gesangspensum nicht schaffen können.« Er wartet ein bisschen ab, ob Andre das Argument einleuchtet. Da kein Einwand kommt, nimmt er seinen ursprünglichen Gesprächsfaden wieder auf: »Der Schall, wo glaubst du, wo geht der hin? Wo glaubst du, wo die Energie hingeht, die Schallenergie, die wir produzieren? Verschwinden kann sie ja nicht, laut Energieerhaltungssatz. Hast du darüber schon einmal nachgedacht?«

»Wo wird der Schall schon hingehen? In die Luft. Hinaus da halt!«, kommt es von der Theke her.

Er blickt Richtung Wirt und zwinkert mit den Augen. Das sei doch alles nicht ernst. Er mache doch nur Spaß.

»Andre, hast du schon einmal darüber nachgedacht, was mit unseren Worten geschieht, sobald wir sie ausgesprochen haben?«

Dieser blickt nahezu teilnahmslos vor sich hin.

»Ein Teil der Schallwellen trifft das Trommelfell im Ohr, aber was dann? Was geschieht dann mit ihnen? Und was geschieht mit den Wellen, die an uns vorbeischrammen, uns gar nicht treffen?«

Andre neigt seinen Kopf leicht zur Seite und blickt in die Ferne.

Heller hat den Eindruck, er versuche sich tatsächlich den Weg der Schallwellen vorzustellen.

»Andre, das kannst du dir nicht vorstellen! Schallwellen kann man nicht sehen. Man müsste messen und analysieren, wohin sie sich bewegen. Eines ist gewiss, sie verbreiten sich in der Luft. Manche gehen hinaus ins weite All. Und als was, glaubst du, kommen sie wieder?«, bedrängt er den Armen.

»Andre, hast du schon einmal Stimmen gehört? Ich meine Stimmen aus dem Jenseits? Im Traum zumindest. Wo glaubst du, kommen diese Stimmen her? Woher glaubst du, na? Das sind die Schallwellen, die von uns auf unbestimmte Wege geschickt werden und dann wieder zu uns zurückkehren. Ist doch logisch! Von wo sonst sollten diese Stimmen herkommen? Mit dem Energieerhaltungssatz ist das alles leicht erklärbar. Das mit dem Jenseits ist natürlich ein Blödsinn. Das muss immer herhalten, wenn wir uns etwas nicht erklären können.«

»Ein Jenseits gibt es sicher! Davon bin ich felsenfest überzeugt. Denk an Lotte Ingrisch, die hat nachweislich Kontakt mit dem Jenseits«, bringt Fuchs energisch ein.

Heller ist paff. Nie hätte er Zweifel daran gehabt, dass Andre felsenfest an ein Jenseits glaubt, an Himmel, Fegefeuer und Hölle. Aber dass er davon weiß, dass Lotte Ingrisch offenbar Kontakt zu Verstorbenen im Jenseits herstellen konnte, das hätte er in jedem Moment für absolut unmöglich gehalten. Ja selbst die Tatsache, dass der Name Lotte Ingrisch bis zu ihm vorgedrungen war, bringt ihn zum Staunen. Er ist drauf und dran, das Spiel aufzugeben, aber irgendein Teufel reitet ihn an diesem Tag und er setzt fort. Nur will er sich nicht bei einer Diskussion über das Jenseits aufhalten. Er bestellt für sich einen weiteren Kaffee und für Andre ein Glas Bier. Dann kehrt er zum vorhergehenden Thema zurück.

»Kommen wir noch einmal darauf zurück, was von uns überbleibt, wenn wir uns eines Tages auflösen. Darauf, was dann in der Erde überbleibt von uns. Weißt du, Andre, das mit dem Hundstrümmerl«, er lacht laut und abgehackt, »das müssen wir uns noch etwas genauer anschauen. Materie bleibt von uns keine übrig, wenn wir zum Schluss ganz verschrumpeln. Ein paar Knochen, ja, aber auch das ist nur eine Frage der Zeit. Von der Körpermaterie bleibt nichts. Ich habe mir schon oft gedacht, da muss doch was Gescheites überbleiben von uns zum Schluss. Sonst hätten wir ja ganz umsonst gelebt. Die Wärme und der Schall verflüchtigen sich, bis man nichts mehr von ihnen merkt. Was glaubst du, was bleibt von uns schlussendlich über, wenn sich unser Körper aufgelöst hat?«

Andre zuckt mit den Schultern.

»Schau, ich bin fest davon überzeugt, dass jeder Mensch ganz Entscheidendes von sich auf der Erde zurücklässt. Ein Komponist zum Beispiel schreibt Noten auf ein Papier. Er steckt da viel von seiner Energie hinein. Seine Nachkommen können jetzt mit den Noten ein Feuerwerk an Musik, an Energie, entfachen. Beethoven hat all seine Kraft in die Noten konzentriert. Man kann deren Ausmaß nicht messen. Aber doch wird neue Energie bewegt durch seine Noten, verstehst du? Ein ganzes Orchester mit hundert und mehr Musikern kann einen riesigen Raum in ein Klangwunder versetzen. Dasselbe vollbrachte Nestroy mit seinen Theaterstücken. Und glaubst du, dass das nur Künstler können, diese Energiekonzentration? Ich bin sicher, diese Fähigkeit haben alle Menschen! Denk einmal darüber nach, worin sich deine Energie konzentrieren könnte letzten Endes!«

Andre schüttelt den Kopf, erhebt sich von seinem Sessel, geht zur Tür, ohne das frisch servierte Bier angerührt zu haben. Er bleibt kurz stehen, nickt dem Wirt zu und verschwindet dann ins Freie.

Heller blickt ihm nach. Ist er zu weit gegangen? Er hätte doch wissen müssen, dass der Alte seinen Gedankengängen nicht folgen könne. Er sucht den Blickkontakt mit dem Wirt. Für ihn ist es selbstverständlich, dass er den Dialog mitverfolgt hat. Dieser sitzt auf einem Hocker und blättert oberflächlich durch die vor ihm liegende Zeitung.

»Es ist schon interessant, dass sich manche Menschen überhaupt keine Gedanken über den Tod und über das, was danach kommen wird, machen. Wie alt ist der Andre jetzt?«, stellt Heller in den Raum. Der Wirt überhört die Frage und blättert ungerührt durch die Sportberichte. Heller lässt es gut sein. Es ist seine Art von Humor, mit Mitmenschen gelegentlich über Themen zu sprechen, die er selbst nicht ganz ernst nimmt. Es verursacht stets ein innerliches Lächeln und bereitet ihm großes Vergnügen. Dass dieser Spaß sehr einseitig sein kann, ist für ihn zweitrangig. Nach außen dringt bestenfalls ein spitzbübisches Lächeln, das nur jene bemerken, die ihn schon lange kennen.

*

Langsam rollt sie mit ihrem Allrad-Jeep auf den Parkplatz. Erschöpft und gebremst von der Unlust, schon wieder Patienten gegenüberzutreten, bleibt sie noch eine kurze Zeit sitzen. Wie konnte man um neun Uhr Vormittag schon so müde sein? Durch ihren Rücken ziehen sich krampfartig Schmerzen. Sie schreckt davor zurück, auszusteigen und den Körper gerade aufzurichten. Der Sitz des Fahrzeugs ist hart wie ein Brett. Wie lange ist es ihr jetzt schon treu zu Diensten gestanden, fünfzehn Jahre? Oder waren es bereits sechzehn? Die Sitze sind zwar hart, aber bis jetzt hat sie der Jeep noch nie im Stich gelassen. Das ist entscheidend. Sie muss zu jeder Jahreszeit, zu jeder Tageszeit und bei allen Wetterverhältnissen in der Lage sein, bis zu den entferntesten und höchstgelegenen Höfen zu gelangen. Und das oft über holprige und im Winter noch dazu vereiste Wege. Ach, was denkt sie denn da? Es ist nicht der harte Sitz ihres Geländefahrzeugs, der sie so müde macht. Es ist die verdammte Krankheit, der sie überallhin hinterherfahren muss. Immer hinterherjapsen, nie rechtzeitig vor Ort sein, das ist zermürbend. Es ist jetzt zwanzig Jahre her, seit sie die Ordination ihres Vaters in der Gemeinde übernommen hat. Sie kennt jede und jeden im Dorf, viele davon schon von Geburt an. Selbst das kleinste Wehwehchen hatte sie am Anfang in Karteikarten notiert, später im Computer abgespeichert. Mittlerweile braucht sie bei den meisten gar nicht mehr in ihren Aufzeichnungen nachzufragen, sie kann alles in deren Gesichtern ablesen und aus ihren Ausdunstungen riechen. Das ist wohl eine ihrer großen Stärken. Seit sie jedes Haus dieses Ortes das erste Mal betreten hatte, kennt sie dessen

Geruch. Sei es, dass sie ihre Freundinnen aus der Volksschule in deren Haus besucht hatte oder später mit den Sternsingern von Haus zu Haus marschiert war oder sie ihren Vater, den ehemaligen Gemeindearzt, zu den Hausbesuchen begleiten durfte, den ureigensten Duft eines jeden Hauses hatte sie abgespeichert. Bei den Bauern roch und riecht es nach Kühen, nach Pferden, Schweinen, Ziegen, Schafen, Hühnern und fallweise nach Hasen, aber auch nach Schlachten und Blut, nach Milch, nach Gras, Heu und sonstigem Futter. Nach Essen wie Selchspeck und Sauerkraut, nach Beiwerk wie Essig, Kräutern, Knoblauch, Zwiebeln und nach Ungewaschenem und Gewaschenem, nach vergammelt oder pedantisch reingehalten und gesäubert. Nach Maschinen, Benzin, Diesel und Ölen. Und natürlich nach verschiedenen Mitteln und Substanzen, die die Hausfrauen verwenden, um diese Gerüche kleinzuhalten oder überhaupt zu überdecken, nach denen riecht es sowohl bei Bauern als auch in allen anderen Häusern. Eine grässliche, aggressive Variante des Geruchs hat das Silofutter auf den Gehöften mit sich gebracht. Ein Gestank, der alles andere übertüncht und alle, trotz Seife und Shampoo, bis in die letzten Winkel verfolgt. All diese Geruchsquellen wurden in den Höfen und Häusern seit Bestand je nach Viehstand, Hof- und Hausform, Baustoffen, Einwohnerzahl, Koch- und Essgewohnheiten, Lebensstil, Reinheits- und Sauberkeitsbedürfnissen von der Bausubstanz absorbiert und werden von dieser in feiner Dosierung wieder abgegeben. Sie kehren auch aus den Ausdunstungen der Menschen individuell verändert wieder. Diese Sekundärgeruchsstoffe sind das typische Kennzeichen einer jeden Familie. Sie könnte eine wissenschaftliche Abhandlung darüber schreiben, wie sehr

Lebens- und Essgewohnheiten und die Verdauungssysteme jede einzelne Familie über Generationen hinweg prägen und diese daher durch feinste Geruchsnuancen unterscheidbar machen. Es fehlt ihr leider die Zeit für die exakte Erforschung dieser Phänomene und sie ist sich auch dessen bewusst, wie schwer sich ihre subjektiven Geruchswahrnehmungen als unwiderlegbare Fakten beweisen ließen.

Dieses Erfahrungswissen verdeutlicht, wie sehr ihr Leben mit den Bewohnern von Spieß verbunden war und ist. Für sie ist es immer ein schönes Gefühl, helfen zu können. In den meisten Fällen reicht ein einfaches Hausmittel, ein Tee, eine Salbe oder eine Essenz aus ihrem selbst angelegten Kräutergarten. Nur in Ausnahmefällen muss sie zu einem Antibiotikum greifen. Sie weiß, welche Heilkraft ihre Überzeugung als Ärztin einerseits und der Glaube der Patienten anderseits haben. Ihre Überzeugung, dass ein einfaches Mittel die Heilung bewirken würde, erweckt den Glauben der Patienten daran. Diese Kombination allein hilft. Da ist sie sich sicher, sie hat ausreichend Erfahrung damit. Aber dann kamen die Covid-Viren! Gegen diese Infektionen hilft kein Hausmittel. Wie sollte sie überzeugend wirken, wenn es nichts gibt, das helfen kann? Nicht ein einziges Medikament stand anfangs zur Verfügung. Selbst das Krankheitsbild war bei jedem anders, diffus, schwer zu diagnostizieren. Eine riesige Bandbreite an Symptomen. Viele waren infiziert und merkten gar nichts davon. Das Unangenehme war, dass da etwas über ihnen schwebte, nicht zu sehen, nicht zu hören, nicht zu spüren, nicht zu riechen. Sie erinnert sich an das Reaktorunglück in Tschernobyl im April 1986. Wie alt ist sie damals gewesen? Sechzehn? Ja, sechzehn Jahre alt. Warnungen aus Radio und

Fernsehen. Die radioaktive Wolke ziehe quer über Österreich hinweg Richtung Süden. Möglicherweise bekämen sie in ihrer Gegend auch etwas davon ab. Die Knackgeräusche der Geigerzähler bestätigten dann das Eintreten der befürchteten radioaktiven Belastung. Die Gefahr war angezeigt und für sie dennoch nicht real. Keine bedrohlichen schwarzen Wolken, keine Donner, auf die das Gewitter unmittelbar folgen würde. Die Strahlung war wohl nicht so stark gewesen, dass jemand Krebs davon bekommen hätte. Doch es war völlig unberechenbar. Sie hatten damals alle Angst davor! Alle. Jetzt war da wieder so eine über ihnen schwebende Gefahr. Aber kein Knattern eines Geigerzählers warnte sie davor. Sie erinnert sich an diese Angst, die sie damals als Sechzehnjährige erlebte. Genau diese Art von Angst, die Angst vor der unbekannten Gefahr überkam die Menschen wieder, als vor wenigen Jahren die erste Covid-19-Welle über sie hereinbrach. Meldungen von der raschen, weltweiten Ausbreitung der Viren, von mit nach Atem ringenden Patienten überfüllten und restlos überforderten Krankenhäusern, von Todesfällen und Bilder von Särgen, deren Abtransport und Bestattung ob ihrer Anzahl von den dafür eingerichteten Institutionen nicht mehr zu bewältigen war. Diese Angst wurde weiter angeheizt durch die von den teils überforderten Entscheidungsträgern angeordneten Maßnahmen zur Verhinderung der Ausbreitung der Viren. Als nach kurzen Erholungspausen zwei weitere Infektionswellen über sie hereinbrachen und der Feind für sie durch sein Erscheinen immer noch nicht sichtbar, sondern nur durch seine Wirkung spürbar war, verwandelte sich diese Angst bei vielen in Mutmaßungen. Sie erinnert sich an die resignative Schlussfolgerung meist alter Menschen, diese

Epidemie sei die Strafe Gottes für das maßlose, ausschweifende Leben der heutigen Menschheit. Diese Meinung war zu Zeiten der Pest die gängigste Erklärung für das verheerende Schicksal, das über die Menschen hereingebrochen war. Aber welches Wissen hatte man damals über Viren denn schon zur Verfügung gehabt? Andere glaubten zu erkennen, dass die Virusepidemie keine zufällige Entwicklung, sondern von geschäftsgierigen Unternehmen bewusst herbeigeführt worden sei. Wie bei Kriegen die Vermutung auf der Hand liegt, dass sie von Waffenproduzenten und deren Lobby provoziert und ausgelöst würden, um deren Absatz und Geschäft zu forcieren, wurde und wird auch hier angenommen, dass die Pharmakonzerne endlich den Lohn für ihre Jahrzehnte lange, teure Forschungsarbeit in Sachen Virenbekämpfung abschöpfen wollten und daher die Covid-19-Viren bewusst auf die Menschen losgelassen hätten. Zu dieser Ansicht neigten solche, die das Vertrauen an alles Positive im Menschen verloren hatten.

Was sie als Ärztin besonders überrascht hatte – sie hatte mit ihrer Impfkampagne in der Gemeinde, bei der sie mit den Impfstoffen von Haus zu Haus gefahren ist, raschen Erfolg – war, dass die Leute nach Abflauen der Infektionsgefahr mit dem Thema Covid nichts mehr zu tun haben wollten. »Hör auf mit dem Zeug. Ich mag von dem ganzen Unsinn nichts mehr hören! Gib mir wie früher deine Kräuter gegen Halsschmerzen. Dann wird es sicher in Kürze weg sein.« Selbst jene, deren Nächsten mit dem Tod gerungen hatten oder gar an dieser Infektion gestorben waren, begannen die so schwer greifbare Ursache zu verdrängen oder zu verleugnen.

Als vor Wochen in Spieß erneut Infektionsfälle auftraten

und sich zu verbreiten begannen, waren weder die Bereitschaft sich zu schützen noch der Wunsch nach Gegenmaßnahmen vorhanden. Selbst sie als Ärztin war überrascht von der Infektionswelle und deren Auswirkungen, glaubte sie doch, dass durch die überstandenen Infektionen und die durchgeführten Impfungen eine flächendeckende Immunität der Bevölkerung erreicht worden sei. Das neue Virus kümmerte sich jedoch nicht darum. Sie war gezwungen, die zuständigen Behörden zu verständigen, welche umgehend eine Sperre der Gemeinde veranlassten. Die Folge war ein verbreiteter Zorn auf die Obrigkeit oder allgemein auf die Welt von außen, die ihnen diese erneuten Scherereien bereitete.

Ihr Handy rasselt. Der Klingelton ist sehr laut eingestellt. Sie schreckt auf und wird jäh aus ihren Gedanken gerissen.

»Ja? Dr. Kerbel.«

»Hallo Burgi! Hast du etwas Zeit? Kann ich kurz bei dir vorbeikommen? Ich muss mit dir reden.«

»Peter! Ich steig gerade aus meinem Auto vor meiner Ordi. Da stehen einige PKW auf dem Parkplatz. Wahrscheinlich habe ich Patienten im Warteraum sitzen. Geht's nicht übers Telefon?«

»Nein, ich möcht persönlich mit dir reden. Es ist sehr wichtig.«

»Na gut. Ich schau mal, wie viele drinnen warten, und sag dir dann Bescheid, ja? Servus derweil!«

Mühsam schleppt sie sich und ihre Taschen hinein in das Ordinationszimmer. Vier Leute sitzen, in großen Abständen voneinander getrennt, bleichgesichtig im Warteraum. Schnell tippt sie eine SMS an den Bürgermeister, dass sie ihn in einer Stunde erwarte. In Schutzkleidung, mit Maske und

Gummihandschuhen empfängt sie der Reihe nach die Wartenden. Eine vierzigjährige Bäuerin klagt über heftige Kopfschmerzen. Sie wisse zeitweise nicht mehr, wer sie sei und wie sie heiße. Dr. Kerbel kennt bereits viele Symptome der Krankheit. Klagen über Gedächtnislücken sind fast immer dabei. Sie macht einen Rachenabstrich und steckt das Teststäbchen in die vorbereitete Eprouvette. Dann trägt sie der Bäuerin auf, sich bis zum Eintreffen des Testergebnisses nicht mehr aus dem Haus zu bewegen und auch dort mit möglichst wenigen in Kontakt zu treten. Sobald das Testergebnis da sei, werde sie sofort per Telefon verständigt. Wenn bei ihren Angehörigen am Hof irgendwelche gesundheitlichen Besonderheiten auftreten würden, solle sie bitte anrufen und nicht in die Ordination kommen. Sie fahre dann mit dem Test vorbei. Dann drückt sie ihr noch ein Mittel gegen Kopfschmerzen in die Hand, wissend, dass es keine Abhilfe bringen würde. Sie tut es sehr ungern, denn sie will auf keinen Fall haben, dass die Patienten an ihrer fachlichen Kompetenz zu zweifeln beginnen. Diese erwarten jedoch ein Mittel aus ihrer Hand. Vielleicht wäre es klüger, ihnen die Wahrheit zu sagen. So rät sie ihr noch, Geduld zu haben, es werde bald vorbei sein.

Als letzter Patient tritt Andre Fuchs vor sie hin.

»Andre, was führt dich zu mir. Dich hätte ich am wenigsten hier erwartet, kerngesund wie du immer gewesen bist. Hat es dich auch erwischt? Wo zwickt es denn?«

»Zwicken? Zwicken tut's nirgends. Vielleicht im Hirn ein bissl. Da drinnen knabbert seit kurzem eine Maus herum.«

»Hast du Kopfschmerzen?«

»Nein, Kopfschmerzen nicht! Es sind Gedanken, die nagen. Gedanken …«, er setzt kurz ab, »Gedanken über den Tod.«

»Du hast doch nicht etwa keine Lust mehr zu leben?«

»Nein, das ist es nicht. Ich bin jetzt achtundsiebzig Jahre alt und habe darüber noch nie nachgedacht. Und jetzt, plötzlich, ist mein Schädl voll damit.« Er blickt die Ärztin an, als habe er Grundsatzfragen der Welt zu bewältigen.

»Lieber Andre, in deinem Alter dürfen dir schon ab und zu solche Gedanken durch den Kopf gehen. Du bist zwar noch weit davon entfernt, abtreten zu müssen, wenn ich mir dich so ansehe. Danach kannst du gut und gerne neunzig Jahre alt werden oder vielleicht noch Einiges darüber.«

Er schüttelt den Kopf.

»Vor dem Sterben habe ich keine Angst. Jeder muss irgendwann einmal abgehen. Wann es so weit ist, weiß eh keiner.«

»Was nagt denn dann in deinem Kopf? Erzähl mir von deiner Maus!«

»Sie fragt nach dem Sinn meines Lebens. Was ich am Ende darüber vorzuweisen habe, bei der endgültigen Abrechnung mein ich.«

»Andre, du hast doch ein rechtschaffenes Leben geführt bis jetzt. Ich hab nicht das Gefühl, dass du etwas zu bereuen hättest.«

Ihr wohlwollendes Lächeln bleibt hinter ihrer Schutzmaske verborgen. Normalerweise würde sie einem Patienten sofort einen Sitzplatz anbieten und diesen auffordern, sein Leiden genauer zu beschreiben. Dies passiert nicht, denn sie überlegt, Andre einen späteren Termin vorzuschlagen, an dem sie ihm ohne ihre Maske gegenübersitzen kann. Sein Problem scheint ein längeres Gespräch zu erfordern. Bevor sie dieses Angebot aussprechen kann, dreht sich Andre um und geht zur Tür. Einen Moment bleibt er stehen und bringt ein paar leise Worte des Danks hervor.

Eigenartig, denkt sie, so habe ich ihn noch nie erlebt. Sie kennt ihn nur als lebensfrohen Mann. Vielleicht machen ihm doch die vielen Krankheitsfälle in der Gemeinde zu schaffen. Sie hätte ihm deutlich machen müssen, dass er vorsichtig sein soll.

Klopfen an der Tür. Bevor sie reagieren kann, steht der Bürgermeister vor ihr.

»Grüß dich, Burgi! Sei mir nicht böse, dass ich so mit der Tür ins Haus falle. Aber es eilt.»

»Was stresst dich so, Peter? Ich hoffe, es ist nur ein Arbeitsvirus, das dich befallen hat und nicht unsere verflixte Viren -Variante. Falls es darum gehen sollte, ich bekomme die neueste Testauswertung erst. Was mich so verwundert, ist, dass es die erneute Infektionswelle nur in unserer Gemeinde gibt. Nirgendwo sonst. Ich verstehe das nicht! Als ob sie hier ausgebrochen wäre. Aber ich kann dich beruhigen, die Ansteckungen gehen zurück. Ich glaube, wir haben das Ärgste bereits überstanden.«

»Die Frau Bezirkshauptmann, ich mein die Hauptfrau, hat mich in aller Früh verständigt. Wir dürfen die Gemeindesperren wieder aufmachen.«

»Das weiß ich. Ich bin regelmäßig mit ihr in Kontakt.«

»Wir wollen aber nicht.«

»Was meinst du mit ‚Wir wollen nicht'?«

»Deshalb bin ich zu dir gekommen. Der Gemeinderat hat gestern einstimmig beschlossen, die Ausreisebeschränkungen für unbestimmte Zeit aufrechtzuerhalten.«

Sie bietet ihm an, sich zu setzen. Nicht auf den Patientensessel, schließlich sei er ja nicht zu behandeln.

»Weshalb?«, will sie nun genau wissen, nachdem er Platz genommen hat.

»Was, weshalb?«

»Welchen Grund habt ihr für euren Beschluss? Ihr müsst doch etwas damit bezwecken! Und welche Rolle soll ich dabei spielen?«

Grössing schildert ihr ausführlich seine Beweggründe und wie er am Vortag die gesamte Gemeindevertretung von seiner Idee überzeugen hat können. Er sei nun zu ihr gekommen, weil er Rückendeckung von ihr brauche.

»Du erwartest von mir, dass ich bei dem Schwindel mitmache?«

»Das ist kein Schwindel, das ist Politik!«

»Den Menschen hier vorzumachen, sie könnten die Gemeinde aus Sicherheitsgründen wegen der Infektionslage nicht verlassen, obwohl die Sperre offiziell schon wieder aufgehoben werden könnte, bezeichnest du als Politik? Für mich ist das Unehrlichkeit. Du wirst doch nicht behaupten, dass die beiden Begriffe deckungsgleich sind?«

»Behaupte ich auch nicht. Da gibt es keine Schwindelei. Wir wollen unsere Leute hier in vollem Umfang in das Vorhaben einweihen. Wir wissen, dass die meisten sich dafür aussprechen. Die wenigen Skeptiker werden wir auch noch überzeugen. Die Einzigen, die beschwindelt werden sollen, wie du es ausdrückst, sind die Menschen außerhalb unserer Gemeinde. Die müssen wir im Glauben halten, dass Spieß gefährlich ist und nicht betreten werden darf.«

»Wenn die Infektionszahlen sehr niedrig sind, dann werdet ihr die Ausfahrtsbeschränkungen nicht beibehalten können.«

»Als Bürgermeister kann ich das machen. Wenn ich von

oben den Sanctus bekomme, dass ich wieder aufmachen darf, dann heißt das, dass ich es tun darf. Aber ich muss es nicht. Bevor wir ans Öffnen denken, müssen die Infektionszahlen ganz unten sein. Wir wollen unseren jetzigen Status so lange wie möglich beibehalten. Wenn es diese neuerliche Infektionswelle tatsächlich nur in unserer Gemeinde gibt, will ich bei einer möglichen Ausbreitung über unsere Gemeindegrenzen hinaus jegliche Schuldzuweisung vermeiden.«

»Gut, was die Senkung der Infektionszahlen betrifft, stehe ich hinter dir. Da kann nichts Besseres passieren, als dass das Einschleppen und in unserem Fall vor allem das Austragen von Viren – was weiß ich, wo dieses verdammte Zeug eigentlich hergekommen ist, es kann ja nicht bei uns hier entstanden sein – unterbunden wird, bis es keinen einzigen Infektionsfall mehr in unserer Gemeinde gibt. Wir müssen das Ergebnis der Untersuchungen abwarten, ob diese neue Virusvariante tatsächlich ausschließlich bei uns vorkommt. Wir müssen abwarten und hoffen, dass unser Sonderfall nicht publik wird, sondern viel eher im abflauenden Interesse an der Covid-Epidemie untergeht. Am besten wird es uns gelingen, wenn wir in kürzester Zeit wieder damit fertig geworden sind und die Infektionszahlen wieder auf null heruntergebracht haben. Aber, darin bin ich mir sicher, Peter, das wird schneller der Fall sein, als du glaubst.«

»Ein paar Wochen sind uns zu wenig. Wir brauchen mehr Zeit für unser Projekt!«

»Sobald die Zahlen unten sind, müsst ihr mich aus dem Spiel lassen. Ich werde sicher nicht euch zuliebe mit falschen Angaben zur Verfügung stehen.«

Er kann nicht erkennen, wie ernst es ihr ist. Er sieht nur

ihre Augen auf ihn gerichtet. Warum hat sie eigentlich ihr Zeug da nicht abgelegt, die Maske und den Schutzanzug? Glaubt sie vielleicht gar, er sei infektiös? Es fühlt sich für ihn an, als ob eine Ziegelwand mit einem Guckloch für ihre Augen zwischen ihnen errichtet sei. Am liebsten würde er alles wegräumen.

»Pass auf, dass es dich nicht auch erwischt!«, sagt sie, als ob sie seine Gedanken gelesen hätte. »Du kommst hier herein in die Ordination, völlig ungeschützt, als ob dich das alles nicht betreffen würde. Viele der Infizierten leiden an Kopf- oder Gelenkschmerzen, haben Fieber. Das ist nichts Neues. Aber, was mich so erschreckt und wogegen ich nichts tun kann, ist, dass viele der Infizierten völlig apathisch sind. Das Schlimmste ist nach zwei Wochen bei den meisten vorbei, aber ihre Teilnahmslosigkeit, ihre Wurschtigkeit ist nicht verschwunden. Sie würden alles tun, was man von ihnen verlangt, ohne Widerspruch. Das ist ein sehr gefährlicher Zustand, weil jede Schutzfunktion gegen Einflüsse von außen fehlt. Und ich weiß nicht, wie lange dieser Zustand anhält. Wenn dir als Bürgermeister das passiert, kannst du dein Amt vergessen. Deshalb lege ich die Schutzkleidung nicht ab, schon gar nicht in meiner Ordination, in der ich ständig mit Kranken zu tun habe. Als Ärztin muss ich dafür sorgen, dass ich die Viren nicht von Patient zu Patient weiterverbreite, und auch, dass ich nicht selbst ausfalle.«

Was sie nicht ausspricht, ist, dass sie in dem Kunststoffzeug wie in einer Sauna schwitzt und bei ihm kein Bild der Verwüstung zur Schau stellen will. Sie fühlt sich erschöpft, übelriechend und so, als ob sie sich innerlich auflösen würde. »Du weißt Bescheid, was du von mir zu erwarten hast. Ich muss mich jetzt ein wenig zurückziehen. Und was dein Projekt betrifft, da möchte ich noch einmal mit dir reden. Wenn dann mehr Zeit ist und in einer gemütlicheren Umgebung. Also, Peter … ciao!«

Dieses »Ciao« haucht sie heraus, als ob sie sich für den Abbruch entschuldigen wolle. Dennoch bedeutet sie ihm, dass es für ihn Zeit sei zu gehen. Konsterniert erhebt er sich und verlässt den Raum, ohne sich noch einmal umzudrehen. Sie beginnt zu grübeln, denn ihr ist nicht klar, was er eigentlich von ihr wollte. Hat sie ihn jetzt vielleicht zu brüsk weggeschickt? Mit einem kurzen Blick in den Warteraum vergewissert sie sich, ob nicht noch ein Patient gekommen ist, und sperrt daraufhin die Eingangstür zu. Dann beginnt sie sich aus ihrer Kleidung zu schälen. Sie wundert sich über seine plötzliche Aktivität. Sie kennt ihn als besonnen, zurückhaltend, passiv. Ja nichts am Bestehenden, am Gewohnten ändern, nichts anrühren, das schien über die letzten Jahre stets seine Devise gewesen zu sein. Das funktioniert ja auch. Die Einheimischen vertrauen ihm. Sie vertrauen darauf, dass er für sie da ist, wenn sie ihn brauchen. Wenn ein Stück Zufahrtsweg zu ihrem Hof abzusacken droht, sorgt er umgehend für dessen Sanierung. Wenn sich im Frühjahr irgendwo im Asphalt ein Schlagloch auftut, genügt ein Anruf und er schickt die Gemeindearbeiter vorbei oder beauftragt eine Baufirma mit der Reparatur. Was treibt ihn zu diesem Projekt, wie er es nennt?

*

»Irmi, setz dich her und erzähl, was es Neues gibt im Dorf! Leg dein Wischtuch weg! Bereits glänzende Gläser zu polieren ist so notwendig wie auf deine hübschen rosa Wangen Rouge aufzutragen.«

»Nimm doch die Zeitung. Da steht alles drinnen, was du wissen möchtest!« Die Kirchenwirtkellnerin steht hinter der Theke der Gaststube und poliert unbeirrt ihre Trinkgläser.

»Was steht denn da schon? Jedenfalls nie etwas über Spieß. Außer wenn der Herr Albrecht Nesselbach oder einer seiner prominenten Jagdgäste oben am Stübelberg einen kapitalen Hirsch erlegt hat. Da ist die Kirchenzeitung noch informativer!«

Heller ist wie fast jeden Tag um Punkt zehn Uhr vor der Schwelle des Kirchenwirts gestanden, als Irmi die Eingangstür aufgesperrt hat. Von zehn bis elf ist eines der wenigen Zeitfenster, in welchem er sie am ehesten allein antreffen kann. Er liebt es, wie sie ihm begegnet. Wenn er all seinen Charme spielen ließe, müsste ihr doch sein fortgeschrittenes Alter egal sein. Während er noch nach einer neuerlichen Anknüpfungsmöglichkeit nachdenkt, wird die Stubentür geöffnet. Überraschenderweise tritt Grössing ein. So zeitig hat er ihn hier noch nie angetroffen.

»Oh, der Herr Bürgermeister, guten Morgen! Welche Ehre zu so früher Stunde!«

Grössing bestellt einen Kaffee und setzt sich zu Heller an den Stammtisch.

»Drüben im Amt ist die Hölle los. So viele Anrufe habe ich schon lang nicht mehr gehabt. Nun brauche ich dringend eine Pause. Was ist das für eine Zeit!«

»Wenn ihr vorhabt, die Tore zu Spieß verschlossen zu lassen, brauchst du dich nicht wundern, dass die Telefone heiß laufen.«

Grössing sieht ihn verblüfft an. Was weiß der denn schon

wieder? Die Gemeinderatssitzung hat doch erst gerade vor zwei Tagen stattgefunden. Es ist auch noch nichts Konkretes beschlossen worden.

Heller hatte mit ihm schon mehrmals vertrauliche Gespräche geführt und dabei einige Anregungen und Ratschläge angebracht. Er leidet ein bisschen darunter, dass er ihm gegenüber immer noch so zugeknöpft ist und ihn nicht bei schwierigen Fragen ins Vertrauen zieht. Jedes Mal muss er wieder aufs Neue versuchen, geschickt etwas aus ihm herauszulocken. Von den letzten Gemeinderatsbeschlüssen hat er noch nichts gehört. Er probiert es mit einer kleinen Provokation: »Die Leute reden schon alle auf der Straße von eurem Beschluss. Sie sind sehr aufgeregt darüber!«

»Das gibt's doch nicht, dass die schon was wissen! Wir haben doch strengstes Stillschweigen vereinbart.«

»Stillschweigeabkommen zwischen Politikern funktionieren wie poröse Tontöpfe. Man schüttet oben Wasser hinein und es ist nur eine Frage der Zeit, bis dieses unten irgendwo nach außen diffundiert.«

»Aber doch nicht hier bei uns! Bis jetzt hatten gegenseitige Abmachungen Handschlagqualität.«

»Naja, das mit den geschlossenen Gemeindezugängen war ja schwer zu verheimlichen!«

»Was denn, reden die Leute schon darüber?«, fährt Grössing hoch. Er kann seine Betroffenheit nicht verbergen.

Oha, denkt sich Heller, hier kann ich einfädeln.

»Den Spießern gefällt es halt nicht, so abgeschlossen zu sein. Abgetrennt von der übrigen Welt. Ich glaub, da beginnt's schön langsam zu gären unter den Leuten. Aber was erzähl' ich denn? Du als Bürgermeister musst doch die Meinung deiner Gemeindebürger am besten kennen, besonders nach den unzähligen Telefonanrufen.«

»Also, ich bin ausgesprochen verwundert über deine Aussage. Im Gegenteil, ich hatte den Eindruck, dass ihnen der jetzige Zustand besonders gut gefällt. Wenn die draußen uns wie Aussätzige behandeln und von der Umwelt wegsperren, dann pfeifen wir auf sie! Und das einhellig. Da stehen alle hinter mir!«

Er erschrickt, denn er merkt, dass er bereits zu viele Worte darüber verloren hat. Nach kurzer Besinnung entscheidet er, sein Schweigeabkommen bei Heller zu ignorieren. In leisem Ton, so dass die Kellnerin nicht mithören kann, beginnt er vom Gemeinderatsbeschluss zu erzählen.

»Das ist allerdings erst ein Rahmenbeschluss. Dieser Rahmen muss mit Inhalten gefüllt werden. Bereits in einer Woche tritt die Gemeindevertretung wieder zusammen. Dann werden wir Nägel mit Köpfen machen!« Aus seinen Augen strahlt Begeisterung.

Heller hat, obwohl Grössings Worte gedämpft zu ihm herüberkamen, dessen Überschwang sofort bemerkt. Seine Idee sei eine, ja, eine Schnapsidee. Anders könne man das nicht bezeichnen. Nicht zu verwirklichen! Ausgesprochener Unsinn. Würde er ihm am liebsten hinwerfen. Er will ihn jetzt aber auf keinen Fall vor den Kopf stoßen. Da ist sein Enthusiasmus. Dieses Feuer will er nicht gleich mit dem ersten Satz ausdämpfen. Er überlegt, wie er beginnen soll.

»Das klingt ja sehr interessant, was dir da eingefallen ist! Aber, Peter«, er greift zum vertrauter klingenden Vornamen, »hast du auch schon über die Folgen nachgedacht? Ihr habt große Veränderungen vor. Diese werden entsprechend große Wirkungen haben!«

»Ich weiß, dass sich etwas ändern wird. Das ist ja meine Absicht. Fast zwölf Jahre bin ich jetzt schon an der Spitze unserer Gemeinde. In dieser langen Zeit hat sich nichts Wesentliches bei uns getan. Wir waren stets brave Erfüllungsgehilfen der Obrigkeiten des Bezirks, des Landes, des Bundes, und nicht zuletzt der EU. Denen geht es aber nur um ihre eigenen Befindlichkeiten, um ihre eigenen Interessen. Wer von denen weiß denn, welche Bedürfnisse wir hier haben? Was wir hier in Spieß brauchen?«

»Bevor du an die großen Änderungsschritte gehst, musst du dir im Klaren sein, was diese Veränderungen bewirken!«

Sie werden durch die Kellnerin unterbrochen. Ob sie noch etwas zu trinken wünschten? Sie bestellen beide ein großes Bier, das von Irmi so prompt geliefert wird, wie wenn sie in Vorahnung ihrer Vorlieben schon alles vorbereitet hätte.

Eine Gemeinde, so setzt Heller das Gespräch fort, sei ein komplexes System. Ob er, Peter, wisse, was ein System sei? Und was dann ein komplexes System sei? Er lässt Grössing keine Zeit zur Antwort. Er will sie sofort selbst liefern. Dabei greift er zum Vergleich mit einem Auto. Ein Auto bestehe aus unzähligen Einzelteilen, Motor, Getriebekomponenten, Rädern, Lenkrad und so weiter. Es sei unnötig, alle aufzuzählen. Wenn man alle erforderlichen Bestandteile nebeneinander oder auf einem Haufen auflegen würde, sei das immer noch kein Auto. Erst die exakte vorgeschriebene Verbindung all dieser Teile mache daraus das einsatzbereite Fahrzeug, das System Auto. Allgemein betrachtet bestehe ein System also aus einer Vielzahl von Elementen, die miteinander zu einer neuen Funktionseinheit verbunden sind. Das Auto sei aber nur ein kompliziertes System, kein komplexes. Dass ein Auto, wenn er es selbst zusammenbauen oder reparieren müsste, ein kompliziertes System sei, brauche er ihm ja nicht zu erklären. Komplex allerdings bedeute nach der Systemtheorie, dass das System ein Eigenleben habe. Die einzelnen Teile seien so verbunden, dass man sehr oft nicht wisse, wie stark sich etwas verschiebe, wenn man daran herumkurble. Wenn eine Schraube – er deutet mit den Fingern Gänsefüßchen an – abbreche, sei sie beim Auto für immer kaputt, bei einem komplexen System würde sie wahrscheinlich wieder zusammenwachsen. Kurz gesagt, und für sie wichtig, sei ein komplexes System in seiner Reaktion auf Eingriffe und Veränderungen wesentlich schwerer einzuschätzen als ein kompliziertes.

Grössing runzelt die Stirn. Kompliziert hieß für ihn bis jetzt schwierig und komplex sehr groß, umfangreich.

Der Mensch zum Beispiel sei ein komplexes System, fährt Heller fort. Er bestehe aus fünfundsiebzig Billionen Zellen. Selbst bestens ausgebildete Ärzte und Ärztinnen und sonstige auf das System Mensch geschulte Fachleute wüssten nicht genau, wie Männlein und Weiblein funktionierten, schlussfolgerten und reagierten. »Lieber Peter, kannst du immer genau vorhersagen, wie deine Frau reagieren wird, wenn du sie das nächste Mal vor eine Entscheidung stellst? Wie sie agieren und reagieren wird, wenn du das nächste Mal Sex mit ihr haben willst?« Aus Begeisterung über seinen Einfall bricht er in Lachen aus.

»Du Blödian, du weißt genauso wie ich, dass es nichts Komplizierteres gibt als eine Frau!«

»Komplexeres, um beim passenden Begriff zu bleiben, korrigiert Heller.

Wenn ihm also die Komplexität, in diesem Zusammenhang spreche er lieber von Komplexheit, eines einzelnen Menschen klar sei, dann müsse er doch einsehen, wie komplex das System Gemeinde ist, setzt Heller fort. Die kleine Gemeinde Spieß habe circa tausendfünfhundert solcher menschlicher Individuen, von denen man nicht weiß, wie sie auf Veränderungen reagieren würden.

»Es ist kaum auszudenken, wie die alle reagieren würden, wenn ich sie fragte, ob sie mit mir Sex haben wollten!«, wirft Grössing ein. Sein Gesicht zeigt nicht die geringste Regung.

»Jetzt geb ich dir den Blödmann von vorhin aber zurück!«, kontert Heller.

Grössing öffnet sein gespielt ernstes Gesicht und lässt ein Lachen hervor. Dann blickt er auf seine Armbanduhr.

»Läuft dir schon die Zeit davon?«

»Ein bisschen geht's noch. Ich habe gesagt, sie sollen mich anrufen, wenn etwas ganz dringend ist.«

»Wir können auch ein anderes Mal fortsetzen. Sag mir einfach Bescheid.«

»Jetzt red schon, aber machs kurz!«

»Wenn du an einem komplexen System etwas ändern willst, bist du am sichersten, wenn du feinfühlig an den Rädchen drehst. Große, einseitige Schritte sind immer gefährlich! Du hast es hier in Spieß nicht nur mit tausendfünfhundert verschiedenen Menschen zu tun. Sie gehören auch unterschiedlichen Interessensgruppen an. Du hast Bauern, Forstwirte, Jäger, Lehrer, Schulkinder, Gewerbetreibende, Pensionisten, Kranke, Alte, den Pfarrer, Gläubige, Ungläubige, ich brauche dir nicht alle aufzuzählen. Und, du darfst nicht vergessen: Spieß ist zwar ein eigenes System, aber selbst wieder Teil eines noch größeren

Systems. Es hat Nachbargemeinden, ist Teil des Bezirks und so weiter. Ihr seid hier in Spieß nicht allein auf der Welt! Ihr seid ein Zahnrad in einem großen Getriebe. Er erhebt sich und blickt suchend in die Gaststube. Am Nachbartisch findet er, wonach er Ausschau hält, einen Stapel Bierdeckel. Mit einem Griff schiebt er die Biergläser vor sich zur Seite.

»Jetzt pass auf! Wenn ihr euch nächste Woche zur Sitzung trefft, sollst du vorher Folgendes überlegen: Der Tisch hier stellt das System Gemeinde dar.«

Nach einem kurzen Rundblick eilt er zur Theke und nimmt sich einen Kugelschreiber. Auf einen Bierdeckel schreibt der die Buchstabenfolge G E L D und wirft ihn dann auf den Tisch. Schwungvoll stellt er seinen rechten Zeigefinger darauf.

»Das hier ist die Wirtschaft. Du musst wissen, woher das Geld kommt für euer Vorhaben. Wollt ihr wirklich auf die Zuwendungen von Bund und Land verzichten? Mit dem, was die Bürger derzeit an Steuern und Abgaben zahlen müssen, werdet ihr nicht auskommen. Wovon werden die Menschen selbst leben?«

Er nimmt einen weiteren Bierdeckel und kritzelt E N E R - G I E darauf.

»Das hier ist die Energieversorgung. Womit treibt ihr eure Traktoren, Melkmaschinen und Motorsägen an? Womit beleuchtet ihr die Häuser und versorgt die vielen Fernsehapparate, Kühlschränke, Computer?«

Bierdeckel für Bierdeckel landen auf dem Tisch. Auf ihnen stehen die Schlagwörter KRANKE, KULTUR, KIRCHE, SOZIALES und WASSER. Heller redet mit Armen und Beinen, die Haare stehen ihm zu Berge und seine Augen quellen hervor. Grössings Bitte, sich kurz zu halten, hat er längst vergessen. Er bemerkt nicht, dass er nicht nur Irmis Aufmerksamkeit auf sich gezogen hat, sondern dass bereits auch der Wirt hinter der Kellnerin steht und verwundert auf ihn schaut. Sein enthusiastisch vorgebrachter Monolog hat diesen aus der Küche herausgelockt. Heller doziert gerade von Lawinen und Muren, als Grössings Handy läutet. Der laute, sirenenhafte Ton reißt den Vortragenden aus seinem Rausch, stoppt jäh seinen Redeschwall. Irmi fragt sich, ob sie ihm statt Bier Schnaps hingestellt habe und der Wirt schüttelt den Kopf darüber, dass jemand an einem sonst ruhigen Vormittag in seiner Gaststube so einen Zinnober veranstalten konnte.

Nach Grössings »Gut, komme gleich« sitzt Heller bereits wieder ruhig am Tisch und hat die Bierdeckel mit einem Wisch eingesammelt.

»Diese paar Kleinigkeiten sollten halt bedacht werden, Herr Bürgermeister, bevor man eine Gemeindestruktur komplett umkrempelt«, gibt er, entspannt im Sessel lehnend, als Abschluss-Statement zum Besten.

Grössing steht auf, ohne ein Wort zu sagen, geht zur Theke, bezahlt auch Hellers Zeche, blickt noch einmal in die Runde, hebt die Hand zum Gruß und eilt zur Tür hinaus.

*

Er hat sich auf die Sitzung gut vorbereitet. Bei so einem großen Erneuerungsvorhaben will er sich keine Blöße geben. Hellers impulsiver Vortrag beim Kirchenwirt hat ihn mehr irritiert als beeindruckt. Aber er hat ihn auch zum Nachdenken veranlasst. Eine Gemeinde sei ein komplexes System und als solches seinerseits ein kleines Zahnrad in weiteren, darüberliegenden Systemen. Man könne schwer abschätzen, welche Folgen Veränderungen auslösen können. Es sei, bevor man an Maßnahmen schreite, vorher alles gut zu überlegen und abzuwägen. Aus diesem Grund hat er ihn zu sich ins Amt geholt, um sich dessen Gedanken noch einmal darlegen zu lassen.

Alles bewahren, wie es ist, war bisher der Grundsatz seiner Politik gewesen. Damit war er sehr gut gefahren. Ändern! Change! Beliebteste Worthülsen in jedem Wahlkampf. Sie rutschen leicht über die Lippen, decken das breiteste Erwartungsspektrum des Wahlvolkes ab und haben das geringste Maß an Verbindlichkeit. Er war und ist kein Mann der großen, schon gar nicht der leeren Worte. Die Vorwürfe seines Sohnes, er sei altväterisch, haben ihn dennoch bis ins Innerste getroffen: Wenn es nach ihm ginge, würde Spieß bis zum Ende seines Bürgermeisterdaseins genau so aussehen, wie er es zu Beginn übernommen hatte. Und dieses Ende könnte weit in der Zukunft liegen. Er würde noch ewig sein Amt innehaben, weil sich in Spieß auch daran nichts ändern werde. Der einzige Grund, warum sich in ihrem Ort überhaupt etwas ändere, seien die jährlichen Hochwasser der Mur. Diese ließen keinen Stein auf dem anderen. Nur um zu verhindern, dass ihnen die Häuser nicht weggeschwemmt oder verschüttet werden, habe man Ufermauern und Sperren aus Stein und starrem Beton errichtet. Der gesamte Talboden bestehe nur mehr aus einer geradlinigen, toten Wasserrinne und einer breiten Asphaltstraße, auf der sich die Kühe auf dem Weg zur Weide ihre Klauen wundtreten. Das verzweifelte Bemühen, das Wasser des ungestümen Bergbachs in die Schranken zu weisen und die Häuser unangreifbar zu machen, habe das Ortsbild verändert. Nicht aber der Reformwille irgendeines

Gemeindepolitikers. Ginge es nach deren Reformgeist, hätten die Häuser immer noch dieselben Gesichter, die ihnen die Groß- und Urgroßväter einst gegeben hatten.

Er entsinnt sich gar nicht mehr all der Vorwürfe, die von seinem Junior vor dessen Auszug aus seinem Haus auf ihn niedergehagelt sind.

Er hat, bis auf ein paar kurze Ausnahmen, sein gesamtes Leben in Spieß verbracht. Neben seinen jüngeren Geschwistern, einem Bruder und einer Schwester, lebte er im Haus seiner Eltern und pendelte von dort aus täglich in die Hauptschule und später zur Lehre in eine Tischlerwerkstätte in eine Nachbargemeinde. Durch die Funktion seines Vaters, der als Langzeitbürgermeister die Geschicke seiner Gemeinde leitete, war er ständig in die Bedürfnisse und Geschehnisse der Dorfgemeinschaft eingebunden. Er kennt jeden Flecken, jede Ecke, alle Einwohnerinnen und Einwohner und mit ihnen einen großen Teil derer Lebensumstände. Nach dem Abschluss seiner Lehre und des Wehrdienstes beim Bundesheer heiratete er Ida, die Tochter des Briefträgers, die er von Kindheit auf aus der Nachbarschaft kannte. Mit kräftiger Unterstützung seiner Eltern und der Nachbarn errichteten die beiden das Haus, in dem sie seither wohnen. Ida wurde schwanger und gebar einen Sohn. Beide waren vernarrt in den Kleinen. Diese Phase des gemeinsamen Glücks wurde durch einen schrecklichen Schicksalsschlag beendet. Ihr Liebling verstarb kurz vor seinem ersten Geburtstag an plötzlichem Kindestod. Ihre Welt brach zusammen. Alle Erklärungen der Gemeindeärztin Kerbel, dass solche Fälle eben passierten und dass man die Ursachen dafür noch nicht ausreichend erforscht habe, brachten keinen Trost. Im Geheimen hängte er

Ida eine Schuld für den Tod des Kindes um. Sie müsste doch rechtzeitig irgendwelche Vorzeichen erkannt haben. Dieser Umstand kühlte das Verhältnis zwischen beiden merklich ab. Trotzdem gebar Ida drei Jahre später wieder einen Sohn. Seit diesem Zeitpunkt wurde kein Wort mehr über das erste Kind gesprochen, sämtliche Fotos und Erinnerungsstücke an dieses wurden vernichtet. Mit der Geburt des neuen Sohns verlöschten alle noch innerhalb der Gemeinde kursierenden Restbestände an Vermutungen und Urteilen über den unerklärlichen Tod. Möglicherweise aus Angst vor einem neuerlichen, nahezu unerträglichen Verlustschmerz konnte Grössing die euphorische Freude, die ihn nach der Geburt seines ersten Kindes erfüllt hatte, diesmal nicht mehr aufbringen. Er engagierte sich eher außerhalb der Familie, bei mehreren Vereinen im Ort, machte in der Firma widerspruchslos Überstunden. Nachdem er auf Anregung seines Vaters für den Gemeinderat kandidierte, wurden seine Zeiten, die er bei Frau und Kind zu Hause verbringen konnte, immer spärlicher. Im Windschatten seines Vaters, der eine Politik des Ausgleichs betrieb, lernte er, sich allen Gemeindebürgern im gleichen Maße zuzuwenden und für sie ein offenes Ohr zu haben, egal, ob sie zu ihren erklärten Wählern gehörten oder nicht. Dafür durfte er keine Sonntagsmesse, keine Brauchtumsveranstaltung, keinen Ball und kein Sportereignis versäumen. Er konnte dem Motto seines Vaters, *Parteipolitik hat auf dem Land nichts verloren, schließlich geht es unmittelbar um die Sorgen jedes einzelnen Menschen und diese tragen keine Parteifarbe*, einiges abgewinnen. Unsere Probleme lösen wir selbst, ohne Zurufe von oben. *Wenn zwei sich streiten, schlage dich nicht auf die Seite eines der Kontrahenten. Hab für beide Seiten ein Ohr und versuche bestenfalls zu vermitteln*, war ein anderes Credo seines Vaters. *Koche keinen Brei, wenn du nicht weißt, ob er gegessen wird*, war eine weitere Lebensweisheit. Er hatte diese Haltungen bereits zu seinen eigenen gemacht, als sein Vorbild vor zwölf Jahren überraschenderweise aus gesundheitlichen Gründen aus seinem Bürgermeisteramt ausscheiden musste. Als dessen logischer Nachfolger wurde er zum Bürgermeister gewählt und fühlte sich noch mehr für die Gemeinde verantwortlich. Die Entwicklung seines Sohns verfolgte er beinahe wie ein Außenstehender, nicht ohne für diesen dennoch eine klare Laufbahn vor Augen zu haben. Als Ida den Jungen auf dessen innigsten Wunsch, ohne Rücksprache mit dem Vater, im Gymnasium angemeldet hatte, war er wütend. Er fühlte sich völlig übergangen. Seinem Plan nach sollte der Bub die Hauptschule besuchen und anschließend eine Lehre zu einem ordentlichen Beruf beginnen. Mit der Matura sei er für Spieß verloren. Ida stellte sich vor den Jungen und setzte sich gemeinsam mit ihm durch. In der Folge verlor er kein einziges Wort des Lobs für die guten Zeugnisnoten seines Sohns, obwohl er innerlich doch stolz auf ihn war. Dieser Stolz brach erst bei der Maturafeier aus ihm heraus, als er ihn freudig umarmte und ihm in einem vertrauten Moment einen Gutschein im Wert von 10.000 Euro in die Hand drückte, als Startkapital für eine sinnvolle weitere Ausbildung.

Als der Maturant nach abgeleistetem Zivildienst mit der Mitteilung vor ihm stand, er werde in die Stadt Salzburg ziehen, um dort Politikwissenschaften zu studieren, vergaß er alle seine Grundsätze, die er sich für den Umgang mit den Gemeindebürgern zu eigen gemacht hatte. Politik brauche man nicht zu studieren, diese müsse man sich von der Pike auf durch direkten Kontakt mit den Menschen aneignen. Er solle lieber zuerst einen ordentlichen Beruf erlernen. Die Abteilung für Holztechnik auf der HTL in Kuchl oder seinetwegen auch in Mödling sei das Richtige für ihn. In zwei Jahren bekäme er dort eine fundierte Ausbildung. Nach einigen Praxisjahren könne er dann in Spieß einen Betrieb aufmachen. Er werde ihn dabei voll unterstützen. Zu einem abgehobenen Studium werde er sicher keinen Cent beisteuern. Diese Idee könne er sich abschminken und auch die versprochenen 10.000 Euro. Und er brauche gar nicht mit seiner Mutter daherkommen, um ihn umzustimmen.

Die Reaktion seines Juniors war harsche Kritik. Vorwürfe, die nur so auf ihn niederprasselten. Ein innerer Regenschirm war sofort aufgespannt, um sich vor dieser unangemessenen Kritik zu schützen. Die Plane und die Streben des Schirms bestanden aus der Betroffenheit über die mangelnde Hochachtung eines Kindes seinem Vater gegenüber und aus dem Widerspruchsgeist des besserwissenden Erwachsenen. Die Plane war nicht dicht genug, um den Vorwurf des verzopften Reaktionärs von ihm fernzuhalten. Der Sohn war schon längst aus dem Haus, bohrte und gärte dieser Vorwurf immer noch in ihm und ließ ihm keine Ruhe mehr. Er hatte keine genaue Vorstellung über die tatsächliche Bedeutung des Begriffs *Reaktionär*. Was er aber heraushörte, war die Anklage, er sei rückschrittlich und unbeweglich. Sollte er tatsächlich in die Geschichte der Gemeinde eingehen als jener Bürgermeister, der zwar dieses Amt am längsten ausgeübt, aber in der langen Zeit am wenigsten bewegt hat? Damals begann er darüber nachzudenken, was zu ändern wäre. Er listete Missstände und Fehlentwicklungen auf und horchte auf die Klagen und Wünsche seiner Bürger. Die Entwicklungschancen seiner Gemeinde in den Bergen fernab der Wirtschaftszentren schienen allerdings nicht berauschend zu sein. Dennoch war er überzeugt, erfolgsversprechende Anpassungsmöglichkeiten finden zu können. Das neuerliche Ausbreiten eines Covid-Virus und die damit verbundene Isolierung seiner Gemeinde von der Außenwelt in der jüngsten Vergangenheit schienen ihm ein Zeichen zu sein, Neues zu probieren. Er entschloss sich, seinem Sohn zu beweisen, zu welchen weitblickenden Schritten er fähig ist und welche Managementqualitäten in ihm schlummern. Altväterischer Spießer! Frechheit!

»Wir wollen anders sein!«, eröffnet er die Arbeitssitzung der Gemeindevertretung. »Jedenfalls nicht so, wie es die von oben von uns haben wollen, nämlich schicksalsergeben, leicht lenkbar und beherrschbar. Es geht darum, dass wir zu uns, zu unseren lokalen Eigenheiten, zu unseren wunderschönen Spießer Besonderheiten stehen. Wir werden allen beweisen, dass die Selbständigkeit der Regionen die einzige Lösung für einen gesunden Staat beziehungsweise einen funktionierenden Staatenbund ist. Damit wir das hinbekommen, dürfen wir keine Fehler machen. Das heißt, unsere Vorgangsweise muss gut vorbereitet werden.«

Diesmal greift er entgegen seiner sonstigen Art zu Schlagworten wie »anders sein« und »nicht von oben lenkbar«, die er mehrmals wiederholt.

»Bevor wir hier aber irgendwelche Beschlüsse in Richtung Selbständigkeit unserer Gemeinde fassen können, müssen wir uns klar werden, wie und ob das Vorhaben überhaupt zu bewältigen ist. Wir müssen uns dessen bewusst sein, dass es einfacher ist, einen Berg auf einem ausgetretenen Weg zu bewältigen, als einen neuen, bis heute noch nie beschrittenen Pfad zu wählen. Ihr versteht doch, was ich meine?«

Er blickt den Männern und der einzigen Frau im Gremium in die Augen und erntet von allen ein mehr oder weniger verständnisvolles Nicken. Ganz sind sie nicht bei mir, denkt er sich. Ganz habe ich sie noch nicht überzeugen können. Bei den üblichen Gemeinderatssitzungen werden immer Tagesordnungspunkte der Reihe nach abgespult. Es kommen notorisch Einwände und Querschüsse von der Opposition. Unlösbare Punkte werden zumeist einfach beiseitegelegt.

»Ich habe eine PowerPoint-Präsentation vorbereitet. Da werdet ihr gleich erkennen, worum es geht. Woran wir arbeiten müssen. Gleich ist es so weit!« Während er die gewünschte Datei auf dem Laptop zu starten versucht – die Gemeindesekretärin Marga Huber hat ihm die Präsentation liebenswürdigerweise zusammengestellt und aufbereitet –, hört er leises Gemurmel. Ist es Unmut? »Marga, bitte übernimm du die Technik«, gibt er klein bei.

Die Sekretärin setzt sich vor den Laptop und ergreift die Maus. Der Beamer wirft das Motto »Entwicklung der Gemeinde Spieß zur Selbständigkeit« auf die Projektionswand. Die Buchstaben heben sich dreidimensional vom Hintergrund ab. Die nächsten Folien zeigen für das Gemeindewesen zentrale Themenbereiche. Grössing hat sie am Vormittag unter Hellers Mithilfe zusammengestellt. In ungeordneter Reihenfolge erscheinen die Stichworte Landwirtschaft, Jagd, Gewerbe,

Tourismus, Kinder, Senioren, medizinische Versorgung, Sport, Kultur, Kirche, Energieversorgung, Wohn- und Bauwesen, Landschafts- und Umweltschutz sowie Finanzen.

»Hier seht ihr Themen, die für das Funktionieren unserer Gemeinde von Bedeutung sind. Die Aufzählung ist sicherlich noch nicht komplett. Ich hoffe auf Vorschläge aus unseren Reihen.« Er schaut die Anwesenden auffordernd an, um sie zur aktiven Beteiligung zu motivieren.

»Was willst du von uns?«, fragt Hermann Feichter. »Wir von der Opposition werden zu euren Vorschlägen ja oder nein sagen. So wie wir es gewohnt sind. Die Vorschläge müsst schon ihr einbringen. Das ist nicht unsere Aufgabe!«

Grössing hält entgegen, dass ein Vorhaben solcher Tragweite nur von allen Parteien gemeinsam ausgearbeitet werden könne. Dazu müssten sie ihre von oben verordneten Parteilinien und Parteiprogramme zur Seite legen und sich nur auf die Interessen ihrer Gemeinde fokussieren. Er beschreibt, wie er sich die weitere Vorgangsweise vorstellt. Die Gemeindevertreter sollen sich zu zweit zusammentun und aus den projizierten Themen jene auswählen, die sie am meisten interessierten und zu denen sie Substanzielles zu sagen hätten. Sie sollten sie vorerst zu zweit diskutieren, dann die gewonnenen Erkenntnisse niederschreiben und anschließend allen präsentieren. Davor sei es aber notwendig, die Themenliste zu komplettieren.

Nach anfänglichen Unmutsäußerungen werden schließlich die Begriffe Katastrophenschutz, Verkehr, Verwaltung, Bürgerbeteiligung, Ordnungswesen sowie Außenbeziehungen hinzugefügt. Es dauert einige Zeit, bis sich die Paarungen finden und die Themen ausgewählt sind. Um ein paar davon gibt es ein Gerangel, andere bleiben liegen. Schließlich gelingt die Aufteilung und die Gruppen ziehen sich an getrennte Tische zurück. Es ist Grössing nicht gelungen, die Mitglieder der verschiedenen Parteien zu durchmischen. Er hätte das für produktiver gehalten. Heller hatte ihm dringend dazu geraten. Auch ist die Aufteilung der Themen nur geglückt, weil er mit seinem Arbeitspartner Roland Moser, von allen Role genannt, die unbeliebtesten Themen übernommen hat. Anders wäre keine Einigung zustande gekommen oder die Themen wären einfach liegen geblieben. Während Role die vorbereiteten Papierblätter mit Finanzen, Landschafts- und Umweltschutz, Senioren sowie Bürgerbeteiligung beschriftet, blickt er in die Runde. Hermann Feichter und sein Parteikollege Heinz Koller sitzen abseits und decken ihre mit Verbissenheit gehamsterten Themenbereiche mit breitem Rücken ab. Sie haben obsessiv nach Sport, Jagd, Gewerbe und Ordnungswesen gegriffen. Edi Knaller wollte unbedingt den Sport für sich haben. Als aktives Mitglied der Spießer Fußballmannschaft sei er der Experte. Er prallte an den Rücken der beiden ab. Auch kämpften die Bauernvertreter vergeblich um das Thema Jagd. Mit dem Argument: »Wenn sich die Bauern, die Besitzer der Jagdgründe, die Jagd selbst organisieren dürften, wäre es dasselbe, wie wenn man den Fuchs den Hühnerstall bauen ließe«, schoben sie deren Ansinnen kurz und bündig zur Seite. Da dürfte Hermann wohl etwas missverstanden haben! Offenbar glaubt er, dass das, was die einzelnen Gruppen ausarbeiten, von den anderen dann unwidersprochen übernommen werde. Der Bürgermeister als Moderator hätte ihnen klarmachen müssen, dass in einer zweiten Phase die Themen breit diskutiert und abgeglichen werden. Jetzt will er den Eifer der beiden aber nicht einbremsen. Insgesamt ist er überrascht und froh, dass sie sich wie alle anderen ohne großes Nachfragen und ohne Nörgeln seiner Idee und der Vorgehensweise angeschlossen haben. Es gab Momente in der Vorbereitungszeit, in denen er überlegt hatte, Heller mit der Organisation dieser Tagung zu beauftragen. Aber er will diesem die Lorbeeren des Erfolgs nicht abtreten und zudem vermutet er, dass der aus der Fremde Zugezogene von seinen Leuten nicht als Mentor akzeptiert werden würde. Und ehrlich gesagt, wer könnte den Wahnsinnigen denn ernst nehmen? Er dachte dabei an dessen exzessiven Auftritt mit den Bierdeckeln beim Kirchenwirt. Es geht auch ohne Heller. Er horcht zu den einzelnen Tischen hin und stellt fest, dass alle Gespräche zur Sache geführt werden. Ein leichter Anflug von Stolz durchdringt ihn. Wenn sein Sohn ihn jetzt sehen könnte! Wenn er sehen könnte, welchen demokratischen Prozess sein Vater, der Rückwärtsgewandte, gerade eben auf den Weg bringt. Zufrieden lächelnd wendet er sich seinem Kollegen zu.

*

Die nächste Gemeinderatssitzung wird kurzfristig anberaumt. Es soll nicht viel Zeit verloren gehen. Noch sind die Gemeindezugänge wegen der Infektionslage gesperrt. Diese Situation muss für das Änderungsvorhaben genutzt werden. Wieder sitzen Grössing die Mitglieder der Gemeindevertretung gegenüber. Seit den vorhergehenden Sitzungen sind weder positive noch negative Reaktionen aus ihren Reihen zu ihm vorgedrungen. Es fällt ihm schwer, das aktuelle Stimmungsbild aus ihren Gesichtern abzulesen. An diesem Abend sollen die einzelnen Zweiergruppen ihre Vorschläge präsentieren.

Er wendet sich an seine Sekretärin: »Marga, sind wir komplett? Kann ich beginnen?«

Sie schüttelt verneinend den Kopf. In ihrem Gesicht kann er ein verstecktes Grinsen erkennen. Im selben Moment wird die Tür zum Gemeindesaal geöffnet und Feichter tritt ein. Alle starren auf ihn, weil er in grünem Gewand, mit Hut und Gamsbart vor ihnen steht. Seine Augen sind unter der tiefgezogenen Hutkrempe kaum zu sehen. Allgemeines Gelächter.

»Kommst du gerade von der Jagd, Hermann, oder bist du noch auf der Jagd?«

»Wieso, was soll diese Frage?«

»Weil du deinen Hut nicht abnimmst, mein ich.«

»Und, wen geht's was an? Wir sind doch hier nicht in der Kirche«, bekommt Grössing als trotzige Antwort.

Dass Feichter zu spät kommt, daran hatten sich alle schon längst gewöhnt. Üblicherweise aber wirkte sein Eintritt, nein, Auftritt ist das bessere Wort dafür, immer wie bis ins letzte Detail geplant. Insgeheim warteten die Anwesenden schon immer darauf, was er sich denn wieder habe einfallen lassen. Anfangs hatte sich Grössing immer geärgert, dass Feichter alle Aufmerksamkeit auf sich zog. Er hat aber gelernt, mit dieser Flause umzugehen. Entweder begann er sein Programm erst dann, wenn dieser bereits erschienen war, oder verstand es, ihn sofort ins Geschehen einzubinden. Er fragte ihn nach seiner Meinung zum gerade angesprochenen Thema und brachte ihn meist in Verlegenheit, weil er durchs Zuspätkommen natürlich nicht im Bilde war. Das vorhin aber war alles andere als ein durchgeplanter Auftritt. Er wirkte verstört und abwesend. So als ob er zufällig in eine Versammlung geraten wäre. Irgendetwas muss ihm in die Quere gelaufen sein. Grössing entscheidet sich trotz dieses Eindrucks dafür, sich nicht weiter um ihn zu kümmern und endlich zur Tagungsordnung überzugehen.

»Liebe Mitglieder der Gemeindevertretung, ich bin stolz auf euch! Ja, stolz, dass ihr alle, unabhängig von Parteiinteressen, bereit seid, zu einer zukunftsweisenden Entwicklung unserer Gemeinde beizutragen«, leitet er die Vorstellung der Themen ein. »Wir wollen uns wirklich ausschließlich um unsere Gemeinde kümmern und uns von außen nicht im Geringsten beeinflussen lassen. Alles andere wäre vergeudete Energie. Bei der Ausarbeitung eurer Themen ist euch sicherlich aufgefallen, dass sich diese nicht einfach isoliert betrachten lassen, sondern dass jedes einzelne Thema mit vielen anderen zusammenhängt. Ganz besonders trifft das auf die Finanzen zu, um die Role und ich uns zu kümmern bereit erklärt haben. Um euren Vorschlägen nicht gleich von vornherein irgendwelche Grenzen zu setzen, möchte ich daher über dieses Thema erst ganz zum Schluss reden.«

Nun fordert er seinen Partner auf, ihre gemeinsam erarbeiteten Ideen zu den Themen Senioren, Landschafts- und Umweltschutz sowie Bürgerbeteiligung vorzustellen. Er selbst möchte als völlig neutraler Moderator fungieren.

Role erhebt sich und setzt umständlich seine Brille an sein schmales Gesicht. Der kleingewachsene Schneidermeister ist der längst gediente Gemeindevertreter in der Runde. Er hatte schon an der Seite vom alten Bürgermeister Grössing im Gemeinderat gesessen. Hinter vorgehaltener Hand wird er von den anderen als Jasager bezeichnet. Bösartige Zungen nennen ihn Bürgermeisters Schoßhündchen. Tatsächlich scheint ihm das Wort *Nein* ein Fremdwort zu sein. Selbst wenn sein Ortschef ein entschiedenes Nein ausspricht, schließt er sich diesem Entscheid nur mit einem bestätigenden Ja an. Er hätte seinem Chef gerne die Vorstellung der Themen überlassen. Nun aber dazu aufgefordert, kramt er von seinem Tisch einige wirr herumliegende Blätter Papier zusammen, versichert sich noch einmal Grössings aufmunternden Blicks, und beginnt umständlich vorzulesen. Zur Überraschung aller verwendet er das Ich und nicht das Wir. Er erachte es als sinnvoll, als Erstes über *Bürgerbeteiligung* zu sprechen. Die geplanten, für die Gemeinde so einschneidenden Veränderungen dürften nur mit Wissen und Einverständnis der gesamten Gemeindebevölkerung umgesetzt werden. Daher sei sein Vorschlag, über die endgültigen Maßnahmen eine Bürgerbefragung abzuhalten. Aber, und er wiederholt das *Aber*, bevor die Befragung stattfinde, dürften keinerlei Informationen nach außen dringen.

»Wir informieren die Leute erst kurz davor. Wenn wir sie schon während unseres Entscheidungsprozesses mitreden lassen, dann kommen wir in Teufels Küche. So viele Bürgerinnen und Bürger, so viele Meinungen. Das geht nicht! Wir sind die von ihnen gewählte Gemeindevertretung. Es ist unsere Aufgabe und verdammte Pflicht, Vorschläge auszuarbeiten und diese dann den Leuten draußen so zu präsentieren, dass sie dazu mit ruhigem Gewissen ja sagen können. Um das zu erreichen, und das sage ich jetzt eindringlich, müssen wir bis dahin unsere Schweigepflicht aufrechterhalten«, appelliert er mit emotionaler Stimme.

»Das wollt gerade ihr? Wann hat sich denn eure Partei ...?«

»Stopp, Silvia!«, unterbricht Grössing die Gemeinderätin.

»Die Diskussion der Vorschläge kommt erst als zweiter Schritt! Zuerst die Vorstellung aller Themen, dann die Diskussion. Darf ich auf dieses Prozedere bestehen?«

»Prozedere, Prozedere, wie redst denn du daher?«, kontert sie. Sie fügt sich aber der Aufforderung.

Für die alten Menschen im Ort sollte, zumindest langfristig gedacht, ein Alters- beziehungsweise ein Pflegeheim errichtet werden, setzt der Schneider fort. Mit diesem Projekt könnten drei Fliegen mit einem Streich erschlagen werden. Zum einen brächte es Aufträge und Arbeit für die ortsansässige Baufirma. Zusätzlich entstünden Dauerarbeitsplätze für den Betrieb des Heims und schließlich könnten als Hauptzweck die pflegebedürftigen alten Menschen im Ort versorgt werden und müssten ihre gewohnte Umgebung nicht aufgeben.

Ihr nächstes zu bearbeitendes Thema sei *Landschafts- und Umweltschutz* gewesen.

»Schaut aus dem Fenster!«, fordert er alle auf. »Was gibt es da draußen zu ändern?«

Bevor irgendwer zu einer Antwort ansetzen kann, fährt er selbst fort. Nichts! Da sei nichts zu sehen, außer Gärten, Bäume, Wiesen, Wälder und Berge, soweit das Auge reiche. Daran gebe es nichts zu ändern! Erhalten ja, aber ändern nicht. Der beste Landschafts- und Umweltschutz sei es, niemanden von außen an ihre Natur heranzulassen. Sie brauchten keine Megahotels und keine Chalets – er holpert bei diesem Wort –, die die Landschaft verstellen und verschandeln. Für wen würden diese denn gebaut? Doch nicht für einen einzigen Bürger ihrer Gemeinde! Der beste Landschafts- und Umweltschutz sei es, die Gemeindegrenzen vor dem Zugriff von außen geschlossen zu halten, wie sie es jetzt zukunftsweisend in Planung haben.

Mehr brauche es nicht und deshalb habe er auch nicht mehr dazu zu sagen. Ohne ein weiteres Wort setzt er sich und schaut erwartungsvoll auf den Bürgermeister. Er macht den Eindruck, als habe er eine Naht einer vorgezeichneten Linie entlang genäht und diese augenscheinlich fachgerecht, formschön und reißfest vollendet. Das Publikum ist perplex, denn im Gemeindesaal haben solche Auftritte des Schneiders Seltenheitswert. Alle wissen, dass er üblicherweise seine feinen, oft versponnenen Fäden in der Deckung des Bürgermeisters zu ziehen pflegt.

Grössing muss sich auch, obwohl ihm die Inhalte von Roles Präsentation bekannt waren, kurz sammeln, bevor er Silvia Lerchner zum Vortrag aufruft.

Diese wehrt sich gegen den gewünschten Auftritt. Es gebe doch genug andere, die drankommen könnten.

Er blickt sie überrascht an, weiß er doch genau, wie gern sie redet. Während er sich fragt, was ihr über die Leber gelaufen sein könnte, hört er schon von den Tischen her:

»Was ist denn heute los? Der Role, der sonst nie den Mund aufmacht, schwingt eine große Rede, und Silvia hat plötzlich Ladehemmung?«

»Beißhemmung!«

Lautes Gelächter.

»Es ist doch immer das Gleiche! Ich sage euch, Beißhemmung habe ich keine!« Die leicht untersetzte Vierzigerin stützt die Arme auf den Tisch und zeigt die Zähne. Gebrüll.

»Bitte, meine Herren! Wir sind doch hier nicht auf dem Kirchtag!«, versucht Grössing zu kalmieren.

»Nun, wie schaut's aus? Bist du so lieb und bringst uns jetzt deinen Beitrag, Silvia?«, fragt er in beschwichtigendem Ton.

»Nein!«

Alle warten auf ein weiteres Wort, auf eine Begründung. Sie jedoch bleibt unbewegt sitzen.

»Wenn sie nicht will, dann machs halt ich jetzt. Ist doch völlig egal, wer zuerst drankommt.« Hans Moosbacher, der junge Jedlbauer, erhebt sich.

Er hält ein Plädoyer für die zahlreichen Produkte, die von den Bauern gezüchtet und weiterverarbeitet werden. Alles Bioprodukte. Jede Hausfrau könne sich davon vor Ort überzeugen. Leider werde ihr Angebot nur von viel zu wenigen in Anspruch genommen. Die Leute kauften lieber außerhalb des Tals kistenweise bei Hofer und Lidl aus aller Herrenländer herbeigekarrtes Zeug, nur weil dieses um ein paar Cent billiger zu haben sei. Das sei schon vor zwanzig Jahren das Aus für den einzigen Krämer im Ort gewesen, klagt er. Wenn sie tatsächlich beschließen sollten, die Gemeindegrenzen geschlossen zu halten, werde dieses Verhalten jedenfalls nicht mehr möglich sein. Dann würden sie alle zur Besinnung kommen müssen. Die Bauern würden ihnen jedenfalls mit ihren Erzeugnissen zur Verfügung stehen. Ihre Produktpalette sei nach oben hin fast unbeschränkt erweiterbar. Sie brauchten nur Verkaufsräumlichkeiten. Dazu wäre es sinnvoll, den kleinen, zurzeit einmal wöchentlich geöffneten Dorfladen neben dem Kirchenwirt auszubauen. Wenn sie als Gemeinde vom Außen unabhängig sein wollten, dann müsse der kleine Wirtschaftskreislauf funktionieren: Die Bauern produzieren auf ihren Feldern und in ihren Höfen die Lebensmittel und die Bevölkerung nimmt sie direkt im Ort ab. Sie müssten dann nicht mehr Milch und Fleisch um billiges Geld an Molkereien und Schlachthöfe verscherbeln, mit allen Schwierigkeiten des

Transports und dergleichen. Wäre das nicht großartig? Grössing sieht die Augen des Jedlbauern, eines Riesen von nahezu zwei Metern Körpergröße, Bestätigung und Anerkennung suchend, auf sich gerichtet. Alles eindeutig und klar! Es darf doch keinen Widerspruch geben! Soviel dieser dann in der gesamten Runde sucht, die Augen der Anwesenden spiegeln ihm das Erhoffte nicht wider. Er stockt und schüttelt den Kopf. Eine Pause tritt ein. Es scheint, als habe er den Faden verloren. Hias Brugger, sein Kollege, greift nach einem Blatt Papier auf dem Tisch und schiebt es in seine rechte Hand. Moosbacher blickt verloren darauf.

»Tourismus«, flüstert ihm Brugger zu.

»Jaja, Tourismus. Tourismus.« Er blättert in seinem Hirn.

»Fremdenverkehr ohne Fremde, wie soll das funktionieren? Wenn wir die Gemeindegrenzen geschlossen halten, dann kann logischerweise kein einziger Gast, kein einziger Wanderer zu uns kommen. Werden dann unser Gasthaus, die Beherbergungsbetriebe und die Berghütten überleben? Nein, sicher nicht! Da müssen wir noch viel darüber nachdenken, wie wir dieses Problem lösen können. Uns beiden ist noch nicht großartig was dazu eingefallen.«

Nach diesem Eingeständnis leitet er über zum Thema *Außenbeziehungen*.

Grössing wundert sich, weshalb die zwei Bauern dieses Thema ausgewählt haben. Wohl, weil sich sonst alle darum herumgedrückt hatten.

Die Bauern seien die Besitzer von Grund und Boden und mit diesen Liegenschaften wie die Bäume, Sträucher und Gräser verwachsen, setzt Moosbacher fort. Saatgut und Wurzeln seien von Generation zu Generation weitergegeben worden. Er wage zu behaupten, dass sie die Einzigen in der Gemeinde sind, die ohne Außenbeziehungen ganz gut überleben könnten. Wenn es nur um sie allein ginge … Aber so sei es eben nicht. Er erinnere sich noch gut, was sein Vater zu ihm gesagt habe, als er als Fünfzehnjähriger vor die Entscheidung gestellt worden sei, in die Landwirtschaftsschule zu gehen. Er habe damals unbedingt Automechaniker werden wollen. Der Vater habe ihm erklärt, das Schöne am Bauersein sei, dass der Bauer auf seinen Feldern alles produzieren dürfe, von dem alle anderen Menschen abhängig seien. Der Automechaniker müsse arbeiten, um Geld zu verdienen, mit dem er sich dann sein Essen kaufen könne. Habe er kein Geld, habe er nichts zu essen. Nicht so der Bauer. Darin stecke für ihn aber auch eine tiefe Sinnhaftigkeit und Verpflichtung: Er arbeite nicht nur für sich selbst, sondern für eine große Anzahl von anderen Menschen, wie beispielsweise den Automechaniker, die alle von der von seinen Händen produzierten Nahrungsgrundlage direkt leben müssten. Sie seien von niemandem abhängig. Aber für alle, die keine Bauern seien, schaue die Sache ganz anders aus.

»Wir kriegen jedenfalls keine EU-Bergbauernförderung wie ihr. Auf diese werdet ihr sicher nicht verzichten wollen!«, spöttelt Silvias Parteikollege Maier.

»Wenn ihr alle bei uns Bauern direkt einkaufen würdet, dann wären wir nicht darauf angewiesen!«

Grössing unterbricht die beiden. Moosbacher solle zum Thema *Katastrophen* kommen. Für Diskussionen sei in dieser Phase nicht der richtige Moment.

Durch diese heftige Aufforderung in seinem Gedankengang gestört, muss sich Moosbacher wieder sammeln, bevor er weitersprechen kann. Weshalb sie Katastrophen zu einem eigenen Thema gemacht hätten, sei für das Erste nicht ganz zu verstehen, setzt er ein. Gemeint seien vor allem die immer häufiger auftretenden, heftigen Gewitter, die Bäche über die Ufer treten ließen und Muren verursachten. Lawinen, die auch Zerstörung im Dorf brachten, soll es früher gegeben haben, so erzählten die Alten immer wieder. Man könnte noch Waldbrände und Stürme mit Windwurf dazunehmen. Alle diese Katastrophen und deren Folgen hätten zwei gemeinsame Wesensmerkmale. Nummer eins: Sie beträfen in erster Linie die Bauern und deren Felder und Wälder, und Nummer zwei: Sie seien nur mit Unterstützung von außen, also von Land und Bund, durch Schutzbauten zu verhindern, beziehungsweise, wenn einmal eingetreten, zu entschädigen. Die logische Schlussfolgerung sei daher, dass die Gemeinde allein solche Katastrophenfälle nicht stemmen könne. Die Gemeindegrenzen nach außen zu verschließen sei in diesem Punkt einfach nicht möglich. Mehr habe er dazu nicht zu sagen.

Grössing schluckt bei dieser strikten Feststellung seines Parteikollegen, will ihr aber durch eine Entgegnung nicht noch mehr Gewicht verleihen. Um deren Wirkung abzuschwächen, fordert er daher Franz Kerschbaumer auf, die Vorstellungen seiner Gruppe vorzubringen, ohne eine weitere Aktion Moosbachers abzuwarten.

Kerschbaumer bleibt behäbig auf seinem Sessel sitzen und greift nach seinen Unterlagen. Er denkt nicht daran, sich wie seine Vorredner zu erheben und im Stehen zu referieren. 140 kg Körpergewicht sind zu viel für dieses schickliche Verhalten. Jeder der Anwesenden sieht in ihm den mit großen Schlägeln am Ende der Dorfmusikkapelle energisch einherschreitenden Bearbeiter der großen Trommel.

Als Angestellter der Strom AG fühlt er sich als Experte für das Thema *Energieversorgung*. Ein kräftiges Durchatmen. Wenn einer unter ihnen etwas von Energieversorgung verstehe und daher fachlich darüber Auskunft geben könne, dann sei das wohl nur er allein. Die Gemeinde Spieß habe das Glück, aufgrund seiner Geländetopografie und der Wasserläufe mit seinen vorhandenen Kraftwerken Strom für 3000 Haushalte erzeugen zu können. Das sei um vieles mehr, als gebraucht werde. Viel mehr! Aber Windräder, nein! Nicht in Spieß! Die anderen könnten ja, wenn sie wollen, überdimensionale Spinnräder auf ihre Berge klatschen. Nicht sie! Jedes Statement setzt er wie einen Schlägelhieb auf seine Trommel. Pumm! Pumm! Rumpa tumm! Photovoltaik ja. Paneele auf die Dächer ... wer immer will ... alles gut ... für das Geschäft ... ... vom Feichter. Ein lauter Lacher lässt seinen Körper erbeben. Es bleibe ja alles in der Gemeinde. Aber nötig sei es nicht. Strom sei genug da. Jede Kilowattstunde mehr sei nur Strom für die anderen. Und im langen Winter sei in ihrem engen Tal damit sowieso nichts zu holen. Sechs Monate lang nichts! Ein halbes Jahr. Mit einem erneuten, sonoren Lacher besiegelt er sein finales Urteil über diese Form der Energiegewinnung.

»Und nun zur Religion, zur Kirche. Willst du reden, Erwin?«, stößt er seinen Kollegen an.

»Nein, nein, mach nur weiter. Du machst das ausgezeichnet!«

»Also gut! Ich dachte, ich muss ja nicht immer reden. Du könntest ja auch was sagen!«

»Nein, komm schon!«

Kerschbaumer blickt kurz in seine Aufzeichnungen. Sie seien doch alle Christen. Katholiken. Ihre Kirche stehe hundert Meter über ihnen auf dem Berg und zeige mit ihrer Turmspitze zum Himmel. Schweißperlen sammeln sich auf seiner Stirn beim Gedanken an den mühsamen Aufstieg hinter der Musikkapelle und seinem Trommelwagen her. Schritthalten nahezu unmöglich.

Ihr Leben im Ort sei nach dem Kirchenjahr ausgerichtet. Sonntage, Weihnachten, Ostern, Kirchweihfest, Prangtage und so weiter regelten den Jahresablauf.

»Ach, wie viele schöne Feiern und Feste habe ich da oben mit unserer Musikkapelle schon erleben dürfen!«, versinkt er kurz in melancholisches Sinnieren.

Nach einer kurzen Redepause fährt er hoch. Jemand, der nicht zum Kreuz auf der Kirchturmspitze aufblicken wolle, habe in ihrer Gemeinde nichts zu suchen. Sich auf den Bauch legen und nach Mekka beten, diese Sitten hätten in Spieß keinen Platz. Nicht in Spieß! Muslime nicht … oder Mohammedaner … oder wie immer die sich nennen … brauchten sie … … nicht in Spieß. Er atmet tief durch und gibt sich eine Redepause, um sich nicht an seiner Emotion zu verschlucken.

»Unser letztes Thema ist die Kultur. Stimmt's, Erwin?«

»Ja, Kultur!« Wenn jemand über Kultur zu urteilen in der Lage sei, dann er als Mitglied der Blasmusikkapelle, setzt er kurzatmig fort. Die Kultur sei der wesentliche Faktor, mit dem sie sich von außen unterschieden und mit der sie sich nach außen hin abgrenzen könnten. Die Blasmusik, der Chorverein und die Prangstangen gäben dem Ort Klang und Ansehen. Diese drei Säulen der Kultur umrahmten jedes Fest, jedes Brauchtum der Gemeinde und machten diese zu unverwechselbaren, unnachahmlichen Ereignissen.

Leider, so sei es zumindest bei der Blasmusikkapelle, lasse die Begeisterung der Jugend zu wünschen übrig. Der Nachwuchs bleibe aus, auch beim Chorverein. Die jammerten genauso. Fußball ja, nichts als Fußball, und das Handy natürlich. Die Jungen würden nur ein Instrument kennen, das sei das Handy. Das gehöre geändert, verdammt noch einmal. Schon in der Volksschule. Im Kindergarten müsse man beginnen mit der Musik. Am Ende der Volksschule müsse jedes Kind ein Instrument spielen können, wenn nicht spielen, dann wenigstens lieben. Ihre Musik lieben, dann seien sie mit ihr verwachsen. Dann seien sie immun gegen den Dreck von außen, der zu ihnen hereinschwappt. Volksmusik und Volksgut vermurksen und verhunzen, dagegen müssten sie sich wehren. Es sei daher eine grandiose Idee, rund um Spieß einen Grenzzaun hochzuziehen. Punkt. Kein weiteres Wort, letzter Trommelschlag, der Marsch ist zu Ende.

Nach einer Kaffee- und Lüftpause auf dem Balkon des Sitzungssaals bekundet Silvia Lerchner, ihren Beitrag präsentieren zu wollen. Hätte er sie aufgefordert, wäre sie sicher nicht dazu bereit gewesen, denkt Grössing. Sie hat ihren eigenen Willen, den sie gegenüber ihren männlichen Kollegen oft demonstrativ durchzusetzen versucht. Dass ihr Agieren nur von einem Bruchteil der Wählerinnen mit einem Kreuz neben ihrem Parteinamen belohnt wurde, enttäuschte sie zwar momentan, spornte sie in weiterer Folge aber noch mehr an. Er schätzt ihren beharrlichen Einsatz für die Allgemeinheit und vor allem ihre heilsamen Handgriffe. Als erprobte Physiotherapeutin hat sie ihm schon manchen Hexenschuss erfolgreich gemildert.

»Meine cleveren Herren«, beginnt sie pfiffig, »meine Aufgabe ist es, über unsere wahre Zukunft zu sprechen, nämlich über unsere Kinder und deren Bildung. Als Mutter von drei Kindern weiß ich, wovon ich rede. Ihr erinnert euch sicher, dass mir dieses Thema schon lange unter den Nägeln brennt und ich mir – und jetzt geht einmal tief in euch hinein – ich mir dabei die Zunge wundgeredet habe. Weil ich bei euch, zumindest bei den meisten, auf taube Ohren gestoßen bin. Taub, taub, tauber geht's nicht mehr! Und jetzt sehe ich wieder eine Chance für meine und aller Frauen Anliegen. Ich bin keine Freundin der geplanten Abkapselung nach außen. Das muss ich dir ehrlich sagen, Peter! Aber wenn es irgendwie funktionieren soll, dann müssen wir für die jungen Menschen hier im Ort einerseits genügend Betreuungsplätze und andererseits ausreichend Arbeitsplätze zur Verfügung stellen. Solche gibt es zum Beispiel in einem Ganztageskindergarten und in einem Hort, in dem die Volksschulkinder nachmittags eine pädagogisch wertvolle Betreuung bekommen. Jetzt müsst ihr meinen Forderungen zustimmen! In diesen Einrichtungen müssen wir sie auf die Vorzüge unserer Heimat einschwören, sonst rennen sie uns gleich nach der Schule auf und davon. Ist euch das klar? Mit Schule meine ich nämlich auch die Zeit nach der Volksschule, über die wir dann keinen Einfluss mehr auf sie haben. Zumindest schulisch. Diese Schulen sind die MS und die AHS. Und die gibt es eben nicht bei uns in Spieß. Das ist überdies ein Beispiel dafür, dass es unmöglich sein wird, die Gemeindegrenzen völlig geschlossen zu halten.«

Aus Sorge, dass seine Gemeinderatskollegin in diesen

Punkt einhaken und die Veranstaltung in eine nicht geplante Richtung lenken würde, greift er ein: »Silvia, könntest du uns bitte deine Vorschläge präsentieren und jetzt keine Grundsatzdiskussion anfangen!«

»Wenn wir es nicht schaffen, unseren Kindern das Interesse und die Liebe zu unserem Ort und unserer Gegend einzuimpfen, dann werden wir sie hier nicht halten können«, setzt sie unbeeindruckt fort. Denk an deinen Sohn, Peter!«

»Lass das bitte! Das gehört nicht hierher.«

»Die Dinge müssen einfach beim Namen genannt werden. Meine Denkanstöße zeigen: So einfach ist das mit dem Zumachen nicht! In diesem Sinne schauen wir zum Thema *Wohnen und Bauwesen.*«

Wenn sie unter sich bleiben wollten, dann brauchten sie Arbeitsplätze vor Ort, setzt sie fort. Zurzeit pendelte ein großer Teil der Männer, zumindest wer nicht Bauer sei, hinaus aus dem Tal, um auf verschiedenen Baustellen zu arbeiten. Um diesen Leuten eine Perspektive zu geben, müssten sie der Baufirma im Ort Aufträge verschaffen. Was gäbe es da zu bauen? Ein Altersheim, wie schon gehört, vielleicht Schulanbauten. Was aber ganz wesentlich sei, für die Jungen müssten leistbare, attraktive Wohnungen zur Verfügung gestellt werden, damit sie im Ort gehalten werden könnten. Das alles samt der nötigen Infrastruktur habe seine dringende Notwendigkeit, aber auch seine Grenzen. Es werde nicht genug sein für eine dauerhafte Beschäftigung aller. Da werden sie sich noch einiges überlegen müssen!

»Sag einmal, schläfst du?«

Alle drehen sich verwundert um. Keinem ist bislang

aufgefallen, dass Feichter mit gesenktem Kopf und geschlossenen Augen in ihrer Runde sitzt.

»Weckt ihn jetzt aber schnell auf! Das ist doch dermaßen unerhört. Ich müh mich da heraußen ab und er schläft einfach weg.«

Ein kleiner Stupser mit dem Ellbogen durch den Nachbarn. Feichter richtet seinen zusammengesunkenen Körper langsam auf.

Sie klopft auf die Tischplatte, um die Aufmerksamkeit wieder auf sich zu justieren. Dann beginnt sie über das Thema *Verwaltung und Gemeinwesen* zu sprechen.

»Peter, du hast zu Beginn der Aktion davon gesprochen, wir sollten alle unsere von oben verordneten Parteiinteressen zur Seite legen. Ich und sicher auch Max«, sie zeigt auf ihren Parteikollegen Maier, »handeln ausschließlich nach unseren eigenen Grundsätzen, die sich halt zufällig im Programm unserer Partei am besten wiederfinden. Ich habe mir bislang von oben sicher nichts vorschreiben lassen und werde das auch in Zukunft nicht tun. Wenn nun aber alle parteifrei agieren sollen, dann ist es die logische Konsequenz, die Gemeinderatssitze auf alle Parteien gleichmäßig aufzuteilen. Unabhängig vom Wahlergebnis. Dadurch wären alle zu gleichen Teilen für die Gemeindeverwaltung verantwortlich.«

Murren und Unmutsäußerungen.

»Peter, wenn du willst, dass alle hinter deinem Projekt stehen, dann nimm uns alle in die Verantwortung und verteile die Aufgaben. Darfst ja eh Bürgermeister bleiben!« In heiteres Lachen ausbrechend, nimmt sie dem letzten Satz jegliche Brisanz.

»Sehr nett, dass ich das darf! Ich befürchtete schon, du

würdest gleich ein Triumvirat oder ein Rotationsprinzip für die Leitung der Gemeinde einfordern.«

Grössing lässt es dabei bewenden, obwohl es ihn getroffen hat, dass sie von seinem Projekt gesprochen hat. Hat er sich da vielleicht geirrt? Ist es nicht ihr gemeinsames Projekt? Nach dem einstimmigen Abstimmungsergebnis vor einer Woche war er sicher, alle stünden dahinter.

»Generell werden neue Aufgaben auf uns zukommen, wenn wir alles selbst machen wollen. Das braucht sicher neue Arbeitsplätze in der Gemeindeverwaltung. Da gibt es noch einiges zum Nachdenken für uns«, spricht Silvia unbeirrt weiter. In einem Zug steigt sie auf ihr letztes Thema, die *Medizinische Versorgung* um. Sie hätten das Glück, mit Burgi Kerbel eine Perle von Ärztin zu Verfügung zu haben. Als im Ort Gebürtige wisse sie um alle Sorgen und Befindlichkeiten genauestens Bescheid. In besonderen Notfällen sei sie ja sogar schon als Tierärztin eingesprungen. Deshalb müssten sie daran denken, ihr eine Assistenz zu verschaffen. Es sei unbedingt erforderlich, sie zu entlasten. Zusätzlich müsse man sie unterstützen, eine Hausapotheke führen zu dürfen. Das sei jetzt besonders im Sinne einer unabhängigen Gemeinde ein Gebot der Stunde.

»So, meine Herren, das war's von meiner Seite. Ihr wisst, ich mag's gern kurz und bündig.«

Schon bevor das damit ausgelöste Gelächter beendet ist, erhebt sich Feichter. Allen jenen, die geglaubt hätten, er habe vorhin geschlafen, möchte er klarmachen, er habe nur tief nachgedacht. Sehr tief und intensiv nachgedacht, beginnt er seine Rede.

Gelächter.

Er genießt die Wirkung seiner Worte, bemüht, selbst nicht

mitzulachen. Er wundere sich, fährt er fort. Er wundere sich, dass der Herr Bürgermeister hier plötzlich als der große Zampano auftrete. Was dieser hier vermeintlich in Bewegung gesetzt habe, sei nicht die Idee des Herrn Grössing, sondern die schon seit langem und immer wieder vorgebrachte Idee des Hermann Feichter. Dieser habe sicher nichts dagegen, dass jetzt endlich seine Idee umgesetzt werde, aber gegen die unverfrorene Vorgangsweise des Herrn Bürgermeister habe er sehr wohl etwas einzuwenden. Diebstahl geistigen Eigentums sei das. Wenn der Herr Bürgermeister genau nachgeschaut hätte, hätte er sicher irgendwo den Aufdruck Copyright Feichter darauf gefunden.

»Darf ich mich vorstellen: Peter mein Name.« Grössing steht jäh auf und hält ihm seine rechte Hand hin, um den offensichtlichen Sarkasmus zu parieren: »Ich dachte doch tatsächlich, wir zwei seien schon längst per du gewesen. Da muss ich mich wohl geirrt haben. Das müssen wir jetzt sofort nachholen. Sag du zu mir und freu dich, dass dein Vorschlag verwirklicht wird.«

Irritiert greift Feichter nach der angebotenen Hand.

»Ach was, Blödian, frotzle einen anderen!«

Abrupt schiebt er die Hand wieder weg.

Weitsichtige, zukunftsweisende Projekte müssten in allen Belangen durchdacht werden, fährt er fort. Alles müsse Kopf und Fuß haben, müsse realisierbar sein und bedürfe einer präzisen Planung und Organisation. Sie hätten nichts von Ideen, die sich letzten Endes als bloße Hirngespinste und Luftschlösser herausstellten. Dabei sucht er den Blick vorbei an Grössing hin zu den übrigen Gemeindevertretern.

Grössing schwankt zwischen einem höflichen Zur-Seite-

Treten und der vehementen Abwehr der kritischen Aussagen Feichters. Am liebsten würde er sich breit vor ihm aufbauen. Aber er entscheidet sich für den Rückzug. Er kennt seinen Kontrahenten schon lange genug.

Er, als einer der wenigen Gewerbetreibenden in ihrer Gemeinde, und sein Kollege Koller hätten sich des Themas Gewerbe angenommen, setzt dieser fort. Mit seinem Installateurbetrieb sei er für Trinkwasser, Abwasser und Heizungen zuständig. Auf einem breiten, gut vorbereiteten Bogen spannt er alle Gewerbebetriebe auf, die seiner Meinung nach für ein autark funktionierendes Gemeinwesen erforderlich sind. Für jedes Gewerbe nennt er ortsansässige Fachleute, die zurzeit auswärts beschäftigt sind. Da nicht jeder von diesen in der Lage sei, ein eigenes Unternehmen zu gründen und zu führen, sollten die einzelnen Handwerke seinem Betrieb und der örtlichen Baufirma zugeführt werden. Fleischerei und Gastgewerbe, die sich nicht einordnen ließen, könnten eine dritte Einheit bilden. Er hoffe, dafür den Kirchenwirt gewinnen zu können. Mit dem Alten werde da wohl nicht zu rechnen sein, der sei zu lahmarschig. Aber den jungen Wirt werde man sicher überzeugen können, wenn man ihm finanziell ein bisschen unter die Arme greife. Was anstehende Bauprojekte betreffe, da werden sie in der unmittelbaren Zukunft einiges brauchen, zum Beispiel einen größeren Kindergarten, Schulen, ein Altersheim und Wohnungen für die Jungfamilien, wie Silvia vorhin schon gefordert habe. Mit einem breiten Grinsen schaut er zu dieser hinüber.

»Siehst du, meine Liebe, ich habe keineswegs während deiner Rede geschlafen! Im Gegenteil, ich war hellwach und habe deine gescheiten Vorschläge mit großer Aufmerksamkeit wahrgenommen. Aber damit wir bauen können, werden unsere lieben Bauern endlich ein paar ihrer heiligen Grundstücke als Baugründe zur Verfügung stellen müssen. Bis jetzt war da Jahrzehnte lang nichts zu machen. Wenn ihr wollt, dass wir eure gesunden Erdäpfel kaufen, dann müsst ihr uns auch entgegenkommen! Damit wir die Jugend im Ort halten können, brauchen wir Wohnungen für sie. Ohne die Jungen zu gewinnen, werdet ihr mit eurem Bauernladen bestenfalls das Altersheim versorgen dürfen.«

Von den Wohnungen für Junge springt er über zum Thema *Sport*. Wenn er davon ausgehe, mit welchem Eifer die Burschen Fußball trainierten und spielten, sei klar, dass man ihnen diesen Sport nicht wegnehmen dürfe. Wenn man die Gemeindegrenzen aber zusperre, wäre das das Aus für ihre Leidenschaft. Gegen wen sollen sie denn spielen? Gegen sich selbst doch wohl kaum! So toll und unverzichtbar für ihn eine nach außen hin abgegrenzte, autarke Gemeinde sei, in bestimmten Ausnahmefällen werde man die Gemeindegrenzen doch öffnen müssen. Darüber würden sie noch zu reden haben. Er könne sich gut vorstellen, den Fußballern zusätzlich einen Trainingsplatz zur Verfügung zu stellen. Da hapere es aber wieder an der notwendigen Grünfläche. Ein paar Erdäpfel würden da wohl geopfert werden müssen.

»Was wiegt dieses kleine Opfer gegenüber einer sicheren jungen Kundschaft im Bauernladen?«

Grössing bemerkt seinen abschätzigen Blick hinüber zu den zwei Bauern. Wie lange hat er den aufmüpfigen Kerl schon ertragen müssen? Zugegeben, seine Firma hat er in Schwung. Immerhin arbeiten sechzehn Einheimische bei ihm und er liefert ordnungsgemäß Kommunalsteuer an die

Gemeindekasse ab. Den größeren Teil seiner Aufträge erhält er aber von den Nachbargemeinden. Seine Arbeiter pendeln mit sechs Firmenwagen aus und erledigen Montagen und Reparaturarbeiten in der ganzen Region. Mit Argusaugen beobachtet er Konkurrenten, die in die Gemeinde gerufen werden. Seiner Ansicht nach hätten diese in seinem ureigenen Territorium nichts verloren. Gegen die Konkurrenzbetriebe kann er nicht vorgehen. Deren einheimische Auftraggeber werden von ihm jedoch mit einer Art Bannfluch belegt. Bei jeder Gelegenheit, auf dem Kirchplatz, beim Frühschoppen oder auf diversen Festen, zieht er Abtrünnige zur Seite, bestellt Bier oder Schnaps für sie. Mit einem Lächeln wünscht er: Prost, mein Freund! Wir Spießer müssen zusammenhalten! Was meinst du? Meinst du nicht auch, dass Spießer für Spießer da sein sollten? Schließlich profitiert ein jeder von gegenseitiger Solidarität. Für jeden kommt einmal der Moment, in dem er auf die anderen Gemeindebürger angewiesen sein wird. Meinst du nicht auch? Trink und lass dir's schmecken, prost! Auf die Frage, worauf er damit hinauswolle, ob das eine Anspielung sei, legt er für gewöhnlich seinen Arm auf die Schulter seines Gegenübers und beteuert: »Auf nichts, auf gar nichts will ich hinaus. Ich bin nur gut gelaunt heute. Prost! Lass dir's schmecken! Das nächste Mal lass ich mich gerne von dir einladen.« Die Methode hat Wirkung. Die wenigsten wollen sich von ihm ein zweites Mal anrempeln lassen. Er hört ihn reden von Wintersportanlagen, einer Rodelstrecke auf dem Leitenbauer-Güterweg, einer Schipiste am Nordhang, klein, aber oho. Er erinnert sich, dass sein Vater manchmal klagend von der Gemeinderatssitzung nachhause gekommen ist: Schon wieder habe sich der Feichter quergelegt!

Es gehe ihm just ums Dagegensein. Um nichts sonst. Er sprach von August, von Hermanns Vater. Die Aufmüpfigkeit hat also Familientradition. August führte einen kleinen Installationsbetrieb, den Hermann dann später übernommen und geschäftstüchtig Schritt für Schritt ausgebaut hat. Genau als er vor zwölf Jahren das Bürgermeisteramt von seinem Vater übernommen hatte, trat Hermann als Gemeindevertreter blutjung auch in die politischen Fußstapfen seines Vaters. Dieser letzte Schritt war die logische Erweiterung einer Abfolge von Mitgliedschaften bei diversen Vereinen: bei der Fußballmannschaft, der Feuerwehr und unmittelbar nach Ablegung des Militärdienstes auch beim Kameradschaftsbund. Nicht zu vergessen ist sein Auftritt als Prangstangenträger, als er als noch knieweicher Fünfzehnjähriger zum ersten Mal sein gehobenes Traditionsbewusstsein unter Beweis gestellt hatte.

»Semipermeable Wand, halbdurchlässig.«

Bei diesen Worten Feichters wird er von seinen Gedanken zurückgeholt.

Die zukünftige Gemeindegrenze müsse wie eine semipermeable Wand funktionieren, hört er diesen sagen. Alle, die sie in der Gemeinde brauchen, die Nützlinge, würden durch diese durchgelassen und alles Unnütze, das Ungeziefer, müsse draußenbleiben. Sie könnten es sich nicht leisten, die Grenze ständig komplett geschlossen zu halten. Wie solle denn der Tourismus funktionieren? Wie die Versorgung mit Lebensmitteln und Gebrauchswaren? Er könne doch seine Rohre, Pumpen, Schrauben und so weiter nicht selbst produzieren! Auch würden die Bauern für ihren Laden in Spieß keine Bananen anbauen können. Er habe bereits eine Liste angelegt mit Namen von durchschlagskräftigen

Wachposten. Vorne, am Eingang des Tals, genau dort, wo zurzeit die gesundheitsbedingte Zufahrtsperre positioniert sei, dort werde man einen fixen Schranken anbringen und Wachposten aufstellen. Damit habe man alle Zu- und Abgänge der Gemeinde unter Kontrolle. Die übrige Gemeindegrenze verlaufe entlang von Bergrücken und Berggipfeln. Die wenigen hochgelegenen Übergänge seien nur mühsam und bestenfalls zu Fuß passierbar und könnten daher vernachlässigt werden. Die Zutritte zur Gemeinde könnten somit von den Wachposten genau registriert werden und damit wisse man über alle Bewegungen im Ort Bescheid. Bettlergesindel, Sektierer, Migranten jeglicher Art, Muslimbrüder und Ähnliches könnten auf diese Weise schon vorzeitig aussortiert und von Spieß ferngehalten werden.

Das Gehörte wühlt Grössing innerlich auf. In seiner Euphorie über die von außen unbeeinflusste Gemeinde hat er über die konkrete Umsetzung noch nicht ausreichend nachgedacht. Die jetzige Sperre ist von oben verordnet worden und wird von der Bevölkerung als zeitlich begrenzte Einschränkung wohl oder übel akzeptiert. Aber was wird danach sein? Wie würden sie mit einem ständigen Schranken und einer ständigen Kontrolle umgehen? Zu allem Überfluss merkt er, dass Feichter eindeutig weiter gedacht hat als er selbst. Das ärgert ihn maßlos. Das Gefühl des Ärgers mischt sich mit jenem der Besorgnis. Er fühlt sich elend.

»Und nun zum Wesentlichen«, hört er Feichter sagen. »Da geht es jetzt an das Eingemachte. Nämlich, wie finanzieren wir denn all die vorgestellten Bauvorhaben und Umrüstungen? Wer bezahlt die neuen Posten, die zu schaffen sein werden? Mit unserem derzeitigen Gemeindebudget können wir bestenfalls ein paar Schlaglöcher in der Straße flicken und Volksschule und Kindergarten gerade noch erhalten. Wenn wir in Zukunft auf die Zuwendungen von Bund und Land verzichten wollen, wird nicht einmal dafür Geld zur Verfügung stehen. Aber ich habe die Lösung, Leute! Bevor ich euch diese allerdings verrate, möchte ich mir anhören, welche Ideen der Herr Bürgermeister und sein Gehilfe zu diesem Thema anzubieten haben. Sie sind ja für das Thema Finanzen zuständig. Sie haben sich sicher die Köpfe zerbrochen und kluge Vorschläge entwickelt.« Er zeigt auf die beiden und setzt sich. Sein momentaner Beitrag ist zu Ende.

Grössing spürt den Drang, dem »Herr Bürgermeister« ein »Peter« entgegenzuhalten. Er besinnt sich und verzichtet auf dieses Spielchen. Dankesworte an alle für die konstruktiven Vorschläge und Ideen erscheinen ihm sinnvoller, ohne auf Feichters Spitzen einzugehen.

»Nun haben wir einiges an Ideen vor uns liegen«, setzt er fort, »es sind aber auch Fragen und Bedenken geäußert worden, die wir gemeinsam zu klären haben. Bevor wir uns daran machen, steht noch mein und Roles Beitrag über die Finanzierung aus. Wie wahrscheinlich allen bewusst ist, ist diese das Um und Auf für die Verwirklichung all unserer Wünsche und Vorhaben. Ihr wisst natürlich auch genau, wie es um unsere Finanzen steht. Spieß gehört zu den finanzschwächsten Gemeinden des gesamten Bundeslandes. Einen relativ kleinen Teil unseres Budgets lukrieren wir aus eigenen Einnahmen wie der Kommunalsteuer, der Grundsteuer und diversen Abgaben für Wasser, Abwasser, Müll und so weiter. Diese Einnahmen sind keine Welten. Den größten Teil bekommen wir bislang vom Bund und vom

Land. Und ihr wisst, wie wenig Spielraum uns vor allem das Land für die Verwendung dieser Mittel lässt. Bei manchen Transferleistungen muss man bitten und betteln, bis man überhaupt etwas davon abbekommt. Was die Finanzen betrifft, brauchen wir uns also nichts vormachen. Wir werden auf die Bundes- und Landesmittel nicht verzichten können. Aus diesem Grunde werden wir nach außen hin so tun müssen, als ob wir eine offene Gemeinde seien, nach innen machen wir aber, was wir wollen. Für die Vorgangsweise wird es Fingerspitzengefühl brauchen und vor allem müssen wir auf Gedeih und Verderb zusammenhalten und auch dichthalten. Schaffen wir das? Seid ihr dazu bereit?«

Alle nicken. Nur Feichter atmet tief durch, raunt Unverständliches vor sich hin, bis er alle Blicke auf sich gerichtet sieht. Langsam erhebt er sich von seinem Sessel.

»Bei dem, was wir vorhaben, lieber Herr Bürgermeister, brauchen wir mit unserem waidwunden Budget gar nicht anzufangen. Das wird nichts! Wir brauchen mehr. Wir brauchen einen Investor!« Sein Blick wandert von Augenpaar zu Augenpaar durch die Runde. Er dehnt die Redepause, um dem Gewicht dieses Begriffes Genüge zu leisten.

»Und einen solchen habe ich an der Hand.« Wieder wartet er, als wollte er das Erstaunen, die Spannung in den Gesichtern möglichst lang auskosten.

»Als ich heute verspätet zur Sitzung erschienen bin, bin ich direkt von ihm gekommen.«

»Jetzt sag schon! Von wem?« Silvia kann sich nicht mehr zurückhalten. »Ich hasse diese Geheimnistuerei!«

»Nesselbach.« Er genießt die Wirkung dieses Namens.

»Albrecht Von Nesselbach. Ich bin vorgestern und gestern

mit Albrecht auf der Jagd gewesen. Leider ist uns der Hirsch, den er gerne schießen wollte, nicht vor die Flinte gelaufen. Aber ich hatte die Gelegenheit, mich mit ihm über unser Projekt …«, er stockt, »mit ihm über das Problem mit unserem mageren Gemeindebudget zu reden.«

»Du hast ihn eingebunden? In unsere vertrauliche Sache hier? Wir haben doch absolutes Stillschweigen vereinbart!«

»Jetzt wart doch erst einmal das Ergebnis unserer Unterredung ab, Peter, bevor du dich aufregst!«

»Nein, nichts wird abgewartet. Das ist ein absoluter Vertrauensbruch! Wenn es eine gewöhnliche Bezugsperson, ein Gemeindebürger gewesen wäre, hätte ich ja noch einigermaßen Verständnis dafür, aber nicht bei Nesselbach. Diesem Mann, der, wenn es um seine Interessen geht, stets alle Hebel in Bewegung setzt und bei allen politischen Machenschaften im Land die Finger im Spiel hat, erzählst du alles über unser Projekt? Das darf doch nicht wahr sein!«

»Manchmal muss man eben, wenn man einen besonderen Nutzen für die Gemeinde herausschlagen will, die Prioritäten vernünftig abwägen und Abmachungen hintanstellen! Albrecht, ich meine Von Nesselbach, hat einen genialen Plan. Und jetzt passt genau auf: Er ist im Besitz einer Studie, in der die letzten Untersuchungsergebnisse aus den 1990er Jahren über die Beschaffenheit des Gesteinsmaterials im Bereich des Stüblbaus im Katschberg aufgelistet sind. Wie ihr wisst, wurde in diesem Gebiet bis 1815 Gold abgebaut. Vom Deutschen Reich wurden in den Jahren 1938 und 1939 umfangreiche Untersuchungen durchgeführt. Daraufhin hat eine Berliner Bergbaugesellschaft einen 130 m langen Stollen vorgetrieben. Der Abbau wurde im Jahr 1941 wegen zu geringen Goldertrags und aus diversen anderen Gründen wieder eingestellt. Es war ja mitten im Krieg. Das Besondere daran ist aber, dass es aus dieser Zeit und aus weiteren Untersuchungen in den 90er Jahren ein umfangreiches Wissen über den Mineralien- und Metallgehalt der Gesteine vorliegt. Es hat sich damals klar gezeigt, dass sich ein weiterer Goldabbau nicht rentiert. Aber etwas, das damals überhaupt nicht beachtet worden ist, hat heute höchste wirtschaftliche Brisanz – und das ist das Bedeutende für uns! Der Gehalt an Nickel. Nickel wird für Lithium-Ionen-Batterien gebraucht. Mit dem Ausbau der E-Mobilität steigt der Bedarf an diesen Akkus ständig. Eines der größten Nickelabbaugebiete liegt in Morowali, irgendwo in Indonesien. Alles dort ist in chinesischer Hand. Die westlichen Industrieländer setzen alles darauf, von dieser Angebotskonzentration unabhängiger zu werden. Nesselbach sieht hier eine große Marktchance für den Abbau bei uns. Er sei schon nah daran, die Lizenz dafür zu erwerben, vorausgesetzt, wir als Gemeinde spielen mit. Wir hätten damit alle finanziellen Probleme mit einem Schlag gelöst.« Mit einem Griff zieht er seinen Sessel vor sich hin, stützt sich mit beiden Armen auf dessen Lehne ab und blickt stolz in die Runde. Er ist sich der Wucht seiner Mitteilung bewusst.

Ein wildes Gewirr an Kommentaren, Fragen, Bedenken und Einwänden, gerichtet an die jeweiligen Nachbarn, durchzieht den Raum.

Es dauert, bis Grössing die Fassung findet, um die Initiative wieder an sich zu ziehen. Er erhebt sich und klatscht mehrmals mit seiner flachen Hand auf die Tischplatte. Dann wartet er, ohne ein Wort zu sagen, bis alle ihre Aufmerksamkeit von

Feichter, der sich breit auf seinen Sessel niedergelassen hat, zu ihm umgelenkt haben. Mit genau gewählten Worten bedankt er sich bei seinem Vorredner für dessen Beitrag. Er vermeidet es, diesen als etwas Außergewöhnliches, als etwas, das sich über die Vorschläge und Anregungen der anderen abheben würde, zu bewerten. Da gebe es noch einiges darüber zu diskutieren, schließt er den Dank lapidar ab.

Wieder allgemeines Gemurmel.

»Du bist uns noch etwas schuldig geblieben, Hermann! Wie ich hier sehe«, er zeigt auf seine Unterlagen, »fehlt uns noch das Thema *Jagd*. Was hat dein Freund Albrecht dazu zu sagen? Ich nehme an, dass er diesbezüglich einige Wünsche haben dürfte.« Nach ‚Freund Albrecht' musste er sich bei dieser Frage selbst stoppen. Beinahe hätte er Feichters Manier übernommen, Nesselbach mit einem Von zu adeln. Er beließ es beim Vornamen.

Feichter bleibt sitzen und presst genervt heraus: »Was ist denn das wichtig jetzt? Entscheidend ist doch, dass wir eine super Finanzierungsmöglichkeit für alle unsere Ideen haben, von jedem Einzelnen hier vorgebracht. Ideen haben ist einfach. Sie finanzieren können ist wieder eine andere Sache. Den Nickelabbau zu verwirklichen, braucht Jahre. Wir werden aber von Beginn an Geld brauchen und ich stelle mir lebhaft vor, wie du vor den Landeshauptmann hinkriechst, damit er uns ein bisschen mehr als das Mindestmaß zukommen lässt. Nesselbach ist bereit, uns von Beginn an finanziell unter die Arme zu greifen, wenn wir ihm beim Bergbauprojekt nichts in den Weg legen. Das wird uns ja nicht schwerfallen. Oder?« Er blickt zu Grössing. Dieser zeigt keine Reaktion.

»Und nun zur Jagd: Wenn wir wollen, dass er uns so

großzügig unterstützt, werden wir ihm als Dank jagdlich ein wenig entgegenkommen müssen.«

»Was will er? Rück heraus damit!«

»Ich denke, dass wir ihm die Stockeralm bis hinauf zum Weißeck als Revier überlassen sollten.«

Nun liegt diese alte Geschichte wieder auf dem Tisch. Nesselbach hat jahrelang über diverse Kanäle und Türchen versucht, diese Reviererweiterung zu erreichen. Es war ein Kampf gegen zwei hartnäckige Almbesitzer, die ihm die Jagd aus reiner Antipathie justament nicht verpachten wollten. Wie soll das jetzt funktionieren? Alle wissen, mit welcher Vehemenz er diese Erweiterung herbeiführen wollte. Er sah sie für seine Geschäftsanbahnungen unbedingt erforderlich. Potenzielle Geschäftspartner zur Jagd einzuladen scheint äußerst erfolgversprechend zu sein. Je mehr er sich jedoch bemühte, desto verbissener stemmten sich die Almbauern dagegen. Auch das höchste finanzielle Angebot konnte sie bis zum heutigen Tag nicht umstimmen. Dass dieser Karren hoffnungslos verfahren ist, steht offen im Raum. Entsprechend aufgeregt sieht sich jede und jeder der Anwesenden gedrängt, eine Meinung dazu unmittelbar kundzutun. Grössing vernimmt nur mehr ein wildes Durcheinander an teils zornigen, aufgebrachten und teils zweifelnden Äußerungen. Er erkennt, dass er seinen Plan, alle Vorschläge der einzelnen Gruppen im zweiten Teil des Sitzungsprogramms breit diskutieren zu lassen, vergessen kann. Und er will es auch nicht mehr. Jetzt scheint ihm nicht der richtige Moment zu sein, eine Entscheidung darüber herbeizuführen. Er macht nicht den geringsten Versuch, die entstandene Konfusion aufzulösen und wartet geduldig, bis die Aufregung von alleine langsam verebbt. Er beobachtet Feichter, der sich ausgelassen lachend mit seinem Parteikollegen Koller unterhält, ungerührt von den Vorgängen rund um ihn herum. Wieder einmal hat der Kerl, denkt er sich, die volle Aufmerksamkeit auf sich gezogen. Es ist Zeit, dieses Spiel zu beenden! Er steht auf und klatscht zweimal in die Hände: »Meine lieben Freunde!« Er wartet, bis völlige Ruhe eingekehrt ist. »Durch Hermanns hochinteressanten Vorschlag ist eine neue Dynamik in unser gemeinsames Projekt gekommen. Es haben sich dadurch auch viele Fragen aufgetan, die diesbezüglich noch geklärt werden müssen. Bevor wir diese Klärung nicht herbeigeführt haben, erscheint es mir nicht zielführend, die Ideen aller anderen, die wir heute hier auf dem Tisch liegen haben, weiter zu diskutieren und zu entwickeln. Marga, hast du alles, was wir heute besprochen haben, zu Protokoll genommen?«

»Ja, hab ich. Ich werd's nur noch in eine übersichtliche Fassung bringen, dann könnt ihr's alle haben.«

»Sehr gut! Aufgrund der schon fortgeschrittenen Stunde und aufgrund der neuen Situation möchte ich die heutige Sitzung jetzt beenden und den zweiten Programmpunkt auf später verschieben. Damit bekommt ihr Zeit, euch Hermanns Vorschläge durch den Kopf gehen zu lassen. Wir müssen uns nur noch auf einen neuen Termin einigen. Der sollte allerdings möglichst bald sein.«

Es gibt keinen Einwand gegen den Abbruch der Versammlung und rasch einigen sie sich darauf, sich genau eine Woche später wieder zu treffen.

*

Die Kaffeemaschine brummt. Er füllt sich einen doppelten Espresso in seine Tasse. Das braucht er an diesem Morgen. Die übliche Nachbesprechung beim Kirchenwirt nach der Sitzung war nicht möglich. Diesmal hätte er ohnehin darauf verzichtet. Zu Hause fand er lange keinen Schlaf. Am Morgen konnte er trotz Müdigkeit keine Entspannung mehr finden und begab sich im Bademantel in die Küche. Kaffee! Kaffee wird helfen.

Der verdammte Kerl muss sich immer wieder mächtig aufspielen! Dann soll halt er den Bürgermeister machen! Um für diesen Posten zu kandidieren, ist er dann wieder zu feig. Oder zu bequem? Für den geringen Gehalt würde es sich sicher nicht dazu hergeben. Aber hat er nicht recht? Wir haben kaum einen Überschuss im Budget. Womit sollen wir alle unsere Vorhaben finanzieren? Ich müsste wahrscheinlich alle möglichen Pirouetten schlagen, um mehr Geld von Land, Bund und eventuell auch von der EU herauszuholen. Und genau von denen wollen wir unabhängig werden!

Grössing wollte am Abend nach der Sitzung nur weg. Er hatte erkannt, dass eine Nachdenkpause nötig war. Feichters Ideen waren, das musste er zugeben, insgesamt wegweisend. Wenn sie einen privaten Sponsor zur Verfügung hätten, könnten sie nach Lust und Laune agieren. Dann könnten ihnen die öffentlichen Geldgeber alle gestohlen bleiben. Aber da waren zwei Punkte, die ihn massiv störten: Erstens, der Vorschlag kam von Feichter, und zweitens, der angebliche Geldgeber war Nesselbach. Tief in seine Gedanken versunken, hebt er die Kaffeetasse hoch. Ein bitterer Geschmack verbreitet sich auf seiner Zunge und zieht ihm den Mund zusammen. Was ist denn das für eine Brühe?

»Gibt's Probleme?«, hört er plötzlich Idas Stimme von der Tür her. Er dreht sich erschrocken um.

»Warum sitzt du schon um halb fünf in der Küche?«

»Ich kann nicht mehr schlafen.«

»Gestern ist was schiefgelaufen! Der Hermann?«

»Du hast es erfasst. Wer sonst?«

Ida nimmt einen Sessel und setzt sich neben ihn. »Was ist los? Erzähl!«

Er füllt sich noch einmal Kaffee ein. Diesmal gibt er Zucker dazu. Dann beginnt er zu erzählen. Sie horcht ihm zu, ohne ihn zu unterbrechen. »Der liebe Hermann spielt sich wieder auf, wie so oft«, schließt er ab.

»Sieh es nicht so negativ. Vielleicht ist was dran an seiner Idee. Es könnte euch doch von Nutzen sein!« Sie legt eine Hand auf seinen Arm. »Denk dir einmal den Hermann weg. Was wärs, wenn der Vorschlag von einem anderen gekommen wäre?«

»Es ist nicht nur er, es ist vor allem der Nesselbach. Der hat uns bis jetzt, soweit ich mich erinnern kann, immer nur Schwierigkeiten gemacht und ausschließlich in seine eigenen Taschen gearbeitet. Wie sollte der jetzt plötzlich etwas für unsere Gemeinde tun wollen?«

»Weißt' was, Peter, lass es einfach einmal sickern. Setz dich mit deinen Vertrauensleuten zusammen und schaut euch gemeinsam die Sache in absoluter Ruhe an! Und jetzt legst du dich noch einmal ins Bett. Komm!« Sie zieht ihn hoch und schließt ihn in die Arme. »Heute riechst du gar nicht nach fremdem Parfum! Wie das? Waren gestern keine Frauen dabei bei euren Besprechungen?«

»Schon, aber es hat keine Gelegenheit zu besonderer Nähe gegeben.«

*

Heller legt die Zeitung zur Seite. Dann nimmt er seine Brille ab und reinigt mit einer Serviette deren Gläser. Wie so oft, ist er der einzige Gast beim Kirchenwirt zu dieser zeitigen Vormittagsstunde.

»Ich sehe heute so schlecht. Keine Ahnung, was los ist«, murmelt er vor sich hin, in der Annahme, dass die Kellnerin zuhört. Es kommt aber keine Reaktion.

»Irmi!«

Ihr Kopf kommt hinter der Theke hoch. Sie blickt ihn fragend an.

»Ach was, bring mir bitte ein Bier!«

»Das erste Bier heute. Hoffentlich ist es nicht das letzte!«

»Möchtest du, dass ich mich besaufe? Ich verspüre eigentlich keinen Grund dazu.«

Sie habe das nur allgemein gemeint, erklärt sie, während sie sein bestelltes Bier vorbereitet. Seit das Virus wieder umgehe, kämen fast keine Gäste mehr zu ihnen. Wenn diese Situation anhalte, müssten sie bald zusperren. Nicht einmal die Gemeindevertretung zeige sich mehr. Die kämen nach ihren Sitzungen immer zu ihnen. Keine Ahnung, was da los sei. Es könne doch nicht an ihnen liegen. Gekonnt drosselt sie den Strom aus dem Zapfhahn und baut eine formschöne Schaumkrone auf Hellers Bierglas auf. Als sie das Bier vor ihn hinstellt, fällt ihr auf, dass in der Lampe über seinem Tisch die Glühbirne kaputt ist. Sie macht sich sofort daran, diese auszutauschen.

Heller wundert sich nicht mehr, dass er die Zeitung so schlecht lesen konnte. Es war nicht die Brille. Er grübelt kurz, warum ihm selbst die mangelnde Ausleuchtung seines Tisches nicht aufgefallen ist. An trüben Tagen braucht sein Stammtisch auch vormittags künstliche Beleuchtung.

Irmi schraubt die neue Glühbirne in die Fassung der Lampe, die über seinem Tisch hängt. Sie steht noch auf einem Sessel unmittelbar vor Heller und wischt den Staub vom Lampenschirm, als die Gaststubentür geöffnet wird und Grössing eintritt.

»Was geht denn hier ab? Irmi, die auf dem Sessel tanzt? Die neue Attraktion beim Kirchenwirt«, witzelt er.

»Wir üben gerade eine neue Nummer«, lässt sie sich auf seinen Scherz ein, während sie vom Sessel steigt und diesen dem Bürgermeister zum Platznehmen anbietet.

Vieldeutig schmunzelnd fragt Grössing nach: »Eine neue Nummer?«

»Ach Gott, ihr Männer! Was magst du trinken?«

Er bestellt einen Kaffee und wendet sich an Heller. Er habe etwas Wichtiges mit ihm zu besprechen. In leisen Worten fügt er hinzu, dass das Ganze aber nicht für die Öffentlichkeit bestimmt sei. Irmi muss das dennoch mitbekommen haben, denn unmittelbar darauf ertönt Schlagermusik aus den kleinen Lautsprechern über der Theke. Nun beginnt er, das aus seiner Sicht Wesentliche vom Vorabend zu erzählen. Ganz allgemein fasst er die Vorschläge der einzelnen Arbeitsgruppen zusammen. Diese müssten erst gemeinsam ausverhandelt werden. Das Bemerkenswerte aber sei Feichters Idee zur Finanzierung all dieser Projekte. Deshalb sitze er jetzt hier bei ihm und ersuche um seinen Rat. Er erzählt von Nesselbach, dem angedachten Nickelabbau und von dessen eventueller unmittelbarer Unterstützung der Gemeinde. Dass dieser dies nicht ohne Eigennutz tue, sei so klar wie das Wasser im Karsee. Er wolle nämlich die Größe seines Jagdreviers nahezu verdoppeln. Seit Jahren kämpfe er schon darum, habe sich aber bisher an den Almbesitzern die Zähne ausgebissen. Zum Schluss bringt er noch seinen großen Ärger zum Ausdruck, dass Feichter völlig eigenmächtig Kontakt mit Nesselbach aufgenommen und diesem alles über ihr Vorhaben verraten habe. Ja, verraten! Denn es sei, wie Heller ja wisse, strengstes Stillschweigen vereinbart gewesen. Wenn Nesselbach darüber in Kenntnis gesetzt sei, kenne es die ganze Welt. Feichter habe ihm zwar dessen Loyalität versichert, aber auf diese setze er keinen Cent.

Bei den letzten Äußerungen muss Heller mit dem Zeigefinger auf seine Lippen tippen, um ihn zum Dämpfen seiner Stimme zu mahnen.

»Irmi, bring mir bitte eine Halbe!«, ruft Grössing zur Theke. »Du hast ja noch gar nichts getrunken.«

»Aufgrund deines spannenden Lageberichts hab ich komplett darauf vergessen. Der schöne Schaum hat sich leider verflüchtigt.«

»Magst du ein neues? Ich bestell's.«

»Nein, lass gut sein! Mir ist sowieso nicht ganz nach Bier heute. Daran würde ein frisches auch nichts ändern.«

Ihr Reden über ein Bier erübrigt sich, denn von Irmi ist weit und breit nichts zu sehen. Heller wundert es nicht mehr, dass er von ihr so wenig über das Getratsche der Gäste erfährt, wenn sie sich immer, wie hier, so diskret zurückzieht. Er kümmert sich aber nicht weiter um sie. Ohne Umweg kommt er auf Grössings Anliegen zurück. Dabei kann er es nicht lassen, diesen daran zu erinnern, dass er ihn gewarnt habe: Komplexe Systeme hätten die Eigenheit, dass man deren Funktionieren nie exakt abschätzen könne. Die Eigenmächtigkeit Feichters jedenfalls sei für ihn keine Überraschung. Sie sei von Vornherein zu erwarten gewesen. Er müsse sie für sich zu nutzen wissen. Dass sie Geld brauchten, sei klar. Dass dieses Geld auf öffentlichen Pfaden schwer zu lukrieren sei auch. Somit dürfe er dessen Idee nicht gleich verwerfen.

Plötzlich steht Irmi mit einem Krügerl Bier vor ihnen.

»Ja Irmi!«, fragt er erstaunt, »wo kommst denn du auf einmal her?«

»Du hast doch ein Bier bestellt, nicht?«

Sie stellt das volle Glas vor ihn auf den Tisch und so jäh, wie sie gekommen ist, zieht sie sich wieder zurück.

Mit zurückgedrehter Lautstärke erklärt Heller, dass er kein Bergbauexperte sei. Er wisse aber, dass Nickel ein gefragtes Metall vor allem für Lithium-Ionen-Batterien sei. Dass die Chinesen den Nickelmarkt dominierten, sei auch richtig. Wie es mit den angeblichen Nickelvorkommen im Katschberg bestellt sei, könnten nur verlässliche Gesteinsaufschlüsse und Gutachten beweisen. Jedenfalls, und das wisse er sicher, falle einer Standortgemeinde bei der Umsetzung und Genehmigung eines solchen Projekts nur eine bescheidene Rolle zu. Wesentliche Voraussetzung sei zwar deren Zustimmung, aber sonst reden da alle möglichen Institutionen mit. Ganz zu schweigen von den Investoren. Ob Nesselbach so etwas stemmen könne, er wisse es nicht. Das sei ohnehin seine Sache. Aber sich auf das Gelingen so eines Projektes auf Gedeih und Verderb zu verlassen, davon könne er ihm nur abraten. Dass die Umsetzung dieses Vorhabens viele Jahre beanspruche, brauche er nicht extra zu erwähnen. Viel wichtiger sei Nesselbachs angebliches Angebot, die Gemeinde unmittelbar und unbürokratisch finanziell zu unterstützen. Was die Person Nesselbach betreffe: Sie müssten froh sein, dass er dazu bereit sei. Finanziers lägen nicht auf der Straße und man könne sie sich nicht beliebig aussuchen. Dass dieser nicht einfach völlig selbstlos Geld in die Gemeinde pumpe, dürfe man ihm auch nicht verdenken. Er unterbricht seinen Monolog und greift nach seinem Bierglas: »Prost! Du hast noch nichts getrunken.«

Grössing hebt auch sein Glas hoch und nimmt einen kleinen Zug. Heller habe die vergangene Geschichte mit der Reviererweiterung wahrscheinlich noch nicht mitbekommen, sagt er unmittelbar darauf, dazu lebe er erst zu kurz in Spieß. Nesselbach habe alle Register gezogen und habe alle möglichen Leute für sein Anliegen eingespannt: den Landesjägermeister, die Frau Bezirkshauptfrau, sogar die damalige Landwirtschaftsministerin habe er als Jagdgäste bei sich gehabt. Zu diesen Jagdgesellschaften habe er immer die beiden Besitzer vom anliegenden Revier eingeladen und fürstlich bewirtet. Alle hätten auf die beiden eingewirkt, ihr Revier an ihn zu verpachten. Je mehr sie sich bemüht hätten, desto weniger seien die beiden Bauern zu diesem Handel bereit gewesen. Er wisse nicht, was bei diesen Treffen alles vorgefallen sei, man munkle ja vieles darüber. Die beiden jedenfalls hätten Nesselbach von Vornherein als präpotenten Störenfried betrachtet und die opulenten Einladungen hätten diese Einstellung nicht zerstreuen können. Im Gegenteil. Zuletzt habe Nesselbach seinen Jagdfreund Feichter eingeschaltet. Dieser sei mehrmals mit großzügigen Geschenken bei den beiden aufmarschiert und habe sie umzustimmen versucht. Er habe aber auf Granit gebissen. Woher Hermann jetzt seinen Optimismus nehme, dass sie ihre Meinung ändern könnten, könne er nicht nachvollziehen. Er jedenfalls glaube nicht daran. Und ohne diese Pacht gebe es kein Geld für die Gemeinde.

»Dürfte ich vielleicht wissen, um welche beiden Bauern es sich handelt? Das kann doch nicht so ein Geheimnis sein!«, unterbricht ihn Heller.

»Ist das für dich denn so wichtig?«

»Nein, überhaupt nicht. Trotzdem verstehe ich deine Geheimnistuerei nicht.«

»Da ist überhaupt nichts geheim. Der Hallerbauer und der Wenger sind's. Ihre Höfe liegen in Hinterspieß. Kennst du sie? Wenn du sonntags in die Kirche gehst, müssten sie dir bekannt sein.«

»Ein Kirchenbesuch hat bei mir Seltenheitswert. Der Kirchenwirt wäre besser als Treffpunkt geeignet. Die beiden haben sich bei mir allerdings hier noch nicht vorgestellt.«

»Ich glaube auch nicht, dass du ihr Freund werden könntest. Sie haben ihre unerschütterlichen Vorurteile gegenüber allem, was aus der Stadt kommt, siehe Nesselbach.«

»Es wird doch irgendwen von euch geben, der mit ihnen vernünftig reden kann, der einen Draht zu ihnen hat! Wie schaut's mit euren Bauernvertretern in der Gemeinde aus?«

Grössing überlegt und schüttelt zweifelnd den Kopf. »Im Grunde genommen denken die nicht anders. Sie mögen den Nesselbach genauso wenig. In dieser Ablehnung stehen die Bauern zusammen. Sie sind fast alle selbst Jäger und wollen nicht, dass sich der da oben so breit macht.«

»Also, Peter, ohne Geld könnt ihr euer Projekt in der

Gemeinde vergessen. Entweder die Bauern springen über ihre Schatten oder es geht eben nicht. Tut euch zusammen und nehmt sie euch vor. Ihr müsst da Bewegung hineinbringen. Sollte es gelingen, dann müsst ihr allerdings von Nesselbach Garantien verlangen, dass er euer Projekt sicher finanziert. Ihr müsst alles auf Punkt und Beistrich mit Rechtsanwalt und Notar festschreiben. Diese werden von euch bestimmt und nicht von ihm. Nesselbach ist sicher mit allen Wassern gewaschen und wickelt euch sonst um den Finger. Versprich mir, dass ihr euch da bestens absichert!«

Grössing trinkt nachdenklich von seinem Bier. Plötzlich erhebt er sich und greift nach seiner Geldbörse, um seine Zeche zu bezahlen. Offenbar hat er die Absicht aufzubrechen.

»Heute bezahle ich. Du hast mich schon so oft eingeladen«, erklärt Heller bestimmt. »Und ich möchte mich auch für dein entgegengebrachtes Vertrauen revanchieren.«

Grössing diskutiert nicht lange, bedankt sich und verlässt impulsiv ohne Erklärung das Gastzimmer. Was ist dem jetzt eingefallen, denkt sich Heller. Den sollte man einmal verstehen! Er verfolgt verbissen dieses unsichere Projekt. Warum macht er das? Was verspricht er sich davon?

*

Prachtvolles Spätherbstwetter. Kurz nach elf hat sich der Nebel über dem Talboden aufgelöst und den Blick auf die mit weißen Raureifkristallen gezuckerte Landschaft freigegeben. Andre Fuchs lehnt an der Friedhofsmauer und blickt hinunter auf die Straße, die einzige Möglichkeit, den Ort auf einfache Weise, gleich dem Wasser der Mur, talauswärts zu verlassen.

Doch diese Straße liegt an diesem Tag leer vor ihm. Er hebt seinen Blick und erreicht bald auf der gegenüberliegenden Talseite weit über dem First des höchstgelegenen Hauses den oberen Rand der Zuckerrinne. Über dieser Grenze prunken Bäume mit ihrer in diversen Rot-, Gelb- und Brauntönen gefärbten, rasch vergänglichen Kleiderpracht. Nur die Fichten bestehen hartnäckig auf ihr Alltagsgrün. Nach oben wechseln rötlich braune Rasenteppiche, hellgraue Geröllhalden und dunkelgraues Felsenwerk bis hin zum Horizont ab. Ab diesem herrscht nur mehr das satte Dunkelblau des Herbsthimmels.

Bei seinem Rundgang um die Kirche kann er seinen Lebensraum, in dem er seit 78 Jahren verweilt, ohne den Hals zu verkrümmen, überblicken. Dass er, außer der gewohnten, der Jahreszeit und dem Wetter geschuldeten Einfärbung, keine Veränderung zu befürchten hat, bereitet ihm für gewöhnlich innere Ruhe. Bis auf wenige Ausnahmen hat es ihn nie über diese so greifbar nahe Horizontgrenze hinausgezogen. Nichts hatte ihn dazu gedrängt. Dass die Erde eine Kugel sei, dass sie eine große Kugel sei, war ihm ab dem Moment klar, als er das erste Mal auf dem Gipfel des Weißecks gestanden war. An jenem Tag hatte er die Grenzlinie seines bisherigen Blickfelds nach hinten verschoben. Er stand staunend über die plötzliche Weite seines Ausblicks am Gipfel des Berges und konnte sich daran nicht sattsehen. In diesem Moment war für ihn die Richtigkeit der Behauptung seiner Lehrerin, dass die Erde, wie der Mond und andere Planeten, kugelförmig sei, unwiderlegbar erwiesen. Damals dürfte er so zwölf Jahre alt gewesen sein. Seit diesem Ereignis sind zwei Dinge unverändert geblieben: seine feste körperliche Verwurzelung an seinem Geburtsort auf der einen Seite und sein ständiges Interesse an den Varianten menschlichen Lebens und menschlicher Lebensweisen hinter diesem Horizont, eben auf der gesamten Erde andererseits. Seine innere Ruhe ist in den letzten Tagen brüchig und rissig geworden. Nicht, dass er sich von einem aufgeblasenen, zugereisten Städter je hätte beeinflussen lassen, aber irgendeinen wunden Punkt dürfte Heller mit seinem blöden Gerede über die Hinterlassenschaft nach dem Tod unlängst beim Kirchenwirt bei ihm getroffen haben. Nie ernsthaft erkrankt, nie in Verletzungsgefahr, hatte er bisher den eigenen Tod aus seinem Denken ausgespart. Seit dieser Begegnung sucht er jeden Tag den Friedhof auf. Die erste Station ist immer das Grab, in das Marie, seine liebe Frau, im Jahr 2016 gebettet worden ist. Kurz vor Weihnachten hatte sie beschlossen, ihn mit seiner unsinnig umfangreichen Büchersammlung, wie sie stets zu sagen pflegte, allein zu lassen. Jedes Mal beklagt er, dass sie sich nicht so früh aus dem Staub machen hätte müssen, der sich auf seinen Büchern über die Jahre angesammelt habe. Sie hätte einfach über seine Verrücktheit hinwegsehen müssen. Jetzt müsse es ohne ihr Staubtuch auch funktionieren. Dann dreht er mehrmals eine Runde um die Kirche. Von Zeit zu Zeit bleibt er an einem Grab stehen und versucht sich an die Verstorbenen zu erinnern. Was ist von Anna übrig geblieben außer einer vagen Erinnerung? Bei ihrem Begräbnis vor neun Jahren hatte er genau an dieser Stelle gestanden und zusammen mit ihren Angehörigen von ihr Abschied genommen. Abgesehen davon, dass man hierorts, wenn möglich, am Begräbnis eines dahingeschiedenen Gemeindebürgers teilnimmt, war ja Anna sein Geburtsjahrgang und mit ihm in der Volksschule gewesen. Selbst diese Gemeinsamkeit mit der Verstorbenen hatte in ihm nicht einen Gedanken an die eigene Sterblichkeit hervorgerufen. Bei jedem Grab klingen Hellers penetrant aufdringlichen Sätze in ihm nach: *Was glaubst du, Andre, was bleibt von uns schlussendlich über, wenn sich unser Körper aufgelöst hat? Ich bin fest davon überzeugt, dass jeder Mensch ganz Entscheidendes von sich auf der Erde zurücklässt!* Was lässt sie zurück, die Anna? Sie ist eine rechtschaffene Bäuerin gewesen und hat tagaus, tagein für ihre Familie gearbeitet. Arbeit! Diese Arbeit hat sie aufgebraucht. Ihre Energie hat nicht einmal für ein halbwegs langes Leben ausgereicht. Gut, sie hat zwei Kindern das Leben geschenkt. Das ist ja schon etwas, das sie auf ihrer Liste anschreiben kann. Diese Kinder haben ihrerseits wieder zusammen fünf Kinder zur Welt gebracht. Ist es nicht gerade das? Ist nicht das das Entscheidende des Lebens? Alle Lebewesen sind darauf ausgelegt, sich weiterzugeben, sich fortzupflanzen. Da kann er mithalten. Er hat es zwar nur zu einer Tochter gebracht und diese wieder zu einem einzigen Sohn. Diese Hauptaufgabe des Lebens hat er erfüllt. Aber Fortpflanzung ist etwas, das die Existenz aller Lebewesen – von den Pflanzen, zum Tier bis zum Menschen hin – prägt. Wenn das die Aufgabe aller Lebewesen ist, was unterscheidet dann die Menschen von Tieren und Pflanzen? Da muss es doch noch über die Fortpflanzung hinaus etwas geben! Was finde ich da bei Anna? So wandern Andres neue Gedanken von Grab zu Grab. Bei jedem verweilen sie auf der Suche nach Außergewöhnlichem, das erhalten geblieben sein könnte. Nur selten werden sie fündig.

Wer immer im Friedhof zu tun hat oder aus der Kirche tritt, wundert sich über Andres ungewöhnliches neues Verhalten. Was sucht der so oft auf dem Friedhof und führt dort sogar

Selbstgespräche? Dreht er jetzt schon komplett durch? Ganz richtig war der ja nie auf der Platte.

*

Burgi Kerbel wundert sich, dass sie von Peter seit seinem letzten Besuch in ihrer Ordination nichts mehr gehört hat. Er hatte sie damals gebeten, die Infektionszahlen künstlich hochzuhalten – also praktisch falsche Angaben zu machen –, weil sie die damit verbundene Ausfahrtssperre für ihr Gemeindeprojekt brauchten. Was läuft da eigentlich ab? Und hat sie ihm damals nicht klar gemacht, dass sie mit ihm darüber noch einmal in Ruhe reden möchte? Jetzt liegt das Gutachten vor ihr, um welche Virenart es sich handelt. Gott sei Dank haben sie dieser einen nichtssagenden Namen gegeben. SARS-CoV-2XXR-Virus. Was immer das heißen soll. Es gebe schon unzählige ähnliche Varianten weltweit, genau diese aber nicht. Eine Bezeichnung wie Spießer 1.0-Virus wäre eine Katastrophe gewesen. Die Infektionszahlen sind seit seinem Besuch schon merklich zurückgegangen, und doch gibt es immer wieder einen neuen Fall. Sie schätzt trotzdem, dass sie in circa drei bis vier Wochen bei null sein werden. Sorgen macht ihr, dass ein hoher Anteil der einmal Infizierten hartnäckige Nachwirkungen zeigt. Sie sind zwar physisch offenbar wieder völlig gesund, verhalten sich aber ihrer Umwelt gegenüber beunruhigend apathisch. Sie interessieren sich für nichts und lassen widerstandslos alles mit sich geschehen. Wenn noch zehn Fälle dazukommen, dann erreichen sie eine Infektionsrate von vierzig Prozent. Die sofortige Sperre des Orts war die Rettung. Wer kümmert sich denn schon um eine unbedeutende Gemeinde irgendwo im Gebirge? Wer kümmert sich heute noch um eine vorübergehende Sperre? Hätte es sich bei Spieß um eine Hochburg des Fremdenverkehrs gehandelt, wäre das sicher anders gekommen. Die Presseleute würden ihnen die Türen einrennen. Sie sucht im Internet nach ähnlichen Infektionsfolgen, verspricht sich jedoch nicht viel davon. Vor ihr liegt ein dickes Buch über Virologie, das ihr diesbezüglich auch keinen Aufschluss gegeben hat.

Soll sie ihn anrufen? Sie haben vereinbart, sich über Telefon nur zu kontaktieren, wenn fachliche Fragen zu klären sind, wenn sie als Ärztin gefragt ist. Wäre das jetzt der Fall? Sie könnte ihm vom Gutachten berichten, aber in Wahrheit will sie etwas anderes von ihm. Warum meldet er sich so lange nicht? Offenbar nimmt ihn sein *Projekt*, wie er es immer bezeichnet, völlig unter Beschlag. Sein Projekt! In was hat er sich da verrannt und warum? Nach zwölf Jahren unaufgeregter, im Großen und Ganzen konfliktfreier Leitung der Gemeinde beginnt er plötzlich herumzufuhrwerken. Ja, *fuhrwerken* würden die Bauern dazu sagen. Sie kann es sich nur mit einer Midlife-Crisis erklären, möglich ist es. Mit seinen achtundvierzig Jahren ist er gerade einmal zwei Jahre jünger als sie. Was will er sich jetzt mit seiner plötzlichen Hyperaktivität beweisen? Wenn er einmal bei ihr ist, wird wenig gesprochen. Woher sollte sie über seine persönlichen Befindlichkeiten und über seine Bewegründe genau Bescheid wissen? Die Zeit ihres Beisammenseins ist jedes Mal kurz bemessen und mit besonderer Vorsicht beladen. In den Ritzen und Luken der Häuser sind überall Augen und Ohren platziert, die alles, was in der Nachbarschaft und auf den Gassen und Straßen passiert, registrieren. Mit sinnlicher Gründlichkeit wird alles, das nicht der Dorfnorm entspricht, herausgefiltert und dem öffentlichen Raum zur Beurteilung und Weiterverbreitung zur Verfügung gestellt. Die Wahrnehmungen sind bruchstückhaft und subjektiv. Entsprechend jäh und ungeprüft fallen die Urteile aus. Sie hat einen ausgezeichneten Ruf als Gemeindeärztin zu verwalten und kann auf solches Gerede verzichten. Nicht aber verzichten kann sie auf den Kontakt zu Peter. Sie hatte bis jetzt den Eindruck, dass auch er so empfindet, obwohl er pedantisch darauf bedacht ist, nach außen heile Familie zu spielen. Mit seiner Frau Ida ist ihm das bis jetzt gelungen. Sie wundert sich, dass diese von ihrer Beziehung noch nichts mitbekommen haben sollte. Sie ist der Meinung, dass Frauen das spüren müssten. Jedenfalls lässt Ida sich in der Öffentlichkeit nichts anmerken und hält sich aufrecht und stolz an der Seite ihres Mannes, des Bürgermeisters. Dass diese zur Schau gestellte harmonische Zweisamkeit nicht völlig aufrichtig sein könne, führt sie auf den Auszug des Sohnes der beiden zurück. Dieser hat vor vier Jahren nach einer heftigen Auseinandersetzung mit seinem Vater Elternhaus und Dorf verlassen und ist seither nicht mehr zurückgekehrt. Sie weiß, wie Peter darunter leidet, und sie kann sich nicht vorstellen, dass Ida diesen Verlust ohne Vorhaltungen und Vorwürfe weggesteckt hat. Sie weiß freilich nicht, ob diese nicht zumindest über das Internet mit ihrem Sohn in Kontakt ist. Aber dass dieser sich zuhause überhaupt nicht mehr blicken lässt, muss sie hart treffen. Die Reaktion in der Bevölkerung der Gemeinde zu diesem Fall ist überraschenderweise äußerst zurückhaltend. Bis auf ein paar gelegentliche Sticheleien ist ihr noch nichts aufgefallen. Sie jedenfalls darf Peter auf dieses Thema nicht ansprechen. Er ist dafür absolut unzugänglich und spricht kein Wort darüber.

Gerade als sie auf einen interessanten Artikel im Internet stößt, ertönt die Türklingel. Hoffentlich muss sie an ihrem ordinationsfreien Nachmittag nicht zu einem Hausbesuch aufbrechen. Das hätte noch gefehlt! Sie greift nach der FFP2-Maske und öffnet zögernd die Tür. Vor ihr steht Peter und schlüpft rasch durch den Türspalt.

»Du bist es! Ich habe gerade an dich gedacht, weil ich keine Nachricht von dir hatte.«

»Ist dir mein Besuch ungelegen?«, fragt er, als er die Überraschung hinter ihrer Maske erkennt.

»Nein, nein! Im Gegenteil! Aber bevor du noch einen Schritt weiter machst, muss ich dich testen. Sonst musst du wieder gehen!«

»Seit wann bist du so streng? Welchem Test willst du mich denn unterziehen?«

»Ich mach einen Antigentest, komm, setz dich hier hin. Ich bin gleich wieder da.«

Mit einer Packung Schnelltests in der Hand macht sie ihm Vorwürfe über seine Leichtsinnigkeit. Er bewege sich ständig unter Leuten und müsse jederzeit damit rechnen, dass er sich infizieren könnte. Sie jedenfalls könne sich eine Infektion auf keinen Fall leisten. Routiniert nimmt sie einen Rachenabstrich und taucht ihn in die Testlösung. Einen zweiten nimmt sie von der Nase. Doppelt halte besser.

Während der Wartezeit zieht er seine Schuhe aus.

»Du bist aber optimistisch. Wenn der Test positiv ist, musst du sie wieder anziehen.«

»Wie du weißt, habe ich ein starkes Immunsystem. Wäre ich infiziert, würde ich das sicher längst spüren.«

»Das haben sich schon viele gedacht. Manche, die infiziert

sind, merken überhaupt nichts davon und verbreiten die Viren trotzdem. Das ist ja das Tückische an dem Zeug. Ganz sicher ist der Schnelltest allerdings auch nicht. Das, was wir hier machen, ist riskant. Aber hoffen wir das Beste. Bei dir scheint tatsächlich alles zu passen.« Sie hält beide Tests in ihrer Hand. »Warten wir noch ein bisschen. Wie geht's dir denn? Erzähl!«

Er erzählt, dass er sehr, sehr viel zu tun habe. Erzählt kurz vom Treffen der Gemeindevertretung. Es bewege sich etwas und das sei gut, sagt er, ohne irgendein Detail zu verraten. Sie beschwert sich über seine Geheimniskrämerei.

Sie hätten Geheimhaltung vereinbart.

»Hast du denn kein Vertrauen zu mir?«

»Oh ja, hab ich.« Er steht auf. »Zeig die Tests!«

Beide sind negativ.

»Ich vertraue dir absolut und bin sehr dankbar für deine Vorsicht.«

Behutsam nimmt er ihre Schutzmaske ab. Dann zieht er sie an sich und küsst sie.

»Wenn dem so ist, warum erzählst du mir nicht mehr über den Fortgang deines Projekts?«

»Weil ich dafür Stunden brauchen würde. Es wäre doch jetzt schade um unsere gemeinsame Zeit!«

Er umarmt sie, drückt sie an sich und streicht mit den Händen sanft über ihren Rücken. Sie wird weich und schmiegt ihren Körper an ihn. Mit äußerster Zärtlichkeit küsst er ihren Hals.

»Welch ein Duft! Hast mir schon so gefehlt!«

»Komm!«

Sie nimmt ihn bei der Hand und zieht ihn ins Schlafzimmer.

Hastig ziehen sie sich gegenseitig die Kleidung aus. Textil für Textil wird abgestreift, Wärme fließt von Haut zu Haut und potenziert sich zu Hitze. Sie lassen sich aufs Bett fallen und fluten ineinander. Sie spüren sich als Einheit. Für ewig! Diese Ewigkeit dauert nur kurz, zu kurz. Wohlige Entspannung durchströmt ihre Körper, die, jeder für sich, nebeneinander auf dem Bett liegen. Nur ihre Seiten berühren einander noch punktweise, um zu signalisieren, ich bin ja noch bei dir. Ihre Gedanken laufen schon wieder auf separaten Geleisen. Sie hadert ein bisschen über die Endlichkeit ihrer gemeinsamen Glücksmomente. Schön war's, hätte sie ihm gern in den Mund gelegt. Doch von ihm kommt nichts. Sie hat sich schon längst damit abgefunden und ihre Wünsche zurückgestutzt. Er denkt darüber nach, wie er sie am besten mit seinem mitgebrachten Anliegen konfrontieren könnte. Entgegen ihren Erwartungen dreht er sich noch einmal über sie, küsst zart ihre Brustwarzen, kommt hoch zu ihrem Mund. Ein sanfter Kuss und, »Danke! Es war sehr, sehr schön!«, um dann unmittelbar anzuschließen, »Du, ich habe eine wichtige Frage an dich.« Sie öffnet überrascht ihre Augen, die sie im Genuss seiner neuerlichen Zärtlichkeiten wieder geschlossen hat.

»Was ist los? Was gibt es denn zu fragen?«

»Burgi, du hast mir doch unlängst von den Nachwirkungen der Vireninfektion erzählt.«

Sie fährt hoch, setzt sich auf und wickelt ihre Bettdecke um sich herum.

»Was soll das hier? Warum musst du das gerade jetzt besprechen?«

Er räuspert sich mehrmals und rückt dann mit seinem Ansinnen heraus. Sie habe ihm doch erzählt, dass bei vielen

Infizierten nach dem Abklingen der körperlichen Symptome eine Apathie zurückbleibe.

»Ja leider«, bestätigt sie. Die Leute verhielten sich völlig teilnahmslos und willenlos. Es sei schrecklich anzusehen. Sie habe noch keine Ahnung, wie lange dieser Zustand andauere und was man medizinisch dagegen tun könne. Sie habe schon nachgeforscht, aber noch nichts gefunden. Experten anzurufen sei auch keine Möglichkeit, weil sie auf den Fall Spieß nicht unnötig aufmerksam machen möchte. Irgendwann werde sie das dennoch tun müssen.

»Bist du in der Lage, jemandem das Virus bewusst zu übertragen? Könntest du?«

Sie fährt entrüstet hoch, bevor er seine Frage zu Ende bringen kann. Aus der Tatsache, wie schwer es ihm offenbar fiel, die Frage vorzubringen, schließt sie, dass hinter dieser mehr stecken müsse als reines Interesse an ihren medizinischen Fähigkeiten. »Welches Spiel spielst du da? Vor zwei Wochen wolltest du von mir, dass ich die Infektionsstatistik fälsche, und jetzt kommst du hierher, spielst den zärtlichen Liebhaber und erwartest daraufhin, dass ich Menschen mit dem Virus infiziere. Was bin ich für dich? Ich fühle mich von dir so ausgenützt! Am besten, du kleidest dich an und verschwindest sofort nach Hause!« Sie zieht sich die Bettdecke über den Kopf und verkriecht sich darunter.

Er setzt sich auf, versucht gar nicht, sie zu beruhigen, und auch nicht, sie aus der Bettdecke auszugraben. Ohne zu wissen, ob sie ihm zuhört, erzählt er von den Vorschlägen der einzelnen Arbeitsgruppen im Gemeinderat und kommt schließlich zu Hermann Feichter und zu Nesselbach. Zugegeben, räumt er ein, Nesselbachs Integrität müsse erst geprüft werden. Wenn bei diesem alles passe, wäre das die Chance für ihr Gemeindeprojekt. Voraussetzung sei allerdings das Zustandekommen des Pachtvertrags mit dem Hallerbauern und dem Wenger. Diese beiden seien aber zwei harte Knochen. Wenn man bei denen etwas machen könnte …

Sie fährt unter der Decke hervor. Erzürnt fragt sie, ob er jetzt tatsächlich erwarte, dass sie, die Vertrauensärztin der gesamten Gemeinde, zu diesen beiden Bauern hingehe und sie infiziere, damit sie dann in Apathie verfallen und alles mit sich machen ließen. Sie wundere sich sehr, dass er ihr so eine Niedertracht zutraue. Abgesehen davon müsste er ihr erst einmal erklären, wie so eine gezielte Virenübertragung praktisch zu bewerkstelligen sei. Sie kann sich nicht mehr zurückhalten und wirft ihm alle ihre Bedenken zu seinem Projekt an den Kopf. Wie könne man denn auf die blöde Idee kommen, eine Gemeinde, überhaupt so eine kleine wie Spieß, nach außen hin abzukapseln? Zu ihr zum Beispiel kämen auch Patienten von draußen herein. Auf diese wolle sie ganz sicher nicht verzichten. Sie fragt ihn, welche Rolle er ihr in dieser Kapsel zugedacht habe. Eine Gemeinde sei, genauso wie der menschliche Körper, ein offenes System. Beide seien auf Gedeih und Verderb auf Inputs und Outputs angewiesen. Sie brauche ihm die notwendigen Stoffflüsse sicher nicht zu erklären. Apropos Kapsel, schließt sie ab: Spieß werde nach wenigen Generationen ausgestorben sein, wenn keine neuen, vermehrungsfähigen Menschen, junge Frauen und Männer, zu ihnen hereinkommen dürften und es zu keiner genetischen Auffrischung komme.

Er zieht, während sie spricht, seine Kleidung an. Sie kann nicht erkennen, ob er ihr überhaupt zuhört. Zuletzt bleibt er in der Zimmertür an den Türrahmen gelehnt stehen. Stille kehrt ein. Er ist zu keinem Wort fähig. Sie starrt vor sich hin. Es vergehen viele Sekunden, bis er sich abwendet und den Raum verlässt.

»Peter, wart!«, ruft sie ihm nach, »ich muss dir noch etwas sagen. Den Hallerbauern und den Wenger muss man nicht extra infizieren. Die hat es schon erwischt. Sie waren bei der ersten Partie dabei, vor drei Wochen.«

Sein Kopf erscheint langsam in der Tür. Weit geöffnete Augen fragen nach detaillierter Auskunft.

Beide hätten mit schrecklichen Kopf- und Gliederschmerzen gekämpft, setzt sie fort, und litten jetzt genau an den beschriebenen Nachwirkungen. Sie seien völlig apathisch und willenlos. Sie habe noch nichts für sie tun können.

Die Beweggründe für ihre Mitteilung sind schwer zu verstehen. Wollte sie ihre unbändige Enttäuschung über sein Ansinnen damit etwas auflösen oder hatte sie Angst davor, ihn zu verlieren?

Er liebt es,
abends durch die Gassen
der Altstadt Maastrichts zu bummeln,
deren Puls von jungen Menschen
vorgegeben wird.
Es ist ein Ruhepuls.

Martin wartet gespannt, bis die kleine Box mit den zu ziehenden Kärtchen zu ihm weitergereicht wird. Er beobachtet die Gesichter der Kolleginnen und Kollegen, die vor ihm an die Reihe kommen. Es ist vereinbart, dass niemand verraten dürfe, welches Los in der Hand liegt. Einzig, wer sein eigenes Land gezogen hat, soll das Kärtchen der Professorin überreichen. Diese würde es überprüfen und nach dem neuerlichen Ziehen wieder in die Box zurücklegen. Diese Vorgangsweise entspricht dem Wunsch aller Gruppenmitglieder. Niemand von ihnen sollte den Vorteil haben, den Block mit dem eigenen Heimatland zugeteilt zu bekommen. Er erkennt unterdrückte Enttäuschung in manchen Gesichtern, in anderen verrät ein feines Lächeln oder ein Strahlen in den Augen, dass sie mit dem Los zufrieden sind. Nachdem die Box reihum gegangen ist und alle gezogen haben, werden die Karten auf den Tisch gelegt.

Martin blickt angespannt auf seine Karte. Er weiß nicht, ob er sich freuen oder ärgern soll. Seine Anspannung rührt aber nicht nur vom Ergebnis der Ziehung her, sondern von seiner völlig neuen Situation. Für ihn ist alles fremd: die Stadt Maastricht, die Universität hier, das Universitätsgelände – ganz Maastricht scheint Universität zu sein –, das Guesthouse der Uni, in dem er vor zwei Wochen sein kleines Zimmer bezogen hat, das Institutsgebäude und der kleine Saal, in dem das Tutorium vor einer Stunde begonnen hat. »European Studies: European Public Policy« nennt sich der Masterstudiengang, den er sich ausgewählt hat. Er hat Ende Juni das Bachelorstudium in Politikwissenschaften in der Stadt Salzburg abgeschlossen und sich um einen Masterstudiengang im Europäischen Ausland bemüht. In den Internetseiten stieß er auf Maastricht und dessen Universität. Die reizende niederländische Stadt, die Anwesenheit vieler internationaler Studenten und das Angebot eines europabezogenen Lehrgangs führten ihn zur Entscheidung für diesen Studienort. Als auch noch sein Antrag auf ein Erasmusstipendium bewilligt wurde, stand einem Umzug nichts mehr im Wege. Sein Vater wollte nicht, dass er das Gymnasium besucht. Er war auch gegen die Universität, überhaupt eine im Ausland. Von ihm hätte er keine Unterstützung erwarten können. Hätte er dessen Wunsch entsprochen, hätte er die Mittelschule besucht, anschließend ein Handwerk erlernt, Tischler oder Heizungsinstallateur vielleicht. Ein Stipendium machte ihm den Weg frei nach Maastricht.

Nun sitzt er hier, umgeben von unbekannten Gesichtern. Neun Studentinnen und Studenten sind um die Professorin Suzan de Bruycker versammelt, welche das Tutorial »Interests, Advocacy and Protest in EU Public Policy« leitet. Unterrichtssprache ist Englisch. Martin kostete es einiges an Überwindung, in der eingänglichen Vorstellungsrunde die ersten englischen Sätze vor dieser Runde von sich zu geben. Es war eher ein Gestotter, das er hervorbrachte. Die Professorin fiel ihm nie ins Wort und so gewann er langsam an Mut. Manch anderen ging es nicht viel besser als ihm. Er hatte alle Mühe, deren oft akzentgefärbten Worte zu verstehen, und er merkte sich keinen einzigen Namen. Nur die Herkunftsländer kann er den einzelnen Gesichtern zuordnen. Interessanterweise ist nur ein einheimischer Student unter ihnen. Daneben gibt es eine Schwedin, einen Deutschen, eine Rumänin, einen Dänen, einen Tschechen, einen Spanier und eine Italienerin. Die Mitglieder dieser Arbeitsgruppe sind von der Professorin vorab ausgewählt worden. Nach welchen Kriterien war ihnen nicht ersichtlich. Die neun bekamen den Auftrag, Daten und Fakten zum Thema ‚*Einstellung der Jugend in den einzelnen Mitgliedstaaten der EU zur Europäischen Union*' zu erheben und zu bewerten. Die siebenundzwanzig Mitgliedstaaten sollten auf die Gruppenmitglieder aufgeteilt werden. Daraus haben sich Dreierpakete ergeben, die nun auf den Kärtchen notiert vor ihnen auf dem Tisch liegen. Frau de Bruycker verlangt von ihnen, dass sie ihre Ländergruppe vorlesen und dann ein kurzes Statement zu ihrem persönlichen Zugang zu diesen Ländern abgeben. Mit dieser Loszuteilung will sie - und darüber herrscht auch Einstimmigkeit innerhalb der Arbeitsgruppe – ein Gerangel um eventuell bevorzugte Länder vermeiden.

»Hungary, Romania, and Bulgaria«, liest Martin vor, als die Reihe an ihn kommt. Er blickt kurz in die Runde und glaubt, ein bemitleidendes Lächeln im Gesicht des Deutschen zu erkennen. Gleichzeitig strahlen ihn die Augen der Rumänin an, die unmittelbar neben diesem sitzt, als er ihr Heimatland nennt. Er fängt diese Reaktionen wie kurze Schnappschüsse auf. Es bleibt ihm aber keine Zeit, darüber zu reflektieren, denn er hat ja seine Meinung zu seinem Losglück zu formulieren. Er versucht, die positive Seite darüber herauszustreichen. Die drei Länder seien im weitesten Sinne die Nachbarn Österreichs gegen Osten hin. Er nimmt an, dass sie sich seine Abstammung gemerkt hatten. Ungarn sei 2004, Rumänien und Bulgarien seien im Jahr 2007 in die EU integriert worden. Allen dreien sei die kommunistische Vergangenheit gemeinsam. Diese Tatsache und die relativ kurze Mitgliedszeit machten die Erhebungen für ihn besonders interessant: War der Beitritt eine reine Flucht aus dem Kommunismus, waren es nur wirtschaftliche Interessen einiger Magnaten, wurde die gesamte Bevölkerung miteinbezogen? Wie denkt vor allem die Jugend, die das kommunistische Regime nicht mehr miterlebt hat?

Die Professorin ist zufrieden und sie wechseln weiter zum Nächsten. Martin wartet schon gespannt darauf, wer Österreich erwischt hat und mit welchen Staaten es kombiniert ist. Die Rumänin, die als Letzte an die Reihe kommt, hat das Glückslos Österreich gezogen. So denkt jedenfalls Martin. Die Studentin mit ihren langen schwarzen Haaren, mit schmalem Gesicht und auffälliger Nase hingegen scheint nicht so glücklich zu sein. Sie bringt den Einwand vor, dass sie eine ausgesprochen schlechte Karte gezogen habe. Da sei etwas nicht gerecht in der Zusammenstellung und Verteilung.

Der Deutsche fährt gleich hoch: »What's so bad about Germany?«

Dass Österreich und Deutschland in einem Topf sind, das sei ja irgendwie logisch, setzt sie fort, ohne auf die Frage einzugehen. Martin horcht auf. Ihm liegt auf der Zunge, warum das logisch sei, aber bevor er es einwenden kann, redet die Rumänin schon weiter. Es gehe ihr um Frankreich. Dass da Frankreich auch noch dabei sei, das sei zu viel. Rein quantitativ. Im Vergleich zum Pott Griechenland, Zypern und Malta sei doch der Aufwand vor allem für Deutschland und Frankreich wesentlich größer. Man brauche nur die Flächen und die Einwohnerzahlen zu betrachten. Ihre Ländergruppe sei fast achtmal so groß und die Einwohnerzahl betrage das Dreizehnfache. Alle wundern sich. Wo hat sie diese genauen Zahlen in der kurzen Zeit und ohne Hilfsmittel hergezaubert? Niemand zweifelt jedoch die angeführten Größenordnungen an.

Wenn man in die Länder reisen müsse, wäre sie mit dem nahe an Maastricht liegenden Deutschland und mit Frankreich wesentlich besser dran, wirft der deutsche Kollege ein. Nach Deutschland könne sie beinahe zu Fuß hinübergehen und nach Frankreich sei es auch nicht weit. In seine Länder müsse er sich in das Flugzeug setzen. Er hat, wie sie ja schon wussten, den Griechenlandtopf erwischt.

Nun schaltet sich die Professorin ein, um die in ihren Augen sinnlose Diskussion zu beenden. Sie habe die Einteilung der Staaten in die Dreiergruppen nicht willkürlich gemacht. In den meisten Fällen habe es geografische und geschichtliche Gründe gegeben. Zum Schluss seien Frankreich, Deutschland und Österreich übriggeblieben. Sie gebe zu, dass mit Frankreich und Deutschland sehr große Staaten zusammenkämen, aber das geografische Nebeneinander sei doch vorhanden. Dass sich aus der geschichtlichen Erfahrung Deutschland und Frankreich nicht so einfach verbinden ließen, sei eine andere Sache.

»Isn't it the same with Austria and Germany?«, fragt Martin.

Es gehe bei dieser Studie um die Europäische Union. In dieser seien doch alle siebenzwanzig Staaten miteinander verbunden, egal welche Probleme und Auseinandersetzungen sich in den Zeiten davor abgespielt hätten. Sie sollten also alle ihre Vorbehalte beiseitelassen, sonst könnten sie ihre Aufgabe nicht objektiv lösen. Was nun den sichtlichen Größenunterschied zwischen den einzelnen Potts betreffe, sollten sie sich bewusst machen, dass sie die Erhebungen ohnehin nur stichprobenartig durchführen könnten. Da bestehe die Möglichkeit auszugleichen. Sie müssten sich allerdings bewusst sein, dass es sich um eine wissenschaftliche Arbeit handle. Die Stichproben müssen repräsentativ sein.

Daher müssten sie noch über die genaue Vorgangsweise sprechen. Sie erklärt ihnen, wie sie sich die Erhebungen der Einzelnen vorstellt. Alle Teilnehmer der Arbeitsgruppe müssten sich miteinander abstimmen, damit für alle EU-Länder vergleichbare Ergebnisse herauskommen. Es sei nicht verboten, sich gegenseitig zu unterstützen. Zum Beispiel könne der deutsche Kollege Strömer gerne der rumänischen Studentin Marinowa beratend zur Seite stehen, sobald sie sich mit dem großen Deutschland zu beschäftigen beginne. Ein feines Lächeln zeigt sich im Gesicht der Professorin. Sie spielt wohl auf die vorhergegangene Diskussion über das Ungleichgewicht zwischen dem Topf Griechenland, Zypern und Malta und dem Topf Deutschland, Frankreich und Österreich an.

Dasselbe gelte auch für ihn, liegt Martin auf den Lippen. Bezüglich Österreich würde er ihr gerne zur Seite stehen. Und er brauche Hilfe für Rumänien. Das könnte eine nutzbringende Symbiose ergeben. So denkt er. Irgendetwas hemmt ihn, diese Sätze auszusprechen. Ist es die Übersetzung ins Englische? Das Denken direkt auf Englisch fällt ihm nicht leicht. Die Professorin spricht bereits wieder über die Methodik der bevorstehenden Arbeit. Martins Blick haftet immer noch an der hübschen rumänischen Kollegin. Er sollte so bald als möglich mit ihr Kontakt aufnehmen.

*

»Mein Vater? Was soll ich dir von ihm erzählen? Ich erzähl' dir, wie er besonders wütend auf mich geworden ist. Da hast du etwas zum Lachen: Ich habe mir einmal die Haare zwei

Millimeter kurz schneiden und halb blau, halb grün färben lassen. Dann habe ich mir einen Rock, ja du hörst richtig, einen bodenlangen Damenrock angezogen und bin so am Morgen zur Schule aufgebrochen. Vor der Haustür bin ich ihm über den Weg gelaufen, meinem Vater. So gehst du mir nicht aus dem Haus! Was glaubst du denn, wie ich vor den Leuten dastehe, wenn sie dich in diesem Aufzug sehen? Du machst mich zum Gespött der ganzen Gemeinde. Geh sofort hinauf in dein Zimmer und zieh dir etwas Ordentliches an! Dann drückte er mir einen Zwanzigeuroschein in die Hand. Ich solle mir umgehend die Haare umfärben lassen. Er war so verärgert.«

Martin grinst über das ganze Gesicht. Noch immer amüsiert ihn seine jugendliche Blödheit. Er habe gerade die siebente Klasse des Gymnasiums besucht. Als Kind aus seinem abgelegenen Heimatort habe er in der Klasse einen besonders schweren Stand gehabt. Stets habe er beweisen müssen, dass er kein Hinterwäldler sei.

»Hinterwäldler? Was ist ein Hinterwäldler?«, fragt Ivana.

Er hat das englische Wort ‚hillbilly' verwendet. Stolz darauf, dass ihm diese Vokabel überhaupt eingefallen ist, soll er ihr jetzt noch dessen Bedeutung erklären. Hinterwäldler seien Menschen, die fernab des Mainstreams tickten. Sie wollten nur banale Volksmusik, Blasmusik, Taratata, Taratata, Marschmusik und so, hören. So habe man es jedenfalls in seiner Schulklasse gesehen. Jemand, der sich nicht nach der neuesten Mode gekleidet und nicht seinen eigenen Stil entwickelt habe, sei gleich einmal in diese abwertende Ecke gestellt worden. Um dem zu entgehen, habe er sich eines Tages entschlossen, sich die auffällige Frisur zuzulegen und den Damenrock anzuziehen. Bestellt per Internet.

»In diesem Aufzug wollte ich dann am Morgen ungesehen aus dem Elternhaus schleichen. Leider ist mir der Vater in die Quere gekommen.«

Ivana lacht laut auf. »Ich kann mir seine Reaktion gut vorstellen!«

»Ja, er war meine erste Bewährungsprobe in diesem Outfit.«

»Sehr mutig, was du da getan hast!«

»Mehr als mutig. Kaum hatte ich es an meinem Vater vorbei geschafft – ich bin ganz einfach weitergegangen, als er mich aufhalten wollte –, musste ich den Einstieg in den Autobus bestehen. Du kannst dir gar nicht vorstellen, welches Gelächter sich da über mich ergossen hat. Und erst in der Schule! Noch nie habe ich mich so im Mittelpunkt, im Blickfeld meiner Umgebung gefühlt. Die einen haben mich ausgelacht, die anderen bewundert. Aus jeder Ecke, durch jede Tür drehten sich Köpfe in meine Richtung. Blicke blieben an mir haften. Manchen blieb der Mund weit offenstehen. Als ich in meine Klasse getreten bin, brauste nach einigen Sekunden des Schrecks oder der Verblüffung tosender Applaus auf. Ich muss ein feuerrotes Gesicht bekommen haben. Nie hatte ich mit solchen Reaktionen gerechnet. Als ich auf die Idee dazu gekommen war, hätte ich mir das nie vorstellen können. Nun wusste ich nicht, wie ich mich verhalten sollte. Ich konnte nicht mehr zurück, die Haarfarbe wegblenden und aus dem Rock eine Hose machen. Aus purer Verlegenheit, nicht aus Stolz, habe ich beide Arme gehoben und mich feiern lassen. Ich war heilfroh, als ich endlich auf meinem Sessel Platz genommen hatte und meine Nase in die Hefte und Schulsachen vergrabe konnte. Interessanterweise reagierten die Lehrer kaum auf mein neues Outfit. Ein paar erstaunte oder fragende Blicke, aber das war's dann schon.«

»Bei Frauen wäre das nichts Außergewöhnliches gewesen. Gefärbte Haare und Herrenkleidung sind bei uns fast Alltag. Aber ein Mann im Frauenrock fällt auf. Die Geschichte gefällt mir!«

»Mein Vater hätte sich jedenfalls in der Früh nicht so aufregen müssen. Er hätte sich nur zurücklehnen und sich denken müssen, wenn der gute Junge diesen Tag ohne Schaden übersteht, dann alle Achtung. Ich jedenfalls war nach dieser Aktion geheilt. Der Rock verschwand für immer in der Altkleidersammlung und die Haarfarbe verflüchtigte sich auch nach wenigen Tagen. Den ‚Hinterwäldler' bin ich in meiner Schulklasse ab diesem Zeitpunkt losgewesen. Das war's doch wert, oder nicht?«

»Mit dieser Aktion bist du zu einem Mann von Welt geworden. Deshalb bist du jetzt hier in Maastricht.« Sie blickt ihn mit einem verschmitzten Grinsen an.

Vor einer Stunde hat diese junge Frau locker und völlig entspannt vor ihm auf seiner Couch Platz genommen. Einer Couch mit Mehrfachfunktion. Abends wird die Sitzfläche hochgeklappt und das Bettzeug aus dem darunterliegenden Kasten herausgeholt. Die Sitzcouch wird mit wenigen Griffen zum Bett umfunktioniert. Die Studentenzimmer sind alle so funktional und schlicht eingerichtet. Daneben vor dem Fenster steht ein Schreibtisch mit einem Sessel. Neben der Eingangstür geht es zur Nasszelle mit Dusche und WC. Gegenüber befindet sich eine winzige Küchenzeile.

Ivana, Ivana Marinowa, die rumänische Kollegin aus seiner Arbeitsgruppe, hatte von sich aus den Vorschlag gemacht, dass sie gern zu ihm kommen würde, wenn es ihm recht sei. Nach dem letzten gemeinsamen Tutorium hatte er all seinen

Mut zusammengerafft und sie angesprochen. Ob sie nicht Lust zu einem Treffen habe. Er müsse Erhebungen über ihr Heimatland Rumänien machen und sie über Österreich. Da dränge sich eine Zusammenarbeit geradezu auf.

»Ich komme zu dir. Sag mir, wann und wohin!« Er war überrascht, wie schnell und erfreut sie auf sein Angebot einging.

Und nun hockt sie hier vor ihm, zurückgelehnt, die in engen Jeans steckenden Beine abgewinkelt, und grinst. Er hatte den Schreibtischsessel umgedreht und ihr gegenüber Platz genommen. Hätte er ihre Lockerheit gehabt, hätte er sich vielleicht neben sie auf die Couch gesetzt. Nun klebt er in sicherem Abstand auf seinem Sitz. Sie erzählt ihm, dass sie von Österreich nur Wien kenne. Mit ihren Eltern habe sie dort schon mehrmals eine Besichtigungstour gemacht. Er muss eingestehen, dass er mit Rumänien noch gar keine Berührung gehabt habe. Hauptstadt Bukarest, circa 19 Millionen Einwohner, Amtssprache Rumänisch. Vielmehr habe er sich aus der Schule nicht gemerkt. Geschichtlich ja, dass Rumänien bis zum Jahr 1989 als kommunistischer Staat hinter dem Eisernen Vorhang versteckt gewesen sei, bis zur Ablösung des Ceauşescu-Regimes. EU-Beitritt 2007. Mehr wisse er nicht. Sie zählt alle Bundesländer Österreichs und deren Hauptstädte auf, kennt die Namen des Bundespräsidenten und des Bundeskanzlers und auch einiger Mitglieder der Bundesregierung, spricht über die Habsburger, die Monarchie und, dass große Teile Rumäniens einmal zu diesem einstigen Großreich gehört haben. Martin bewundert ihr Englisch. Ohne Mühe kommen ihre Worte fast akzentfrei über die Zunge. Er im Gegensatz muss sich fast jedes englische Wort aus einem Sammelbecken zusammenfischen. Die Sätze und

Phrasen sind holprige Konstrukte, die Aussprache fällt ihm nicht immer leicht und er fühlt sich oft sehr unbeholfen. Nicht selten kommt sie ihm mit Vokabeln zu Hilfe. Er staunt über die Selbstverständlichkeit und die Bescheidenheit ihres Handelns. Er staunt über das Wissen des ihm gegenübersitzenden Roma-Mädchens. Mit ihren schwarzen Haaren, ihrem dunklen Teint und der großen Nase muss sie ganz gewiss eine Romni sein!

Ihr Grinsen zieht seinen Blick magisch an. Erst als von ihr nichts mehr nachkommt, als eine zu lange Gesprächspause eintritt, wird ihm bewusst, dass sie ihn mit dem »Mann von Welt« vielleicht ein wenig aufziehen wollte. Verlegen wendet er seine Augen von ihr ab.

»Wo bist du eigentlich genau zu Hause?«, wirft sie ihm als rettenden Faden zu.

Nun kommt er wieder zu sich. Sein Heimatort heiße Spieß. Es sei das Zentrum der Welt. Zentrum der Welt klinge etwas übertrieben, aber Zentrum von Österreich allemal, schränkt er ein und versucht dabei ernst zu bleiben.

Soviel sie wisse, sei doch Wien das österreichische Zentrum, hält sie dagegen.

Für die Wiener schon, aber nicht für die Spießer. Sie verbinden das geografische Herzstück Österreichs mit dem individuellen Gefühl, im Zentrum zu stehen. Wo für wen das Lebenszentrum ist, sei doch ausgesprochen subjektiv, behauptet er. Wen immer sie in Spieß nach dem Zentrum Österreichs befragen würde, sie bekäme immer die gleiche Antwort: Spieß.

»Zeige mir diesen Nabel der Welt auf deinem Handy!«

Martin nimmt sein Smartphone und öffnet Google-Maps. Er reicht ihr das Gerät, fordert sie auf, das Schwarze Meer zu suchen, und setzt sich neben sie. Als der gewünschte Kartenausschnitt auf dem Display erscheint, nimmt er sie am Zeigefinger, um ihr beim Weiterschieben des Bildes behilflich zu sein. Er setzt ihre Fingerspitze zart an das Donaudelta. Der Duft ihres Parfums steigt in seine Nase, fein, unaufdringlich, angenehm.

»Hier mündet die Donau in das Schwarze Meer. Wenn du da in den Fluss steigst und flussaufwärts schwimmst« – Ivana muss laut auflachen, als sie sich vorstellt, dass sie tatsächlich in den Fluss steigt und losschwimmt –, »hast du zur linken Seite die Ukraine und zur rechten dein Heimatland Rumänien. Dann geht's weiter nur durch Rumänien. Ab, wie heißt das, ab Silistra blickst du auf die linke Flussseite hinüber nach Bulgarien. Es geht der Grenze entlang bis nach Widin.«

Staunend stoppt sie seinen Erklärungseifer. »Martin, sag einmal, wieso beginnst du bei der Lokalisierung deines österreichischen Heimatorts gerade beim meilenweit entfernt liegenden Schwarzen Meer? Wie kommst du dazu?«

»Du bist doch Rumänin. Da dein Land im Osten an das Schwarze Meer grenzt, habe ich mir gedacht, ich führe dich von dort weg entlang der Donau und einiger Zubringerflüsse zu mir nach Hause.«

Sie lacht und schüttelt gleichzeitig den Kopf. Er mustert sie und wundert sich über ihre Reaktion, wird aber sofort wieder zum begonnenen Spiel zurückgeholt, als sie zurückblickt zum Handy.

»Wir waren in Windin. Lass dir Zeit! Ich kann nicht schnell schwimmen.«

»Du darfst zwischendurch hin und wieder ein Fährschiff besteigen, um zu rasten. Ich erlaube es dir.«

»Oh, danke, wie großzügig!«

»Kurz nach Widin bist du nur mehr in Rumänien. Hier kenne ich mich nicht aus. Ist da die Grenze Rumänien – Serbien? Es geht jedenfalls durch das Eiserne Tor. Ich glaube, da nimmst du besser das Schiff. Dann weiterschwimmen in Serbien durch Belgrad hindurch. Und jetzt aufpassen! Da muss demnächst eine Abzweigung kommen. Nach Novi Sad wird die Donau zum Grenzfluss zu Kroatien. In diesem Abschnitt zweigt die Drau ab, ich meine, sie mündet ein. Schau, das Wasser der Drau ist viel heller als das der Donau!« Seine Blicke treffen ihre Augen. Er bemerkt, dass sie ihn anschaut und nicht das Display. Verlegen zieht er die Brauen hoch.

Ungerührt knüpft sie an seine Aussage an und wendet sich dann wieder dem Display zu: »Aber um einiges kälter wahrscheinlich. Mich friert beim Gedanken, darin zu schwimmen.«

»Ich denke, im Sommer wird es dort unten ganz schön warm sein.«

Wieder ein kurzer Blick zu ihr. Ihm ist plötzlich, als spüre er sein Blut in den Adern rauschen. Wie nah er an sie herangekommen ist. Er fühlt ihre Aura, riecht ihr verführerisches Parfum. Sie dreht sich fragend zu ihm. Die Sprechpause ist schon zu lang. Ertappt fährt er hastig fort: »Von hier geht's die ungarische Grenze entlang bis Legrad. Oh, das ist ein wildes Geschlängel. Mäander um Mäander. Und jetzt, pass auf, schwimmst du in der Mur weiter. Du musst durch Slowenien hindurch, vorbei an Ungarn, und dann weiter nach Österreich.«

»Nicht so schnell, ich sehe ja nichts! Wart, zurück! Wie heißt die Stadt hier? Graz?«

»Richtig, Graz. Kurz danach machen wir einen 90°-Schwenker. 420 Kilometer nach Legrad kommst du in mein Dorf.«

»Wieso weißt du die Streckenlänge so genau? Die kannst du doch auf der Karte hier nicht sehen!«

»Wir mussten den Verlauf unseres wichtigsten Flusses in der Volkschule lernen. Dazu mussten wir einen Spruch auswendig können.« Er springt von der Couch hoch, nimmt die Haltung eines Volksschulkinds beim Vortrag eines Gedichts ein und trägt es in der entsprechenden kindhaften Intonation vor.

Ihre Blicke hängen fasziniert an ihm. Sie sieht ein Schulkind vor sich, das sich abmüht, vor der Lehrerin und den anderen Kindern ein Gedicht frei von Fehlern aufzusagen. Sie versteht wenig vom Inhalt, ihre beschränkten Deutschkenntnisse reichen dazu nicht aus. Das stört sie in keiner Weise und er bemerkt es auch nicht. Daher macht er sich nicht die Mühe, eine englische Übersetzung nachzuliefern.

»Kein besonderes Gedicht. Unsere Lehrerin hat es wahrscheinlich selbst verfasst. Aber wie du siehst, hat es seinen Zweck erfüllt.«

»Du hast den Vortrag des Gedichts so gut gespielt! Ich habe tatsächlich ein nervöses Volksschulkind vor mir gesehen.«

»In der Oberstufe des Gymnasiums habe ich ein bisschen Theaterspiel gelernt. Ein Freigegenstand. Wir hatten einige schöne Aufführungen. Da dürfte etwas bei mir hängengeblieben sein.«

Nun sitzt er wieder von ihr entfernt auf seinem Schreibtischsessel und spürt der Begeisterung in ihren Augen nach.

»Muss ich jetzt aus dem Wasser steigen?«

»Was meinst du damit?«

»Ich schwimme ja noch immer flussaufwärts.«

Martin lacht laut auf.

»Das letzte Stück könntest du nicht mehr schwimmen, außer du wärst eine Forelle.«

Sie räkelt sich auf der Couch, lächelt, sieht an sich hinunter, als stelle sie sich vor, sie habe einen Fischkörper. So ist Martins Assoziation. Ihre schlanken Beine haben sich in seinen Augen in einen mit glänzenden Schuppen überzogenen Fisch verwandelt. Ihre Füße zu einer Schwanzflosse. Er sieht eine Fischfrau, eine Nixe, gewandt zwischen glitschigen Steinen gegen das anströmende Wasser schlängeln. Nichts kann sie stoppen. Flussaufwärts. Gegen den reißenden Strom des wilden Flusses.

»Gefällt es dir hier eigentlich in deinem kleinen Studentenzimmer?«, schneidet sie mitten in seine Gedanken hinein.

»Warum? Warum fragst du das?«, fährt er verwirrt hoch.

»Ich finde es ein bisschen klein, zu eng zum Wohnen, meine ich.«

»Hast denn du was Größeres? Wo wohnst du eigentlich? Das habe ich dich noch gar nicht gefragt.«

»Ich wohne in der Stokstraat. In einer Zweizimmerwohnung. 46 Quadratmeter.«

»Sag mal, die muss doch irre teuer sein! Wie kannst du dir das leisten?«

»Ich bekomme, wie du wahrscheinlich auch, ein Auslandsstipendium und meine Eltern schießen was zu.«

»Deine Eltern? Können die denn das?«, fragt er höchst erstaunt.

»Ist das so ungewöhnlich?« Nach einem kurzen Nachdenken scheint sie zu einer Erkenntnis gekommen zu sein. »Ach so, jetzt versteh' ich! Du musst wissen, mein Vater, ein Roma, verdient genug Geld, um seiner Tochter ein teures Studium im Ausland zu finanzieren. Er hat nämlich Hunderte von Gehilfen, die Woche für Woche nach Wien und in andere Städte Österreichs pendeln, um dort zu betteln. Vor Supermärkten, vor Kirchen, knieend auf öffentlichen Plätzen. Sie sammeln Euro für Euro. An so einem ganzen Tag kommt da schon einiges zusammen. Das ist ein einträgliches Geschäft! Sie brauchen dabei gar nichts weiter zu tun, als ein bisschen freundlich und untertänig zu lächeln und die Hand aufzuhalten. Und »Danke« sagen, natürlich. Aber sonst nichts. Und mein Papa ist nämlich noch ein feinerer Herr. Der organisiert die Fahrten hin und zurück, stellt die Fahrzeuge zur Verfügung. Das kostet ihn doch was! Dafür bezahlen ihm die Bettler dann 80 Prozent ihres Tageseinkommens. Stell dir vor, die dürfen 20 Prozent selbst behalten! Vom Rest finanziert er seine Familie und noch vieles mehr. Da ist doch so eine angemessene Wohnung für seine Tochter im Zentrum Maastrichts nur eine Kleinigkeit.«

Längst hat Martin ihren Unterton bemerkt.

»Was soll dieser Ton, Ivana? Habe ich etwas Falsches gesagt oder getan?«

»Wieso nimmst du von Vornherein an, dass ich eine Angehörige der Roma bin?«

»Ich habe nichts dergleichen behauptet!«

»Aber du hast angenommen, dass ich eine bin. Gib das doch zu!«

»Ja, habe ich. Das muss ich ehrlich eingestehen.«

»Na, siehst du. Immer, wenn westliche Europäer rumänische Staatsbürger treffen, die nicht blond und hellhäutig sind, halten sie diese automatisch für Roma. Die Roma sind in meinem

Heimatland neben den Rumänen eine von 19 Volksgruppen. Ihr Anteil an der Bevölkerung beträgt knapp über drei Prozent. Der Großteil, das sind an die 90 Prozent, sind Rumänen. Zu dieser Mehrheit kannst du mich zählen.

»Tut es sehr weh, als eine Roma betrachtet zu werden?«

»Weh? Nein. Wäre ich tatsächlich eine, wäre ich wahrscheinlich sehr stolz darauf. Und das, obwohl ich es als Angehörige dieser kleinen Volksgruppe nicht leicht hätte. Die Roma sind in Rumänien über das ganze Land verstreut. Es ist bekannt, dass sie nicht zu den privilegierten Einwohnern gehören. Sie werden geduldet, aber nicht geliebt. Nicht geliebt zu werden, ist nie schön.«

*

In drei Wochen ist es so weit. Martin muss eine Prüfung über die Organisation der EU ablegen. Was wird der Professor von ihm wissen wollen? Er hat in seinen geschichtlichen Einführungsvorlesungen in allen möglichen Details über den Maastricht-Vertrag vorgetragen. Also wird das wohl sehr wichtig sein. Klar, die Maastrichter sind stolz auf diesen so wichtigen Vertrag, der mit dem Namen ihrer Stadt für immer verbunden ist. Er sitzt allein in einer Lernnische, in einer gelben. In dem Gebäude, in dem sein Institut untergebracht ist, stehen den Studierenden an die vierzig solcher Einzel- oder Zweierboxen mit Sitzbank, Schreibtisch und Steckdosen zur Verfügung. Die Boxen sind jede in einer anderen, kräftigen Farbe ausgestattet. Je nach Tageslaune und Vorlieben kann man sich die für sich passende Farbumgebung aussuchen. An diesem Tag hat er sich für das Lernen in einer dieser Boxen entschieden, in der Hoffnung, dass ihm Ivana vielleicht zufällig über den Weg laufen könnte. Die Wahrscheinlichkeit dafür war auf dem Universitätsgelände größer als zu Hause in seinem Zimmer. Sollte er sie treffen, würde er sie einladen, mit ihm am Abend durch Maastricht zu ziehen. Sie anzurufen findet er zu aufdringlich, nachdem sie sich erst am Vortag in seiner Wohnung getroffen haben.

Maastrichter Vertrag! Also gut. Er wurde am 7. Februar 1992 unterzeichnet und trat am 1. November 1993 in Kraft. Das war ja beinahe zehn Jahre vor seiner Geburt. Und eineinhalb Jahre vor dem Beitritt Österreichs zur EU. Er ist der Vertrag über die Europäische Union. Aus der EG bzw. EWG wurde die EU.

Er könnte doch mit Ivana gemeinsam lernen. Wollte sie nicht auch diese Prüfung machen? Sollte er nicht ein wenig in den Parkanlagen des Universitätsgeländes herumspazieren? Auf den Rasenflächen sitzen die Studentinnen und Studenten allein oder gruppenweise herum. Vielleicht ist sie da irgendwo dabei? Aber wo sollte er anfangen, das Gelände ist riesig groß.

Verdammt, er muss lernen und nicht an Ivana denken!

Maastrichter Vertrag: Er schafft die Voraussetzungen für die Einführung einer gemeinsamen Währung, des EURO. Dafür braucht es die Liberalisierung des Kapitalverkehrs, Konvergenzkriterien – die wird er wohl genau wissen wollen – und die Einrichtung einer Europäischen Zentralbank. Er fragt sicher danach, ob die damals festgelegten Kriterien heute noch Bedeutung haben beziehungsweise wie sie bis heute gehandhabt worden sind. Das muss ich mir noch genauer anschauen.

Ivana war ihm am Vortag zeitweise so nahe. Er spürt das heute noch! Wie ist das möglich? Er kennt sie doch kaum.

Bereits als sie zur Tür hereingekommen ist, hat es geknistert. Woran konnte denn das liegen? An der Enge des Raums? Nein, es lag ausschließlich an ihr. Es war ihr völlig unbefangenes Verhalten. Sie verhielt sich so ungezwungen, als wären sie schon altbekannte Vertraute.

Er beschließt nach draußen zu gehen und sich ein wenig umzuschauen. Lernen kann er auch dort, und in seinem aktuellen Gemütszustand bekommt er ohnedies keine Details zur EU-Geschichte in seinen Kopf.

Die Glastüren vor ihm öffnen automatisch. Sesam öffne dich! Er sucht nach seiner Sonnenbrille. Das plötzlich grelle Licht schmerzt in seinen Augen. Wohin jetzt? Er biegt um die Ecke des riesigen Backsteinbaus und zielt auf den Jeker zu. Oder ist es die Jeker? Dieser kleine Nebenarm der großen Maas trödelt die alte Stadtmauer entlang und breitet sein rechtes Ufer aus. Üblicherweise sitzen dort die Studenten gerne. Zwischen ihnen spazieren Enten, Gänse und sogar Blesshühner und tun so, als ob sie zu ihnen gehörten. Martin staunt über die fehlende Scheu der Tiere. Man muss achtgeben, dass man ihnen nicht auf die Schwanzfedern tritt oder über sie stolpert. Das gegenüberliegende Ufer bildet die senkrecht aufgehende Stadtmauer, an die zehn Meter hoch. Moose und sonstige Spezialisten für trockene, karge Habitate haben sich in die Ritzen der Steinquader eingenistet und verzieren die massiven Wände. Längst hat sich die Stadt weit über diesen alten Schutzwall hinaus entwickelt. Martin hat nun die Wahl, sich nach links oder nach rechts zu wenden. Er spaziert in die Richtung, in der er mehr Menschen wahrnimmt. Eine gute Idee, denkt er: Sich hier mit Kolleginnen und Kollegen zusammenzusetzen und zu plaudern, zu lernen oder einfach abzuspannen.

Wird er sie erkennen, so mitten unter anderen jungen Leuten? Wie soll er sich denn verhalten, wenn er sie in einer Gruppe wahrnimmt? Egal wie, er würde einfach auf sie zugehen und warten, was dann passiert. Langsam schlendert er den schmalen Weg entlang, blickt nach links, nach rechts. Es soll jedenfalls nach Zufall aussehen, wenn er sie entdeckt. Nicht nach gezieltem Suchen. Das wäre peinlich. Die eingeschlagene Richtung war wohl die falsche. Von Ivana keine Spur. Er macht kehrt. Idiot! Hierherzugehen und nach ihr zu suchen. Auf diese Idee kann auch nur er kommen. Jeder andere würde zum Smartphone greifen und anrufen. Er hätte es wissen müssen, auch in die andere Richtung ist kein einziges bekanntes Gesicht zu entdecken. Sehr viele kennt er ja noch nicht. Nur die paar Leute aus seiner Arbeitsgruppe. Alle anderen Gesichter, von denen, die er in seiner kurzen Anwesenheitszeit auf der Uni bis jetzt angetroffen hat, schwimmen irgendwo in seinem Kopf herum, einmal gescannt oder geknipst, aber noch nicht einsortiert. Es gibt keine Geschichte zu ihnen, nicht einmal eine Kurzgeschichte, keinerlei Verknüpfung. Wie ähnlich sich Menschen sehen! Man muss genau und mehrmals hinschauen, damit man die Unverwechselbarkeit einer einzelnen Person ausmachen kann. Ein Foto allein genügt nicht, man braucht die Mimik, das Verhalten dazu, um es abspeichern und später wiedererkennen zu können.

Er dreht sich weg vom Jeker und beschließt, wieder in sein Institutsgebäude zurückzukehren. Seine Aktion war von vornherein aussichtslos. Die vielen Gehwege zu seinem Ziel umgehen alte Backsteinbauten, die ungeordnet auf dem Gelände vor ihm verteilt sind. Jedes der Gebäude trägt die Aufschrift Tapijnkazerne mit irgendeiner Nummer. Da wurde eine ehemalige Kaserne zu einer Universität umgebaut. Die alten Backsteinbauten sind innen äußerts modern eingerichtet und haben für junge Leute eine besondere Anziehungskraft. Er passiert eine Brasserie und tritt auf einen großen rechteckigen Platz. Vorbei an einem der vielen Radabstellplätze. Die Studenten scheinen zu einem hohen Maß mit dem Fahrrad unterwegs zu sein. Aus all den Rädern stechen solche mit blauen Vorderreifen hervor. Die dürften besonders modern sein. Die Rahmen sind knallig lackiert, rot, orange, gelb, grün, aber auch schwarz, die Lenker extrem hochgestellt. Die Fahrer sitzen dadurch besonders aufrecht auf ihren Sätteln. Der Gepäckträger ist nicht über dem Hinterrad, sondern gespiegelt über dem blauen Vorderrad angebracht. Auf dem Lenker sitzt eine Klingel mit knallig farbigem Deckel. Diese Räder sind ihm in der Stadt schon oft aufgefallen. Gerade als er mit seinem Handy die Typenaufschrift *Swapfiets* fotografiert – er denkt daran, sich so ein Rad zuzulegen, sofern es für ihn leistbar ist – hört er das schrille Auflachen einer Frau. Er dreht sich in die Richtung, aus der er die Laute wahrgenommen hat. Da ist niemand zu sehen. Ein weiteres Lachen. Plötzlich bemerkt er in einer Nische an der Längsseite eines Werkstättengebäudes eine auf langen Ketten hängende Hollywoodschaukel. Auf dieser sitzt Ivana mit einem blonden Kerl. Ist das nicht der deutsche Kollege aus seiner Arbeitsgruppe? Wie heißt der schnell noch? Strömer? Was tut denn der zusammen mit Ivana? Auf einer Hollywoodschaukel! Mit ihr über die Einstellung der deutschen Jugend zur EU diskutieren? Schaukelnd und kichernd? Bei diesem Thema gibt es doch nichts zu kichern! Um miteinander zu arbeiten, setzt man sich nicht auf eine Schaukel. Die könnten sich im

Institutsgebäude in einer Lernnische zusammenhocken oder wie er in der eigenen Wohnung. Ivana wird doch nicht zu diesem deutschen Schnösel in seine private Wohnung gehen! Und sich wie bei ihm auf die Couch strecken. Das kann sie doch nicht machen!

Verärgert dreht er ab. Er möchte von den beiden nicht bemerkt werden. Wieder in einer Lernnische im Institutsgebäude, findet er keinen Faden zu seinem Lernstoff. Zu sehr schwirrt das Bild des Paars auf der Hollywoodschaukel in seinem Kopf herum.

*

Frau de Bruycker macht sich bereit, Basiswissen für die Arbeit der neunköpfigen Gruppe zur Verfügung zu stellen. Die Innenwände des kleinen Seminarraums sind aus Glas. Die Sichtverbindung zu den breiten Gängen und anderen Räumen und Lerngruppen schafft eine vertrauliche Atmosphäre. Die neun haben sich der Professorin gegenüber an drei Seiten eines Tischquadrats platziert. Martin fällt auf, dass die Sitzordnung seit ihrem ersten Zusammentreffen in diesem Raum die gleiche geblieben ist. Aus anfänglichem Zufall ist Norm geworden, die offenbar niemand infrage stellt. Warum muss Ivana ausgerechnet neben dem Deutschen sitzen? Er hätte sie gerne neben sich.

Die Vortragende erklärt, dass mit dem Maastrichtvertrag neben der Schaffung der Grundlagen zur Bildung der Europäischen Union und der Einführung einer gemeinsamen Währung für die Gemeinschaft neue Politikbereiche dazugekommen seien. Unter anderem die Verantwortung für die

Jugend. Die Jugendpolitik lag und liege auch heute noch in erster Linie in der Zuständigkeit der Mitgliedstaaten. Im Vertrag seien dennoch Ziele festgelegt worden, nämlich den Jugendaustausch innerhalb der EU, die Beteiligung der Jugendlichen an demokratischen Prozessen, deren berufliche Ausbildung und die Mobilität der Ausbildner zu forcieren. Viele Mitgliedstaaten haben anfänglich mit anderen Bedingungen, die der Maastrichtvertrag für sie gebracht hatte, die Hände voll zu tun gehabt. Die Jugend sei nicht das Wichtigste gewesen, das sie beschäftigte. Aber seit dem Jahr 2002 arbeiteten alle in diesem Bereich zusammen. Die EU finanziere vor allem eine Reihe von Programmen zum Jugendaustausch innerhalb der Mitgliedstaaten. Zwischen den Regionen sollen Brücken gebaut und Verständnis füreinander geschaffen werden. Diese Maßnahmen stünden vor allem Studentinnen und Studenten zur Verfügung. Eine besonders sinnvolle Aktion für die bildungsfernere Schicht – so drückt sie sich aus – sei die im Jahr 2013 eingeführte Jugendgarantie. Diese Garantie stelle sicher, dass junge Menschen innerhalb von vier Monaten, nachdem sie arbeitslos geworden sind oder die formale Bildung verlassen haben, ein vergleichbares Angebot für Beschäftigung, Weiterbildung oder Ausbildung bekommen müssen. Das sei eine sehr sinnvolle Maßnahme, die darauf abziele, niemanden von den Jugendlichen, sollten sie auf ihrem Ausbildungsweg oder in ihrem jungen Berufsleben einmal straucheln, fallen zu lassen. Es sei ein ambitioniertes Ziel, die Jugendlichen in jenem Moment aufzufangen, in dem sie Gefahr laufen, ihr Leben nicht mehr in den Griff zu bekommen und der Gesellschaft zur Last zu geraten, betont sie nochmals.

Mit Hilfe einer PowerPoint-Folie erklärt sie dann die seit

dem Jahr 2019 eingeführte Jugendstrategie der EU, mit der junge Menschen mit den notwendigen Mitteln ausgestattet werden sollen, um sich an der Gesellschaft beteiligen zu können. Diese Strategie umfasse elf Ziele. Sie geht alle aufgelisteten Ziele der Reihe nach durch. Als erster Punkt ist ‚*Die EU mit der Jugend zusammenbringen*' angeführt. Eigenartig, denkt Martin. Sollte die Formulierung nicht umgedreht werden? *Die Jugend mit der EU zusammenbringen?* Nachzufragen würde ihm sicher als Haarspalterei ausgelegt werden. Geht es vielleicht darum, dass abgehobene, abgerückte, vielleicht ergraute EU-Politiker und -Politikerinnen von ihrem hohen Ross heruntersteigen und auf die Jugend zugehen und sich um sie bemühen? Oder geht es darum, dass die Jugendlichen auf ihrem Bildungsweg in ihrer Heimat mit den Institutionen, Absichten und Maßnahmen der EU bekannt gemacht werden und Vertrauen in sie bekommen? Die Professorin führt verschiedene Jugendprogramme an, mit denen man versucht, die Jugend für die EU zu sensibilisieren.

Inklusion. Martin bleibt bei diesem angeführten Punkt hängen. Was meinen die denn damit? Die Professorin erklärt dann dazu, dass der Begriff Jugend den Altersbereich von etwa 16 bis zur in der EU-Jugendstrategie festgelegten Obergrenze von 30 Jahren umfasse. Eine Sechzehnjährige habe völlig andere Interessensschwerpunkte, Ziele und Chancen als eine Dreißigjährige. Die Altersentwicklung und die damit verbundenen Unterschiedlichkeiten müsse jeder durchlaufen. Es gebe aber andere Umstände, die schwierige Zugänge zu einem erfüllten und zufriedenstellenden Dasein in der Gesellschaft bieten. Armut zum Beispiel, sonstige sozial prekäre Lebensumstände, körperliche Behinderung und so weiter seien große Hindernisse für den Zugang zu den gesellschaftlichen Rechten. Eine der Zielsetzungen der EU-Jugendstrategie sei es nun, solche Barrieren zu beseitigen beziehungsweise zu überbrücken, um allen jungen Menschen die gleichen Entwicklungschancen zu ermöglichen. Martins Blick gleitet hinüber zu Ivana. Er denkt an die Kinder der Roma, die in ihrem Heimatland Rumänien und eigentlich überall in Europa auf enorme gesellschaftliche Zurückweisung stoßen. Interessanterweise hat ihr Äußeres ihn wieder an Roma denken lassen, obwohl sie ihm erst vor wenigen Tagen erklärt hat, dass sie keine ist. Wie hartnäckig Vorurteile sein können! Ivana nimmt von seinen Blicken nichts wahr. Sie ist auf die Vortragende fokussiert. Er bewundert, wie konzentriert sie bei der Sache ist. Noch nie hat er sie bei einer Unaufmerksamkeit ertappt. Nicht ein einziger Blick auf das Handy, kein abschweifender Blick in verträumte Leere.

»Moving rural youth forward«.

Martin horcht auf. Frau de Bruyckers Diskussionsthema ‚Die Jugend im ländlichen Raum voranbringen' stößt in seine Magengrube. Voranbringen? Was heißt voranbringen? Auf das gleiche Niveau wie die städtische Jugend oder auf ein höheres? Der erste Fall hieße, die ländliche Jugend wäre hinter der städtischen zurückgeblieben. Er selbst, ein Kind vom Lande, hinter den Städtern zurück? Was ist denn das für ein Unsinn! Und doch: Ist nicht gerade er aus dem Dorf ausgebrochen in die Stadt zum Studium und weiter? Weil ihm etwas zu eng war? Weil etwas gefehlt hat? Wie man denn in der Themenwahl für die Studierenden auf dieses angebliche Stadt-Land Gefälle gekommen sei, meldet er sich zu Wort. Er stamme vom Land und hätte das Gegenteil erlebt. Jeder

Jugendliche hätte dort uneingeschränkten Zugang zu Lehre und Studium. Da sei doch kein Unterschied zu Städtern.

Es gebe Untersuchungen, und sie zitiert mehrere Quellen, die mit statistischen Vergleichszahlen belegten, dass die ländliche Jugend nur eingeschränktere Ausbildungs- und Berufschancen habe. Hierin gebe es sicherlich zwischen den einzelnen EU-Staaten Unterschiede, aber generell sei dieses Gefälle ein bewiesenes Faktum, erklärt die Professorin.

»Gibt es etwa in deiner Region eine Fachhochschule oder eine Universität? Diese Bildungseinrichtungen sind doch nur den Städten vorbehalten«, wirft sein deutscher Kollege ein.

»Wo gibt es denn ständig Probleme mit arbeitslosen, auf der Strecke gebliebenen jungen Menschen? Mit Jugendlichen, die dem Alkohol und anderen Drogen verfallen sind? Doch nur in den Städten, viel seltener auf dem Land«, kontert Martin.

»Wie viele Arbeitsmöglichkeiten findest du nach der Grundschule oder gar nach einem Studium in deinem Dorf vor? Was kannst du dort werden? Friseur, Bäcker, Schreiner, Fleischhauer, was noch?«

Martin spürt, wie sich in ihm innerlich etwas aufbäumt. Was will Strömer von ihm? Er hat doch die Professorin gefragt, nicht ihn! Warum fühlt der sich immer zur Antwort befugt? Dann noch sein blödes, überlegenes Grinsen und sein überperfektes Englisch. Die Absicht der EU-Jugendstrategie sei es eher, die ländliche Jugend über das Niveau der städtischen hinauszuheben. Das sei wohl mit Voranbringen gemeint, will er entgegenhalten. Aus reinem Widerspruchsgeist. Ohne eine Begründung zur Hand zu haben.

»Du bist offenbar ein Städter, sonst …«

Frau de Bruycker unterbricht ihn. Sie mag Diskussionen.

Was sie nicht duldet, sind emotionale Wortgefechte. Als erfahrene Pädagogin hat sie Martins aufgeladene Stimmung sofort erkannt. Es sei jetzt nicht die Aufgabe der Gruppe, die Ziele der Jugendstrategie in Frage zu stellen oder gar zu ändern. Sie alle in ihrer Runde könnten diese nur zur Kenntnis nehmen. Die tatsächliche Aufgabe der Arbeitsgruppe sei es dahingegen, in einer Studie herauszuarbeiten, ob diese Maßnahmen der EU bei den Jugendlichen der einzelnen Mitgliedstaaten angekommen sind und wie sie wirken. Frage man bei den Regierungsverantwortlichen der einzelnen Staaten nach, bekomme man klarerweise zur Antwort, alles sei in bestem Fluss und in bester Ordnung. Sie brauche aber authentische Auskünfte von direkt Betroffenen. Daher müssten sie sich zu den in ihren Heimatländern lebenden Jungen hinbegeben und sie befragen. Persönliche Befragung sei besser als über das Internet. Sie sei sich dessen bewusst, welchen Aufwand das bedeute. Sie sollten die Dinge direkt beim Namen nennen und zum Beispiel nachfragen, ob die Jugendlichen schon etwas von der Jugendgarantie gehört und gemerkt hätten. Dafür müssten sie jetzt in einem ersten Schritt Fragebögen ausarbeiten. Damit die Ergebnisse aus den einzelnen Staaten miteinander vergleichbar sind, müssten ihre Fragestellungen aufeinander abgestimmt werden. Was wird gefragt und wer wird gefragt. Sie müssten überlegen, ob es neben der Unterscheidung zwischen ländlich und städtisch noch andere Eigenschaften gebe, nach denen man Jugendliche klassifizieren kann. Es sei ihr wichtig, dass sie die gesamte Breite der Jugend erfassten und nicht etwa nur ihresgleichen, also Studentinnen und Studenten.

*

Vrijthof. Vor Martin liegt ein riesiger, rechteckiger Platz im Zentrum Maastrichts. Er blickt auf die mächtige Basilika *Sint Servaas*. Deren zwei Türme werden von einem auffällig roten Turm überragt. Dieser gehört zur *Sint Jans* Kirche unmittelbar links neben der Basilika.

Ein Blick auf die Armbanduhr. Wird sie pünktlich sein oder lässt sie gerne auf sich warten? Er hätte einen präziseren Treffpunkt mit ihr ausmachen sollen. Der Platz ist riesig groß und sie kann an jeder Ecke auftauchen oder bereits auf ihn warten. Bis jetzt ist von ihr allerdings noch nichts zu erblicken.

Warum ist der Turm der *Sint Janskerk* rot, während die Kirche selbst aus grauem Gestein gemauert ist? Das ist doch komisch. Sein Handy verrät ihm, dass es die rote Färbung des Turms erst seit der letzten Renovierung im Jahr 1984 gibt. Die Kirche sei protestantisch, während die Nachbarin *Sint Servaas* katholisch sei. Da geht es wohl darum, zu zeigen, welche die größere, die stärkere ist. Ein kleiner Machtkampf. Für diesen Zweck hätte die größere Höhe doch ausgereicht. Tja, die rote Färbung ist halt noch ein wesentlich auffälligeres Signal. Während dieser Gedanken lässt er noch einmal seinen Blick von der Spitze des roten Turms nach unten gleiten. Am Fuße des Kirchturms bemerkt er eine kleine Ansammlung von Touristen, die Augen und Objektive auf farbige Exponate ausgerichtet haben. Aus der Entfernung ist nicht zu erkennen, was genau sie angelockt hat. Er überquert den Platz. Fünf Skulpturen aus glasierter Keramik, so schätzt er das Material jedenfalls aus der Entfernung ein, haben ihre Aufmerksamkeit geweckt. Im Internet findet er, dass es sich um eine surrealistische Karnevalsgruppe handle, die von Han van Wetering geschaffen worden ist. Bevor er noch näher an die Figuren herantritt, dreht er sich um, um wieder nach ihr Ausschau zu halten. Sie ist nirgendwo zu sehen. Als er auf eine rosafarbene, blau beschuhte Gestalt, welche mit einer Hand eine braune Gans am Hals hochhält, zugeht, huscht sie plötzlich aus deren Schatten hervor. Er starrt sie an. Intensiv mit dem Kunstwerk beschäftigt, hat er mit so etwas nicht gerechnet. Sie lacht erfreut, weil ihr die Überraschung geglückt ist.

»Was schaust du so erstaunt, Martin? Glaubst du etwa, ich sei aus dieser Frau herausgeschlüpft?«

»Ivana! Ich war gerade fixiert auf diese komische Figur da. Eine Frau soll das sein, meinst du? Mag sein. Ich habe dich jedenfalls nicht an dieser Stelle erwartet.«

»Ich bin schon etwas vor dir hier gewesen. Als ich dich drüben auftauchen sah, dachte ich mir dieses kleine Versteckspiel aus. Ich war mir sicher, dass du bald herkommen wirst.«

»Verstecken gespielt habe ich das letzte Mal mit zwölf.«

»Manche bleiben ewig Kind. Ich gehöre offenbar dazu.«

»Diese Figuren hier sehen tatsächlich so aus, als seien sie von Kindern gemacht. Wahrscheinlich bedarf es eines kindlichen Auges, um damit etwas anfangen zu können.«

»Das sind Musikanten«, stellt Ivana fest. »Alle halten oder spielen ein Musikinstrument. Siehst du?«

»Es soll eine Karnevalsgruppe sein.«

»Ein Mann, eine Frau und drei Kinder. Mit Tierköpfen. Absurd.«

»Diese Statuen sind aus Bronze, stell dir vor!«

»Nein, das glaub ich nicht. Bronze kann doch keine so knallige Oberfläche haben, rot, gelb und grün. Ich würde das Material für glasierte Keramik halten. Das sind doch alles aneinandergefügte Tonpatzen oder Klumpen aus weiß nicht was. Wie bekommt man so eine Oberflächenstruktur mit Bronze hin?« Martin verweist auf seine Auskunftsquelle im Internet. Er würde in seiner Einschätzung auch eher zu Keramik neigen. Wäre die Oberflächenfarbe tatsächlich metallisch bronzen, so würden die Figuren bestenfalls wie in ihrer Bewegung erstarrte Gestalten wirken, jedenfalls nicht wie fröhliche, ausgeflippte Faschingsnarren. Und sie wären sicher nicht dieser Blickfang am Rande des Vrijthofs. Die wahre Kunst an bildnerischen Kunstwerken sei es, auf sich aufmerksam zu machen.

»Ob das hier wirklich Kunst ist, darüber lässt sich streiten, Herr Kunstexperte!«

»Ich bin weder Kunstexperte noch habe ich Lust, mit dir zu streiten. Deshalb möchte ich dich jetzt auf einen Kaffee oder auf ein Bier einladen. Wohin mit uns?«

Sie queren den großen Platz und bummeln durch schmale Gassen. Ivana kennt ein sehr nettes Café, wo sie gemütlich im Freien sitzen können. Martin wundert sich über die hohe Dichte an kleinen Damenmodegeschäften, von denen seine Begleiterin immer wieder magisch angezogen wird. Er staunt über ihre Vorlieben und stellt sich vor, wie sie in den von ihr favorisierten Kleidern aussehen würde. Rot, die Farbe Rot würde am besten zu ihr passen, denkt er. Ivana-Fantasiemodels schweben vor ihm auf wie Seifenblasen, hinter denen er trippelt und tänzelt, bis hin zur Terrasse des Café *Petit Moriaan*. Dort bestellen beide ein Leffe, um sich zu erfrischen.

Martin nimmt sein Handy, öffnet ein Foto und drückt Ivana das Gerät in die Hand.

»Weil wir vorhin gerade über Kunst gesprochen haben,

möchte ich dir etwas zeigen, worauf man in meinem Heimatort besonders stolz ist.«

Sie sieht auf dem Foto einen jungen Mann in kurzer Lederhose, weißem Hemd und einem Hut mit Gamsbart auf dem Kopf. Vor sich trägt er eine mit Blumen verzierte Stange. Diese überragt ihn um mehr als die doppelte Körpergröße, dürfte also insgesamt circa fünf Meter lang sein. Der unten rein hölzerne Schaft der Stange ist zwischen den Beinen des Burschen in eine über die Schultern geführte Schlaufe aus weißem Tuch eingehängt. Mit seinen Händen umgreift er den Schaft vor sich knapp unterhalb des mit Blumenkränzen – es scheinen doch Blumen zu sein, so viel sie auf dem kleinen Bild erkennen kann – umwickelten Oberteils und balanciert so die Stange in der Senkrechten. Das Gewicht scheint schwer auf seinen Schultern zu lasten. Neben ihm gehen Gehilfen, die ihn notfalls unterstützen können. Ivana zoomt das Bild heraus, um Details genauer zu erkennen. Ab der halben Höhe des Gesichts des Trägers beginnt der Blumenschmuck. Der Hintergrund dieser Zier ist mit weißen Blumenköpfen gestaltet. Nach einem breiten grünen unteren Saum sind Blumengirlanden in Blau, Weinrot und Gelb nach oben gewickelt, sodass das Weiß in rautenförmige Felder unterteilt ist. In der Mitte der Stange ist ein Buchstabe zu erkennen. Den Abschluss gegen den Himmel bildet eine mit Grün umrahmte kleine Marienstatue.

»Was ist das?«, fragt sie neugierig.

Er sucht vergeblich nach einem geeigneten englischen Ausdruck für Prangstange. Mühsam beginnt er zu umschreiben, zu welchem Anlass diese Blumenstangen getragen werden. Dass sie in wochenlanger Arbeit hergestellt werden. Es beginne mit dem aufwendigen Sammeln der Blumen, dann schließe das mühsame Flechten, Binden und Wickeln der Kränze an. Zum Fest der Kirchenpatrone des Orts finde eine Prozession statt. Musikkapelle, Feuerwehr, Kameradschaftsbund und andere Vereine rückten in ihren Uniformen aus, um den unter einem Baldachin einherschreitenden Pfarrer zu begleiten. Diesem Zug voran marschierten die Burschen, manchmal bis zu zehn, mit ihren sogenannten Prangstangen.

»Übrigens dürfen die Stangen nur von Junggesellen, also unverheirateten und nicht mit einer Frau liierten Männern, getragen werden. Schau, wie jung der Bursche auf dem Foto ist. Er ist gut trainiert und entsprechend drahtig, sonst könnte er die Last nicht tragen«, fügt er an.

Ivana lacht laut auf. Verwundert blickt er sie an. Sie kann sich nicht mehr einbremsen und kichert weiter.

»Was um Himmels willen ist denn daran so belustigend für dich?«

Sie schaut noch einmal auf das Foto und wieder platzt es aus ihr heraus. Er kann den Grund für ihre Erheiterung nicht erkennen und greift nach dem Handy, um das Foto noch einmal genau unter die Lupe zu nehmen, schüttelt dann aber den Kopf.

»Ich sehe da nichts, worüber ich lachen könnte. Kannst du mich aufklären?«

»Schau noch einmal genau hin! Hast du denn keine Assoziation, wenn du den Burschen mit seiner Stange betrachtest?«

»Du bist sowas von doof! Niemals in meinem Leben wäre ich auf diesen absurden Gedanken gekommen.« Sind das die Frauen, die so denken? Kann so eine Blumenstange zwischen den Beinen eines Mannes deren Fantasie in diese abwegige Richtung treiben oder ist das nur Ivanas Denkmuster? Er kann sich ihre Belustigung nicht erklären.

»So weit hergeholt ist das wieder nicht, mein lieber Martin! Diese, wie hast du es genannt?«

»Prangstange.«

»Diese Prangstange zwischen den Beinen des Knaben wirkt doch wie ein riesiges Phallussymbol.«

Er kann nur erneut verwundert den Kopf schütteln, mittlerweile selbst schon einigermaßen belustigt.

»Das ist ein archaisches Symbol der Männlichkeit, das in vielfältigsten Formen auch heute noch, vor allem in der Kunst, anzutreffen ist. Zum Beispiel tragen Männer mancher indigener und auch afrikanischer Völker Penisköcher oder Penisfutterale. Sie stülpen sich dabei längliche, flaschenähnliche Fruchthülsen von Kürbispflanzen oder Ähnlichem über ihren Geschlechtsteil. Heutzutage passiert das wohl nur mehr bei zeremoniellen Ereignissen. Ist das nicht vergleichbar mit dem traditionellen Auftreten der Prangstangenträger in deinem Heimatort?«

»Du setzt den Penisköcher den Prangstangen gleich?«

»Warum nicht? Dazu muss man seine Fantasie gar nicht allzu sehr bemühen.«

»Vielleicht ist für diese in der Wildnis lebenden Männer so ein Futteral einfach nur eine Form von Kleidung, mit der sie ihre Genitalien bedecken.«

»Glaubst du? Aber wozu verwenden sie dazu die unpraktischen Köcher, die 40 Zentimeter oder noch länger sind und durch eine Schnur um den Hals hochgehalten werden. Das geht wohl um einiges über die reine Schutzfunktion hinaus. Auch ihre gelbe oder orange Färbung ist sehr auffällig. Da scheint mir doch gehöriges Imponiergehabe dahinter zu stecken.«

»Aber trotzdem, dein Vergleich mit den Prangstangen ist lächerlich!«, wehrt Martin ihre Argumente ab.

»Schau dir doch das Foto an. Was ist an diesem Vergleich denn so abwegig?«

»In deiner Fantasie ist es das offenbar nicht!« Er sieht sich veranlasst, ihr den Ursprung, den Sinn des alten Brauches zu erklären. Vor mehreren Jahrhunderten habe es in Spieß ein massenhaftes Auftreten von Heuschrecken, manche behaupten, es seien Junikäfer gewesen, gegeben. Diese vernichteten einen Großteil der Futterpflanzen. Kaum eine Blüte sei damals verschont geblieben. Daraufhin hätten die Menschen im Ort in ihrer Not vor Gott ein Gelübde abgelegt, dass sie ihm fortan mit mit heimischen Blumen verzierten Stangen huldigen würden, sollte er sie in Zukunft von solchen Plagen verschonen. Dieser Brauch der Darbringung der Prangstangen als Votivgaben an den Altar Gottes habe sich bis heute erhalten. Es stecke also ein christliches Motiv hinter diesem Zeremoniell. Er könne daher nicht verstehen und es auf keinen Fall zulassen, dass diese Stangen als Phallussymbol verunglimpft würden. Die Gleichstellung mit dem Penisköcher von irgendwelchen steinzeitlich lebenden Ureinwohnern von Regenwaldgebieten sei einfach ein Witz.

Ivana vernimmt seine Kränkung.

»Martin, ich wollte dir mit meinen Vergleichen nicht weh tun. Es tut mir leid. Nie hätte ich gedacht, dass du damit so verbunden bist. Bist du vielleicht selbst einmal Prangstangenträger gewesen?«

»Nein, bin ich nicht. Die Prangstangen werden alljährlich von bestimmten Familien unter Einbindung der Nachbarschaft angefertigt und getragen. Meine Familie hat sich nie beteiligt. Ich weiß aber, mit welchem Aufwand, mit welcher Hingabe das gemacht wird. Dein dummer Vergleich hat da keinen Platz!«

»Wo bleibt denn dein Humor? Kannst du nicht einfach darüber lachen? Stell dich einmal weiter weg und betrachte die Geschichte mit mehr Abstand. Wie reagieren denn die Umstehenden – ich denke, dass diese Prozession heutzutage eine Touristenattraktion geworden ist –, wenn die Burschen die schweren Stangen hochhieven und mit viel Kraftaufwand und Geschick in Bewegung setzen?«

»Da gibt es Applaus, klar. Vor allem von den Frauen. Das ist ja auch eine tolle Leistung, nicht?«

»Erzähl ein bisschen etwas über den Ablauf des Auftritts der Stangenträger.«

»Der letzte Abschnitt des Weges zur Kirche geht steil bergauf. Die Prangstangen dort hinaufzutragen ist eine massive Anforderung. Die wiegen ja 60 Kilo und mehr. Dafür gibt es besonderen Applaus. Vor der Kirche werden die Stangen abgestellt und umgelegt durch das Tor getragen. Vor dem Altar werden sie dann wieder aufgestellt, fixiert und können einige Zeit bewundert werden. Sind die Stangen deponiert, werden die Träger von der Musikkapelle zum Wirt geleitet. Jauchzend marschieren sie als Gruppe hinter den Musikern her und werden vom Publikum gefeiert. Das gehört einfach dazu. Sie haben sich den Applaus redlich verdient.«

»Na siehst du, jetzt sind wir genau dort, wo ich hinwollte. Ist das Tragen der Prangstangen für die Burschen nicht eine Art Initiationsritual?«

»Welches Ritual?«

»Ein Initiationsritual«, wiederholt Ivana geduldig. »Unter Initiation versteht man einen feierlichen Nachweis der Reife, durch den Jugendliche oder, auch allgemein erklärt, durch den Laien in den Kreis vollberechtigter Mitglieder einer Gruppe aufsteigen können. Das sind zum Beispiel die Taufe, die Firmung oder die Konfirmation zur Aufnahme in eine christliche Glaubensgemeinschaft. Auch der Aufstieg einer Novizin zu einer Nonne ist an so einen Ritus gebunden. Im Falle des Prangstangenträgers könnte es sich um die Überführung eines Knaben in den Status eines Mannes handeln, glaubst du nicht auch?«

Martin schüttelt den Kopf. Was sollte er denn glauben? Er kennt den Brauch seit seiner Kindheit und hat sich noch nie größere Gedanken darüber gemacht. Außerdem machen das bei weitem nicht alle jungen Burschen des Ortes, sondern stets nur wenige Auserwählte.

»Für mich ist dieser Brauch ein durch und durch christliches Ritual, eine Danksagung an Gott. Nicht mehr und nicht weniger.«

»Dass daran etwas christlich sein sollte, daran habe ich meine Zweifel. Darüber möchte ich mit dir jetzt aber nicht diskutieren. Dass die Prangstangen zur Ehre Gottes durch die Gassen getragen werden, mag ja eine lokale Form der Danksagung sein. Aber warum müssen sie von jungfräulichen Burschen geschleppt werden, die dafür teilweise an die Grenzen ihrer Kräfte gehen müssen. Könnte die Dankesbezeugung nicht genauso gut von bulligen erwachsenen Männern erbracht werden? Hast du nie beobachten können, dass die Jungen nach ihrem

Auftritt breitschultrig und selbstbewusst durch den Ort geschritten sind, bestätigt durch die anerkennenden Blicke der Erwachsenen?«

Martin muss innerlich eingestehen, dass an ihrem Eindruck etwas dran ist. Man kann die Sache auch so sehen. Dieser heimische Brauch war fixer Bestandteil seines bisherigen Lebens gewesen und war von ihm nie infrage gestellt worden. Warum die Stangen nur von unschuldigen Burschen getragen werden durften? Darüber hatte er noch keinen einzigen Gedanken verloren. Trotzdem fühlt er sich gekränkt.

»Prost. Komm, trink einen Schluck!«

Sie hält das Bierglas vor ihn hin, als Zeichen der Versöhnung, obwohl sie seinen Ärger nicht ganz nachvollziehen kann. Vielleicht eine Überleitung zu einem weniger emotionalen Thema.

»Prost«, kommt es verhalten zurück. Martin stiert einige Zeit in sein Bierglas, bevor er dieses wieder abstellt und fragt: »Woher beziehst du eigentlich deine sozialanthropologischen Kenntnisse?«

»Was meinst du?«

»Ich mein, dass du Bescheid weißt über Initiationsrituale.«

»Das ist mein Hobby. Ich habe einiges darüber gelesen. Warum verwenden wir zum Essen Messer und Gabel und nicht nur die Finger? Oder warum prosten wir einander zu, wenn wir Bier oder Wein trinken? Das ist doch interessant. Mich würde es zum Beispiel brennend interessieren herauszufinden, welche Verhaltensunterschiede es zwischen den Gesellschaften der einzelnen EU-Staaten gibt. Man weiß ja, dass Rituale eine Gesellschaft verbinden. Welche Hindernisse bilden diese Unterschiede dafür, dass sich diese Gesellschaften vollkommen als Teil einer Union dieser Staaten, eben der Europäischen Union, fühlen können und wollen?«

»Du bist der Meinung, dass soziale Verhaltensunterschiede zwischen den Angehörigen der einzelnen EU-Staaten für das Zusammengehörigkeitsgefühl innerhalb der EU eine Rolle spielen?«

»Davon bin ich überzeugt. Brechen wir es herab auf die einzelnen Staaten, zum Beispiel auf mein Heimatland Rumänien. In Rumänien gibt es 19 verschiedene Ethnien. Da leben die Rumänen, daneben Ungarn, Roma, die deutschsprachigen Siebenbürger Schwaben und Donausachsen, Ukrainer, Tschechen und Serben, um nur ein paar zu nennen. Wie schwierig ist es hier schon, all diese unterschiedlichen Volksgruppen zu einer gefühlten Staatseinheit zu bewegen. Wie schwierig muss es erst sein, 27 solcher Staaten unter einen Hut zu bringen, unter dem sich alle wohl und zuhause fühlen. Verstehst du, was ich meine?«

»Was die EU-Staaten in erster Linie miteinander verbindet, sind doch wirtschaftliche Interessen und Sicherheitsüberlegungen.«

»Ja, das stimmt. Das kann man sicher in den EU-Verträgen genau nachlesen, was die 27 Staaten zu einer Union macht. Mir geht es aber darum herauszufinden, wie sich die Menschen all dieser Staaten mit der Union identifizieren. Wenn in den USA ein österreichischer EU-Bürger gefragt wird, woher er komme, wird er immer ‚aus Österreich' antworten und niemals ‚aus der EU'. Auch nicht aus Österreich in der EU. Eine Texanerin hier bei uns nach ihrer Herkunft gefragt, wird immer antworten aus den USA, äußerstenfalls USA, Texas oder Texas, USA.«

»Das liegt ja wohl daran, dass die USA zu einem Bundesstaat, hingegen die Länder der EU zu einem Staatenbund vereinigt sind.«

»Das ist mir schon bewusst. Die Ursachen für das Entstehen oder eben Nichtentstehen eines über alle Mitgliedstaaten der Union verbreiteten Zusammengehörigkeitsgefühls sind sehr komplex. Sie auf die sozialen Verschiedenheiten zu reduzieren, wäre zu einfach. Trotzdem müssen diese eine Rolle spielen. Das hätte ich gerne untersucht. Bei unserer gemeinsamen Studie über die Einstellung der Jugendlichen zur EU wird das wohl ein zu betrachtender Aspekt sein.«

Dabei blickt sie ihm in die Augen, als wolle sie ihm klarmachen, dass dieser Punkt ohne weitere Diskussion in den noch auszuarbeitenden Fragebogen einbezogen werden müsse.

Er hält ihrem Blick stand, beginnt aber nach einer kurzen Pause zu grinsen.

»Eigentlich wollte ich mit dir heute Abend nicht fachsimpeln.«

»Was dann?« Sie lächelt mit blinzelnden Augen.

»Ich wollte dich ein bisschen näher kennenlernen.«

»Das, worüber ich gerade gesprochen habe, gehört nicht zum Kennenlernen?«

»Schon, aber diese Ivana treffe ich jeden Tag auf der Uni. Ich möchte gerne die private Ivana erforschen.«

»Oh, erforschen klingt so nach wissenschaftlicher Erkundung.«

»Du verstehst schon, was ich meine: aufspüren, entdecken, finden vielleicht.«

»Dann mach mal! Ich bin schon sehr gespannt.«

Sie lehnt sich in ihrem Sessel zurück und breitet einladend ihre Arme aus.

Verlegen lächelnd nimmt er sein Bierglas und leert es auf einen Zug.

»Na, das kann zwar helfen, macht aber deinen Blick nicht schärfer!«

»Du könntest ja auch mich kennenlernen wollen. Vielleicht solltest du mit mir gleichziehen. Prost!«

Ivana grinst und trinkt auch ihr Bier auf einen Satz aus. Er wischt ihr zärtlich mit dem Zeigefinger den über ihrer Oberlippe anhaftenden Bierschaum weg.

Sie beschließen aufzubrechen. Der Abend sei noch jung und die Stadt habe sicher noch einiges zu bieten. Er liebt es, abends durch die Gassen der Altstadt Maastrichts zu bummeln, deren Puls von jungen Menschen vorgegeben wird. Es ist ein Ruhepuls: die Schnellsten auf Fahrrädern unterwegs, Mädchen mit im Fahrtwind flatternden Röcken und Haaren, die Burschen lässig aufrecht auf den Sätteln sitzend. Autos sind die Ausnahme, im Schritttempo, der Rest zu Fuß ohne Hast und scheinbar ohne fixes Ziel. Ivana verrät ihm, dass sie diesen beschaulichen Stadtteil, nein, eigentlich die gesamte Stadt, sehr in ihr Herz geschlossen habe. Sie gelangen an das Ufer der Maas, betreten die *Sint Servaasbrug*, lehnen sich inmitten dieser Brücke ans Geländer und blicken auf die im Abendlicht rötlich schimmernde Wasseroberfläche.

»Siehst du dort hinten am linken Flussufer den auffälligen Gebäudekomplex? Das riesige, braune, futuristische Objekt?« Martin zeigt flussabwärts, der untergehenden Sonne entgegen.

»Schaut nach moderner Architektur aus.«

»In diesem Gebäude wurde 1992 der Maastrichtvertrag

abgeschlossen. Das Gebäude selbst ist gerade einmal sechs Jahre davor fertiggestellt worden. Es würde sich lohnen, sich das einmal anzuschauen.«

»Aber nicht heute. Ich kenne ein Studentenlokal auf der anderen Seite der Maas, das *De Beur*, nicht weit von hier. Wollen wir hingehen? Da treffen wir sicher ein paar Kolleginnen und Kollegen von der Uni. Es sind jeden Abend welche dort.«

Martin verspürt nicht die geringste Lust, andere Leute zu treffen. Er ist enttäuscht, dass sie nach den vielversprechenden Anspielungen nicht mit ihm allein bleiben möchte. Jeden Tag sind welche von uns dort, hat sie gesagt. Ist sie denn auch jeden Tag dort? Er versucht, sich seinen Widerwillen nicht anmerken zu lassen.

Vor dem *De Beur* scheint die halbe Uni versammelt zu sein. Sitzend, stehend, plaudernd, Bierflaschen in der Hand, amüsiert sich eine Traube von jungen Menschen vor dem Lokal. Martin wundert sich, von diesem Treff noch nichts mitbekommen zu haben. Ivana startet zielstrebig auf eine kleine Gruppe zu. Mit einem lauten Hallo wird sie von zwei Burschen empfangen und umarmt. Erst jetzt erkennt Martin den niederländischen und den deutschen Kollegen aus seiner Arbeitsgruppe. Da er zögernd stehengeblieben ist, bekommt er vom Begrüßungszeremoniell nichts ab. Mehr hat er an diesem Abend nicht gebraucht, als mit ihr dem deutschen Strömer über den Weg zu laufen. Was will sie von dem? Er wartet, ob sie sich nach der Begrüßung von den beiden loslösen und wieder zu ihm zurückkommen werde. Ivana jedoch verbleibt in einem angeregten Gespräch. Hat sie das Treffen geplant? Sie verabredet sich mit ihm und hat gleichzeitig ein Date mit diesem Kerl im Sinn? Verärgert beschließt er, sich fürs Erste ein Bier zu holen, um nicht allein herumstehen zu müssen. Dafür muss er sich den Weg zur Eingangstür bahnen.

»Hallo, Martin!«, hört er sich von einer Frauenstimme angesprochen. Er erkennt die Italienerin aus seiner Gruppe, mit der sich bis jetzt noch keine Gelegenheit zu einem Gespräch ergeben hat.

»Hi! You remember my name?«

»Ja, tue ich. Du bist Österreicher und du kannst mich ruhig auf Deutsch ansprechen. Ich komme nämlich aus Bozen.«

»Oh, eine Südtirolerin! Deinen Namen, leider, habe ich nicht gespeichert.«

»Emilia. Ganz einfach. Und bitte nicht abkürzen auf Emi! Das gefällt mir nicht.«

»Emilia«, wiederholt er und lässt dabei jeden Vokal auf der Zunge zergehen, »ein schöner Name.«

»Ja, finde ich auch. Ich bin zufrieden damit. Dich habe ich da noch nie gesehen. Alle anderen trifft man fast täglich hier.«

»Mir scheint, dass da etwas an mir vorbeigegangen ist. Auf der Uni habe ich noch gar nichts vom *De Beur* gehört und der Zufall hat mich auch noch nicht hergeführt.«

»Bist du nicht in unserer WhatsApp-Gruppe? Über diese wird man ständig über viele Aktivitäten der einzelnen Kolleginnen und Kollegen informiert.«

»Gibt's denn eine von unserer Arbeitsgruppe?«

»Ja klar! Da wir zusammenarbeiten müssen, ist das unbedingt erforderlich. Hans Peter hat sie für uns eingerichtet. Dass du da nicht dabei bist, wundert mich.«

»Wer ist Hans Peter?«

»Hans Peter Strömer, unser deutscher Kollege!«

Er staunt, wie vertraut sie mit diesem Namen umgeht. Verwunderlich ist auch, dass Strömer nicht automatisch alle Mitglieder der Arbeitsgruppe aufgenommen hat. Andererseits hätte er sicher sehr gezögert, hätte dieser ihn nach seinem Einverständnis gefragt. Er mag diese WhatsApp-Gruppen nicht, in denen man täglich mit durchaus persönlichen, oft rein privaten Nichtigkeiten überfrachtet wird.

»Kannst du nachschauen, ob nur ich in der Gruppe nicht dabei bin? Das muss man doch sehen können. Ich hol mir inzwischen schnell ein Bier und komm gleich wieder.«

Es braucht einige Zeit, bis er die Flasche in der Hand hat. Wieder zurück, ist von Emilia nichts mehr zu sehen. Er dreht sich im Kreis und erblickt sie zusammen mit Ivana bei Strömer. Im ersten Moment denkt er daran, sich zu verdrücken. Als ihm aber Emilia hocherfreut zuwinkt, bleibt ihm keine andere Wahl, als sich zu Strömer und seiner Schar zu gesellen.

»Komm, Martin! Hans Peter hat dich tatsächlich noch nicht in unsere WhatsApp-Gruppe aufgenommen. Das müsst ihr gleich nachholen«, tritt ihm Emilia entgegen.

»Hallo, ihr zusammen!«, grüßt Martin und hält seine Bierflasche in die Mitte. »Prost! Cheers!«

Alle Bekannten stoßen mit ihren Flaschen oder sonstigen Getränkegläsern an.

»Warum erzählt mir denn keiner, dass ihr euch hier offenbar regelmäßig trefft?«

»My deer Austrian friend, I wanted to contact you, but you are very hard to reach«, kommt ihm Strömer überschwänglich entgegen.

Warum redet er auf Englisch mit mir, der Schnösel? Und seit wann sind wir beide Freunde? Martin hat Mühe, seine Aversion gegen den sich als Manager, als Macher Aufspielenden zu unterdrücken. Seine Aufnahme in die WhatsApp-Gruppe *European friends* ist schnell erledigt. Während Strömer seine Telefonnummer in das iPhone tippt, würgt Martin die in ihm schwelenden Einwände dagegen hinunter, ohne nur ein einziges Wort darüber zu verlieren. Nach kurzer Zeit signalisiert sein Handy den für ihn offenen Zugang zu allen Aktivitäten der Gruppe. Strömer hält seine rechte Hand hoch und ruft: »Welcome to our club!« Ohne zu zögern schlägt Martin in dessen angebotene Hand ein. Es bleibt ihm keine Zeit, nur einen Moment darüber zu reflektieren, denn Emilia zieht ihn zur Seite.

»Komm, setzen wir uns an den Tisch dort drüben. Da können wir uns besser unterhalten. Hier ist der Wirbel ein bisschen zu groß.«

Widerstandslos lässt er sich auf ihren Vorschlag ein. Von seinem Sitzplatz aus kann er auf die Kollegengruppe zurückblicken. Ivana scheint wie vom Erdboden verschluckt, zumindest ist sie in der Menschentraube vollständig absorbiert.

»Ich liebe die Abende hier in Maastricht, die vielen jungen Leute überall«, beginnt Emilia mit fröhlichen Augen und lehnt sich in ihren Sessel zurück. »Wie und wo verbringst du deine Freizeit hier in der Stadt? Offenbar nicht im *De Beur*, sonst hätte ich dich schon vorher einmal getroffen.«

»Na ja, ich bin hier, um zu studieren. Da bleibt mir daneben kaum freie Zeit.«

»Du bist also ein Streber?«, wirft sie ihm mit leicht keckem Unterton hin.

»Wenn du so willst: ja. Ich habe nur begrenzte finanzielle Mittel und muss daher alles daransetzen, um mein Studium in der Mindestzeit zu schaffen.«

»Das will ich ja auch, aber ein bisschen Vergnügen nebenbei muss schon sein.« Martins Lust zum Smalltalk hält sich in Grenzen. Es bereitet ihm Mühe, der Italienerin seine Aufmerksamkeit zu schenken. Wo ist Ivana? Ist sie mit dem Deutschen verschwunden? Nein, der ist ja noch dort drüben. Und spielt Hahn im Korb.

»Vergnügen? Hier im *De Beur*?«

Emilia ist leicht irritiert. Sie bemerkt Martins gedankliche Abwesenheit.

»Hey du, hier bin ich! Prost!« Sie hält ihm ihre Bierflasche vors Gesicht. »Es könnte ja ein Vergnügen sein, nette Leute wie mich zu treffen.«

»Prost! Entschuldige, ich bin heute ein bisschen … … ach, wurscht.«

Er dreht sich ruckartig zu ihr, stößt mit ihr an und blickt in ihre Augen. »Vergnügen? Entzücken würde ich das eher nennen.«

»Mit diesem Haken hätte ich jetzt aber nicht gerechnet«, gibt sie säuselnd zurück.

Erstmals bemerkt er ihre bauschig gekräuselten, brünetten Haare. Eigentlich nicht typisch italienisch. Italienerinnen sind schwarzhaarig, nicht brünett. Mit braunen und nicht mit blauen Augen!

»Was macht dir denn das größte Vergnügen?«

»Bist du immer so *direttissima* unterwegs?«

Was soll denn da direkt sein? Langsam richtet er seinen zu ihr vorgebeugten Körper wieder auf.

»Ich wollte einfach wissen, was dir Freude macht? Warum du gerne abends unterwegs bist?«

Emilia bemerkt seinen Rückzug. So beginnt sie zu erzählen, wie gerne sie Leute um sich habe. Sie reise bevorzugt in Städte, in denen es nur so von Touristen wimmle. In den letzten Ferien sei sie in Porto gewesen. Eine prachtvolle Stadt. Besonders malerisch seien die Stadtteile an den Abhängen hin zum sich in den Atlantik schlängelnden Duero. Tausende Menschen fänden sich abends auf der Ponte Dom Luis I. und deren südseitigem Brückenkopf ein, um gemeinsam den Sonnenuntergang zu erleben. Es gebe keine schöneren Momente, als dort friedlich zwischen Menschen verschiedenster Herkunft und Hautfarbe dem farbenfrohen Naturereignis beizuwohnen. Auf der Brücke stünde man sechzig Meter über dem glitzernden Wasserspiegel. Beidseits des Flusses tummelten sich die Menschen ameisengleich die Ufer entlang. Stimmungsvolle Musik dröhne nach oben. Sie habe sich wie in einem märchenhaften Animationsfilm gefühlt, wie in *Alice im Wunderland* vielleicht.

Martin bewundert ihre Begeisterungsfähigkeit. Für ihn selbst bedeuten Menschenmassen eine Horrorvorstellung. Wo immer er bis jetzt herumgekommen ist, haben ihn Touristen-Hotspots abgeschreckt. Allein der unbehagliche Gedanke an die überfüllte Getreidegasse in Salzburg lässt ihn Emilias Leidenschaft nur schwer nachempfinden.

»Bist du schon viel gereist?«

Ja, sie habe schon einiges in Europa gesehen. Darüber hinaus habe sie es leider noch nicht geschafft. Mit dem abgeschlossenen Studium hier in Maastricht erhoffe sie sich den Zugang zu einem Job, der sie durch die Welt führe, zumindest durch Europa.

»Welche Länder musst du denn für unsere Studie bearbeiten?«

Polen, Tschechien und die Slowakei. Da habe sie zwar nicht das Gelbe vom Ei gezogen. Neben Ungarn gehörten diese drei ja zur Visegrád-Gruppe, einer Vereinigung mit dem Ziel, innerhalb der EU ihre spezielle Suppe zu kochen. Es gehe ihnen um das Auffüllen ihrer eigenen Taschen, oft rücksichtslos gegen das Interesse der übrigen EU-Staaten. Da sei es für sie besonders interessant herauszufinden, ob die Jugend in diesen Staaten genauso ticke wie die maßgeblichen politischen Verantwortungsträger. Aber zum Reisen hätten Warschau und Prag schon einige Attraktivitäten zu bieten.

Martin gesteht ein, dass er bisher außer Österreich, Deutschland und England kein anderes Land bereist habe.

»Was, zu uns nach Italien hast du es auch noch nicht geschafft?«

»Oh doch«, fällt ihm ein, »in Südtirol war ich einmal, in den Dolomiten bergsteigen.«

»Hast du so wenig Interesse am Reisen? Du hast doch hier auf der Uni wie ich *European Studies* belegt. Das deutet auf das Gegenteil hin.«

Er habe wenig Gelegenheit zum Reisen gehabt und auch nicht das nötige Geld. Seine Eltern unterstützten ihn beim Studium nicht. Daher müsse er in den Ferien arbeiten, um etwas dazuzuverdienen. Da überlege er sich jede Ausgabe. Er sei drei Wochen in England gewesen, um sein Schulenglisch zu verbessern. In unmittelbarer Zukunft werde er für ihre Studie wohl nach Bulgarien, Rumänien und Ungarn reisen müssen. Da kommt eh schon einiges zusammen.

»Mein Großvater, der Vater meiner Mutter, behauptet,

die ganze Welt zu kennen«, erklärt er lachend. »Dabei hat er seinen ländlichen Wohnbezirk nicht ein einziges Mal verlassen. Und tatsächlich kannst du ihn über jedes Land befragen. In der Geografie kennt er sich aus. Er liest haufenweise Bücher, sieht Fernsehdokumentationen und macht sich seitenweise Notizen dazu. Es ist eine wahre Besessenheit, aber positiv, eine richtige Leidenschaft.«

»Wenn er sein Dorf nie verlassen hat, wie du sagst, dann kann er doch nicht jeden Staat der Erde kennen.«

»Er war von Beruf einfacher Briefträger. In seinem Haus hat er Regale voll mit zahlreichen Büchern angesammelt. Warum und wie er diese Leidenschaft entwickelt hat, weiß ich nicht. Natürlich kennt er nicht jedes Land der Erde. Aber über die wirtschaftlichen und politischen Verhältnisse der europäischen Staaten und darüber hinaus auch über alle sonstigen wichtigen Staaten weiß er Bescheid. Er kann dir alle fünfzig Bundesstaaten der USA namentlich aufzählen. Das habe ich überprüft. Du kannst es nicht glauben!«

»Und er hatte nie das Bedürfnis verspürt, das, was er da liest, auch mit eigenen Augen zu besichtigen und zu überprüfen?«

»Nein, ihm genügen die Fernsehbilder und Berichte. Mehr braucht er nicht.«

»Man muss doch ein Land sehen, muss es riechen, spüren und fühlen, muss es erleben, sonst kennt man es nicht!«

»Meinst du?«

»Du bist doch nicht auch der Ansicht deines Opas? Was du hier vor Ort erlebst, das kannst du doch zu Hause in deinem Dorf niemals mitbekommen. Du kannst dir dort nur ein Fantasiebild von einem Land machen. Aber es ist und bleibt Fantasie und entspricht eben nicht der Wirklichkeit.«

»Wie lang muss man in einem Land leben, bis man es kennt? Man kennt doch immer nur einen kleinen Teil davon. Wir zum Beispiel verkehren hier hauptsächlich in unserer Studentenblase.«

»Ich wundere mich, dass du mit deiner Einstellung aufgebrochen bist, um hier in Maastricht Europäische Politik zu studieren. Was hat dich dazu angetrieben, wenn du keine Lust verspürst, die einzelnen Mitgliedstaaten der EU kennenzulernen?«

»Ich habe nicht gesagt, dass ich sie nicht kennenlernen will. Mir sind nur Touristenmassen zuwider. Vielleicht habe ich von der Leidenschaft meines Großvaters doch etwas abbekommen. In erster Linie aber war es mir zu Hause in meiner kleinen Heimatgemeinde einfach zu eng. Ich musste raus. Ich wollte meinen Horizont erweitern.«

»Das ist gut: den Horizont erweitern! Prost! Wir vergessen ganz auf das Trinken.«

»Das Biertrinken erweitert den Horizont? Dafür hätte ich aber nicht hierherkommen müssen. Das wird in meinem Dorf zu Hause in hohem Ausmaß gemacht.«

»Na, stoß endlich mit mir an! Schau auf mich und du lernst Italien kennen.«

»Italien habe ich wegen seiner Form als Stiefel abgespeichert.«

»Schau ich aus wie ein Stiefel? Ich trage nicht einmal Stiefel.« Sie hebt ihr rechtes Bein hoch und zeigt ihren bunten Sneaker.

»Du meinst, wenn ich dich kenne, dann kenne ich ganz Italien?«

»Ja! Das Licht, die Sonne, das Meer, Musik, Lebensfreude!«

»Und Matteo Salvini, Silvio Berlusconi, die Cosa Nostra und die Camorra und so fort, die alle kann ich auch in dir finden?«

Seine Augen blinzeln.

»Si!«, sagt sie trocken und hält, ohne die Miene zu verziehen, seinem Blick stand.

»Da muss es in dir brodeln wie vor einem Ausbruch des Ätnas!«

»Wie du siehst, sitze ich völlig ruhig und entspannt vor dir. In mir brodelt nichts!« Sie lehnt sich dabei bewusst lässig in ihren Sessel.

»Ich muss zugeben, du machst tatsächlich nicht den Eindruck, als wäre in dir ein Pulverfass. Aber ein Stückchen glühende Magma dürfte da schon zu finden sein.«

»Mit dem Blick von außen auf Italien nimmt man möglicherweise nur die populistischen Ergüsse der Politiker wahr, und vielleicht noch Berichte über so manche wirtschaftliche Probleme des Landes. Die Menschen in Italien lieben ihr schönes Land, die Sonne und die Musik, und sind resilient gegenüber den Mätzchen der politischen Kaste. Und das schon seit jeher. Die Fähigkeit, sich gut über die Runden zu bringen, egal wie die Vorgaben der in kurzen Abständen wechselnden politischen Machtverhältnisse sind, zeichnet die Italiener im Besonderen aus«, erklärt sie, ohne auf seine letzte Bemerkung zu reagieren.

»Wenn das alles in dir zu finden sein soll, dann lohnt es sich ja tatsächlich, danach zu forschen.«

Beim letzten Wort muss er auflachen. Er verkneift sich das Lachen aber gleich wieder. Es ist ihm eingefallen, dass er knapp zwei Stunden zuvor zu Ivana das Gleiche gesagt hatte, nämlich, dass er sie gerne erforschen würde. Emilia interpretiert sein Lachen dahingehend, dass er sich über seinen vermeintlichen Wortwitz amüsiere. Sie sucht nach einer passenden Antwort. Martin, an Ivana erinnert, sucht mit seinen Augen die Umgebung nach ihr ab. Er sieht, wie sie, immer noch bei den beiden Burschen stehend, zu ihm herüberschaut. Als sie seinen Blick bemerkt, dreht sie sich unmittelbar weg.

»Wenn du ausreichend Zeit dafür hast, dann kannst du es ja versuchen«, hört er Emilia sagen, »bei mir geht nichts schnell.«

Er hat ihre Aussage zwar akustisch wahrgenommen, deren Inhalt aber nicht richtig verstanden. Bevor er zur Nachfrage ansetzen kann, fährt sie fort. Sie finde es lustig, dass er vom Erforschen ihres Inneren spreche. Auf ihren Reisen stehe sie oft auf Plätzen oder Wegen, auf denen sich Menschen tummeln. Das habe sie ja schon erzählt. Sie interessierten Menschen. Egal wo sie zuhause seien und welche Hautfarbe sie hätten. Sie liebe es, sie zu beobachten. Wie in einem Film wandelten die Akteure an ihren Augen vorbei. Sie tauchten aus dem Off auf und gingen dann wieder ab. Wildfremde Menschen. Manche davon spazierten vorbei, als seien sie unbedeutende Statisten. Bei anderen wiederum verspüre sie sofort den Drang, sie kennenzulernen. Sie wüsste gerne, woher sie kommen, in welchem Haus sie wohnen, wie ihre Stimme klingt und was sie bewegt. Welche Geschichte sie haben. Ja, es ginge oft sogar so weit, dass sie den Drang verspüre, sie zu berühren. Enttäuscht müsse sie dann immer zur Kenntnis nehmen, dass das niemals möglich sein werde, sobald diese Figuren ihren Bildschirm wieder verlassen haben. Sie frage sich, ob dieser Wunsch primär in ihrem Kopf entstünde oder ob ihn die Auren dieser Personen auslösten. Ob er verstehe, was sie meine? Martin ist hin- und hergerissen zwischen dem Gefühl, Emilia hätte ihm gerade ein intimes Geheimnis verraten, und seinen immer wiederkehrenden Gedanken an Ivana, mit der er eigentlich allein den Abend hätte verbringen wollen.

»Verstehst du, was ich meine? Kannst du das nachempfinden?«, setzt Emilia nach, nachdem er auf ihre Frage nicht reagiert.

Gerade als er zu einer Entschuldigung für seine mangelhafte Aufmerksamkeit ansetzen will, hören sie das Klingeln eines Handys. Beide greifen nach ihren Telefonen und sehen nach.

»Du hast offenbar den gleichen Klingelton wie ich«, stellt Emilia fest. Sie finden eine Nachricht ihrer Studenten-WhatsApp-Gruppe vor: *Treffen bei H. P. Strömer, Grote Gracht 16, Kellerbar, ab 22.00 Uhr, Getränke vorhanden, für Türöffner H. P. anrufen.*

»Magst du dort hingehen?«, fragt Emilia.

»Strömer hat eine Kellerbar?«

»Nicht er. Die Vermieter seiner Wohnung betreiben im selben Haus eine Weinhandlung. Diese befindet sich im Erdgeschoß und im Keller des Gebäudes. Im Keller sind unter uralten, aus Backstein gemauerten Gewölben die Weinlager untergebracht und auch Räumlichkeiten zur Verkostung der Weine. Hans Peter hat die Erlaubnis, einen dieser Räume zu nutzen und Gäste mitzubringen, unter der Voraussetzung, dass ausschließlich Getränke des Hauses konsumiert werden. Es gibt dort erlesenste Weine zu einigermaßen erschwinglichen Preisen. Und es ist urgemütlich!«

Hans Peter. Wie sie diesen Namen ausspricht! Kann sie den Kerl nicht einfach Strömer nennen? Ist sie mit ihm schon tatsächlich so vertraut? Sie kennen sich doch erst wenige Wochen.

»Du bist offenbar schon öfters in der Bar gewesen, nachdem

du so genau über die Atmosphäre dort Bescheid weißt«, sagt er mit leicht bissigem Unterton. Sicher ist Ivana auch dort anzutreffen, will er anfügen, unterdrückt die Bemerkung aber im letzten Moment.

Emilia bemerkt seinen Ton und blickt ihn fragend an. »Gehen wir heute Abend einfach hin, dann kannst du dir selbst ein Bild machen«, schlägt sie vor. Es ist wirklich sehr, sehr nett dort. Hans Peter kriegt den Wein zu Sonderpreisen. Ein paar Gläschen kannst du dir sicher leisten, wenn das für dich ein Problem sein sollte. Oder magst du keinen Wein?«

Er verspürt keine Lust auf Strömers Gesellschaft, aber er entscheidet, jetzt nicht vor Emilia zu kneifen. Seine Abneigung gegen seinen Studienkollegen will er vor ihr sicher nicht offenlegen. So willigt er ein, sich mit ihr auf den Weg zum Weinkeller zu machen.

Eine halbe Stunde später stehen sie vor der Tür der Weinhandlung. Emilia wählt Strömers Handynummer. Es dauert keine zwei Minuten, wird die schwere Tür knarrend von innen geöffnet.

»Hallo Emilia! Wen hast du denn heute mitgebracht, den Össi?«, begrüßt sie der Deutsche.

»Ich heiße Martin«, schießt es aus Martin heraus, »und nicht Össi!«

»Verzeih, ich weiß, wie du heißt. Wir Deutschen nennen die Österreicher liebevoll Össis. Ich wusste nicht, dass das bei euch nicht gut ankommt. Jetzt aber hinunter in den Keller! Wir haben es schon sehr knuffig.«

Vielen Dank für die Aufklärung. Das hätte ich nicht gewusst. Sehr knuffig!

Sie tauchen über eine lange Treppe in einen tiefen Keller

ein. Durch einen Gang zwischen Nischen aus altem Gemäuer, in denen unzählige Weinflaschen geschlichtet sind, und einer Reihe von liegenden Eichenfässern hindurch gelangen sie in einen kleineren Raum, der von einer gewölbten Decke überspannt ist. Um einen zentralen Stehtisch, dessen Platte aus der Stirnseite eines riesigen Eichenfasses geformt ist, entdeckt Martin eine Reihe bekannter Gesichter. Zu denen, die er im *De Beur* schon gesehen hat, sind noch weitere dazugekommen. Bevor er sich an irgendjemanden von ihnen wenden kann, sieht er ein Tablett mit gefüllten stilvollen Weingläsern vor seinen Augen. Strömer fordert sie auf, sich ein Glas, weiß oder rot, zu nehmen. Das sei ein Begrüßungsgeschenk des Hauses. Martin greift zu einem Weißwein, während Emilia den Rotwein bevorzugt. Mit strahlenden Augen und einem Lächeln hält sie das Glas vor Martin zum Anstoßen hoch, als wollte sie sagen: Siehst du, so läuft das hier!

»Salute!«, tönt es aus seinem Mund, als er sein Glas sanft an ihrem klingen lässt.

»Oh, salute, caro amico!«, kommt es erfreut zurück. »Gefällt es dir hier?«

»Sieht nett aus.« Mehr bringt er nicht heraus, denn er hat ja bis jetzt noch kaum Zeit gehabt, sich umzusehen.

Sie gesellen sich zum großen Stehtisch, an dem die meisten ihrer Bekannten versammelt sind. Martin bemerkt, dass nahezu seine gesamte Arbeitsgruppe im Raum anwesend ist. Auf seine launige Frage, ob hier ein Symposium abgehalten werde, bekommt er zur Antwort, dass es sich in Wahrheit um ein Symposion handle. Und darunter verstehe man nach den alten Griechen geselliges, gemeinsames Trinken. Auf diese Auskunft hin erheben alle ihre Gläser und prosten einander fröhlich zu. Trotz dieser Ausgelassenheit am Tisch dreht er nach kurzer Zeit ab, um sich im Raum umzusehen. Es gibt mehrere kleine Stehtische, eine Bar mit Gläsern und Getränken und eine erstaunlich gut ausgestattete Musikanlage, von der mäßig laute, jazzige Klavierklänge ertönen. Strömer spielt den Kellner und eilt von Tisch zu Tisch. Aber nirgendwo im Raum ist Ivana zu erblicken. Sie ist, so scheint es, nicht mit Strömers Clique hergekommen. Ist sie nach Hause gegangen? War sie gekränkt, dass er sich nicht mehr um sie gekümmert und stattdessen mit Emilia unterhalten hat? Sie hat doch plötzlich für ihn keine Zeit mehr gehabt, sobald sie Strömer vor Augen hatte! Vielleicht ist sie auch nur kurz weg, wer weiß.

»Hier herinnen wird auch getanzt. Hättest du Lust dazu?«, hört er Emilias Stimme neben sich, als er sich gerade über die Musikanlage beugt, die mit ihren vielen Reglern und Schaltern einiges verspricht.

»Tanzen? Hier?« Bevor er sich noch weiter dazu äußern kann, wendet sie sich schon an Strömer mit der Bitte, Tanzmusik zu spielen. Dieser tippt auf den Screen eines Tablets. Unmittelbar darauf ertönt *The Motto* von *Tiësto & Ava Max*. Sie nimmt Martin bei der Hand und zieht ihn auf eine Fläche neben den Stehtischen. Dort beginnt sie sich im Rhythmus der Musik zu bewegen. Mit einem Lächeln fordert sie ihn auf, es ihr gleich zu tun. Er spürt die Blicke der Umstehenden. Um nicht wie der Blöde dazustehen, bemüht er sich missmutig – immer noch sein Weinglas in der Hand –, in den Musikrhythmus zu finden. Doch seine Beine sind so steif wie der Stiel seines Glases. Um dagegenzuwirken, schließt er seine Augen und horcht in die Musik hinein. Statt sich zu lösen und locker zu werden, beginnt er innerlich zu hadern, dass er nur herumgeschoben werde und nichts nach seinen Vorstellungen verlaufe. Seit der *Sint Servaasbrug* gestaltete sich der Abend völlig anders, als er sich das vorher ausgemalt hatte. Plötzlich spürt er einen Hauch auf seiner Nase.

»Was ist mit dir? Bist du weggetreten?«

Er öffnet die Augen und sieht Emilias Gesicht unmittelbar vor sich. Ihre fragenden, großen Augen wecken ihn auf.

»Das Weinglas stört mich beim Tanzen«, muss als schnelle Begründung für seinen Aussetzer herhalten. Er trinkt den kleinen Weinrest aus und stellt das Glas schnell auf der Theke ab. Emilia ist tänzelnd stehengeblieben und streckt dem Rückkehrenden den rechten Arm hin. Er greift danach und lässt sich, entgegen seinem vorherigen Groll, von ihr in die Musik hineinführen. Wie durch ein Wunder hat sich die Sperre in seinen Kniegelenken gelöst. Mittlerweile hat sich ihnen ein zweites Tanzpaar angeschlossen. Im Tanzen beobachtet er Emilia vor sich. Harmonisch bewegt sie ihren schlanken Körper. Mit geschlossenen Augen scheint sie vollends in der Musik und bei sich zu sein, entrückt in ihr Inneres. Wie konnte sie das in so kurzer Zeit schaffen? Sie hat doch gerade noch mit ihm gesprochen. Jetzt erst, unbeeinflusst von Diskussion und parallelen Gedanken an Ivana, kann er sie unbemerkt beobachten. Ihr Gesicht ist hübsch und völlig entspannt.

»Was ist los? Warum siehst du mich so an?«

Martin bleibt erschrocken stehen. Wie konnte sie mit geschlossenen Augen spüren, dass er sie betrachtet?

»Ich … … na ja, ich bewundere dich, ich meine, wie du tanzt«, stottert er überrumpelt.

»Was ist denn daran so Besonderes?«

»Du.«

»Ich?«, fragt sie grinsend nach. »Was gefällt dir so an mir?«

Unmutig darüber, dass dieser kleine Flirt wegen der lauten Musik schreiend ablaufen muss, macht er den Vorschlag: »Es ist so laut hier vor den Boxen. Man versteht sich ja kaum. Wollen wir uns nicht zum leeren Stehtisch da rüber stellen? Dort ist es ruhiger. Ich bestell noch schnell einen Wein für uns. Magst du denselben Roten wie vorhin?«

Sie hätte zwar noch gerne weitergetanzt, willigt aber ein. Als sich Martin Richtung Theke bewegt, sieht er eine junge Dame allein durch die Eingangstür abgehen. Ist das nicht Ivana? Sicher! Die langen, schwarzen Haare und ihr gelber Pulli, das ist sie. Im ersten Moment denkt er daran, ihr nachzueilen. Aber dann bestellt er doch den Wein und kehrt zu Emilia zurück. Er überrascht sie mit der Mitteilung, dass ihm gerade eingefallen sei, dass er an diesem Abend noch eine schriftliche Arbeit fertigzustellen habe und daher umgehend nach Hause gehen müsse. Kopfschüttelnd nimmt sie die veränderte Situation und Martins Sinneswandel zur Kenntnis. Als er beinahe das ganze Glas auf einen Zug austrinkt, verzichtet sie darauf, genauer nachzufragen. Die schriftliche Arbeit jedenfalls kauft sie ihm als Begründung für den plötzlichen Aufbruch nicht ab. Er nimmt sich gerade noch Zeit, die Telefonnummern auszutauschen, dann verlässt er das Kellerlokal. Die Grote Gracht ist durch Straßenlaternen, soweit er blicken kann, ausgeleuchtet. Nirgendwo ist Ivana zu sehen. Er greift nach seinem Handy und wählt ihre Nummer. Nach vier Klingeltönen meldet sich ihre Sprachboxstimme. Enttäuscht drückt er diese weg und beschließt, den Weg zu seiner Wohnung zu nehmen. Er wählt den Umweg über den Marktplatz mit dem großen Stadhuis, dem Rathaus von Maastricht, in dessen Mitte. Von der Turmuhr des Rathauses hört er zwei Glockenschläge. Es ist halb zwölf, knapp vor Mitternacht. Die Läden der Marktstände sind geschlossen. Nur wenige Menschen huschen quer über den Platz, zweigen in eine Seitengasse ab oder verschwinden in ein Lokal. Die zahlreichen Sessel und Tische vor den Restaurants sind verlassen und halten Nachtruhe. Straßen- und Reklameleuchten färben Gegenstände und Gebäude goldgelb und werfen dunkle, unbewegte Schatten auf Wände und Gehsteige. Ivanas gelber Pulli würde sich in diesem Licht kaum abheben, aber ihr bewegter Schatten müsste ihm auffallen. Er bleibt stehen und hält noch einmal nach ihr Ausschau. Sein Blick wird jedoch nicht belohnt. Nun gibt er auf und geht weiter heimwärts. Beim *De Beur* hätte ich an ihrer Seite bleiben müssen, denkt er vorwurfsvoll. Blöderweise habe ich mich vom Strömer abschrecken lassen. Aber sie hätte doch genauso gut auch zu mir kommen können! Was ist denn da schon dran, wenn ich mich ein bisschen mit einer anderen Kollegin unterhalte? Strömer. Hans Peter, wie sie ihn alle so vertraut nennen. An diesem Abend kann sie sicher nicht mit ihm zusammen gewesen sein. Anfangs sind alle vor dem *De Beur* herumgestanden und anschließend war Strömer doch als Gastgeber und Kellner in seinem Keller beschäftigt. Der hatte für sie keine Zeit. Warum tut er sich so schwer mit dem Kerl? Ist er eifersüchtig auf ihn? Wahrscheinlich gibt es keinen Grund dafür. Seit heute versteht er erst, warum die alle so auf ihn abfahren. Der Keller, den er da allen als nächtlichen Treff zur Verfügung stellen kann, das ist schon was! Wahrscheinlich hat er einen Deal mit dem Weinhändler, seinem Wohnungsgeber, und verdient noch etwas dabei. Was er bis jetzt bei ihm als Wichtigtuerei gedeutet hat, ist doch eher seinem Geschäftssinn zuzuschreiben. Der Wichtigtuer hat bestens in sein von zuhause vorgefertigtes Bild der Deutschen, der Piefkes, gepasst. Dort denken doch alle so. Ist es das gewesen? In diesen Gedanken versunken erreicht er das Tor des Studentenheims. Es dauert, bis er den Schlüssel zu seiner Wohnung in einer der Taschen seiner Kleidung findet.

*

Gelächter. Mit vorgestreckten Köpfen verfolgen einander zwei Erpel, die um ein Weibchen streiten. Sie watscheln mitten durch die in einem Kreis im Rasen gelagerten Studentinnen und Studenten hindurch, so als ob diese nur leblose Objekte in der Uferlandschaft des Jekers wären. Flatternd gleitet der erste Stockenterich ins Wasser und zieht seinen aufgeregten Nebenbuhler im Kielwasser hinter sich her. Das Weibchen dreht davon unbeeindruckt, in Ufernähe schwimmend, seine Runden und taucht gelegentlich mit dem Kopf ins Wasser.

»So kommen wir nicht weiter, meine Lieben!«, versucht Strömer ermahnend die Aufmerksamkeit wieder auf sich zu lenken. Er hatte gerade damit begonnen, Vorschläge für die Gestaltung der Fragebögen für ihre EU-Jugend-Studie einzuholen und auf seinem Laptop festzuhalten.

»Wir sollten den Fragebogen heute wirklich hinbekommen, damit jeder Einzelne weiterarbeiten kann. Lasst euch also nicht ständig von diesen hormongetriebenen Entenvögeln ablenken, die im Gegensatz zu uns keine andere Lebensaufgabe haben als zu fressen und sich zu vermehren.«

»Was gibt es denn sonst noch an Lebensaufgaben?«, wirft Martin mit verstecktem Lächeln ein.

Strömer stockt. Verärgert, dass er bei seinem Bemühen, die Gruppe zu sich und zur Arbeit zu holen, durch so eine sinnlose Frage unterbrochen worden ist, beißt er sich auf die Lippen. Die anderen lachen. Er hat in stiller Übereinkunft die Rolle übernommen, die Aktivitäten der Arbeitsgruppe zu koordinieren. Martin hat sich nach seiner Aufnahme bei den *European friends* und nach dem Abend im Weinkeller mit dessen Leaderfunktion abgefunden. Es braucht Koordination innerhalb einer Arbeitsgruppe, und er ist froh, dass er diese Aufgabe nicht machen muss. Allerdings, findet er, fragen hätte man ihn schon können, ob er nicht Lust dazu habe.

Um 9 Uhr machte er sich auf den Weg in den Park. Das Treffen war für 9.30 Uhr vereinbart. Zu spät zu kommen ist nicht seine Art, lieber wollte er noch ein bisschen am Jeker bummeln. Er hatte seit dem Abend im *De Beur* und im Weinkeller weder mit Ivana noch mit Emilia Kontakt gehabt. Deshalb spürte er ein leises Kribbeln in seinem Bauch. Als er am Treffpunkt ankam, war einzig der Niederländer anwesend. Er nützte die Gelegenheit, sich mit diesem näher bekannt zu machen. Frank Van Halen, so sein Name, war in Maastricht zuhause. Er könne locker mit dem Fahrrad zur Uni fahren. Er sei glücklich, dass er dieses Studium in seiner Heimatstadt absolvieren könne. Dafür wäre er aber auch nach Brüssel, Berlin oder Wien gezogen. Während die beiden sich austauschten, trudelten sukzessive ihre Kolleginnen und Kollegen ein. Als letzte kamen Strömer, Ivana und Emilia. Martin erkannte sie schon aus der Ferne und wunderte sich, dass genau die drei gemeinsam kamen. Nun schien ihm aber nicht der passende Moment zu sein, diese Konstellation zu hinterfragen. Sie begrüßten einander, als wäre normalster Studienalltag und nie ein privates Zusammentreffen dazwischen gewesen. Die meisten hatten an eine Sitzunterlage gedacht. Martin zog seine Jacke aus und breitete sie auf den noch kühlen, leicht feuchten Rasen. Sie platzierten sich im Kreis. Diesmal nicht in der Uni-Sitzordnung.

Kurz irritiert von Martins scherzhafter Frage, beschließt Strömer, diese einfach zu übergehen und seine vor allem sich selbst gestellte Aufgabe weiterzutreiben.

»Bevor wir«, setzt er laut an und wartet ab, bis Ruhe eingekehrt ist, »bevor wir uns über den Inhalt des Fragebogens Gedanken machen, müssen wir uns im Klaren sein, ob wir diesen auf Papier ausdrucken und den Befragten direkt in die Hand drücken oder ob wir eine Online-Umfrage übers Internet machen. Frau de Bruycker wünscht sich die Papierform. Meiner Ansicht nach ist das eine komplizierte, veraltete Methode. Sollten wir nicht mit der Zeit gehen und die moderne Form wählen? Was meint ihr?«

»Wie ich unsere Professorin verstanden habe«, meldet sich die Schwedin Ulla Hedberg zu Wort, »ist es ihr wichtig, dass wir die Erhebungen vor Ort machen, damit wir das jeweilige Land besser verstehen und beurteilen können. Die Online-Umfrage könnten wir ja praktisch von hier aus durchführen.«

»Ist es nicht ein bisschen viel verlangt, in drei Staaten der EU reisen zu müssen und die Umfragen mit Zetteln persönlich durchzuführen? Du musst die Fragebögen verteilen und dann wieder einsammeln. Um ein repräsentatives Umfrageergebnis zu bekommen, brauchen wir Tausende Befragte. Und es reicht nicht, zum Beispiel nur die jungen Leute in Madrid zu befragen, wenn die Haltung der Jugend in ganz Spanien erforscht werden soll«, gibt Stefano Riera zu bedenken.

Martin betrachtete Stefano während seiner Rede. Entspricht dieser dem Bild eines Spaniers, das er von zuhause in seinem Gehirn abgespeichert hat? Schwarze Haare, dunklere Haut, braune Augen, zarter Schnurbart. Im Geist drückt er ihm eine Gitarre in die Hand. Oder taugt er als Torero? Nein. Dazu sieht er zu wenig sportlich aus. Schon bei Ulla hat er begonnen, darüber nachzudenken, ob es denn *die* Schwedin gibt oder wie jetzt gerade *den* Spanier. Sie hat lange, blonde Haare, blaue Augen und eine helle Gesichtsfarbe. Also, da passt doch alles. Genauso hat er sich Schwedinnen immer vorgestellt. Und sie spricht ausgezeichnetes Englisch. Hingegen Finn, mit seinen dunkelbraunen, langen Haaren, am Hinterkopf verknotet, und seinem dunklen Teint, der ist doch kein Däne. Neben ihm der Tscheche Jan Tuma. Wenn er so überlegt, hat er von Tschechen gar keine klischeehafte Vorstellung. Schauen die denn anders aus als Österreicher? Aus seinem geistigen Rundgang durch den Kollegenkreis wird er herausgerissen, als er Ivanas Stimme hört.

»Ich denke, wir müssen selbst wissen, was wir wollen und was für uns machbar ist. Frau de Bruycker kann sich weiß Gott was wünschen, muss aber letzten Endes mit dem zufrieden sein, was sie von uns bekommt. Wie wir zu unseren Ergebnissen kommen, kann ihr ja egal sein. Sie müssen nur wissenschaftlich fundiert sein. Daher schlage ich vor, dass wir eine Online-Umfrage machen. Arbeit wird auch das noch mehr als genug werden!«

»Du sagst es«, schließt sich Strömer zustimmend an. »Ist jemand dagegen?«

Ivanas Aussage war so klar und überzeugend, dass es keinen Einwand mehr gibt. Diese entscheidende Frage ist somit geklärt.

Nun geht es an den Inhalt des Fragebogens. Sie besprechen, welche Informationen über die befragte Person vonnöten sind. Sie einigen sich auf das Alter, einzuteilen in vier Altersgruppen, beginnend bei 16 bis zur Obergrenze von 30 Jahren. Wichtig sei auch die Abfrage des Geschlechts, also ob weiblich, männlich oder divers.

»Aus Datenschutzgründen sollten wir gerade noch den Beruf abfragen. Mehr brauchen wir über die Leute nicht zu wissen,« bringt nun Martin ein. »Ich habe mir überlegt, dass wir fünf Gruppen vorsehen sollten, nämlich Lehrlinge, Arbeiter, Angestellte, Studenten und Schüler. Ich denke, wir decken damit alle sozialen Schichten ab. Was meint ihr?«

»Was ist mit Freiberuflern und Unternehmern? Zumindest Kleinunternehmer findet man sicher in dieser Altersgruppe. Diese beiden Gruppen sollten wir schon berücksichtigen«, schlägt Frank Van Halen vor.

Mit Martins Vorschlag inklusive Ergänzung zeigen sich alle einverstanden. Die Frauen drängen darauf, dass alle Berufsgruppen gegendert angeführt werden sollten. Dabei wird ihnen bewusst, dass die Fragebögen in die jeweiligen Landessprachen übersetzt werden müssten und dass es da Unterschiede gebe. Sie einigen sich darauf, gemeinsam die englische Version auszuarbeiten. Für die nötige Übersetzung müsse dann jede beziehungsweise jeder selbst sorgen. Einige von ihnen haben bereits konkrete Fragestellungen zum eigentlichen Thema ausgearbeitet. Diese werden diskutiert. Schließlich einigen sie sich auf folgende sechs Fragen:

Sind Sie stolz, EU-Bürger:in zu sein?

Als Antwortkategorien sind die Werte 1,2,3 und 4 wählbar, wobei 4 viel bedeutet und 1 wenig.

Waren Sie schon in einem anderen EU-Land für mehr als 2 Wochen? Ist Ihnen die EU-Jugendstrategie ein Begriff? Ist Ihnen die EU-Jugendgarantie ein Begriff?

Diese drei Fragen sollen mit Ja oder Nein zu beantworten sein. Die nächsten beiden Fragen sollen die Einstellung und die Erwartungshaltung gegenüber der EU hinterfragen. Dabei sollen bereits Antworten angeboten werden, die dann jeweils mit den Zahlen 1 bis 4 nach dem bekannten Muster zu gewichten sind.

Was bedeutet die EU für Sie? Wirtschaftsvorteile, Sozialunion, Reisefreiheit, militärischer Schutz, größerer Arbeitsmarkt?

Was wünschen Sie sich von der EU? Europaweit einheitliche Regeln und Gesetze, Förderung der regionalen Besonderheiten, zentrale Vertretung für die EU-Staaten nach außen?

Nach der Niederschrift aller Fragen wartet Martin gespannt darauf, dass Ivana ihr ihm gegenüber kürzlich geäußertes Anliegen an die Umfrage ansprechen werde. Nämlich, ob soziale Verhaltensunterschiede, wie zum Beispiel regionale Rituale, einen hemmenden Einfluss auf das Zusammengehörigkeitsgefühl innerhalb der Europäischen Union haben. Als von ihr nichts kommt, spricht er diesen Punkt an. Sie horcht überrascht auf. Er erwähnt, dass sie ihm vor Kurzem davon erzählt habe. Für ihn klinge es sehr interessant. Sie möge ihnen allen erklären, worum es ihr dabei gehe und was sie von den Jugendlichen genau wissen wolle. Die Kolleginnen und Kollegen rundum, teilweise schon beim Zusammenpacken ihrer Sachen, wenden sich Ivana zu. Angetrieben von Martins Aufforderung beginnt sie ihre Überlegungen zu den sozialen Verhaltensunterschieden kurz zu erläutern. Es sei kein spezielles Jugendthema, denn es betreffe ja alle Altersgruppen. Ursprünglich habe sie sich erhofft, dass man das auch in die Umfrage aufnehmen könnte. Sie sei schließlich wieder davon abgekommen, weil es diese zu stark verkompliziere. Erstens sei die Anzahl der Fragen schon jetzt ausreichend groß und zweitens sei ihr dafür keine einfache, allgemein verständliche Fragestellung eingefallen.

Strömer, der seinen Laptop schon zugeklappt hat, erhebt sich und ersucht, einen Schlussstrich zu machen. Er glaube, dass der Fragebogen tatsächlich schon einen ausreichenden Umfang habe. Ivanas Interesse an den Einflüssen von Ritualen und Ähnlichem sei sehr interessant, aber dennoch ihr spezielles, privates Thema, und eigne sich nicht für die Gruppe. Sie müssten auch daran denken, dass ihnen der Arbeitsaufwand nicht über den Kopf wachse. Dabei wendet er sich direkt an Martin. Dieser blickt kurz zu Ivana und bekommt von ihr ein Zeichen mit der Bedeutung »Lass es gut sein!«.

Strömer und Van Halen machen die Zusage, den Fragebogen in Form zu bringen. Frank habe eine vielversprechende Umfrage-App gefunden. Sobald die Endfassung fertig und in die App eingearbeitet sei, würden sie alles der Gruppe zur Verfügung stellen. Wer von der Arbeitsgruppe den inneren Drang verspüre, ihnen beiden als Dank dafür ein kleines Bier zu spendieren, sei sehr gerne eingeladen, gleich anschließend mit ins *Lure* auf einen Mittagshappen zu kommen.

Martin kennt das *Lure*, ein nettes Café und Restaurant in nächster Nähe. Leider muss er sich aber von den anderen verabschieden. Er hat sich für den Anschluss an das Gruppentreffen vorgenommen, sich bei Professor Jacobs einige Prüfungen anzuhören, damit er für seine eigene Prüfung über die Organisation der EU besser einschätzen könne, wie genau dieser frage und worauf er Wert lege.

*

Professor Jacobs fragt nach der Herkunft seines Prüflings und dann will er wissen, welchen Zugang dessen jeweiliges Heimatland zur EU habe. Martin sitzt vor Skripten in seinem Studentenzimmer und vergegenwärtigt sich den Ablauf der am Nachmittag angehörten Prüfungen. Die erste Frage an eine französische Kandidatin zum Beispiel war nach der Rolle ihres Landes bei der Entstehung der EU. Sie sprachen über die Gründung der Europäischen Gemeinschaft für Kohle und Stahl im Jahr 1951 und in weiterer Folge die Gründung der EWG, der Europäischen Wirtschaftsgemeinschaft, im Jahr 1957. Zu den Gründungsmitgliedern gehörten neben Frankreich Belgien, Deutschland, Italien, Niederlande und Luxemburg. Frankreich sei also ein Gründungsmitglied des ersten Vorläufers der EU gewesen. Was aber das Besondere daran aus französischer Sicht gewesen sei, hat er dann von ihr wissen wollen. Sie zögerte und brachte schließlich heraus, dass diese Verträge auf der Grundlage eines Plans des damaligen französischen Außenministers Schuman basiert hätten. Und was, so die nächste Frage, falle ihr an der Zusammensetzung der sechs Mitglieder dieser neuen EWG auf? Sie überlegte. Martin erinnert sich, dass auch er spontan keine Antwort gewusst hätte. Welches große Ereignis sei denn dieser Gründungsphase vorausgegangen, versuchte ihr Jacobs zu helfen. »Der Zweite Weltkrieg«, fiel ihr ein. Dieses Stichwort brachte sie darauf, dass er auf Deutschland als Besonderheit anspielte.

Schließlich waren Deutschland einerseits und alle übrigen fünf Mitglieder dieser neuen Gemeinschaft auf der anderen Seite erbitterte Feinde gewesen. Wenn man bedenke, dass es so kurz nach Ende dieses Weltkriegs bereits zu einem solchen Vertrag zwischen den ehemaligen Kriegsgegnern gekommen sei, dann sei das doch ein bahnbrechendes Ereignis gewesen, fügte Jacobs an. Martin ist beruhigt, dass seine Prüfungsmethode kein reines Aufzählen von exakt genauen Fakten erfordert. Es ist mehr ein Prüfungsgespräch, in dem er einem mitunter sogar auf die Sprünge hilft. Beim Griechen, der unmittelbar nach der Französin dran war, hat auch das nichts genützt. Der dürfte die Sache wohl zu leicht genommen haben, denn er hat die Prüfung nicht bestanden. Er wusste wohl, dass Griechenland im Jahr 1981 als zehntes Land der damaligen EWG beigetreten war. Aber Jacobs wollte mehr darüber hören: Griechenland habe im Jahr 1961 ein Assoziierungsabkommen mit der damaligen EWG unterzeichnet. Warum habe es zwanzig Jahre bis zum tatsächlichen Beitritt gedauert? Und was sei so besonders an dieser Erweiterung der EWG gewesen? Der Grieche stotterte irgendetwas herum, konnte aber keine befriedigende Antwort geben. Martin hätte auch nichts dazu gewusst. Er greift nach dem Skriptum, um nachzulesen. Tatsächlich findet er unter Beitritt Griechenlands eine Abhandlung über Assoziierungsabkommen. Dieses Abkommen ist eine Vorstufe zur Erlangung der Vollmitgliedschaft nach Ablauf einer vereinbarten Frist. Innerhalb dieser Frist muss der Beitrittswerber sein Wirtschafts- und Rechtssystem so umgestalten, dass es weitgehend mit den Ansprüchen der EWG kompatibel ist. Im Gegenzug werden dem Beitrittswerber vor allem Erleichterungen im Warenverkehr eingeräumt und günstige Darlehen gewährt. Dass so ein

Assoziierungsabkommen keinen Automatismus zur Erlangung der Vollmitgliedschaft bedeute, zeige das Beispiel der Türkei. Dieser Staat habe 1963 ein entsprechendes Abkommen mit der EWG abgeschlossen und ist heute noch kein EU-Mitglied.

Martin möchte herausfinden, was das Besondere am Beitritt Griechenlands zur EWG gewesen sein könnte, und vertieft sich hierfür weiter in sein Skriptum, als er ein Klopfen an seine Zimmertür vernimmt. Leicht genervt über die Störung erhebt er sich von seinem Bett. Als er öffnet, steht Ivana lächelnd vor ihm. In einem roten Kleid.

»Also, damit hätte ich zuletzt gerechnet, dass du heute zu mir kommst, Ivana!«

»Ich liebe es zu überraschen.«

»Komm herein, du Überraschung!« Sie tritt ein, drückt ihm ihre Umhängetasche in die Hand und zieht die Stiefeletten aus.

»Was hast du vor?«

»Ich bin gekommen, um zu bleiben.« Er sieht sie verblüfft an.

»Schau nicht so! Das war nur Spaß. Aber nachdem du den Wunsch geäußert hast, mich näher kennenzulernen, muss ich dir die Gelegenheit dazu bieten. Wenn du keine Anstalten dazu triffst, dann muss ich es tun.«

»Diesen kleinen Vorwurf sollte ich eigentlich entkräften. Aber komm, setz dich! Da, nimm den Sessel, mein Couchbett ist voll mit Zeug. Du siehst, ich bin gerade beim Strebern. Was magst du denn trinken?«

»Was du hast. Nur nichts Hochprozentiges.«

Er öffnet seinen Kühlschrank.

»Ich kann dir ein Bierchen anbieten. Da habe ich ein Kona, das ist ein Gerstenbier, gemischt mit Orange, Passionsfrucht und Guave. 4,5 % Alkohol. Oder ein alkoholfreies Lowlander.

So eines werde ich trinken, sonst kann ich das Lernen vergessen. Du hast vielleicht Wein lieber. Soll ich dir reinen Wein einschenken? Ich habe leider keine exquisite Sorte, die du vielleicht zu trinken gewohnt bist.«

»Was redest du für einen Nonsens daher von wegen Wein und exquisit? Gib mir auch ein alkoholfreies Bier. Oder ich probiere das gemixte Kona, das schmeckt wahrscheinlich besser.«

Er öffnet die gewünschte Flasche und drückt sie ihr in die Hand. Dann setzt er sich ihr gegenüber neben seine Arbeitsunterlagen auf das Bett.

»Das ist aber schön, dass du mich besuchst. Jetzt sag, was hat dich in diesem hübschen Kleid zu mir geführt? Willst du ausgehen oder mit mir pauken? Du hast doch auch demnächst die Prüfung über die *Organisation der Europäischen Union*. Wie weit bist du denn mit dem Lernen?«

Eigentlich wollte er sie direkt darauf ansprechen, was am Abend beim *De Beur* los war. Warum sie sich von ihm zurückgezogen habe, obwohl der Abend davor so vielversprechend begonnen habe.

Sie versucht auf dem Bürosessel eine bequeme Position zu finden. Schließlich schlägt sie ein Bein über das andere. Der feine, in der Taille geraffte Stoff ihres rotfarbenen, kurzärmeligen Kleides bedeckt gerade noch ihre Knie. Sie nimmt einen Schluck aus ihrer Flasche und lässt sich mit der Antwort Zeit.

»Ich bin mit dem Stoff schon ziemlich durch.«

»Was?«

»Ja, ich lerne sehr schnell, weil ich bei der Vorlesung gut zuhöre. Da bleibt schon einiges hängen.«

»Da kannst du mir ja vielleicht Folgendes erklären: Ich habe am Nachmittag ein paar Prüfungen bei Jacobs angehört. Bei einem griechischen Kandidaten ging es darum, warum der Beitrittsprozess Griechenlands zur EU beziehungsweise damals zur EWG zwanzig Jahre gedauert habe. Dann wollte er noch wissen, was das Besondere an diesem Beitritt gewesen sei. Ich hätte die Fragen nicht beantworten können, genauso wenig wie der geprüfte Kollege.«

»Willst du jetzt wirklich darüber reden?« Ohne seine Antwort abzuwarten, spricht sie aber gleich weiter. Sie erzählt von einem im Jahr 1967 stattgefundenen Militärputsch in Griechenland, der den Assoziierungsprozess unterbrochen habe. Die damaligen Mitglieder der EWG hätten mit einem diktatorischen Regime keine Gemeinschaft bilden wollen. Erst nach Ende der Diktatur seien im Jahr 1975 die Verhandlungen mit Griechenland wiederbelebt worden. Das Besondere am Beitritt Griechenlands im Jahr 1981 sei wohl gewesen, dass ein wirtschaftlich wesentlich schlechter gestelltes Land in die Gemeinschaft aufgenommen worden ist. Man habe die noch junge Demokratie stärken wollen, wie später auch bei Spanien und bei Portugal.

Martin bewundert ihr Wissen. Die muss ja schon ordentlich gebüffelt haben!

Sie sucht nach einer neuen Sitzposition, versucht die Sesselhöhe zu verstellen, findet aber keine passende Einstellung. »Sei so lieb und mach Platz auf deiner Couch, man sitzt hier sehr ungemütlich«, bittet sie ihn schließlich.

Er heftet die auf dem Bett wirr herumliegenden Blätter in seinen Ordner und gibt ihr einen großen Polster, damit sie eine angenehme Rückenlehne bauen kann. Sie streift ihr

Kleid zurecht und hockt sich ihm gegenüber mit angezogenen Beinen auf die Couch.

»Übrigens«, fährt sie fort, »brauchst du dich mit Griechenland gar nicht so genau zu beschäftigen. Ich glaub, dass er dich über Österreich fragen wird.«

Er blickt sie erstaunt an. »Woher weißt du, dass er so prüft? Warst du auch zuhören bei einer Prüfung?«

»Nein, war ich nicht. Aber ich habe es von Kollegen erfahren.«

Wahrscheinlich von Hans Peter, will er spöttisch sagen, bremst sich aber im letzten Moment ein.

Sie legt die Arme um die Knie, stützt ihr Kinn darauf ab und blickt ihn an, ohne ein Wort zu sagen.

Irritiert über die eingetretene Pause erwidert er den Blick und fragt: »Was ist? Wieso schaust du so?«

»Willst du dich weiter mit der EU befassen oder hast du etwas Zeit für Privates? Du hast mir doch unlängst verraten, dass du die private Ivana kennenlernen möchtest.«

»Ja, das wollte ich.«

»Du wolltest?«

»Ja.«

»Du wolltest. Und jetzt willst du nicht mehr?«

»Ich will damit nur ausdrücken, dass ich es mir am vergangenen Freitag, ja es ist der Freitag gewesen, als wir zusammen auf der *Sint Servaasbrug* gestanden sind, fest vorgenommen habe.« Sie blickt ihn neugierig an.

»Naja, daraus ist dann ja nichts mehr geworden.«

»Ich verstehe nicht ganz«, setzt sie nach.

»Kurz darauf, beim *De Beur*, da wolltest du schon nichts mehr von mir wissen.«

»Ach, war das so?«

»Ja, da hat es für dich nur mehr den Strömer gegeben, sonst niemanden. Ich jedenfalls war Nebensache.«

»Du bist doch nicht eifersüchtig, Martin! Auf was hinauf? Wir kennen uns erst relativ kurz und das sehr oberflächlich.«

»Ich bin nicht eifersüchtig, aber an jenem Abend war ich enttäuscht. Du hast mir kurz vorher auf der Brücke das wunderschöne Angebot gemacht, dich kennenzulernen. Mit offenen Armen. Und danach kam nichts mehr.«

»Ich habe den ganzen Abend darauf gewartet, dass von dir etwas kommt. Schließlich wolltest du mich kennenlernen. Du warst aber anderweitig beschäftigt.«

»Mit Emilia? Als ich so allein herumgestanden bin, hat sie mich angesprochen. Dann haben wir uns halt unterhalten.«

»Und das den ganzen Abend! Mit Tanz zum krönenden Abschluss im Weinkeller.«

»Jetzt bist du eifersüchtig!«

»Nein, lassen wir das! Ich habe damit kein Problem. Du kannst machen, was immer du willst. Ich wollte dir nur sagen, wenn du mich kennenlernen möchtest, dann musst du dich darum bemühen! Und Kennenlernen funktioniert sowieso nicht an einem einzigen Abend. Wenn du mich einmal kurzfristig aus den Augen verlierst, hast du ja wohl auch noch ein Handy und kannst mich jederzeit anrufen.«

»Ich glaube, dann würde ich dir bald auf die Nerven gehen. Aber jetzt verrate mir, wieso bist du heute zu mir gekommen, wenn du doch erwartest, dass ich mich um dich bemühe?«

»Hast du noch ein Bier?« Sie hält ihm die leergetrunkene Flasche hin. »Das Gemisch schmeckt ausgezeichnet.«

Er greift in den Kühlschrank und holt zwei neue Flaschen

heraus. Während er sie öffnet und sich wieder auf das Bett setzt, keimt in ihm ein leiser Vorwurf auf. Was mach ich da, hätte ich nicht den Mund halten können?

»Ich habe keineswegs vergessen, was wir vor ein paar Tagen auf der *Sint Servaasbrug* geredet haben«, setzt sie das kurz unterbrochene Gespräch wieder fort. »Doch das hat alles keine Eile. An dem Abend ist es halt anders gelaufen, als du es dir vielleicht vorgestellt hast. Aber heute Vormittag, und das ist der Grund, warum ich zu dir gekommen bin, heute Vormittag hast du mich überrascht. Wann immer wir bis jetzt miteinander geplaudert hatten, hatte ich das Gefühl, du hörst mir gar nicht richtig zu. Du wirkst oft so abwesend. Dass du dir gemerkt hast, welches Faible ich für sozialanthropologische Zusammenhänge habe und du gleich eine entsprechende Anregung innerhalb der Arbeitsgruppe für mich vorgebracht hast, hat mich sehr gefreut. Es hat mir gezeigt, dass du mir ja tatsächlich zuhörst, wenn ich rede.«

»Ja, ich weiß. Ich lass mich bei einem Gespräch zu leicht von der Umgebung ablenken. Das ist nicht gerade höflich. Ich werde mich bessern!«

»Jedenfalls hat dein Einsatz für mich heute Vormittag in mir das Bedürfnis ausgelöst, dich näher kennenzulernen. Jetzt willst nicht nur du mich kennenlernen, sondern auch ich dich. Lässt sich das irgendwie verbinden?« Sie blickt ihm schmunzelnd in die Augen.

»Du Kasperle!«, sagt er auf Deutsch. »Als ob nicht ohnehin das eine das andere von vornherein bedingt hätte!« Dabei beugt er sich vor und versucht ihrem Blick standzuhalten. Röte kriecht in sein Gesicht. Erst jetzt bemerkt er, welchen Schimmer sie mit ihrem Kleid in sein schlichtes Zimmer gebracht hat. Er nimmt den Duft ihres Parfums wahr. Der zarte Hauch von *Cyclamen purpurascens* kommt ihm in den Sinn, des Europäischen Alpenveilchens: zum Niederknien und Riechen.

Gesicht vor Gesicht

Sie legt ihre Hände sanft an seine Wangen und zieht ihn behutsam an sich heran.

Mit einem Ruck entzieht er sich diesem Zug und sagt: »Du riechst wie ein Alpenveilchen.«

Sie kann keinen Zusammenhang zwischen seiner Aussage und seiner abweisenden Reaktion erkennen. So viel sie weiß, haben Alpenveilchen einen besonders angenehmen Duft. Ihr musternder Blick erwartet eine Erklärung.

»Beim Geruch einer Prachtnelke könnte ich jetzt für nichts mehr garantieren.«

»Bei einem Geruch von was?«, fragt sie erstaunt.

»Dem Geruch einer Prachtnelke, *Dianthus superbus*. Die wächst bei mir zuhause auf den Almen. Jedes Mal, wenn ich diese Blume an die Nase bekomme, denke ich, wenn mir eine Frau mit diesem Duft begegnen würde, wäre es um mich geschehen.«

»Warum sagst du mir das jetzt, gerade in diesem Moment?« Sie blickt ihm kopfschüttelnd in die Augen.

»Weil ich mich«, er sucht nach den richtigen Worten, »weil ich mit Blumen und deren Düften offenbar mehr Erfahrung habe als mit Frauen.«

»Du Kasperle!«, wiederholt sie perfekt sein gerade vorhin verwendetes Kosewort. »Komm her!« Sie umarmt ihn, legt ihren Kopf über seine Schulter und drückt ihn an sich.

Machst du das beim Hans Peter, beim Strömer, genauso?

Gehst einfach zu ihm in die Wohnung?, drängt es ihn zu fragen. Aber bevor er dazu in der Lage ist, spürt er ihre weichen Lippen auf seinem Mund. Nur fühlen, senden diese mit sanftem Druck an sein Hirn, nicht reden! Kein Wort mehr!

»Komm, schmeck mich«, fordert sie hauchend, »und riech mich!« Sie nimmt seine Hände und führt sie an ihr Kleid. Das wunderschöne rote Kleid abstreifen, bedeutet sie ihnen und zieht ihm im selben Moment sein T-Shirt über den Kopf.

Jetzt liegt sie vor ihm, nackt. Erregt will er sich über sie stülpen. Sie hält ihn zurück und zieht ihn doch an sich hoch, Haut an Haut.

»Schmeck mich! Riech mich!«, fordert sie ihn erneut auf. »Welche Blume bin ich dir?«

Er küsst ihre Stirn, die Wangen, Mund, Hals, und riecht. Er rutscht tiefer zu ihren Brüsten. Orchideen, sind es. Orchideen! Vom Nabel abwärts wird es gewiss: Es ist *Himantoglossum hircinum*. Ihr so ländlicher, heimatlicher Duft bringt ihn in Extase, die binnen weniger Minuten auf Ivana übergleitet. Diese ist also doch gekommen, um zu bleiben. Sie bleibt bei ihm, die ganze Nacht. Als er am Morgen erwacht, liegt sie immer noch neben ihm, mit geschlossenen Augen, entspannt in tiefem Schlaf. Seine noch offenen Fragen an sie sind bedeutungslos geworden. Warum kommst du gerade zu mir? Warum ich?

Er hockt auf dem Boden vor ihr und betrachtet gerade ihr Gesicht, als sie die Augen öffnet. Sie lächelt.

»Du bist hübsch!«

»Eine … … Prachtnelke?«

»Heute ja. Aber in der Nacht warst du eine andere Blume für mich,«

Sie setzt sich auf. »Welche?«

Er nimmt sein Handy und sucht ihr ein Bild von *Himantoglossum hircinum.*

»Das ist die Pflanze, die du mir zuschreibst? Siehst du mich tatsächlich so?«

»Es geht nicht um deren Aussehen, es geht um den Geruch.«

»Warum kennst du dich eigentlich mit Blumen so gut aus?«

»Wir hatten im Gymnasium im letzten Schuljahr eine sogenannte Vorwissenschaftliche Arbeit zu schreiben. Das Thema meiner Arbeit war *Alpenblumen und deren volkskundliche Bedeutung.* Ein schier unerschöpfliches Thema.«

»Ein Biologe, der hier in Maastricht sitzt und sich mit den Strukturen der EU befasst? Wie passt denn das zusammen?«

»Das Thema habe ich aus reiner Sympathie zu meiner Biologielehrerin gewählt. Ich wollte diese Arbeit unbedingt bei ihr machen. Der Themenvorschlag stammt von ihr. Es hat mit Biologie nur geringfügig zu tun. Im Vordergrund stand die Verwendung der Blumen, zum Beispiel in der Volksmedizin oder im Brauchtum. Denke an die Prangstangen, von denen ich dir erzählt habe. Da sind wir genau bei deinem Lieblingsthema.« Er grinst, erzählt ihr vom Narzissenfest in Aussee und kommt später wieder auf die Prangstangen zurück.

Sie weiß von ähnlichen Beispielen aus der rumänischen Volkskultur zu berichten.

Sie reden und reden, an diesem Morgen hat Martin keine Schwierigkeit, sich auf das Gespräch mit Ivana zu konzentrieren. All seine Aufmerksamkeit gehört ihr.

Er kenne heute noch
jedes einzelne Haus
von außen und auch von innen
und wisse,
wer in diesem wohnt
und gewohnt hat.
Es habe Zeiten gegeben,
da habe er jeden Hund
und sogar
fast jede Katze gekannt.

Er spürt die Kälte des Steinbodens nicht. Noch nicht. Erst Stunden später würde er sie bemerken und zu frösteln beginnen. Er würde dieses Frösteln als Kleinlichkeit abtun und sich selbst als wehleidig schelten, angesichts der Leiden, die Gottes Sohn bei seiner Kreuzigung auf Golgotha hatte ertragen müssen. Pfarrer Johannes Nepomuk Altmann würde die Zähne zusammenbeißen und kein Selbstmitleid aufkommen lassen. Das Frösteln würde er dadurch nicht abschalten können. Der Körper brauchte diese automatische Schutzreaktion gegen die Auskühlung. Aber er hatte gelernt, diesen auszutricksen. Wie mit einem Schalter konnte er den Nervenreiz wegschalten und nicht in seine bewusste Wahrnehmung vordringen lassen. Wenn er sich auf etwas konzentrierte, auf eine bestimmte Bibelstelle zum Beispiel, konnte er die Anfechtungen seines Körpers ausblenden. Psalmen zu lesen, sie zu verstehen und sie dann leise lispelnd auswendig vor sich herzusprechen, war ein probates Mittel gegen jeglichen Reiz, sei es nun ein Schmerz oder eine sirenenhafte Verlockung.

An diesem Tag sitzt er am Arbeitstisch, vertieft in die Leidensgeschichte Christi. Genau gesagt, in die Inszenierung der Spießer Passionsspiele, die für ihn mittlerweile zu einer Obsession geworden sind. Die Idee, die Passion Christi in seiner Gemeinde durch Laien nachstellen zu lassen, entwickelte sich aus seiner eigenen Leidensgeschichte. Seit Jahren schon führt er einen innerlichen Kampf über seine zunehmende Bedeutungslosigkeit. Er ist jetzt schon seit dreißig Jahren Pfarrer in diesem Ort und muss zur Kenntnis nehmen, dass für seine Pfarrgemeinde die Kirche schon lange kein Hort mehr ist, kein Platz der Zuwendung zu Gott. Nur Alte, vor allem Frauen, suchen noch Geborgenheit im Gotteshaus. Die

Jungen sind nur noch zu besonderen Anlässen, an Festtagen, dort anzutreffen. Alle zusammen sind sie taub für seine Worte. Die Alten, weil ihnen die Ohren bereits versagen oder weil sie sich von Gott schon längst ihr eigenes, unverrückbares Bild geschaffen haben, und die Jungen, weil sie von Fernsehen und sonstigen Medien hoffnungslos überfrachtet und verbildet sind. Sie haben keinen Sensor mehr für seine leitenden, mahnenden und Erlösung verheißenden Worte. Dass Bürgermeister, Pfarrer und Lehrer die geistigen und moralischen Instanzen eines Ortes seien, kennt er nur mehr aus Erzählungen. Als er die Pfarre Spieß übernommen hat, war das längst nicht mehr der Fall. Lag es an den schwachen Bürgermeisterpersönlichkeiten oder lag es an den Lehrern? Sämtliche Gemeindebeschlüsse und auch Entscheidungen in der Schule werden an ihm vorbei gefasst. Und es ist in der letzten Zeit so viel beschlossen worden, alles ohne den Segen Gottes. Er kann nur in der Kirche dazu Stellung nehmen und gegebenenfalls dagegen anreden, als Uninformierter, als nicht Eingebundener. Unter diesem Autoritätsverlust, wie er es bezeichnet, leidet er und sucht nach Alternativen, um die Menschen in seiner Gemeinde für sich und Gott wiederzugewinnen. Sie zu retten. Jedes Jahr wieder staunt er über den Eifer, mit dem Jung und Alt die Prangstangen mit einer unzählbaren Anzahl von Blumen schmücken. Hunderte von Arbeitsstunden können sie für diesen heidnischen Brauch aufbringen. Könnte er diesen Eifer nicht auch für sich nutzen? Das wäre doch gelacht, wenn er das nicht zuwege brächte! Er möchte den vom Bürgermeister und seinen Entscheidungsgehilfen in Bewegung gesetzten Veränderungen in Spieß ein kirchliches Äquivalent gegenüberstellen, nämlich seine Passionsspiele.

Damit könne er zwei Ziele erreichen: Erstens wären er und mit ihm die Kirche ein nicht zu ignorierender Faktor eines gesellschaftlichen Prozesses und zweitens könnte er im Zuge dessen seinem Kirchenvolk die Bedeutung des wesentlichsten Ereignisses des Kirchenjahres, nämlich jene von Ostern, endlich erkennbar machen.

Spießer Passionsspiele. Mehrmals wiederholt er: *Spießer Passionsspiele.* Das klingt doch gut: wie Oberammergauer Passionsspiele oder Passionsspiele Erl. Wenn er hier die Passionsspiele genauso verwirklichen kann, wie er sich das vorstellt, dann werden die Zuschauer scharenweise nach Spieß pilgern. Spieß wird zu einem Begriff und für immer aus seiner Verschlafenheit herausgerissen werden. Das wäre doch was! Die Spießer Passionsspiele, gegründet von Pfarrer Johannes Nepomuk Altmann.

Er ertappt sich bei seinem hoffärtigen Gedankengang und besinnt sich reuig auf sein eigentliches Ziel: Die Spießer sollen die beim Osterfest vergegenwärtigte Aufopferung des Gottessohns für die Menschheit begreifen und wieder richtig einschätzen lernen. Was da Gott für die Errettung der Menschheit vollbracht hat. Wer die Bedeutung der Hinrichtung Jesu und dessen anschließender Auferstehung vom Tode nicht begriffen, nicht erspürt hat, der hat die gesamte Glaubenslehre nicht begriffen. Er weiß, dass es seine Berufung, seine Sendung ist, ihnen dies zu vermitteln. Er weiß auch, dass das übliche Karfreitagsprozedere und die Auferstehungsfeier des Karsamstags nicht ausreichten, um ihre Schädel vom Osterfeuerheizen weg zum Wesentlichen zu lenken. Die heutigen Menschen sind nicht mehr in der Lage, aus dem gelesenen Evangelium, aus den niedergeschriebenen

Worten Gottes, eine Erkenntnis zu ziehen. Man muss ihren Bauch ansprechen, wenn man sie erreichen will. Wie es die Evangelikalen so erfolgreich betreiben: Tanz und Gesang beim Gottesdienst lenken die Botschaft Gottes in den Bauch der Kirchenbesucher hinein, wo sie wie gutes Essen oder wohlschmeckende Getränke unter angenehmen Verdauungsgeräuschen vom Körper resorbiert werden.

Nun sitzt er, halb kniet er, mit vor Aufregung und Eifer gerötetem Kopf, vor dem Manuskript der von ihm ausgearbeiteten Spießer Passionsspiele. Nur mit Aktionismus, so ist er überzeugt, kann er die heimische Bevölkerung an die Frohbotschaft der Bibel heranführen. Sie müssen diese erfahren, sie am eigenen Leib spüren, sie verinnerlichen, damit sie sie begreifen und glauben können. Im Geiste hat er sich schon alles zurechtgelegt: die Örtlichkeiten des Geschehens, die nötigen Figuren des Dramas, die Dramaturgie selbst. Wer außer ihm könne besser wissen, wie sich die Leidensgeschichte Jesu zugetragen hatte? An der Passion Christi gibt es nichts zu deuteln, nichts zu interpretieren und dramaturgisch zu verfremden. Er kennt die Worte und Aussagen der Bibel. Er kennt die Worte des Evangelisten Lukas in all ihrer Kraft als Botschaft für die Menschen. Daran darf nichts verändert werden. Dafür will er Sorge tragen, indem er selbst alles in die Hand nimmt.

Die Zuschauer und Zuschauerinnen sollen eine aktive Rolle bekommen. Sie ziehen von der Kirche weg hinter dem Kreuz gehend mit, von Station zu Station, immer nah am Geschehen, manchmal auch Teil des Geschehens. Die Einzelrollen stehen fest. Damit nichts schief gehen kann, sollen alle Rollen doppelt besetzt werden. Vor ihm liegt eine Liste. In einer Spalte sind alle Rollennamen aufgeführt und in der Spalte daneben seine Wünsche für deren Besetzung. Da ist Jesus, die Hauptrolle. Er sieht das Gesicht vor sich. So muss Jesus aussehen. Nicht anders. Braune lange Haare, Bart. Man kennt keine andere Darstellung von ihm. Woher sollte er jemanden mit diesem Gesicht bekommen? Heute haben doch alle Männer kurze Haare! Aber das lässt sich gewiss alles künstlich gestalten. Die zwölf Apostel sind zu besetzen. Zwei von ihnen haben besondere Aufgaben: Der Jesu-Verleugner Petrus und der Jesu-Verräter Judas Iskariot. Für die neun gewöhnlichen Apostel könnte er die Fußballmannschaft einsetzen. Vielleicht eine gute Idee. Schon lange hatte er darüber gegrübelt, wie er diese jungen Männer wieder mehr an die Kirche binden könnte. Für den Hohen Rat und den Statthalter Pontius Pilatus wäre natürlich die Gemeindevertretung ideal. Aber da hat er seine Zweifel, ob er irgendwen von ihnen zu dieser unrühmlichen, undankbaren Aufgabe überreden wird können. Für das schreiende jüdische Volk soll das mitwandernde Publikum herangezogen werden. Um das zu bewerkstelligen, hat er genaue Vorstellungen. Er braucht einen Schauspieler, der einen Juden, den Juden, mimt. Dieser soll das Publikum, das Volk, anleiten und gegen Jesus aufwiegeln. Als weitere Rollen sind noch Simon von Kyrene und fünf Soldaten zu besetzen. Und schließlich, um die Frauen nicht ganz auszuschließen, Maria, die Mutter Jesu, und Maria Magdalena. Sein Plan ist es, das Projekt am heurigen Ostersonntag in der Kirche das erste Mal zu präsentieren und Interessenten zur Teilnahme aufzurufen. Ihm ist bewusst, dass er damit nur einen Bruchteil der Gemeindebevölkerung erreichen wird. Da braucht es direkte Ansprache. So nimmt er seinen

Laptop und öffnet die Word-Vorlage für den Pfarrbrief. In diesem Brief verweist er einleitend auf erfolgreiche Vorbilder in Oberammergau, in Erl in Tirol und in St. Margarethen im Burgenland. Dann umreißt er seine Vorstellungen vom Ablauf seiner Passionsspiele. Es sei doch lachhaft, würden wir, die Spießer, nicht auch solche Spiele zuwege bringen, fügt er in Fettschrift an. Dann führt er alle Rollen mit einer kurzen Beschreibung der darzustellenden Charaktere auf und bittet um rege Teilnahme. Die Idee, noch Fotos von bekannten Passionsspielen im Internet zu suchen und einzufügen, verwirft er aus Spargründen wieder, schließlich muss er den Brief auf Kosten der Pfarre im hauseigenen Drucker vervielfältigen. Auf dem Weg zum Drucker bemerkt er, wie ausgekühlt sein Büro im Pfarrhaus zu dieser fortgeschrittenen Stunde bereits ist. Müdigkeit hat seinen Körper erfasst. Dennoch muss sein begonnenes Tagwerk bis in die späte Nachtstunde hinein verlängert werden, bis zum Umfallen, denn an Schlaf ist jetzt mit den kalten Füßen und dem Rummel im Kopf ohnehin nicht zu denken. Während des Kopierens drängt sich eine Eingebung für die Besetzung des Jesus in seinen Kopf. Das ist es! Der Bursche wäre ideal und könnte die Rolle glaubhaft spielen. Zudem würde er damit dessen Mutter sicher einen riesigen Gefallen tun, die ihm bezüglich des Auszugs ihres Sohns einmal das Herz ausgeschüttet und mit der Bitte um Hilfe dessen E-Mail-Adresse anvertraut hat. Begeistert von seiner genialen Idee mit zweifachem Nutzen, setzt er sich an den Laptop und sucht nach dieser Adresse. Es dauert eine Weile, bis er sie findet. In feurigen Worten beschreibt er sein Projekt. Genau er und nur er sei der Richtige für diese Rolle. Niemand aus Spieß würde das besser hinbringen, da sei er sich ganz sicher. Noch einmal überfliegt er sein Schreiben, dann drückt er auf ‚Senden'.

*

Brandgeruch durchzieht das ganze Tal. An mehreren Stellen glimmen noch kleine Glutreste in riesigen Aschehaufen von den Osterfeuern des Vorabends vor sich hin und werden zeitweise durch einen leichten Luftzug wieder angefacht. Kleine Rauchfahnen steigen auf und werden als feine Schlieren horizontal über das Tal getragen. Alte Bäuerinnen schleppen Weidenkörbe den steilen Weg zur Kirche hoch. Zierlich bestickte Leinentücher decken Selchfleisch, hartgekochte Eier, Brot und Krenwurzen ab, die von ihnen zur Speisenweihe gebracht werden. Wenige Junge haben sich zum Kirchgang aufgerafft. Es ist spät geworden, bis tief in die Nacht hinein. Nur jene, die mit dem Kirchenchor über Monate hinweg die Jugendmesse von Haydn für das Osterhochamt geprobt haben, wählen pflichtbewusst den Weg nach oben.

Das Läuten der kleinen Glocke an der Sakristeitür kündigt den Einzug des Pfarrers an, der in festlichem Ornat in Begleitung von vier Ministrantinnen vor den Altar tritt. Johannes Nepomuk Altmann hört es am Widerhall der Auftritte seiner Schuhsohlen auf dem Steinboden, dass die Kirchenbänke nicht vollgefüllt sind. Er braucht gar nicht erst hinzusehen und sich mit den Augen davon zu überzeugen. Die Zeiten sind vorbei, in denen am Ostersonntag die Kirche aus allen Nähten platzte. Gott sei Dank ist die Virusgeschichte vorbei, die ihm das Gotteshaus völlig entleerte. Immerhin, der Bürgermeister und alle Persönlichkeiten, die in der

Gemeinde eine wesentliche Rolle innehaben, sind anwesend. Wenigstens an diesem hohen kirchlichen Feiertag kommen sie ihrer Aufgabe, als Vorbild für das öffentliche Leben zu fungieren, noch nach.

Um sein heutiges Ziel zu erreichen, so hat er sich überlegt, darf er nicht, wie üblich, mit Ermahnungen und Zurechtweisungen daherkommen. Wie viel hätte er ihnen zu sagen gehabt! Dass es verantwortungslos sei, die Struktur der Gemeinde ohne Abstimmung mit der Kirche völlig umzukrempeln. Punkt für Punkt müsste er ihnen jede einzelne Maßnahme kritisch auseinandernehmen und deren Sinnhaftigkeit in Frage stellen. Aber nicht in dieser Predigt. Diese soll nur auf die Verwirklichung der Passionsspiele abzielen und damit in unvergleichbarem Ausmaß der Botschaft des Evangeliums dienen. Das erfordert ein stets freundliches Gesicht und absolute Zurückhaltung an jeglicher Kritik.

Der Kirchenchor hat gut geprobt und wächst über sich hinaus. Sein tadelloses Gloria macht ihn optimistisch, dass seine Aktion gelingen wird. Nach dem Evangelium, das er diesmal selbst singend vorträgt, erklingt ein dreifaches Halleluja. Er erhebt sich, richtet noch einmal das Mikrofon auf die passende Höhe ein, damit er von allen wirklich gut gehört werden kann. Mit einem Lob über die erfreulich hohe Besucherzahl und über den wunderschönen Gesang des Chors eröffnet er seine Predigt. Er spricht kurz über den Tod Jesu auf dem Kreuz, den Menschen in völliger Ahnungslosigkeit und Verblendung herbeigeführt hätten. Gott habe der Verirrung, dem Irrweg, der damaligen Menschen ein Ende gesetzt, indem er seinen Sohn lebendig aus dem Grab habe steigen lassen. Die unglaubliche Bedeutung dieses

Ereignisses gelte es zu verstehen, diese müsse von jedem begriffen werden. Gott habe damit die Größe seiner Macht gezeigt: die Macht über den Tod. Kein irdisches Wesen, sei es noch so mächtig, besitze dieses Vermögen. Ihre Macht reiche höchstens dazu aus, andere Menschen zu Tode zu bringen. Aber einen Menschen vom Tode aufzuerwecken, das könne nur Gott. An seinem eigenen Sohn habe er es demonstriert. Dieses unglaubliche Ereignis habe nicht nur für viele damalige Menschen eine fast unbegreifbare Bedeutung gehabt, sondern sei der Ausgangspunkt des Christentums gewesen. Die Auferstehung Jesu habe allen Menschen nicht nur die Hoffnung, sondern die Gewissheit auf Befreiung, auf Erlösung nach dem Tode gebracht. Ohne diese Auferstehung gebe es das Christentum nicht. Das müssten sich alle, die in der Kirche versammelt sind, bewusst machen! Er stützt sich mit beiden Armen auf seinem Rednerpult ab und lässt seinen Blick durch die Reihen der Kirchenbesucher wandern. Diesmal sieht er tatsächlich alle Augen auf sich gerichtet. Schweißperlen sammeln sich auf seiner Stirn. Seine Beine beginnen zu zittern. Mit der Absicht, allen diese Tatsache in vollem Ausmaß vor Augen zu führen, und um diese Botschaft an möglichst viele weit über ihre Kirche hinauszutragen, fährt er in gleichem Eifer fort, habe er ein Anschauungsprojekt ausgearbeitet. Wie schon im letzten Gemeindebrief kurz angekündigt, möchte er um die Osterzeit in genau einem Jahr zum ersten Mal in Spieß Passionsspiele veranstalten. Passionsspiele, die mit dem Höhepunkt der Auferstehung Jesu aus dem Grabe enden werden. Dazu brauche er die Mithilfe aller, aller Frauen und Männer, die in dieser schönen Gemeinde zuhause sind. Wenn alle annähernd so viel Energie wie für das Schmücken und

Tragen der Prangstangen mobilisieren würden, dann könnten sie Großes auf die Beine stellen.

In groben Zügen beschreibt er nun seine Vorstellung von der theatralischen Umsetzung der Leidensgeschichte Jesu und stellt die Liste der vorgesehenen Hauptrollen vor, mit denen er bald zu proben beginnen möchte. Ein Jahr sei schneller vorbei, als man denke. Wer immer sich zu so einer Rolle begabt und berufen fühle oder wer eine Person kenne, die das gerne machen würde, möge sich umgehend bei ihm melden. Er stehe gerne im Anschluss an die Messe in der Sakristei dafür zur Verfügung. Mit keinem Wort erwähnt er die von ihm bereits in der zweiten Spalte seiner Liste beigefügten Namen von für ihn infrage kommenden und gewünschten Rollenbesetzungen. Jemand, der aus freiem Willen eine Rolle anstrebe, bringe sicher einen größeren Enthusiasmus mit.

Der ganze Aufwand lohne sich aber nur, wenn es mehrere Aufführungen gebe und wenn die Spiele entsprechende Öffentlichkeitswirkung hätten. Dazu brauche es Publikum von auswärts. Sicher werde es ihnen gelingen, eine hohe Anzahl an auswärtigen Zuschauern anzulocken. Das wäre doch was! Spießer Passionsspiele. Sie sollen sich das doch auf der Zunge zergehen lassen. Aber – und er blickt dabei direkt zum Bürgermeister und dann zu Hermann Feichter – er habe große Sorge, dass die abschreckenden Tore am Taleingang einen großen Publikumszustrom verhindern könnten.

Mit einem Dank für die Anwesenheit beim Osterhochamt und einer nochmaligen Bitte um tatkräftige Unterstützung bei den Spießer Passionsspielen schwenkt er übergangslos um und zurück zur üblichen Liturgie und beendet freundlich lächelnd die Predigt.

Äußerst selten, vor allem in den letzten Jahren, hatten die Spießer ihren Pfarrer so entschlossen und voll Eifer erlebt. Viele können sich unter seiner Idee schlichtweg nichts Konkretes vorstellen, viele fürchten den riesigen Aufwand, wenn sie an die Prangstangen denken. Wenige überlegen, ob sie nicht vielleicht eine Rolle übernehmen könnten. Von der Rede des Pfarrers erblühen in ihren Köpfen Gedanken und Bilder, die sie nach der Messe bis vor die Kirchentür begleiten, sich dort vermischen und vermengen und sich zu einem hörbaren Wirrwarr entwickeln. Arbeit, Fantasterei, Wahnsinnsaufwand, Vision, Blödsinn, Frevel, Unding und ähnliche Begriffe zirkulieren als deren Einschätzung und Bewertung. Entgegen der Hoffnung des Pfarrers klopft niemand an die Tür der Sakristei, um sich für eine Rolle anzumelden. Er wird wohl oder übel mit seiner Liste in der Hand von Haus zu Haus pilgern und jede und jeden einzeln anraunzen und anbetteln müssen, damit er seine gewünschte Rollenbesetzung verwirklichen kann. Aber vielleicht braucht es einfach nur ein bisschen Zeit, bis die Leute realisieren, welch riesige Chance sich für ihren Ort hier eröffnet.

*

Martin und Ivana sitzen im Gastgarten des *Cabaret Douze*, einem bekannten Pub und Restaurant am *Graanmarkt*. Sie sind in Feierstimmung. Martin hat die Prüfung über die *Organisation der Europäischen Union* bei Professor Jacobs ohne grobe Schnitzer bestanden. Ivana war zuhören. Die Frage nach dem Beitritt Österreichs zur EU sei ja wohl ein Selbstläufer gewesen, meint er. Wie erwartet, habe Jacobs österreichbezogene Zusammenhänge abgefragt. Aber Jakobs Zusatzfrage, wie es denn zusammengehe, dass Österreich im Jahr 1989 den Beitrittsbrief an die EG geschickt und 1994 vom EU-Parlament die Zustimmung zum Beitritt bekommen habe, sei für ihn nicht zu verstehen gewesen. »Ich habe nicht verstanden, worauf er hinauswollte, bevor er präzisierte, ob denn die Kürzel EG und EU so einfach austauschbar seien. Darauf muss man bei dieser Fragestellung erst einmal kommen! Die Antwort darauf ist dann kein Problem mehr gewesen. Aber auf meine abschließende Erläuterung, dass sich die EU von der EG auch durch ein verstärktes internes Zusammenwirken und durch eine gemeinsame Sicherheits- und Außenpolitik unterscheide, hat er dann wieder eingehakt. Kannst du dich erinnern?«

»Ja, er wollte auf den Neutralitätsstatus Österreichs hinaus. Ich kann mich erinnern.«

»Ich bin heilfroh, dass mir dazu etwas eingefallen ist. Zum Schluss hat nur mehr er geredet. Bei den Ausnahmeregelungen, die für die neutralen Staaten gefunden werden mussten, wäre ich total danebengestanden. Ich kann mich nicht erinnern, dass er diese bei der Vorlesung jemals erwähnt hätte. Wahrscheinlich hat er deshalb die Beantwortung seiner Frage selbst übernommen. Egal wie, ich habe die Prüfung geschafft und das wird heute gefeiert. Prost! Es war fein, dich im Publikum zu wissen.«

»In einer Woche musst du mich begleiten.«

»Bei dir mache ich mir nicht die geringsten Sorgen.«

»Wer weiß! Du kommst gewiss, ja?«

»Was wird er denn fragen, der Herr Jacobs? Wir kennen doch jetzt sein Muster schon: Hauptthema Rumänien. Ich nehme an, er wird fragen, wann Rumäniens Beitritt erfolgt ist, vielleicht im Anschluss, welche anderen Staaten mit von der Partie waren …«

»Und welches besondere Ereignis diesem Beitrittsverfahren vorausgegangen ist?«, setzt sie für ihn fort.

»Du meinst den Fall des Eisernen Vorhangs und bald darauf die Revolution in Rumänien mit der Beseitigung Ceauşescus?«

»Ja genau. Bei Jacobs kann man nie sicher sein, auf welchen Teilaspekt er erpicht sein könnte.«

»Ja, leider. Aber du wirst das locker schaffen mit deinem Allgemeinwissen und deinem weiblichen Charme!«

»Was meinst du damit? Mir ist bis jetzt noch bei keiner Prüfung aufgefallen, dass er dafür empfänglich ist.«

»Er ist ein Mann!«

Sie schaut ihn verblüfft an und schüttelt den Kopf.

»Welcher Mann kann deinem Charme schon widerstehen?«

»Eines ist für mich gewiss und darauf bestehe ich: Alle Abschlüsse meiner bisher absolvierten Prüfungen, egal in welcher Schule und an welcher Uni, habe ich durch mein Wissen verdient und durch nichts sonst!«

»Davon bin ich ja absolut überzeugt. Ich habe nur Spaß gemacht«, beeilt er sich, ihre Aufregung zu dämpfen.

Sie zeigt ihm die Zunge. »Kasperle!«

»Aber eine Prüfung hast du ganz sicher nicht durch Wissen bestanden, sondern nur durch deinen umwerfenden Charme.«

»Und die wäre?«

»Die Aufnahmeprüfung bei mir.«

»Oh, wenn du dieser Überzeugung bist, dann wollen wir es dabei belassen.« Sie bietet ihm den Mund zum Kuss an.

Nach dem Essen im Pub begeben sie sich in Ivanas nahegelegene Wohnung und verbringen dort den Nachmittag in inniger Zweisamkeit. Am Abend machen sie sich auf in die Grote Gracht Straße, wohin Strömer wieder über *European friends* zu einem Treffen in seine Weinbar eingeladen hat. Hand in Hand schlendern sie über den noch immer stark belebten Marktplatz. Ihr himbeerfarbener Blazer kleidet Ivana vortrefflich. Bis jetzt war ihm ihr gutes Händchen für stylische Outfits noch nicht so deutlich aufgefallen. Aber vielleicht ist die Uni einfach nicht der richtige Platz dafür. Oh doch, da war doch dieser besondere Abend vor einer Woche, als sie in ihrem schönen roten Kleid unerwartet in seiner Wohnung aufgetaucht war. Bei diesem Gedanken wirft er einen Blick auf die Frau mit langen, glänzend schwarzen Haaren, die nun mit ihm am *Stadhuis* vorbei unterwegs ist. Davon hatte er vor zwei Wochen noch nicht einmal zu träumen gewagt.

In wenigen Minuten stehen sie vor Strömer. Wie hübsch sie heute wieder sei, besonders mit dem schicken Blazer, begrüßt dieser Ivana. Mittlerweile ist sie Martin so nah, dass ihn dessen Schäkerei mit ihr nicht mehr allzu sehr aufregt. Seine Ankündigung, dass sie im Untergeschoß eine besondere Überraschung erwarte, erweckt ihre Neugier. Wird etwas gefeiert, hat jemand Geburtstag? Als sie hinter dem geheimnisvoll Schweigenden Stufe für Stufe in den tiefen Keller hinabtauchen, steigt die Spannung. Am Ende des langen Ganges zwischen den aufgetürmten Eichenholzfässern hindurch öffnet Strömer galant die Tür zum Barraum und lässt ihnen den Vortritt. Um die Stehtische und die Kolleginnen und Kollegen ihrer Arbeitsgruppe herum ist eine beträchtliche Anzahl unbekannter junger Leute versammelt. Alle wenden sich ihnen zu, als sie Strömer auf Englisch und mit lauter Stimme vorstellt. Martin ist über seinen feierlichen Ton überrascht. Das klingt wie die Ankündigung hoher Gäste bei einem königlichen Staatsbankett. Er hat jedoch nicht viel Zeit, darüber zu reflektieren, weil Strömer mit einem Tablett mit vollen Weingläsern vor ihnen steht. Sie mögen sich bedienen, die erste Runde gehe aufs Haus.

Da sie nun vollzählig seien, wendet sich der Gastgeber wieder auf Englisch an seine Gäste, sei es Zeit, die Überraschung zu lüften. Die vorhin bereits Anwesenden hätten bereits die Gelegenheit gehabt, ein bisschen miteinander zu plaudern. Er wolle ihnen jetzt offiziell verraten, dass neben den Mitgliedern ihrer Arbeitsgruppe von ihm speziell ausgesuchte Gäste hier im Raum versammelt seien. Er fordert nun die Arbeitsgruppe auf, diesen einen besonderen Applaus zukommen zu lassen. Nach dem Applaus eröffnet er, dass er sich für den Abend ein Spiel ausgedacht habe. Dieses bestehe darin, sich mit möglichst vielen der neuen Gäste zu unterhalten und herauszufinden, nach welchem Gesichtspunkt der Gastgeber diese ausgesucht und hierher eingeladen habe. Weder sie noch die Gäste würden die Lösung kennen. Es sei also für alle sehr spannend, was des Rätsels Lösung sein werde. Für diesen ersten Teil gebe es ab sofort zwei Stunden Zeit, also bis 23.15 Uhr. Wenn jemand glaube, die Lösung gefunden zu haben, solle sie oder er diese bitte niemandem verraten, sondern auf einen Zettel schreiben und in eine Box werfen. Er weist auf die Theke, wo diese Utensilien vorbereitet sind. Bitte den Namen auf dem Zettel nicht vergessen! Für die, die in diesen zwei Stunden kein Auswahlmotiv entdeckten, habe er einen kleinen Tipp:

Man zähle die Anzahl der Personen im Raum. Das sei aber das allerletzte Mittel, die Lösung herauszufinden. Und bitte noch einmal: nichts verraten! Los geht's!

Strömer begibt sich zur Musikanlage, lässt in moderater Lautstärke entspannende Jazzmusik erklingen und dimmt die Beleuchtung des Raums. Dezentes Discolicht flirrt im Rhythmus der Musik über Decke und Wände.

Martin blickt leicht ratlos zu Ivana, wahrscheinlich genauso wie die meisten anderen zu ihrem Gegenüber. »Was sollen wir machen?«

»Mit möglichst vielen verschiedenen Leuten hier reden.«

»Um was herauszufinden?«

»Es soll irgendeinen Zusammenhang zwischen all den Anwesenden hier geben. Das fühlt sich nach Arbeit an. Nach interessanter Arbeit. Eine Liste wäre hilfreich, damit man die erledigten Kontakte abhaken kann. Wir beide werden uns wohl für eine Zeit trennen, denn du bist mir ja schon ausreichend bekannt.« Sie grinst.

»Dir reicht es schon?«

»Ja, für dieses Spiel wird es reichen, denke ich. Also, dann bis später.« Sie streicht ihm mit der Hand über die Wange, dreht sich um und geht direkt auf einen Burschen zu.

Spiel. Das ganze Leben ist ein Spiel. Jetzt spielen wir das Smalltalk-Spiel, los, mach schon! Er blickt durch die Runde. Fürs Abzählen müsste er die Möglichkeit zur Vogelperspektive haben, sonst wird es nicht möglich sein. Zumindest nicht, ohne aufzufallen. Und es soll ja der letzte Ausweg zur Lösungsfindung sein. Diese hat jedenfalls etwas mit der Anzahl der Personen im Raum zu tun, so viel steht fest. Zwei Stunden sind sehr knapp, um alle zu kontaktieren.

»Hi, what do you think about that all?«, hört er eine tiefe, männliche Stimme neben sich.

»Ich dachte gerade an Speed Dating zur Partnersuche«, antwortet er ebenfalls auf Englisch. Diesbezüglich werde er bei ihm kein Glück haben, erklärt der stämmige Inhaber der tiefen Stimme lachend. Aber man könne sich ja auch so unterhalten. Er heiße Rezsö und komme aus Ungarn.

Das treffe sich wunderbar, zeigt sich Martin erfreut. Er sei Österreicher und damit unmittelbarer Nachbar. Nach der weiteren Vorstellung erzählt er ihm, dass er für sein Studium die Aufgabe habe, in Ungarn eine Umfrage zu machen. Da sei er über jeden Kontakt zu einem ungarischen Staatsbürger froh. In geraffter Form erklärt er, worum es bei dieser Umfrage gehe, und fragt zum Schluss, ob er ihm eventuell in dieser Sache behilflich sein könne. Rezsö erklärt sich sehr gerne dazu bereit. Er könne sich jederzeit an ihn wenden. Sie tauschen Telefonnummern und E-Mail-Adressen aus. Martin erfährt noch, dass Rezsö auch zum Studium in Maastricht und vor wenigen Tagen von Strömer kontaktiert und zu diesem Treffen eingeladen worden sei. Als er ihn fragt, ob er mehr über dieses Treffen wisse, spürt er ein sanftes Klopfen auf seiner Schulter. Überrascht dreht er sich um und sieht Emilia vor sich. Schnell verabschiedet er sich vom Ungarn. Es sei ohnedies des Spiels und der knappen Zeit wegen sinnvoll weiterzuziehen. Er freue sich auf ein baldiges Wiedersehen.

»Emilia, meine liebe Italienerin! Im Sinne des Spiels ist es wohl eher nicht, dass wir zwei uns austauschen. Möchtest du nicht völlig neue Menschen kennenlernen? Du machst das doch so gerne, hast du mir erzählt. Oder hast du gar die Lösung schon?«

»Nein, ich habe erst mit zwei Leuten gesprochen. Bis jetzt habe ich noch keine Ahnung. Aber deswegen will ich auch gar nicht reden mit dir. Martin, warum bist du unlängst, als wir beide getanzt haben, hier in diesem Raum, plötzlich wie von einer Tarantel gestochen aufgebrochen? Was ist da passiert?«

»Ich hab dir doch gesagt, dass ich zuhause noch eine Arbeit fertigzustellen habe.«

»Mein Guter, ich glaube dir vieles, aber diese Version kannst du mir nicht unterjubeln.«

Wäre das fahle Licht nicht gewesen, hätte sie Martins Rot im Gesicht bemerkt. Er plagt sich generell beim Lügen, will ihr aber partout nicht die Wahrheit sagen.

»Es ist für dich doch hoffentlich noch ein schöner restlicher Abend geworden?« Sie stockt.

»Denk daran, wie es dir gegangen wäre, wenn ich plötzlich, quasi mitten im Gespräch, abgedampft wäre!« Sie überlegt kurz, lässt es dann aber mit den Vorwürfen.

»Am Anfang bin ich schon ein wenig betroffen dagestanden, aber das hat sich nach kurzer Zeit wieder gelegt. Die Welt ist voll mit interessanten Menschen!«, sagt sie schließlich.

»Super, dann muss ich kein schlechtes Gewissen haben! Ich glaub, wir sollten weiter, sonst läuft das Spiel an uns vorbei.«

»Wir sind mittendrin, Martin! Ciao! Wir sprechen uns vielleicht später noch einmal!«

Ich weiß, dass wir mitten im Spiel sind. Warum sagt sie mir das? Er macht sich auf den Weg zur Bar, um sich ein Glas Wein zu holen. Im Vorbeigehen erhascht er einen liebevollen

Blick von Ivana, die sich gerade mit einem schwarzhaarigen Burschen unterhält. Der könnte Ronaldos Bruder sein, denkt er sich. Wäre ich ein Fußballfan, wäre ich jetzt eifersüchtig.

»Da hast du uns was angetan mit deinem Rätsel!«, beklagt er sich bei Strömer, der ihm Wein nachschenkt.

»Rätsel sind oft deshalb so schwer zu lösen, weil wir viel zu kompliziert denken«, antwortet der Deutsche heiter.

»Lieber Hans Peter«, schaltet sich eine zierlich gewachsene Dame mit halblangen brünetten Haaren in ihr Gespräch ein. »Ich muss dir diesen Herrn hier entziehen, den kenne ich nämlich noch nicht.«

»Hallo, sonst hast du schon mit allen gesprochen? Wie denn das?«, fragt Martin erstaunt.

Sie sei schon früh im Keller eingetroffen und habe sich bereits vor dem Start des Spiels mit einigen unterhalten können.

Also habe sie wahrscheinlich das Rätsel bereits gelöst?

Ja, denn sie bevorzuge es, einfach zu denken.

Sie muss wohl den letzten Satz Strömers mitbekommen haben, vermutet er.

Sie glaube jedenfalls, die Antwort zu kennen, wenn es in der Tat so einfach ist. Wo er denn herkomme, so groß und fesch, hängt sie beiläufig an.

Geschmeichelt erkundigt er sich, in welchem Land es denn so charmant formulierende Menschen wie sie gebe, ohne auf ihre Frage einzugehen.

Sie komme aus Lettland, heiße Rita und studiere in Maastricht. In Lettland treffe man nur nette Menschen an, außer die wenigen unverbesserlichen Rüpel, die es wohl in jedem Land gebe.

War das ein kleiner Seitenhieb? Er stellt sich eilig bei ihr vor.

Begeistert erzählt sie, dass sie schon mehrmals in Österreich gewesen sei. Ihre Schwester gehöre dem Profiteam der lettischen Kunstbahnrodlerinnen an. Mit ihrer Familie und einer Fangruppe habe sie diese schon mehrmals zu Rennen nach Igls bei Innsbruck begleitet. Während sie von ihren Schifahrerlebnissen auf dem Patscherkofel erzählt, überlegt Martin, ob des Rätsels Lösung etwas mit der Uni oder mit dem Studium in Maastricht zu tun haben könnte. Bis jetzt kommen alle aus diesem Milieu. Als Rita bemerkt, dass er ihr gar nicht richtig zuhört, verabschiedet sie sich von ihm. Die Begegnung mit ihm bilde einen bedeutenden Teil des zusammenzusetzenden Puzzles, das sich bei ihr schon zu einem erkennbaren Ganzen geformt habe. Mit einem nicht wirklich einschätzbaren Lächeln verlässt sie ihn.

Nanu, hab ich der jetzt zu wenig Beachtung geschenkt oder schwingt sie sich nur so von Person zu Person? Kein Wunder, dass sie schon alle durchhat! Vielleicht ist das sogar die bessere Methode, um die gesuchte Lösung zu finden.

Als Nächster stellt sich ein Kroate bei ihm vor. Er sei Kellner im *De Beur* und habe an diesem Abend arbeitsfrei. Was er denn studiere, fragt Martin nach.

Nichts! Ob er ihn denn nicht verstanden habe, er sei Kellner und kein Student.

Martin entschuldigt sich für sein Missverständnis. Es gebe in Maastricht viele Studenten, die im Gastgewerbe jobben.

Er sei als Achtzehnjähriger beim *NEC Nijmegen* in die Jugendmannschaft aufgenommen worden, erklärt Franjo. Leider habe man ihm nach zwei Jahren sein rechtes Fußgelenk zertrümmert. Das sei das Aus für seine Fußballkarriere gewesen. Er sei zu seiner niederländischen Freundin nach Maastricht gezogen und lebe seitdem hier als Kellner.

Die Mitteilung, dass Franjo kein Student ist, unterläuft Martins These, dass die Rätselfrage des Abends etwas mit der Uni zu tun haben könnte. Er unterhält sich noch einige Zeit mit ihm und erkennt, dass er ein sehr sympathischer Zeitgenosse ist. Er habe noch sehr gute Kontakte zu seinen Verwandten und Freunden in Rovinj, erzählt der Kroate. Den Sommer über verbringe er mit seiner Freundin regelmäßig zuhause bei seinen Leuten. Auf die Frage, ob er etwas von der gesuchten Lösung ahne, erntet er nur ein verständnisloses Kopfschütteln.

Immer wieder bemerkt er aus der Entfernung, wie jemand einen Zettel in die Box wirft. Die Uhr zeigt ihm, dass noch eine gute halbe Stunde Zeit ist. Er schaut sich nach Ivana um. Ihre Lösung ist sicher schon deponiert. Er entdeckt sie zwei Tische weiter im Gespräch mit einem Mann mit kurzen Haaren und kurzgehaltenem Bart. Als ob sie seinen Blick gespürt hätte, dreht sie sich um und geleitet ihren Gesprächspartner in seine Richtung.

»Martin, ich muss dir Nevo vorstellen. Er kommt aus Sofia und studiert *European Studies* hier auf der Uni, wie wir. Ich habe ihn schon bei einer Vorlesung getroffen und mich kurz mit ihm unterhalten. Es ist lustig, dass ihn Hans Peter entdeckt und hierher eingeladen hat. Und für dich besonders interessant, er ist Bulgare und wäre bereit, dich bei der Umfrage in seinem Land zu unterstützen. Darf ich ihn dir übergeben?«

»Oh, danke! Hi, Nevo, freut mich, dich kennenzulernen! Wir müssten uns also eigentlich schon einmal über den Weg gelaufen sein. Ich kann mich allerdings nicht an dich erinnern.«

»Es gibt Menschen, die überall sofort auffallen«, Nevo zeigt auf Ivana, »und solche, die wie hinter einer Tarnmaske unsichtbar bleiben. Zu denen gehöre offenbar ich.«

»So gut kann deine Tarnung gar nicht sein, sonst hätte Ivana dich nicht entdeckt.«

Sie möchte sich in das Gespräch der beiden nicht einmischen und deutet ihnen, dass sie sich gemeinsam unterhalten sollen. Dann winkt sie Martin und lässt sie allein. Nevo äußert sich erfreut darüber, dass Martin sich für sein Heimatland interessiere. Dieser muss gestehen, nicht aus freien Stücken auf Bulgarien gekommen zu sein. Das Los habe ihn vor diese schöne Aufgabe gestellt. Er sei noch nie dort gewesen und habe sich bis jetzt auch noch keine großen Gedanken über die Umsetzung der Befragung gemacht. Er beherrsche weder die bulgarische Sprache noch die kyrillische Schrift. Trotzdem freue er sich schon auf diese Herausforderung. Allerdings sei er auf Hilfe angewiesen.

»Ich helfe dir gerne. Mich freut es, wenn mein Land nicht so ins Abseits gestellt wird, so als lästiges, parasitäres Anhängsel der EU. Wenn ich die Menschen hier so höre und die Medien verfolge, bekomme ich leider diesen Eindruck. Wenn du nicht so denkst, Martin, dann helfe ich dir. Versprochen! Die Umfrage unter den jungen Bulgaren wird dieses Vorurteil sicher zurechtrücken. Davon bin ich überzeugt.« »Schön, das ist eine erfreuliche Zusage, Nevo! Magst du ein Glas Wein? Ich lade dich ein. Komm!«

Als sie von Strömer die gefüllten Weingläser überreicht bekommen, ermahnt sie dieser, die Zettel auszufüllen. Die zwei Stunden seien bald vorbei. Nevo deutet an, dass er dies schon erledigt habe. Martin sieht die beiden ratlos an. Er ist noch zu keinem Ergebnis gekommen. Zu sehr war er mit den neuen Bekanntschaften beschäftigt, als er sich wirklich tiefgehende Gedanken über die Lösung des Rätsels hätte machen können. Nevo schaut ihn lächelnd an. Na, was ist? Hast du noch nichts eingeworfen?

»Ich habe keine Ahnung, ehrlich!«, gibt er zu.

»Dann denk doch an unser Gespräch vorhin! Was leitest du für dieses Treffen hier davon ab?«

»Ich stehe auf der Leitung: Ich sollte weniger Wein trinken! Vielleicht muss ich doch zu zählen beginnen.«

»Probiere es mit einer Schätzung«, hört er Strömer sagen.

»Wo kommen die alle her, die du heute kennengelernt und jene, die du ohnehin vorher schon gekannt hast?«, bemüht sich Nevo zu helfen.

Martin überblickt den Raum und versucht zu schätzen. Es werden wohl knapp dreißig sein.

»Ach, bin ich ein Esel!«, entfährt es ihm plötzlich. Er greift nach einem Zettel und schreibt seine Eingebung hin.

Zehn Minuten später ist ein Gong zu hören. Die Spielzeit ist abgelaufen. Strömer stellt die Musik aus und dreht die Raumbeleuchtung heller. Er greift zur Box und holt die Zettel heraus. »Meine Lieben, es ist so weit! Ich nehme an, dass alle dahintergekommen sind, nach welchem Kriterium die Gäste heute zusammengewürfelt sind. Bevor ich die richtige Lösung bekannt gebe, muss ich eure Vorschläge noch abzählen.«

Er zählt sie laut durch und endet bei der Zahl 26.

»Es sind 26 Zettel. Alle haben abgegeben. Mit mir zusammen sind demzufolge genau 27 Personen im Raum.«

Er wartet und blickt lächelnd in die Runde. Na, habt ihr's jetzt? Leichter geht es nicht mehr! »Ich werde jetzt nicht überprüfen, ob alle Antworten richtig sind. Aber die Besonderheit ist, und das ist euch hoffentlich aufgefallen, dass keine zwei heute Abend aus demselben EU-Staat kommen. Alle 27 EU-Länder sind durch jeweils eine Person vertreten. Ich habe es geschafft! Und darauf bin ich mächtig stolz.«

Sprechpause. Nach einem ersten Einklatschen durch Emilia folgt allgemeiner Applaus.

»Danke! Vielen Dank! Und jetzt kommt der zweite Teil des heutigen Events. Frank und ich haben das Umfrageformular fertiggestellt und werden es euch morgen per E-Mail zuschicken. Weiters haben wir eine App gefunden, die wir gut verwenden können. Wir haben eine Anleitung zu deren Benutzung gemacht und ein Beispiel aufgesetzt, an dem ihr euch anhalten könnt. Der Download dieser App ist allerdings nicht gratis. Es fällt eine Gebühr von 39 Euro pro Jahr an. Ich denke, das ist für alle leistbar. Ich glaube, dass wir die Umfragen innerhalb eines Jahres schaffen können.« Wieder applaudieren die Gäste.

»Und nun zum Grund, warum ich über die Mitglieder der Arbeitsgruppe hinaus für jedes weitere EU-Land jemanden eingeladen habe. Diese besonderen Gäste haben sich liebenswerterweise bereit erklärt, uns bei den Umfragen in ihrem Land zu unterstützen. Ich hoffe, ihr habt die vergangenen zwei Stunden genutzt, um die für euch wichtigen Kontakte zu knüpfen. Wenn nicht, dann besteht jetzt noch die Gelegenheit dazu. Bitte nutzt sie!

So, das war es für heute. Jetzt ist Zeit für das Vergnügen. Wein gibt es genug, weiß wie rot, für alle Vorlieben!«

Martin sitzt bereits am Laptop, als Ivana aufwacht. Es wurde spät vergangene Nacht, sicher war es schon drei am Morgen, als sie in ihrer Wohnung ankamen und müde ins Bett fielen. Er bringt ihr eine Tasse Kaffee und setzt sich mit dem Computer neben sie auf das Bett. Er habe eine interessante E-Mail bekommen. Diese sei in der Nacht um 2.30 Uhr gesendet worden.

»Sie ist vom Pfarrer, stell dir vor! Vom Pfarrer meines Heimatorts. Er schreibt, dass er mich als Jesus brauche.«

»Wie bitte?«, fragt Ivana verschlafen.

»Er organisiere für die nächsten Ostern Passionsspiele und sei auf der Suche nach geeigneten Darstellern. Für den Jesus käme nur ich in Frage. Ich solle ihn nicht im Stich lassen, schreibt er flehentlich.«

»Warum kommt er gerade auf dich? Du bist doch schon Jahre von zuhause weg.«

»Habe ich dir nicht einmal kurz erzählt, dass ich in der Schule Theater gespielt habe? Vielleicht hat er mich damals gesehen, ich weiß nicht mehr.«

»Du und Jesus, ich kann mir das schwer vorstellen.«

»Warum nicht?« Er positioniert sich vor ihr. »Ich müsste mir nur einen Bart und die Haare wachsen lassen.«

Sie lacht. »Ein Bild für eine Ikone. Den Bart und die Haare kann man künstlich machen, das ist kein Problem. Aber du müsstest wieder nachhause fahren zu Proben und so. Wie soll denn das alles möglich sein parallel zu deinem Studium?«

*

Ivanas Kopf liegt an Martins Schulter. Sie schläft ruhig. Er versucht sich möglichst nicht zu bewegen, um sie nicht zu wecken. Er selbst kann aber in dieser Position keinen Schlaf finden. Es nützt nichts, die Augen zu schließen. Wie so oft kann sie sich, so eng an ihn gedrückt, entspannen wie ein kleines Kind in den Armen seiner Mutter. Er denkt daran, wie sie in seine Studentenwohnung gekommen ist und verkündete: Ich komme, um zu bleiben. Obwohl sie diese Aussage sofort revidiert hat, ist sie geblieben. Seither ist einige Zeit vergangen, genug, um sie näher kennenzulernen. Ob ihre damalige Ansage nicht doch einem vorgefassten Plan entschlüpft war, hat er ihr bis jetzt noch nicht entlocken können. Sie hat es geplant. Sicher hat sie es geplant! Alles, was sie sich vornimmt, zieht sie ohne Umschweife konsequent durch. So ist sie. Nur, er kann diese Tatsache nicht wahrhaben. Weil er im Gegensatz zu ihr ein zögerlicher Typ ist, und weil er ihre Beweggründe zu diesem Plan nicht erkennen kann. Seine Ausstrahlung wird es nicht gewesen sein! Dass er sich zu ihr hingezogen gefühlt hatte, ab dem ersten Besuch in seiner Wohnung, kann sie auch nicht gemerkt haben, bei seiner Zurückhaltung. Was bleibt dann noch?

Es ist schön, dass sie geblieben ist. Egal weshalb. Er möchte ihr zart über die Wange streicheln, will es aber auf keinen Fall aufwecken, sein Roma-Mädchen. Nein, sag das nie zu ihr!

Sie kommt aus Braila. Braila ist eine Hafenstadt an der Donau im Osten Rumäniens, nicht weit vom großen Donaudelta und vom Schwarzen Meer entfernt. In dieser Stadt leben über 180.000 Einwohner, davon sind gerade einmal 2.000 Roma. Ihr Vater ist IT-Spezialist und hat dort vor kurzem eine eigene Firma gegründet. Mit zwölf Mitarbeitern entwickelt er Software für diverse Firmen im europäischen Raum. Die Mutter kümmerte sich lange Zeit um die gemeinsamen drei

Töchter und den Sohn. Ivana ist die dritte von ihnen. Ihr Bruder ist das Nesthäkchen. Eine richtige Familie! Ganz anders als bei ihm: Vater, Mutter, Kind. Als Einzelkind bist du beides gleichzeitig: Erstgeborenes und Nesthäkchen. Obwohl, Nesthäkchen war er nie. Sie haben doch jahrelang auf ein weiteres Kind gehofft. Aus ihren Aussagen dazu ist er nie richtig schlau geworden. Irgendetwas ist da nicht geglückt. So viel konnte er spüren und erahnen. Vom Erstgeborenen hat er alles abbekommen: Freude, Staunen, Stolz, aber auch penible Erziehung. Alles musste nach einem vorgegebenen Konzept ablaufen. Woher hatten sie das Konzept? Nichts durfte Zufall sein, da war keine Großzügigkeit, keine Freizügigkeit vorhanden, die man einem zweiten Kind bereits zugesteht. Vor allem von seiner Mutter. Sein Vater, ja, sein Vater hat sich um ihn nur wenig gekümmert. Keine Zeit!

»Erkläre mir, warum du von zuhause ausgebrochen bist«, wollte Ivana eines Abends von ihm wissen. »Du warst jetzt wie lange nicht mehr bei ihnen? Fehlt dir deine Familie nicht? Wie hältst du es ohne Kontakt zu ihnen aus? Schon der Gedanke an so eine Situation macht mich verzagt. Keine Rückmeldung, ob es ihnen gut geht, ob sie alle wohlauf sind. Wie konntest du nur von ihnen weggehen und jegliche Verbindung zu ihnen abbrechen? Ich verstehe dich einfach nicht! Ich könnte ohne meine Familie nicht sein. Wir schreiben E-Mails und telefonieren regelmäßig miteinander. Ich weiß von allen, wie es ihnen geht. Was ist bei dir da Arges passiert?«

Martin betrachtet ihr entspanntes Gesicht in ruhigem Atem. Von oben. Eine eigenartige Perspektive. Ihre auffällige Nase, die er so liebgewonnen hat. Sie ist ein Grund dafür, warum er immer wieder an ein Roma-Mädchen denken muss. Als ob man von der Physiognomie auf die Herkunft eines Menschen schließen könnte! Unter der Nase ist nur die Aufwölbung ihrer Oberlippe zu sehen. Küssen. Nein, lass das! Du weckst sie auf.

Sie kann so was von hartnäckig sein, wenn sie etwas erreichen will. War das für sie nicht zu spüren, dass er über dieses Thema nicht reden wollte? Herumstochern in einer Wunde!

»Man wird sich doch abnabeln dürfen, oder?«

»Abnabeln, das ist schon passiert, kurz nachdem du zur Welt gekommen bist!«

Sie lernte gerade mit Eifer und raschem Erfolg Deutsch. Bildhafte Sprache mit übertragenen Bedeutungen war allerdings noch ein schwieriges Terrain für sie.

»Ich spreche aber vom Ablösen von zuhause.«

»Ok! Für diese Trennung hättest du aber nicht sämtliche Verbindungen zu deinen Eltern komplett durchschneiden müssen. Du könntest trotzdem selbständig sein, schaue mich an.«

Es blieb ihm nichts anderes übrig, als ihr zu erklären, worüber er sich selbst noch nicht einmal im Klaren war. Vielleicht sei es daran gelegen, dass er ein Einzelkind ist. Wie eine Gluckhenne auf ihren Küken sei die Mutter auf ihm draufgesessen in ständiger Sorge um sein körperliches Wohlbefinden. Der Vater habe nur seine Entwicklung hin zum richtigen Beruf im Sinn gehabt. Er habe gerne mit Holz gespielt, habe gesägt, gehobelt und geschnitzt wie die Handwerker und Bauern im Ort, die viele Gebrauchsgegenstände selbst anfertigten. Daraus habe der Vater geschlossen, dass Tischler oder Zimmerer das Richtige für ihn sei. Zu seinem zwölften Geburtstag habe er ihm eine kleine Werkstatt eingerichtet, ausgerüstet mit Holzbearbeitungsmaschinen, von denen manche erwachsenen Hobbybastler nur träumen könnten. Lehrling, Geselle, Meister, Bürgermeister, das sei für ihn die für seinen Sohn vorgezeichnete Laufbahn gewesen. Großvater Bürgermeister, Vater Bürgermeister, Sohn Bürgermeister: eine unbestreitbar logische Abfolge! Sein Vater sei ein Biedermann. So wie dieser das Amt von seinem Vater übernommen habe, so habe er es weitergeführt. Jede Gemeinderatsitzung Routine: Gewohnheit oder reine Pflichterfüllung, nicht um etwas zu ändern, sondern um alles beim Alten zu belassen. Ob sie sich das vorstellen könne? In diese festgefügten engen Fußstapfen habe er nicht treten wollen.

Er hätte vielleicht der Erste sein können, der etwas ändert.

Hätte, ja! Aber er sei erst 18 Jahre alt gewesen, als er beschlossen habe, alles hinter sich zu lassen und zu verschwinden. Nach der Matura, die er sich ohnehin schon gegen den Willen des Vaters erkämpft habe, sei der richtige Zeitpunkt dafür dagewesen. Salzburg war die einzig denkbare Destination, Salzburg und dann Maastricht.

Dafür hätte er aber nicht alle Verbindungen nach zuhause abbrechen müssen!

Hätte, hätte! Sie übe offenbar den Konjunktiv von haben.

Nun war der Moment gekommen, in dem er ihr über die genauen Umstände seines Abgangs von zu Hause erzählen musste: Sein Vater habe ihm bei der Maturafeier einen Gutschein über 10.000 Euro als Startgeld für eine sinnvolle Ausbildung in die Hand gedrückt. Als er ihm später von seinen Studienplänen erzählt habe, sei bei diesem der Ofen aus gewesen. Dafür gebe er keinen einzigen Cent aus und damit waren die versprochenen 10.000 Euro für ihn gestrichen. Er solle ein zweijähriges Kolleg besuchen. Das reiche vollkommen. Nach einem heftigen Streit, bei dem er ihm die Enge seines Denkens und überhaupt die Enge der gesamten Dorfgesellschaft an den Kopf geworfen habe, habe er seine Sachen gepackt, mit dem Vorsatz, erst mit seinem Abschlussdiplom in den Händen wiederzukommen.

»Was hast du gesagt?« Ivana setzt sich auf und schaut ihn aus verschlafenen Augen an.

»Wieso? Wie kommst du darauf, dass ich etwas gesagt hätte?«

»Ich habe erst wiederkommen wollen, wenn ich mein Abschlussdiplom in den Händen habe. Hast du nicht diesen Satz gesagt? Wir sind doch allein hier im Zugabteil. Das kannst nur du gewesen sein.«

Martin schüttelt den Kopf. Er ist sicher, dass er kein einziges Wort von sich gegeben hat.

»Wo sind wir denn?«

»Wir sind bald da. In einer halben Stunde sind wir in Salzburg. Dann haben wir die Wahl: Wir können per Bahn weiter nach Radstadt fahren und dann in einen Bus umsteigen oder wir verbringen etwas Zeit in der Stadt und nehmen den letzten Bus nachhause.

Sie wählen die zweite Option. Nach einem Spaziergang durch die Getreidegasse zeigt ihr Martin zwei Lieblingsplätze in der Altstadt, die er in seiner Studienzeit entdeckt und oft besucht hat. Das eine ist die Terrasse des Stieglkellers, eines beliebten Restaurants am Fuße des Mönchsbergs, direkt unterhalb der Festung Hohensalzburg, das andere ist das *220GRAD Café* in Nonntal, dessen Besitzer er persönlich gut kennt.

Mit einem der für diese Stadt so typischen O-Busse kehren sie zurück zum Bahnhof, wo sie nach dem Abholen ihres dort deponierten Gepäcks gerade noch den Bus nach Hause erreichen.

»Wissen deine Eltern wirklich, dass wir heute kommen?«, fragt Ivana noch einmal besorgt nach, als ihr Bus losgefahren ist.

»Ja.«

»Ja? Mehr sagst du nicht? Ich trau dir da nicht ganz.«

»Ich habe dir bereits in Maastricht erzählt, dass ich mit Mama alles geregelt habe.«

»Weiß dein Papa davon?«

»Nein, er nicht. Ich hoffe jedenfalls, dass Mama dichtgehalten hat. Sie hat's mir versprochen.«

»Wieso darf er nichts wissen?«

»Mama weiß auch nur, dass ich komme. Ich habe ihr nicht verraten, dass ich dich mitbringe.«

»Was? Das sagst du mir erst jetzt?«

»Ich will sie überraschen. Ich möchte gerne sehen, wie er reagiert, wenn ich, wenn wir, plötzlich vor seiner Haustür stehen.«

»Ich hoffe, dass das nicht schief geht!«

»Was soll denn schiefgehen? Ich will seine Reaktion sehen! Er hätte mir wenigsten einmal eine Mail schreiben können! Selbst Mama hat mir nur selten geschrieben. Und wenn, dann Bedeutungsloses.«

»Vielleicht denkt er dasselbe von dir: Wenigstens einmal hätte er schreiben können, der liebe Sohn.« Sie wartet auf seine Reaktion. Es kommt kein Wort.

»Ein gelegentlicher Anruf war auch nicht möglich?«

»Ich habe ihnen bewusst meine Handynummer vorenthalten.«

»Warum?«

»Du wirst das nicht verstehen. Du telefonierst fast täglich mit jemandem aus deiner Familie. Als ich von ihnen weg bin, war mir der Abstand zu ihnen wichtig. Hätten sie meine Handynummer gehabt, hätten sie mich wahrscheinlich täglich bearbeitet. Ich hätte nicht tun können, was ich wollte.«

»Martin, ich glaube, du blickst falsch auf die Situation. Dein Papa hat dich nicht aus seinem Haus geworfen. Du, du bist von ihnen fortgegangen und nicht mehr wiedergekommen!«

»Ich habe es dir schon x-mal gesagt: Ich habe zuhause und in unserem Ort die Enge nicht mehr ausgehalten.«

»Die Enge hast du empfunden, nicht sie! Wie sollen sie verstehen? Ich denke, es wäre an dir gewesen, sie öfter zu kontaktieren.«

»Warum bist du so hart? Du hältst nicht zu mir!«

»Ich mag dich sehr, Martin! Aber mit dieser Haltung zu deinen Eltern, da steige ich aus.«

Mit diesem Satz tritt Schweigen ein. Er verzichtet diesmal sogar darauf, ihr holpriges Deutsch zu korrigieren. Beide starren in die Landschaft. Doch diese zieht wie ein Film an ihnen vorbei, ohne sie zu berühren. Alle Raffinessen der abendlichen Beleuchtung können daran nichts ändern. Bisher sind sie ohne Missstimmungen miteinander ausgekommen. Bereits am Anfang hat sie den Wunsch geäußert, dass sie mit ihm gerne eine lockere Beziehung leben möchte, kein Zusammenwohnen, kein Aneinanderkleben. Ihm war das recht. Er wollte sein Studium zügig vorantreiben. Und es funktionierte. Liebe, Sehnsucht, Heißhunger aufeinander beflügelten beider Arbeitseifer. Zwei Monate vor den Sommerferien hat sie eines Abends begonnen, über die E-Mail des Pfarrers zu sprechen. Was denn damit sei? Ob er nicht Lust habe, den Jesus zu spielen? Das sei doch eine höchst interessante Rolle. Er könne ja in den Sommerferien proben. Wenn er den Pfarrer bitte, dass er ihm das Textbuch schicke, könne er den Text bereits in Maastricht lernen. Das sei alles nur Organisationssache. So es dem Pfarrer wirklich wichtig sei, dass er die Rolle übernehme, müsste er die Proben nach ihm ausrichten. Er hatte nach Eintreffen der E-Mail kurz darüber nachgedacht, ob er die Rolle übernehmen solle. Er fühlte sich geehrt durch die Anfrage und er verspürte auch Lust darauf, aber für ihn war es unmöglich, vor dem Abschluss seines Studiums nach Hause zurückzukehren. Doch Ivana ließ nicht mehr locker. Als sie mit dem Vorschlag vor ihm stand, dass sie mit ihm nach Hause mitkommen wolle, sie müsse ohnehin Österreich kennenlernen und ihre Umfrage vorantreiben, sagte er zu. Er kontaktierte den Pfarrer und bekam das Textbuch. Beide fanden es gut und er lernte eifrig. Erst im letzten Moment schrieb er an seine Mutter und organisierte die Reise, ohne Ivana einzubinden. Sie brauche sich keine Sorgen zu machen, er mache das alles.

Die Stimme des Busfahrers meldet, dass für die Passagiere mit Zielort Spieß die Endstation erreicht ist. Nach der Abfahrt des Busses stehen sie allein im Regen auf einem riesigen Parkplatz. Vor ihnen erhebt sich ein massiver, vier Meter hoher Maschendrahtzaun. Was ist in Spieß passiert, seit er weggegangen ist? Wer ist auf die absurde Idee gekommen, die Zufahrt zum Tal, in dem Martins Heimatort liegt, mit so einem Ungetüm an Zaun abzusperren? Sein Vater kann das nicht veranlasst haben, denn in dessen Amtszeit als Bürgermeister hat er noch nie etwas im Ort verändern lassen. Martin blickt noch einmal den Zaun hoch und verfolgt den Verlauf der Sperrvorrichtung, die links und rechts fest an die steilen Talflanken anbindet. Er kann nur den Kopf schütteln, als Ivana die Frage stellt, ob sie an der Grenze zu Italien seien. Wenn ihm seine Freundin nicht zuvorgekommen wäre, hätte er dem Grenzer, der ihnen aus einem Container entgegengetreten ist, die Aushändigung der Pässe verweigert. Noch nie hat er sich für den Zutritt zu Spieß ausweisen müssen! »Das ist mein Heimatort. Hier bin ich geboren und aufgewachsen«, will es aus ihm herausschreien. Er kennt die Grenzer, den Maurer Hansl und den Hofer Ferdl. Warum erkennen sie ihn nicht? Was soll das formale Getue der beiden? Als er dann vom Mauer Hans, der wie ein mechanischer Roboter agiert, die Anweisung bekommt, dass Ivana nicht nach Spieß einreisen darf, ist der Gipfel seines Ärgers erreicht. Für eine Rumänin gebe es keinen Zutritt. Zudem stellt sich Ivana daraufhin entschlossen quer. Sie will an Ort und Stelle umkehren und wieder abreisen. Er greift zum Smartphone, um seinen Vater anzurufen und die Situation klären zu lassen.

*

Geruch von Zirbenholz. Martin öffnet die Augen. Vor ihm liegt ein kleines Leinenpölsterchen. Seine Mutter hat es in sein Bett gelegt, es ist mit Holzspänen gefüllt. Der Geruch könnte auch von der hölzernen Deckenschalung kommen. An der Wand hängen noch seine alten Poster und eine selbst produzierte Zeichnung eines Frauenakts. Ein mit Kohlestift hin gekratztes Fantasiebild. Dem Körper fehlen Kopf, Hände und Füße. Sein Vorstellungsvermögen hat wohl für diese komplizierten Details nicht ausgereicht. Auch stimmen die Proportionen des dargestellten Torsos nicht. Doch die Zeichnung hat etwas. Sonst hätte er sie nicht an die Wand gehängt.

Von Ivana ist kein Atemzug zu hören. Sie liegt dicht an der Wand in ruhigem Schlaf. Seine Mutter hat für seine unangekündigte Begleiterin in aller Eile das Doppeltbett im Gästezimmer hergerichtet. Von diesem Bett war nur die Hälfte überzogen. Daher haben sie es am späten Abend vorgezogen, sich in sein Jugendzimmer zurückzuziehen und sich zusammen in sein Einzelbett zu kuscheln.

Die Grenzposten hätten die strikte Anweisung, sich mit niemandem in ein Gespräch einzulassen. Ihre Aufgabe sei es, die Identität der Ankommenden festzustellen und sie zu registrieren. Sämtliche Ein- und Ausgänge der Gemeinde würden auf diese Weise erfasst. Hofer und Maurer hätten daher mit ihrer Genauigkeit völlig vorschriftsgemäß gehandelt. Wenn sie bei jedem Zweiten eine Ausnahme machen würden, wären sie fehl am Platz, erklärte sein Vater. Martin suchte Blickkontakt mit Ivana. Er wollte in diesem Moment aber mit seinem Vater keine Diskussion darüber beginnen. Dass der Ferdl ihn nicht erkannt habe, fuhr dieser fort, müsse wohl daran liegen, dass er schon zu lange weg sei. Martin habe sich doch seither verändert in seinem Aussehen, sei in die Breite gewachsen. Ein richtiger Mann sei er geworden, mit seinen kräftigen Schultern. Diese Bemerkung untermauerte er damit, dass er ihn von vorne mit beiden Händen an den

Schultern fasste und rüttelte. Da sich in diesem Moment die Mutter einmischte, er solle mit seinem Gerede aufhören, die beiden müssten sich dringend etwas Trockenes anziehen, weil sie sich sonst eine saftige Erkältung holten, war Martin einer Reaktion darauf enthoben. Er solle Ivana das Badezimmer zeigen und sie könnten sich fürs Erste einmal in sein Zimmer zurückziehen, bis sie das Gästezimmer hergerichtet habe. Wie hätte sie denn erahnen können, dass er eine Freundin mitbringe? Ein kleiner Tipp in diese Richtung in seiner E-Mail wäre hilfreich gewesen, setzte sie noch hinten nach. Er erinnert sich an den Vorwurf in ihrem Blick.

»Was machst du? Bewunderst du den schönen Frauenakt?«, hört er von hinten. Ivana ist aufgewacht.

»Den sollte ich entfernen. Ein Erinnerungsstück aus meiner Schulzeit.«

»Ist er von dir?« Sie setzt sich auf und lehnt sich an seine Schulter.

»Ja. Er ist unvollständig und die Proportionen stimmen nicht.«

»Du hast wohl kein gutes Modell gehabt.«

»Gar keines. Die Lehrerin hat uns angewiesen, einen Fantasieakt zu zeichnen. Wohl zu ihrem Spaß! Und das ist das Ergebnis.« Er grinst.

»Man kann ihn ja im Kopf ergänzen und richtigstellen. Weiß doch jeder, wie ein Mensch aussieht. Wie alt warst du, als du die Zeichnung gemacht hast?«

»Sechzehn.«

»Da hast du noch keine Freundin gehabt?«

»Schon. Ich hatte mehrere. Aber keine so richtig. Jedenfalls keine, die mir für einen Akt Modell gestanden hätte.« Beide blicken stumm auf die unvollständige Skizze.

»Möchtest du mich einmal zeichnen?« Sie erhebt sich vom Bett, zieht rasch ihren Pyjama aus und posiert nackt vor ihm, in derselben Stellung, die aus der unvollkommenen Darstellung seines Akts zu erahnen ist.

Er lacht angetan von ihrem spontanen Einfall. »Ob eine Aktzeichnung gelingt, liegt sicher nicht am Modell! Ich kann einfach nicht gut zeichnen.« Im selben Moment springt er auf und streicht mit seinen Händen langsam über ihre Körperoberfläche, ohne sie zu berühren, als modelliere er ihr exaktes Abbild in plastischem Ton. Es befindet sich aber ein hauchdünner Luftpolster zwischen seinen Handflächen und ihrer Haut. Beide spüren sie, manchmal hören sie, ein elektrisierendes Knistern. »Wie könnte ich die Vollkommenheit deines Körpers je zu Papier bringen?«, haucht er in ihr Ohr.

»Danke für das Kompliment!«

Der feine Luftpolster zwischen seinen Händen und ihrer Haut weicht der Begierde nach Berührung. Ihre Lust auf Innigkeit kümmert sich nicht im Geringsten um ihren momentanen Aufenthaltsort.

Entspannt und hellwach sitzen sie wieder auf dem Bett, aneinander gelehnt, und sprechen über den Abend davor.

Es sei nett gewesen, meint sie. Seine Eltern hätten sich große Mühe gegeben. Die Mutter sei durch ihre überraschende Anwesenheit wohl ein bisschen aus der Fassung gebracht worden. Mit dem Abendessen zum Beispiel. Der Tisch sei wohl nur für drei Personen vorbereitet gewesen. Auch das

Bett im Gästezimmer. Hätte sie dort tatsächlich allein schlafen sollen? Ohne ihn?

Er rätsle, woher Papas ständiges Lächeln gekommen sei. War es die Freude über die Rückkehr des verlorenen Sohns? Wohl nicht.

Als sie angekommen seien, da habe er sich sichtlich gefreut, unterbricht sie ihn. Er habe ihn umarmt und lange an sich gedrückt. Das sei ihr aufgefallen.

Ja, ja. Aber dann beim Abendessen und nachher, immer dieses Lächeln. Es schien, als wisse er um irgendein Geheimnis, das er ihm aber noch nicht verraten wollte. Jetzt noch nicht. Später dann. Beide schweigen nun vor sich hin. Sie denkt, dass sie seinen Vater zu wenig kenne, um irgendetwas aus dessen Gesicht ablesen zu können. Er denkt, dass dieses Lächeln ihn daran gehindert habe, nachzufragen. Nachzufragen, was der Grenzzaun soll am Eingang zur Gemeinde. Warum die Zufahrt nach Auskunft des Chauffeurs nur mehr mit Gemeindebussen möglich sei, nicht mehr mit Privatautos. Warum es aber dennoch Ausnahmen gebe? Fragen über Fragen, die der Chauffeur partout nicht beantworten wollte. Er könne sich in wenigen Minuten an den Bürgermeister wenden, hat dieser lachend abgewehrt.

»Gestern ist ja einiges geredet worden. Aber halt nur über uns. Mich hat es gewundert, dass ihnen nicht gleich das Kinn heruntergefallen ist, als du ihnen erzählt hast, dass du Rumänin bist.«

»Das war deinem Vater doch schon bekannt von deinem Anruf.«

»Du meinst, sie hatten genug Zeit, um sich darauf einzustellen.«

»Mir ist nicht aufgefallen, dass sie Behalte gegen mich hätten.«

»Vorbehalte, nicht Behalte«, korrigiert er sie. »Das will ich auch hoffen!« Er steht auf mit einem unguten Gefühl im Bauch. An diesem Tag muss er einiges erledigen, und nicht alles davon wird angenehm sein: Gespräch mit seinem Vater, Vorsprache beim Pfarrer, mit oder ohne Ivana, Frühstück mit Ivana.

Auf dem Frühstückstisch in der Essecke sind zwei Gedecke vorbereitet. In einem Körbchen wartet frisches Gebäck auf sie. Als sie in das Wohnzimmer treten, schreckt seine Mutter von der Lektüre einer Broschüre auf. Langschläfer seien sie, Papa sei schon längst im Amt. Sie bietet ihnen an, weiche Eier von glücklichen Landhühnern zu kochen. In der Stadt bekäme man wahrscheinlich nur welche von gequälten Hennen aus Käfighaltung. Sie wundere sich oft, dass solche Eier immer noch oval seien und nicht eckig, wie die Käfige, in denen die armen Tiere leiden müssten. Sie entscheiden sich für die glücklichen Eier, allein um sie nicht zu kränken. Noch während sie frühstücken, kommt ein Anruf aus dem Gemeindeamt. Der Herr Bürgermeister wünsche, dass Martin ins Amt komme.

Als er aus der Haustür tritt, merkt er erst, dass die Nacht das Regenwetter gegen Sonnenschein ausgetauscht hat. Offenbar rechnen die Bauern mit einer längeren Schönwetterphase, denn auf einigen Wiesen brummen Traktoren mit Mähbalken. Voll Überraschung erblickt er neben einem Bauernhof in knallig rote Folie gewickelte Silageballen. Diese sind nicht, wie üblich, eng aneinander in Haufen oder langen Reihen geschlichtet,

sondern in Form
Blütenkelchs bilden
eine lilafarbene Tulpe
passiert? Er entdeckt
fernter gelegenen Anwes
den üblichen Ballen in di

Hinter der Volksschule is
in die Höhe zu hieven. Dan
eine Baugrube aus und entlee
eines LKW.

Freundliche Gesichter empfangen
ten schon, dass er kommen werde.
Sitzungssaal auf ihn.

Er steht hinter dem riesigen Bespre
sind Pläne ausgebreitet und Modelle auf
stehender Bürgermeister, den ständig
fordert er die Sekretärin, die Martin na
hat, auf, die Tür zu schließen und kein
durchzustellen. Er möchte bis auf Weitere
werden. Die rhetorische Frage, ob Martin gut g
ausreichend gefrühstückt habe, ist wie das Ansc
Bierfasses. Wie das Bier aus einem offenen Zapf
darauf sein bis jetzt mühsam zurückgehaltener Be
die von ihm erwirkten Veränderungen und Umbrüch
Gemeinde nach außen. Er erklärt, wie er alle Gemeindeve
hinter sich bringen konnte. Er beschreibt ihm die in Pla
befindlichen Projekte, die auf die Baugenehmigung warte
Nur der Umbau und die Erweiterung der Volksschule sei
bereits in Angriff genommen worden. Man wolle in de

Stolz in ihm, andererseits lassen sie auch in
werdende Zweifel aufkeimen. Verrennt er sich da nich
etwas? Hat denn die kleine Gemeinde ausreichend Mit
um alles zu finanzieren? Ist die Einstimmigkeit in der Ge
meindevertretung tatsächlich so stabil, wie er behauptet, oder macht er sich da was vor? Diese Fragen haben sich neben das große, noch ungeklärte Rätsel gestellt, das ihn seit dem Vorabend beschäftigt.

»Nun, was sagst du dazu?«, lautet die Frage, mit der sein Vater seine von Stolz getragene Vorstellung beendet. Das Strahlen in seinen Augen versetzt Martin in eine Situation, in der nur eine positive Beurteilung möglich erscheint. Wie wenn eine befreundete Künstlerin oder ein Künstler nach einem mäßigen Auftritt erwartungsvoll auf einen zukommt. Wie soll man da reagieren? Die einfachste Lösung in so einem Fall ist es wohl, wider die innere Überzeugung Lob auszusprechen. Die strahlenden Augen werden belohnt und der eigene Vorbehalt ist doch Privatsache. Im Falle des Vaters ist das nicht so einfach. Schon gar nicht, wenn man diesen vier Jahre zuvor wegen dessen Biederkeit verlassen hat und gerade erst wieder zu ihm zurückgekehrt ist.

»Können wir uns vielleicht irgendwo hinsetzen? Wir sind schon lange genug gestanden.« Jede Überbrückung schafft Zeit, um den richtigen Ansatz zu finden, denkt er sich.

»Du hast recht. Gehen wir hinunter in mein Büro, dort ist es gemütlicher. Und Marga soll uns einen Kaffee bringen. Du magst doch einen, oder?« Ohne Martins Antwort abzuwarten, schreitet der Vater voraus, weist ihm einen Sessel in seinem Büro zu und bestellt bei der Sekretärin zwei Tassen Kaffee.

Wieder Zeit für Martin. Vom Bürgermeistersessel her kommt nun noch einmal die Frage: »Also, was sagst du zu unseren neuen Aktivitäten hier im Ort?«

»Naja, ich bin beeindruckt«, beginnt er. »In meinen kühnsten Träumen hätte ich das nicht erwartet. Ich bin mit der Befürchtung zurückgekommen, dass da noch alles beim Alten ist, so wie ich es verlassen habe.«

»Möglicherweise hast du vor vier Jahren noch nicht den Blick für das Wesentliche gehabt, um zu erkennen, was ich zu leisten imstande bin.«

Martin will darauf nicht eingehen. Er weiß genau, dass vor vier Jahren von all dem, was jetzt in Spieß in Bewegung gebracht worden ist, noch nicht das Geringste zu erahnen war. Mit welchem Blick hätte er da etwas erkennen können.

»Mag sein«, ist seine kurze Reaktion, »aber ein paar Fragen habe ich schon zu deinen Projekten hier.«

Die Tür wird geöffnet. Frau Huber stellt ein Tablett mit Kaffee auf den Tisch und zieht sich diskret wieder zurück.

»Fragen hast du. Na, welche denn?«, nimmt sein Vater das Gespräch neuerlich auf.

»Als wir gestern Abend draußen am Taleingang völlig unerwartet vor einem bewachten Grenzübergang gestanden sind, habe ich geglaubt, ich spinne. Wieso habt ihr das gemacht, Papa? Was soll diese Absperrung und die Kontrolliererei?«

»Ich verstehe, dass dich der Grenzbalken irritiert hat. Du hast davon nichts gewusst. Seine Errichtung hat sich offenbar noch nicht bis Maastricht durchgesprochen. Dieser Zaun ist das, was sich alle politischen Parteien hier in Spieß gewünscht haben. Er ist das, was uns eint.«

Nun beginnt er zu erzählen, wie sich der gemeinschaftliche

Wunsch nach einer von außen, von oben unabhängigen, selbständigen Gemeinde entwickelt habe. Eine absolute Abgrenzung sei aus diversen Gründen leider nicht möglich gewesen. Man könne auf öffentliche Zuwendungen nicht verzichten. Der Zaun ermögliche aber, über jeden Zu- und Abgang aus der Gemeinde genau Bescheid zu wissen.

»Und ihr bestimmt, wer die Grenze überschreiten darf?!«

»Ja, klar. Das ist doch gut so. Findest du nicht?«

»Rumänen zum Beispiel haben keinen Zutritt, wie wir gestern leidvoll erfahren mussten! Sag, wem ist denn der Zugang sonst noch verwehrt?«

»Jedem Gesindel halt. Es gibt genug Typen, die es auf unseren hart erarbeiteten Wohlstand abgesehen haben.«

»Rumänische Staatsbürger gehören also pauschal zum Gesindel?«

»Sehr vertrauenswürdig sind die Roma nicht, die überall im Land auftauchen, um zu betteln und altes Zeug zu hamstern. Das musst du zugeben.«

»Rumänen sind nicht gleich Roma!«

»Es dürfen auch keine Bulgaren zu uns.«

»Vielleicht auch keine Ungarn und Slowaken? Dort leben nämlich die meisten Zigeuner, so wie der Maurer Hansl gestern Ivana abfällig bezeichnet hat.«

»Der Hansl ist ein Dummkopf. Den darfst du nicht ernst nehmen.«

»Und solche Leute wachen darüber, wer zu euch kommen darf?«

»Die haben gar nichts zu entscheiden. Es gibt strikte Regeln. Sie überprüfen die Papiere und wissen sofort, wer Zutritt hat und wer nicht.«

»Und die Regeln kommen vom Wächterrat, bestehend aus Bürgermeister, Lehrer und Pfarrer. Oder wie?«

»Du bist zu kritisch, Martin! Die Regeln haben wir im Gemeinderat demokratisch mit einstimmigem Beschluss festgelegt. Der Zaun schützt uns nicht nur vor problematischen Menschen, er bietet uns auch viele Gestaltungsmöglichkeiten. Wie du gestern wahrscheinlich gesehen hast, sind vor und hinter dem Zaun riesige Parkflächen angelegt worden. Die Gäste dürfen nur bis zum Grenzbalken fahren und müssen dann in unsere Busse, großteils E-Busse, umsteigen. So halten wir uns die vielen Autos vom Hals. Die Einheimischen sind nicht mehr auf eigene Fahrzeuge angewiesen. Sie fahren mit Gemeindebussen zur Grenze und steigen dort in öffentliche um. Soweit zum Verkehr. Alle Gäste und Touristen werden an der Grenze registriert und bezahlen Eintrittsgelder zu den diversen Veranstaltungen. Wanderer zahlen Zufahrts- und Weggeld. Auf diese Weise wickeln wir alles schon an der Grenze ab und haben hier im Ort keine Scherereien mehr damit.«

»Wer mit bösen Absichten kommt oder nicht zahlen will, wird einen Weg um den Zaun herum finden!«

»Wie denn? Über die Berge? Es gibt infolge unserer Absperrung keine bequeme Zugangsmöglichkeit mehr. Woanders zufahren ist schon gar nicht möglich. Die Grenze unserer Gemeinde verläuft hauptsächlich entlang von Bergkämmen, die sehr mühsam überschritten werden können. Es gibt nur wenige etwas leichtere Übergänge. Diese lange Grenze wäre natürlich unmöglich zu überwachen. Die paar Leute, die sich den aufwendigen Umweg antun, die werden wir verkraften. Außerdem, der Ort ist klein und hat seine Augen überall. Sie werden sich nicht lange verstecken können.«

»Wie mir gestern aufgefallen ist, gibt es doch noch eine Möglichkeit, bequem durch den Grenzbalken zu gelangen. Man nehme einen riesigen allradgetriebenen Geländewagen und fahre damit mit Hupen und Trara auf den Balken zu. Und wie durch ein Wunder wird der Balken angehoben, ohne dass Fahrer und Fahrzeuginsassen nur irgendwie visitiert werden. Kannst du mir erklären, wieso das möglich ist?«

»Ach, das war der Nesselbach mit seinen Leuten.«

»Der Nesselbach? Der Nesselbach darf also ungeprüft hinauf in sein Jagdrevier? Ihr seid also der Meinung, stinkreiche Leute brauche man nicht zu kontrollieren, denn die nehmen euch eh nichts weg? Weil sie schon genug besitzen?«

»Der stinkreiche Herr Nesselbach, wie du so abfällig von ihm sprichst, nimmt uns nichts weg. Im Gegenteil, er gibt uns etwas. Er ist Gönner und Förderer unserer Gemeinde. Du wirst es nicht glauben, er hat sich vertraglich dazu verpflichtet, unsere geplanten Einrichtungen und Projekte zu finanzieren. Alles, was durch unser Gemeindebudget nicht gedeckt ist, bezahlt er! Ist das nicht großartig? Sollen wir diesen Mann an der Grenze auseinandernehmen?«

»Das ist ja gleich die Antwort auf meine zweite Frage, die ich dir noch stellen wollte. Nämlich, womit ihr all eure geplanten Bauten finanzieren werdet. Der Herr Nesselbach zahlt alles! Das ist ja fein!«

»Ja. Da staunst du!« Martin vermutet, dass hier noch etwas ganz anderes dahintersteckt.

»Und der macht das alles aus reinem Edelmut? Da muss ich mir bisher wohl ein völlig falsches Bild von ihm gemacht haben! Sag, wie hast du es geschafft, den feudalen Herrn zu dieser Gebefreudigkeit zu überreden?«

»Du hast ja recht! Es gibt niemanden, der aus reiner Großzügigkeit bereit wäre, ohne Gegengeschäft so viel Geld auf den Tisch zu legen. Aber trotzdem ist dein Sarkasmus hier nicht angebracht! Es war nicht viel, was er verlangte.«

»Darf ich wissen, was er haben wollte? Oder ist das euer Geheimnis?«

»Warum sollte es ein Geheimnis sein? Er wollte sein Jagdrevier ausgeweitet haben bis zum Weißeck hinauf. Das hat er bekommen. Ist doch nicht viel!«

»Das heißt, das gesamte Gemeindegebiet westlich der Stüblergutkapelle gehört jetzt ihm?«

»Nein, er hat dort nur das Recht zur Jagd gepachtet. Durch einen Vertrag auf die Dauer von 25 Jahren.«

»Unglaublich! Wie hast du den Kontakt zu ihm bekommen? Meines Wissens wolltest du früher lieber nichts mit ihm zu tun haben. Ist er an dich herangetreten?«

»Nein, mit diesen Lorbeeren kann ich mich nicht schmücken. Der Hermann und er sind Jagdfreunde. Den Deal zwischen ihm und unserer Gemeinde hat dieser eingefädelt.«

Martin zuckt zusammen. Er weiß vom ewigen Spannungsverhältnis zwischen den Grössings und den Feichters. Noch allzu gut sind ihm das Wettern seines Großvaters über die Eskapaden des alten und die Klagen seines Vaters über die Marotten des jungen Feichters in Erinnerung. Was konnte von dieser Seite Gutes kommen?

Die eingetretene Sprechpause veranlasst seinen Vater dazu, zu erläutern, wie Nesselbach schon seit Jahren diese Reviererweiterung angestrebt habe, sie aber nie erreichen konnte, weil die Almbesitzer ihn einfach nicht mochten. Sein persönliches Verdienst sei es nun gewesen, die Bauern umzustimmen. Für die Gemeinde sei schließlich sehr viel auf dem Spiel gestanden. Sie könnten sich doch all die Veränderungen und Umbauten ohne Nesselbachs Zuwendungen niemals leisten.

Martin ist nicht in der Lage, seinem Vater die volle Aufmerksamkeit zu schenken. All das Drumherum um diesen Deal interessiert ihn wenig. Worüber er grübelt, ist das Missverhältnis zwischen Nesselbachs finanziellem Einsatz für die Pacht und dem Aufwand für die Gemeinde. Sein zusätzlicher Jahrespachtzins wird in etwa in der Höhe von einigen Tausend Euro liegen, die Aufwendungen für die Gemeinde müssen jedoch mehrere Millionen ausmachen.

»Habt ihr von ihm schon Geld bekommen?«

»Wir haben mit ihm alles auf Punkt und Beistrich vertraglich geregelt. Im Vertrag ist eine fixe Finanzierungsobergrenze festgelegt. Für jedes von uns geplante Projekt wird er davon jenen Betrag drauflegen, der von der Gemeinde nicht aufgebracht werden kann. Er behält sich aber vor, zu entscheiden, wofür er das Geld einsetzt.« Sein Vater scheint einen Sekundenbruchteil zu zögern. »Das würde ich an seiner Stelle auch tun.«

»Du findest seinen Wunsch nach einem Mitentscheidungsrecht zu euren Vorhaben gut?«

»Lieber wärs mir natürlich gewesen, wenn wir völlig freie Hand hätten. Aber man kann sich nicht alles wünschen. Wir haben ihm unsere Pläne vorgelegt. Er hat zu allem ja gesagt. Was willst du mehr?«

»Seine Zusage habt ihr schriftlich?«

»Warum bist du so skeptisch? Den Grenzzaun samt

Container hat er zu hundert Prozent finanziert. Die neue in Bau befindliche Station übernimmt er auch in vollem Umfang.«

»Hoffentlich mit einem automatisch angetriebenen Balken, der in dem Moment in die Höhe fährt, in dem er mit seinem Auto heranbraust.«

»Du bist nicht zu überzeugen!«

»Du sagtest, dass ihr euch in der Gemeindevertretung bezüglich des Grenzzauns alle einig wart, über alle Parteien hinweg. Dass euch dieser Zaun geeint habe. Was erwartet ihr euch denn alle von dieser Abgrenzung gegenüber der restlichen Welt, außer vielleicht mehr Sicherheit gegenüber gefährlichen Eindringlingen? Ich kann es nicht nachvollziehen, was da in euch vorgeht.«

Grössing schüttelt den Kopf. Er scheint von Martins Nachfragen enttäuscht zu sein. Er fühle sich in allen Belangen für die Gemeinde verantwortlich. Man könne doch nicht zusehen, wie ein über viele Jahre gewachsener Lebensraum von außen Schritt für Schritt vereinnahmt und ausgehungert werde. Es gäbe kein einziges Geschäft mehr im Ort, nicht einmal mehr für die allernötigsten Mittel des täglichen Bedarfs. Bald würde es auch das einzige Wirtshaus nicht mehr geben. Das sei nur eine Frage der Zeit. Sämtliche Sporteinrichtungen seien aufgelassen. Nur Ruinen seien übriggeblieben. Vom Schilift, den er, Martin, noch als Bub so geliebt habe, gebe es nur mehr abgewrackte Säulen, deren Anblick jeden im Ort verärgere. Wenn wir für die alten Menschen nichts machen, müssen wir sie aussiedeln in Kilometer weit entfernte Pflegeheime. Ein eigenes Alten- und Pflegeheim sei bitter nötig. »Und jetzt hör mir genau zu. Du weißt genau, wovon ich rede!«, fährt er fort und blickt Martin tief in die Augen. »Die Jungen laufen uns davon, wenn wir ihnen hier im Ort keine Zukunft bieten.«

Und, wie soll sie denn aussehen, deren Zukunft?, liegt Martin auf der Zunge, doch sein Vater gibt ihm keine Chance, sich einzubringen. Ohne Pause spricht er weiter.

»Dass die Jungen kaum mehr im Ort zu halten sind, liegt klarerweise an der begrenzten Arbeitsmöglichkeit, aber ganz wesentlich auch an deren fehlendem Verständnis für ihre ureigene Kultur. Die Medien, an denen sie wie Süchtige hängen, vermitteln ihnen einen Kultureinheitsbrei ohne jeden Wert. Wenn wir die Kinder nicht schon zu Hause, im Kindergarten und in der Volkschule zur fundamentalen Kultur unserer unmittelbaren Heimat erziehen, dann gehen sie für unseren Ort für immer verloren. Gerade du musst das doch verstehen, nachdem du gegen diese Entwicklung im Ort aufbegehrt und keinen anderen Ausweg gesehen hast als davonzurennen.«

Endlich macht er eine Pause, um Luft zu holen.

Martin, gerade persönlich angesprochen, hätte so viel zu sagen. Wie wenig sein Abgang mit einem anderen Kulturverständnis zu tun habe oder mit fehlenden Arbeitsmöglichkeiten.

Bevor er jedoch seine Gedanken ordnen und seinen Mund aufmachen kann, setzt sein Vater schon wieder fort. Es sei auf der ganzen Welt gleich: Die Mächtigen, die Politiker und alle, die über große Mengen Geld verfügten, konzentrierten ihr Interesse nur auf verdichtete Siedlungsgebiete. Städte würden immer größer und zögen Menschen von überall her an, wie ein trockener Schwamm das Wasser. Alles Fördergeld würde in diese Zentren gesteckt, für abgelegene ländliche Wohnräume bliebe nur mehr das Kleingeld übrig. Die Folge sei eine ständige Abwanderung und Entleerung solcher Orte. Ein Bauer aber könne seinen Grund und Boden nicht wie einen Bogen Packpapier aufrollen, wegtragen und woanders wieder auslegen. Daher werde dieser ihn niemals freiwillig verlassen. Genauso wenig könne jemand seine Identität, seine Kultur, sein Brauchtum, zusammenpacken und an einem anderen Ort wieder ausbreiten. Es gelte daher alles zu unternehmen, um dem Sog dieser Schwämme entgegenzuwirken.

»Du meinst, das geeignete Mittel dazu sei ein vier Meter hoher Zaun?«, huscht Martin in seine Atempause. »Du glaubst doch nicht ernsthaft, dass du ein einziges Mädchen oder einen einzigen Burschen nach dem Schulabschluss durch diesen Zaun hier in Spieß zurückhalten kannst, wenn ihnen der Ort zu wenig Interessantes bietet?«

»Der Zaun wird unsere Kinder wohl nicht zurückhalten können. Er suggeriert ihnen aber, dass wir innerhalb dieser Grenze eine zusammengehörende Gesellschaft sind, in der sich jeder zuhause fühlen kann. In der jede und jeder einen Platz hat und Teil unserer wertvollen Kultur ist. Wir sind dabei, für alle Arbeit, Wohnmöglichkeit und einen Hort der gegenseitigen Wertschätzung zu schaffen. Wir haben jetzt die Mittel dafür.«

»Du vertraust also bei deinen hehren Bemühungen, an deren Erfolg ich allerdings große Zweifel habe, ohne Bauchweh in die Geldmaschine Nesselbach?«

»Woher hast du eigentlich deine hartnäckige Skepsis?«

»Ich weiß nicht, von wem ich diese geerbt habe. Offensichtlich nicht von dir.«

Sein Vater scheint kurz in Gedanken zu versinken, bis er wieder spricht. Er kann seinem Sohn nicht die ganze Wahrheit auf den Tisch legen, nämlich dass Hermann damals zu ihm ins Haus gekommen war: Er muss mit ihm reden, privat. Im Wohnzimmer hat er ihm eine penible Aufstellung vorgelegt mit all den Maßnahmen, die mit dem Geld Nesselbachs in der Gemeinde umgesetzt werden müssten. Die Baumaßnahmen waren mit einem Zeitplan gekoppelt gewesen, der so gestaltet war, dass er von den ortsansässigen Firmen, also seiner eigenen und der Baufirma, eingehalten werden könnte. Der dringende Wunsch von Feichter: Unmittelbar den Grenzzaun zu errichten und die Grenzstation auszuführen. Seinen Einwand, dass diesbezüglich noch kein Beschluss im Gemeinderat vorliege und auch die angedachte Bürgerbefragung noch nicht durchgeführt worden sei, hat er damals vom Tisch gewischt. Das interessiere in diesem Moment niemanden, war sein Kommentar dazu. Entweder er stimme Nesselbachs und seinen Vorschlägen zu oder es gebe kein Geld. Wenn er ablehne, sei er längste Zeit Bürgermeister gewesen, das könne er ihm versichern. So eine Chance komme für Spieß nie wieder! Andererseits könne er alles darum herum nach seinen Vorstellungen gestalten. Ihm und den anderen Gemeindevertretern seien diesbezüglich keineswegs die Hände gebunden. Die auf den vorgelegten Papieren aufgelisteten Maßnahmen und der Zeitplan dazu seien jedoch Notwendigkeiten, über die es keine Diskussion gebe. Über deren Gestaltung könne man reden, über die Errichtung nicht. Er könne sein Leben als Bürgermeister normal weiterführen, da werde er ihm nichts in den Weg legen, sei er verbindlich geworden. Aber was er verlange, müsse kommen, sonst kein Geld! Dabei hat er mit dem Zeigefinger auf seine Listen und Aufstellungen geklopft. Im selben verbindlichen Ton erklärte er, dass von dieser Liste niemand außer ihnen etwas wissen dürfe. Er selbst halte sicher dicht, denn er wolle sich keine Schwierigkeiten aufhalsen. Und er rate ihm, die Papiere in seinen privaten Safe zu sperren, denn niemand außer ihnen brauche davon etwas zu wissen. Sollte es anders laufen, dann versiege eben die Geldquelle. So einfach sei das alles! Er könne davon profitieren. Schließlich sei er der Bürgermeister, unter dessen Federführung die Erneuerungen in der Gemeinde in die Wege geleitet werden. Er könne auf jedes öffentliche Objekt ein Taferl anbringen lassen mit der Aufschrift: *Errichtet unter Bürgermeister Peter Grössing!* Seither liegen die Papiere fix verschlossen, nur für ihn zugänglich, bei ihm privat zuhause.

Das alles ist sein Geheimnis und ist für alle unzugänglich auch in seinem inneren Safe verwahrt. Er verbietet sich den Gedanken, wie sehr Martins Skepsis sehr wohl eine Berechtigung habe. Stattdessen sagt er: »Man muss im Leben manchmal etwas wagen, ohne sich nach allen Richtungen abzusichern. Früher bin ich oft sehr unflexibel gewesen und habe mich krampfhaft an Bewährtem, an Vertrautem festgehalten und orientiert.«

Martin horcht auf. So eine Aussage hätte es früher nie von ihm gegeben.

»Ich vermute, dass dich gerade diese Eigenschaft an mir gestört hat und dass du auch deshalb von hier fortgegangen bist«, hört er seinen Vater seine Rede fortsetzen. »Abgesehen von der Art, wie du es gemacht hast, finde ich jetzt im Nachhinein gut, dass du diesen Schritt gewagt hast, denn dein

Fortgehen hat mich wachgerüttelt. Das muss ich dir sagen! Und ich bin mir sicher, dass auch du durch den Blick von außen erkannt hast, welche Werte und Schätze du zu Hause zurückgelassen hast.«

Martin staunt über die selbstreflektierenden Worte. Mit dem Blick von außen kann er allerdings gar nichts anfangen.

»Du, Martin, weil wir hier schon so vertraulich miteinander reden,« setzt sein Vater erneut an, »möchte ich dich etwas fragen.«

»Ja?«

Der Vater zögert. Es fällt ihm sichtlich schwer, das, was ihm auf der Zunge brennt, auszusprechen. Nach mehrfachem Räuspern rückt er endlich damit heraus.

»Sag, Martin, was willst du von der Rumänin?«

»Was soll diese Frage? Was soll ich denn schon von ihr wollen?«

»Du kannst nie zu ihr nach Rumänien ziehen. Und sie zu uns her? Das wird auch nicht gut gehen.«

Er hat sich nicht verändert! Am liebsten würde er aufstehen und wortlos verschwinden oder aufschreien. Er nimmt alle seine Kräfte zusammen, um sich zu beherrschen. Warum mischt der sich schon wieder in seine Angelegenheiten ein? Ivana und er haben sich noch nie Gedanken über eine gemeinsame Zukunft gemacht. Und wenn sie zusammenblieben, gäbe es zig Alternativen zu einem gemeinsamen Umzug nach Rumänien oder nach Spieß.

*

»Hallo! Wie war es?«, fragt Ivana direkt, als Martin in sein Zimmer tritt. Sie sitzt an seinem Schreibtisch, vor ihr der aufgeklappte Laptop.

»Gut. Wir haben über alles Mögliche geredet,« gibt er knapp zur Antwort und setzt sich ihr gegenüber auf das Bett. Er lehnt sich zurück an die Wand und schließt die Augen.

Sie sieht, dass er nicht in Stimmung ist zu reden. Trotzdem startet sie einen erneuten Versuch.

»Habt ihr euch aussprechen können?«

Es dauert, bis er seine Augen öffnet und reagiert.

»Wir haben über einiges gesprochen. Ich erzähle es dir später. Momentan ist mir nicht danach.«

»Oje, das klingt ja nicht gerade nach Versöhnen!«

»Ich muss da noch ein bisschen in mich gehen. Wie war's denn bei dir?«

Sie durchschaut sein Ablenkungsmanöver, will aber nicht weiter insistieren.

»Bei mir war es sehr gut. Deine Mama und ich sind noch lange beim Frühstückstisch sitzengeblieben. Sie ist sehr nett. Es war ein interessantes Gespräch.«

»Und worüber?«

»Über dich!«

»Hast du dabei etwas Neues über mich erfahren?«

»Ich habe sie gefragt, wie es ihr ergangen sei, als ihr einziges Kind vor vier Jahren plötzlich weggewesen ist.« Sie sei sich ja gar nicht sicher, ob es ihr überhaupt recht ist, dass sie jetzt ihre in aller Vertrautheit getätigten Äußerungen gleich wieder an ihn weitertrage. Aber damit habe sie eigentlich rechnen müssen. Jedenfalls habe sie am Anfang sehr darunter gelitten und seinem Papa die volle Schuld gegeben. Der einzige

Haltegriff für sie sei seine Erklärung gewesen, die kurz nach seinem Abgang per E-Mail an sie gekommen sei, dass er ein Studium durchziehen wolle, mit dem festen Vorsatz, es auf komplett eigenen Beinen zu schaffen. Und dass er unmittelbar danach wieder zurückkehren werde.

»Davon hast du mir nie erzählt!«

Dass er nach der Matura weggehen müsse, damit habe sie ohnehin schon gerechnet. Dass es auf diese Weise passieren musste, habe sie allerdings schon hart getroffen. Sein einschränkendes Versprechen, sich von Zeit zu Zeit über das Internet bei ihr zu melden, damit sie wisse, dass er noch lebe, sei für sie schwer zu ertragen gewesen. Seine Äußerung, dass dies nicht für seinen Vater gelte und er sie ersuche, diesem ihre Kontakte geheim zu halten, sei noch ein Schlag obendrauf gewesen. Sie habe sich aber dennoch streng daran gehalten, weil sie seinem Papa, zumindest anfangs, die volle Schuld angelastet habe. Mit seiner Abwesenheit habe sie sich allmählich abgefunden, weil er diese auf die Dauer des Studiums beschränkt habe.

»Warum hast du mir nie von dieser Abmachung mit deiner Mama erzählt? Ich habe nie verstanden und es dir dementsprechend kommuniziert, wie arg es ist, dass ein Kind den Kontakt zu seinen Eltern so brutal kappen kann, wie du es gemacht hast. Du bist schon ein eigenartiger Vogel!«

Er hebt nur die Schultern und lässt sich auch nicht durch den »Vogel« zu einer Äußerung provozieren. Sie habe sie auch gefragt, wie denn sein Papa auf sein Verschwinden reagiert habe. Für Mama sei dessen Reaktion nicht zu verstehen gewesen. Er habe alles mit stoischer Gelassenheit hingenommen.

»Darin müsst ihr euch beide sehr ähnlich sein!«

Martin fährt hoch.

Ivana spricht unbeirrt weiter. Die Mama habe vermutet, dass zwischen ihm und Papa etwas Besonderes vorgefallen sein müsse. Sie habe es aus ihm aber nie herausbekommen. Ihrer Beziehung habe diese Spannungslage jedenfalls nicht gutgetan, habe sie bedauernd einbekannt.

»Ich habe ihr zugesichert, dass, so viel mir bekannt ist, nie etwas wirklich Gravierendes zwischen euch beiden vorgefallen ist.«

Im letzten Jahr sei Papa mit seinem Projekt beschäftigt gewesen. Das habe Leben in ihn gebracht. Diese Veränderung habe auch auf sie abgefärbt und habe ihr das Warten auf seine Rückkehr erheblich erleichtert.

»Und sonst hattet ihr nichts zu reden? Über dich zum Beispiel?«

Sie akzeptiert, dass er von diesem Thema wegkommen will.

»Doch! Sie hat sich sogar sehr für mich interessiert. Sie hat gefragt, wie ich dich kennengelernt habe und wie wir dort lebten. Ihr ist *Maastricht* nicht eingefallen. Na ja, in Wahrheit wollte sie wissen, wie du dort lebst: in einer Wohnung, in einem Studentenheim, allein oder mit mir zusammen. Ob du genug zu essen hast, wie du dich dort durchbringst. Ob wir beide das gleiche studierten und so weiter. Ich habe ihr ein bisschen die Stadt beschrieben, unsere Uni, die riesige Parkanlage rund um diese herum. Wie schön unser Leben dort ist. Ich erzählte ihr von unserer Studentengruppe, wie oft wir uns treffen und wie gut wir zusammenarbeiten.«

»Von dir ganz privat wollte sie nichts wissen? Ich meine von dir zu Hause?«

»Sie hat nicht danach gefragt und ich habe vermieden, davon zu sprechen.«

»Ok. Gab's sonst noch etwas Interessantes?«

»Nein. Sie musste dann weg. Zu ihrem Vater oder so. Daraufhin habe ich mich hierher zurückgezogen und im Internet ein bisschen für meine Umfrage recherchiert. Ich habe Oberstufenschulen und große Firmen mit Werkstätten für Lehrlinge herausgesucht, mit denen ich vielleicht Kontakt aufnehmen könnte, um ihnen den Link zu unserer Umfrage-App zu senden. Dabei ist mir eine Idee gekommen. Jetzt pass gut auf! Wäre es nicht sinnvoll, wenn wir tauschten? Du machst für mich die Umfragen in Österreich und ich tue dasselbe für dich in Rumänien. Nach den gestrigen Erfahrungen fühle ich im Bauch, es kommt vielleicht bei den österreichischen Einrichtungen beziehungsweise bei den Jugendlichen hier nicht so gut an, wenn eine rumänische Studentin Umfragen bei ihnen durchführt. Ich befürchte, dass es für dich in Rumänien nicht viel anders sein wird. Dazu kommt noch die Sprache. Mit deinen paar Wörtern Rumänisch wirst du nicht weit kommen und ich bin im Deutschen auch noch alles andere als zuhause. Jedenfalls ist mein Akzent schrecklich. Denk doch an unsere bereits ausgearbeiteten Fragebögen. Die in deutscher Sprache stammen von dir, die rumänischen von mir. Wie denkst du dazu?«

Martin ist begeistert. Das dränge sich doch auf. Sie wären blöd, es anders zu machen. Warum sie erst jetzt auf diese geniale Idee gekommen sei? Die Auswertung könnten sie dann gemeinsam machen. Er müsse sie aber trotzdem unterbrechen. Seine Mutter sei schon längst wieder im Haus und habe ein Mittagessen für sie vorbereitet. Sie sollten nach unten gehen.

Für den Nachmittag habe er für 14.00 Uhr mit dem Pfarrer

ein Treffen im Pfarrhof vereinbart. Er würde sich freuen, wenn sie ihn begleiten würde.

»Für wen hast du dich so hübsch gemacht? Für den Pfarrer?«, ist Martins erste Frage, als Ivana aus der Haustür tritt, vor der er schon fünf Minuten auf sie gewartet hat.

»Nein, für dich!«, gibt Ivana zurück, ohne weiter darauf einzugehen. Sie starten Richtung Pfarrhof. Über ihnen ertönen zwei Schläge von der Kirchturmuhr, als sie dem Pfarrer vor der Eingangstür gegenübertreten. Dessen ohnehin rotes Gesicht verschluckt das Erröten, als er Ivana wahrnimmt. Er gönnt ihr einen Händedruck, seine Augen suchen dabei aber schamhaft das Weite. Er bittet die beiden in sein großes Büro. Schnell sammelt er wirr herumliegende Papierblätter ein und legt sie auf einen Stoß, um Ordnung bemüht. Er bietet ihnen Sessel und Wasser aus einer Karaffe an, bevor er sich selbst ihnen gegenüber niederlässt. Es sei frisches Quellwasser. Leider nicht geweiht. Vor ihm liegen das zu besprechende Textbuch und ein Laptop. Von diesem Zeitpunkt an wendet er sich ausschließlich an Martin. Es reicht nicht einmal zu einer dem Gebot der Höflichkeit geschuldeten Frage nach ihrer Herkunft oder Ähnlichem. Ivana hat so eine Verhaltensweise noch nie erlebt. Es bleibt ihr aber nichts übrig, als die Rolle eines unbeachteten Zaungastes zu übernehmen. Im Stillen ärgert sie sich über Martin, der nicht daran denkt, sie ins Spiel zu bringen.

Er sei so dankbar, dass Martin bereit sei, die Rolle des *Jesus* zu übernehmen, beginnt der Pfarrer. Ihm sei bewusst, wie schwierig es für ihn sei, mitten in seinem Studium zur Probe nach Spieß zu kommen. Er könne sich aber unter allen Einheimischen nur ihn für diese schwierige Aufgabe vorstellen. Jemanden von außerhalb dafür zu suchen – Martin sei doch ein Spießer, auch wenn er vorübergehend auswärts lebe – sei gegen die Grundidee seines Projekts der Spießer Passionsspiele gewesen. Als Pfarrer habe er sich die Aufgabe gestellt, den Pfarrbürgern die Bedeutung des Leidens Christi spüren zu lassen. Das bedinge, dass diese aktiv an den Spielen teilnehmen würden, um das Leiden und die darauffolgende Befreiung davon und deren Bedeutung für die gesamte Menschheit nachvollziehen zu können. Nicht das Leiden Christi, sondern die Befreiung vom Leiden, vom Leid an sich, sei das Wesentliche. Dazu habe Gott seinen Sohn auf die Welt geschickt. Deshalb habe er bei seinen Passionsspielen die Leidensgeschichte um die Auferstehung Jesu erweitert, wie Martin sicherlich bei der Lektüre des Textbuchs bereits erkannt habe. Nun schlägt er besagtes Textbuch auf und beginnt mit der Aufforderung, Martin möge sich dazu Notizen machen, den Ablauf des Schauspiels zu erläutern.

Es beginne in der Kirche. Am späten Nachmittag, denn in der Schlussszene brauchten sie zumindest Dämmerlicht. Darauf komme noch zu sprechen. Um den Altar stünden die Apostel zum letzten Abendmahl. Er werde nun in deren Mitte vor dem versammelten Publikum das Brot brechen und Wein aus einem Kelch trinken. Das dürfe nämlich nur ein Priester und nicht ein Laie, also auch kein Schauspieler. Er verkünde seinen Jüngern nun, dass einer von ihnen ihn verraten und ausliefern werde. Daraufhin verließen alle hinter den Aposteln die Kirche hinauf zum Friedhof. Der Friedhof diene als Ölberg. Dort erwarte sie jetzt Martin, also Jesus, zwanzig Meter oberhalb der letzten Gräber auf den Knien betend. Die zwölf Apostel begäben sich zu je einem Grab und lehnten sich dort hin, Schlafende mimend. Warten, bis Ruhe eingekehrt sei. Leise, immer lauter werdend, setze nun das *Abendlied* von Joseph Rheinberger ein, gesungen vom Kirchenchor. Er habe alles bereits genau abgesprochen mit seiner Mutter, die ja den Chor leite. Die probten schon eifrig an dem schwierigen Gesangsstück. Wie Martin sehe, werde das ein richtiges Familienevent. Sobald der Chor verstumme, stehe Jesus auf und finde seine Jünger im Schlafe vor. Nun folgten an diesem Ort Jesu angstvolle Hilferufe an seinen Vater, das Erscheinen des tröstenden Engels, das Aufwecken der Jünger und schließlich nach dem Kuss durch Judas seine Gefangennahme. Die Schergen des Hohenpriesters führten den Herrn Jesus Christus mit gebundenen Händen durch das Publikum hindurch an der Kirche vorbei talwärts. Das Publikum folge der Gruppe. Unterhalb der Kirche erhebe sich vor ihnen eine große Leinwand. Auf dieser erscheine der Verräter Judas, entleere den mit Goldtalern gefüllten Geldbeutel vor sich und werfe sich dann über die Mauer. Es wäre ja wesentlich effektvoller, diesen Todessprung über die Mauer, die den Abhang zur tief unten liegenden Hauptstraße absichere, live darzustellen, aber dieser Sprung wäre dann nur einmal möglich. Ein abgewürgtes Lachen beendet seinen gerade verbalisierten Gedankengang.

Der ganze Zug mit Jesus voran bewege sich hinunter zum Parkplatz vor dem Kirchenwirt. Auf einer Tribüne werde dort Jesus dem Herodes vorgeführt. Hohepriester und Schriftgelehrte klagten ihn vor diesem an. Das Publikum müsse dabei die Rolle des Volks übernehmen. Es werde von einem Juden angeleitet, von diesem aufgewiegelt, und müsse nun die Kreuzigung Jesu fordern. »Kreuzige ihn!«, müssen die Zuschauer mehrmals rufen, bis Herodes klein beigibt.

»Kannst du nachvollziehen, was ich damit beabsichtige, Martin?«, unterbricht der Pfarrer seine emotional geladene Beschreibung des Handlungsablaufs.

Martin denkt an den Ruf nach Kreuzigung, an den Druck auf Herodes. Bevor er zu einer Äußerung ansetzen kann, präsentiert der Pfarrer schon die Antwort auf seine eigene Frage. Er beabsichtige, die Zuschauer spüren zu lassen, was damals das aufgehetzte jüdische Volk verbrochen habe. Indem er sie in die Rolle der Täter versetze. Er blickt direkt in Martins Augen und verharrt in diesem Blick, um seine Aussage auf ihn wirken zu lassen. Martin verspürt Besessenheit in diesem Blick. Als er ausweicht, in dem er kurz zu Ivana schaut, spricht der Geistliche schon wieder weiter. Die Menschen hätten heutzutage dafür sowieso keinen Sinn mehr, weil sie nur mehr im Heute und im Ich lebten. Er nimmt einen Schluck von seinem Wasserglas und setzt die Schilderung der von ihm entwickelten Inszenierung fort, leitet über von der Verhöhnung Jesu mit der Dornenkrone zu seiner Beladung mit dem Kreuz, an das er genagelt werden soll, seinem mehrmaligen Zusammenbrechen unter dieser Last bis hin zur Kreuzigung. Für Golgotha, dem Ort der Kreuzigung, sei der Platz am Letmeierweg am gegenüberliegenden Hang vorgesehen. Drei Kreuze. Nachdem Jesus in der Mitte mit den Worten *»Es ist vollbracht«* die Augen schließe und sterbe, werde die Musikkapelle den Trauermarsch *Pax Vobis* von *Julius Fučík* erklingen lassen. Damit seien seine Passionsspiele aber noch nicht zu Ende. Jesus werde nun vom Kreuz genommen. Die Musik sei so lange zu hören, bis man ihn in das Grab nebenan gelegt und einen großen Stein vor den Eingang gerollt habe. Dann: absolute Stille. Mindestens eine Minute lang. Plötzlich Krachen einer Pöllersalve. Die Blasmusik setze zu einer gewaltigen Fanfare an, Trommeln und Tschinellen schlagen in den Jubel ein. Zur selben Zeit treffe ein Lichtstrahl aus einem Scheinwerfer genau auf den Stein vor dem Grab. Dieser werde zur Seite gerückt und Jesus erscheine in einer strahlend weißen Toga und gehe mit offen Armen auf die Zuschauer zu. Der Kirchenchor, seine Mama, er tippt vertraulich auf Martins Hand, die auf dem Tisch ruht, steige in den unermesslichen Jubel ein mit dem Lied *Der Heiland ist erstanden, befreit von Todesbanden*. Der Platz werde komplett unter Licht gesetzt. Applaus. Ende des Schauspiels.

Ein lächelndes Rotgesicht mit stolzen Augen strahlt sie an. Auch Ivana bekommt diesmal einen Streifschuss seines lobheischenden Blickes ab.

»Nun, was sagst du, Martin? Werden wir das hinbekommen?«

Martin kratzt alles, was er als geborener Skeptiker an Optimismus aufbringen kann, zusammen. Er ist zwar von der Auferstehungsszene beeindruckt, kann aber trotzdem nicht euphorisch sein. Zu viel Offenes schwirrt in seinem Kopf herum.

»Sicher. Gewiss ist das zu schaffen. Aber es schaut nach viel Arbeit aus. Übrigens, Herr Pfarrer, ich fühle mich geehrt, den Jesus spielen zu dürfen. Ich muss aber noch einmal darauf hinweisen, dass ich noch ein ganzes Studienjahr vor mir habe. Ich möchte es ohne Zeitverlust durchziehen. Daher kann ich darüber hinaus nichts zu diesen Passionsspielen beitragen. Nichts Organisatorisches meine ich. Wir müssen halt meinen Part konzentriert proben. Es wäre sicher sinnvoll, wenn zumindest für das Proben eine Zweitbesetzung zur Verfügung stünde, weil ich nicht immer vor Ort sein kann.«

»Damit habe ich gerechnet. Das ist alles eingeplant. Er tippt mit seinem Zeigefinger auf seinen vor sich liegenden Computer. Die meisten Rollen sind doppelt besetzt, damit mir keiner ausfällt. Bei der heutigen Virensituation weiß man ja nie. Nur die Apostel sind einfach besetzt. Die werden mir doch nicht alle auf einmal ausfallen! Wer glaubst du übrigens sind die Apostel?«

Martin hat keine Ahnung. Er könnte nur raten und irgendwelche Männernamen nennen. Aber zufällig gleich auf zwölf richtige zu tippen, ist unmöglich.

»Ich habe die ganze Fußballmannschaft dazu verpflichten können, die Erste, stell dir vor! Die machen alle mit. Das sind zwar nur elf, einen nehmen wir uns also doch aus der Reserve.«

»Nein! Tatsächlich? Das wird ja lustig.«

»Nur eine Rolle habe ich noch nicht besetzen können. Das macht mir Sorgen.«

»Welche denn?«

»Den Juden. Den Juden, der gegen Jesus hetzt und das Volk, also das Publikum aufwiegeln muss. Das muss ein richtig mieser Charakter sein. Ich mein, nicht der Schauspieler, sondern die Rolle. Den will mir einfach niemand spielen. Ich habe schon daran gedacht, ihn selbst zu übernehmen, aber ich habe einfach nicht das passende Gesicht dazu. Außerdem mache ich die Regie und die gesamte Organisation. Ich würde mich nicht wohl fühlen, wenn ich spielen auch noch müsste! Was soll's, jetzt brauchen wir ihn noch nicht. Schauen wir uns lieber den Probenplan an.« Er öffnet seinen Laptop.

»Hast du diesen Freitagnachmittag um vier Uhr Zeit, Martin? Ich möchte mit den Fußballern die Ölbergszene proben.«

»Klar! Ich bin ja extra für die Proben hergekommen. Die haben jetzt Priorität.«

Nach einer kurzen Pause spricht er noch aus, was ihm in den Kopf geschossen ist, als der Pfarrer vom Engagement seiner Mutter mit dem Kirchenchor gesprochen hatte.

»Herr Pfarrer, ich habe da noch eine Frage.«

»Nur heraus damit!«

»Ist die Tatsache, dass Sie mich von so weit herholen für die Jesusrolle, nicht ein wenig auch eine versteckte Familienzusammenführungsaktion? Es kann doch nicht sein, dass ich der Einzige bin, der für diese Rolle in Frage kommt.«

Der Pfarrer reagiert kurz überrascht, bleibt dann aber völlig unbewegt. Nein! Wie er denn auf so etwas komme?

Martin belässt es dabei, denn er vertraut darauf, dass ein Kirchenmann nicht lügt.

*

»Dein Papa war gestern Abend eigenartig, anders als am Vortag. Er hat sich nach dem Abendessen gleich zum Fernseher gesetzt, diesen kurz darauf wieder ausgeschaltet und dann war er weg. Er hat nichts geredet und keine einzige Frage an dich gestellt. War da etwas los zwischen euch am Vormittag? Du warst ihm gegenüber auch verhalten. Warum erzählst du mir nichts, Martin?«, löchert Ivana. »Bist du nicht vertraulich mit mir?«

Es heiße *vertraust du mir nicht*, korrigiert er sie. Es habe nichts mit mangelndem Vertrauen zu tun, sondern mit der fehlenden Gelegenheit, steigt er auf ihren Vorwurf ein. Ob sie denn statt des wunderbaren Schäferstündchens vor dem Einschlafen lieber diese uninteressante Sache behandelt hätte? Er schlage vor, zuerst, wie geplant, durch den Ort zu spazieren und sich dann ins Gastzimmer des Kirchenwirts zu setzen. Am Vormittag sei dort sicher nicht viel los, da könne er ihr alles in Ruhe erzählen. Der Besuch seines Opas müsse eben noch ein bisschen warten, obwohl er sich schon sehr darauf freue, ihr diesen einzigartigen Mann vorzustellen.

Nach einem kurzen Aufstieg stehen sie oberhalb des Orts und blicken hinunter auf ein größeres, aber überschaubares Ensemble von Häusern. Weiter taleinwärts gebe es noch ein Dorf, draußen knapp innerhalb des Grenzzauns sei auch noch eines zu sehen gewesen, wenn sie bei der Anreise einen Sinn dafür gehabt hätte. Darüber hinaus gebe es einzelne Bauernhöfe, verstreut hoch hinauf bis zur Waldgrenze. Im Vergleich zu ihrer Heimatstadt Braila wirke sicher alles sehr bescheiden. Seine Kindheit habe er fast ausschließlich in den Gassen zwischen den Häusern und in den Gärten und Feldern dahinter verbracht. Er habe damals geglaubt, das sei die Welt, mehr gebe es nicht. Er kenne heute noch jedes einzelne Haus von außen und auch von innen und wisse, wer in diesem wohnt und gewohnt hat. Es habe Zeiten gegeben, da habe er jeden Hund und sogar fast jede Katze gekannt. Er möge den Begriff Heimat und das ganze Getue darum überhaupt nicht. Wenn es für ihn aber so etwas wie Heimat gebe, dann sei damit jener begrenzte Lebensbereich gemeint, für den er zu jedem Haus und zu jedem Platz eine besondere Geschichte verinnerlicht habe. Er liebe Maastricht und genauso Salzburg. Aber wie oft habe er sich dort schon auf einem Gang durch eine Straße gedacht, die Gebäude seien alles nur Objekte, nur Kulissen auf einer Bühne. Menschen würden darin verschwinden und Menschen kämen aus ihnen hervor. Die Häuser stünden einfach da und gäben nichts zurück. Egal, wie oft er an ihnen vorbeigehe. Diese Häuser hier aber atmeten und sie sprächen zu ihm. Manche kurzatmig keuchend, manche locker und leicht. Ob sie verstehe, was er meine?

Ivana stützt ihre Ellbogen auf die oberste Zaunlatte vor ihr. Ihr Blick wandert von den grau-gelb leuchtenden Felsenbändern am gegenüberliegenden Berg hinunter zu den Häusern. Es dauert, bis sie antwortet. In der Stadt sei alles anders. Zumindest habe sie Braila aus ihrer Kindheit und Jugend ganz anders in Erinnerung. Sie schweigt wieder.

Ob sie es bereue, hergekommen zu sein, unterbricht er ihr Nachdenken.

Nein! Wieso denn? Aber er müsse unbedingt mit ihr nach Braila kommen, so bald wie möglich.

Er werde sie ja wie geplant diesen Sommer noch dorthin begleiten. Leider werde er dort mit seinen Rumänisch-Kenntnissen nicht weit kommen.

Er solle es lernen. Er müsse sich nur bemühen. Sie könnten sich ab jetzt statt auf Englisch-Deutsch ausschließlich auf Rumänisch-Deutsch unterhalten.

»Ein bisschen Rumänisch kann ich ja schon. *Te iubesc*, zum Beispiel. Ich werde einfach zu all deinen Familienmitgliedern immer nur *te iubesc* sagen. Zu deiner Mutter, zu deinen Schwestern.«

»Untersteh dich!«

»Zu deinem Vater: *Te iubesc.*«

»Du bist ein Esel. Der knallt dich ab. *Te iubesc*. Ich liebe dich.«

Beide lachen laut auf, umarmen und küssen einander. *Te iubesc*!

Zurück im Ort entdeckt Martin Veränderungen, die ihn überraschen. Das Haus, in dem vor vier Jahren noch Rosa Ebner, eine betagte Schneiderin, gelegentlich kleinere Aufträge übernommen hatte, ist an der Front völlig neugestaltet. Durch ein großes Schaufenster ist der Blick auf eine modernisierte Schneiderwerkstätte möglich. Vier Frauen sitzen nebeneinander vor ihren Nähmaschinen und arbeiten. Zwischen diesem Schaufenster und der Eingangstür ist eine eloxierte, quadratische Metalltafel angebracht mit dem Schriftzug *Kunst-Schneiderei Aurelia Ebner*. Über dem Schriftzug ist in Gold eine Nadel mit einem schwungvoll durch die Öse geführten Faden als Logo eingraviert. Hat doch tatsächlich Aureli, ihre Enkeltochter, das Geschäft neu übernommen!

Zwei Häuser weiter arbeiten zwei Maurer gerade daran, den Putz vom Binderhaus zu renovieren. Martin kennt die beiden und erfährt von ihnen, dass der Geschäftsraum bereits umgebaut worden ist und jetzt das Haus ein neues Gesicht bekommen soll. In diesem Moment tritt der Bindersohn Alois aus der Haustür und begrüßt Martin und seine Begleiterin erfreut. Er erzählt Ivana, dass er mit Martin gemeinsam die Volksschule besucht habe. Dann führt er sie in sein Geschäftslokal und zeigt ihnen die kleinen Holzfässer und Holzgefäße, die immer noch sein Vater produziere. Er sei auf dieses Zeug spezialisiert, sagt er mit einem leicht abschätzigen Ton. Seine Profession sei aber das auf der anderen Seite.

Mit stolzem Gesicht lenkt er sie zu einem Schaukasten mit kunstvoll gedrechselten Holzschalen aus rötlich braunem Holz. Die Schalen sind wie russische Piroskas von groß auf klein ineinander gestapelt. Mehrere solche Kombinationen unterschiedlicher Farbmaserungen sind nebeneinander platziert. Er holt eine solche Rosette aus dem Schrank und gibt beiden Gästen eine Schale daraus in die Hand. Es handle sich um das Holz eines Apfelbaums. Sie sollten fühlen, wie angenehm glatt die Oberfläche sei. Diese Schalen seien als Ziergegenstände für Wohnräume und dergleichen gedacht, sie könnten aber auch für Nüsse, Gebäck und Ähnliches verwendet werden. Im nächsten Schaukasten entdecken sie Holzschalen verschiedener Größe kombiniert, diesmal aber kunstvoll ineinander verschnitten und fix miteinander verleimt. Eine umgedrehte Schale dient als Fuß, auf dem alle anderen aufgebaut sind. Dieses Gebilde könne man als Dekoration aufstellen oder auch zum Kredenzen von Nüssen, diversen Körnern und getrockneten Beeren bei Frühstücksbuffets verwenden. Ivana ist von einer kleineren, zierlicheren Variante dieses Typs aus hellerem Holz angetan. Sie solle daran riechen. Es rieche wie Martins kleiner Leinenpolster, stellt sie fest. Zirbe. Das sei Zirbe, erklären die Männer beinahe einstimmig.

In einem anderen Bereich des Geschäftslokals ist Holzspielzeug ausgestellt. Alles unbehandelte Naturprodukte! Die kleinen Kugeln, abgerundeten Stäbe, Schalen und Holzbehältnisse seien so gestaltet, dass mehrere Sinne des Kleinkinds angeregt und sensibilisiert würden: Geruchsinn, Tastsinn und Sehsinn! Und vielleicht auch der Geschmacksinn. Kinder könnten ruhig daran nagen und herumlutschen. Martin und Ivana verlassen das Haus mit je einem Geschenk für ihre zukünftigen Kinder in der Hand und dem Eindruck, dass da jemand mit Geschick und vollem Herzen am Werk ist.

Auf dem Weg zum Kirchenwirt kommen sie an einem Haus vorbei, über dessen Türeingang ein riesiges Schild mit der Aufschrift *Physiotherapeutisches Zentrum – Leitung Silvia Lerchner* angebracht ist. Auch das ist für Martin neu.

In der Erwartung, einen ruhigen Tisch für ihr Gespräch zu finden, treten sie in das Gastzimmer. Erfreut erblickt Martin das vertraute Gesicht der Kellnerin.

»Hallo Irmi! Wie schön, dich zu sehen!« Er geht auf sie zu und reicht ihr über die Theke die Hand.

»Ja Martin! Du bist ja ganz ein Seltsamer!«

Ohne auf ihre eigenwillige Bemerkung zu reagieren, bemüht er sich sofort, ihr Ivana vorzustellen.

»Ich weiß! Ich habe schon von ihr gehört.«

Sie hebt ihre Hand und deutet in den Gastraum. Martin dreht sich um und sieht seinen Vater, der sich gerade von einem Herrn verabschiedet. Er weiß im ersten Moment nicht recht, wie er sich verhalten soll. Offensichtlich hat dieser hier schon von Ivana erzählt. Das kann wohl nichts Gutes gewesen sein. Er sieht aber keine andere Möglichkeit, als auf die beiden zuzugehen.

»Ja Martin, dich führt es an den Ort deiner Jugendsünden zurück? Ich muss dir diesen Herrn vorstellen. Das ist Professor Heller, ich weiß nicht, ob du ihn vor vier Jahren schon wahrgenommen hast. Er ist nämlich aus Mödling zugezogen. Er ist jetzt hier eine meiner wichtigsten geistigen Stützen. Das, lieber Irenäus, ist mein Sohn.«

Martin reicht dem Fremden zögernd die Hand.

»Hallo. Und das hier ist meine Freundin Ivana,« bemüht er

sich seine Begleiterin, die von seinem Vater völlig ignoriert worden ist, in den Blickpunkt zu rücken.

»Ich muss jetzt leider zurück ins Rathaus. Die Arbeit wartet«, hören sie diesen noch sagen, dann stehen sie allein vor Heller.

»Darf ich euch zu mir an den Tisch einladen? Ich würde euch gerne mit einem Getränk beglücken.«

Martin blickt verlegen zu Ivana. Da von ihr kein Zeichen kommt, stottert er heraus:

»Wir würden gern etwas zu zweit besprechen.«

»Ach was, habt doch keine Scheu und setzt euch einfach her zu mir! Irmi, komm, die beiden sind sicher durstig.«

Nach dieser vehementen Aufforderung zerbröckelt Martins innerer Widerstand. Nachdem sie Getränke bestellt haben, wendet sich Heller an Ivana.

»Sie sind also Ivana! Martins Vater hat mir gerade vorhin in höchsten Tönen von Ihnen erzählt.«

Martin staunt. Für Ivana ist ihm dieses Lob nur recht. Aber irgendeiner von den beiden muss die Unwahrheit verbreiten.

»Bevor ich weiterrede,« setzt Heller fort, »darf ich auf das ortsübliche Du umsteigen. Ich musste mich auch erst daran gewöhnen, als ich hergezogen bin, dass hier das förmliche Sie nicht gebräuchlich ist.«

Ivana nickt freundlich.

»Also, Ivana, hast du dich schon angefreundet mit dem kleinen Spieß? Du kommst ja, wie ich gehört habe, aus einer rumänischen Großstadt?«

»Ich habe mich mit Martin angefreundet. Er ist mein Spießer.«

Die beiden Männer lachen amüsiert über die von ihr gewiss nicht beabsichtigte Zweideutigkeit ihres letzten Wortes.

»Habe ich etwas Falsches gesagt?«, wendet sie sich an Martin.

»Wir haben dich schon verstanden. Du willst sagen, dass du dich durch die Freundschaft zu mir auch mit Spieß verbunden fühlst, stimmt's?«

»Ja.« Sie weiß noch immer nicht recht, was an ihrer Aussage so komisch gewesen sein soll.

»Wie geht es euch mit dem Proben, Martin? Dein Vater hat mir erzählt, dass du bei den Spießer Passionsspielen die Hauptrolle übernommen hast.«

Martin fällt seine überzeichnete Betonung der *Spießer Passionsspiele* auf.

»Wir haben noch nicht geprobt. Morgen geht's los. Bis jetzt haben wir nur die Dramaturgie durchbesprochen.«

»Der Pfarrer hat da ganz klare Vorstellungen.«

»Du kennst sein Stück?«

»Ja, es wird allgemein darüber gesprochen. Die Meinungen gehen weit auseinander.«

»Also kennst du es nicht persönlich.«

»Ich habe es noch nicht zu Gesicht bekommen. Es wird ja auch viel Geheimnis darum herum gemacht. Der Pfarrer sucht verzweifelt und wohl vergeblich nach einem Judendarsteller. Bis jetzt konnte mir keiner schlüssig erklären, welche Rolle dieser Jude im Stück spielt. Geht es um den Judas?«

Martin erzählt nun über die diesbezüglichen Pläne und welche Rolle der Jude in der Konzeption des Pfarrers haben solle. Er räumt ein, dass er dazu leichte Bedenken habe.

»Ich habe so etwas schon befürchtet«, meint Heller. »Ein bisschen kenne ich den geistlichen Herrn schon, obwohl es mich selten zu ihm in die Kirche zieht. Er will also dem

Publikum suggerieren, welches Verbrechen die Juden mit der Hinrichtung Jesu begangen hätten. Das entstammt der scheinbar unausrottbaren Fortsetzung der Verleumdung der Juden durch die Christen. Sie unterliegen dabei einem fundamentalen Denkfehler. Heutzutage, wo die Zusammenhänge um Jesus erforscht sind, sollte dieser Fehler längst aus dem Weg geräumt sein. Dass die Urchristen, die Evangelisten, die die neue christliche Lehre propagieren und verbreiten wollten, sich von den Juden abgrenzen mussten, liegt auf der Hand. Die christliche Religion ist aus der jüdischen entstanden. Dass sich die Juden dagegen gewehrt haben, ist logisch. Die Juden haben den Kampf nach kurzer Zeit verloren. Das Christentum hat sich bald so erfolgreich verbreitet, dass die Abgrenzung zum Judentum nicht mehr erforderlich gewesen wäre. Und hier der Denkfehler der Christen: Eine Kernbotschaft des Christentums ist, dass Gottes Sohn als Mensch auf die Welt herabgestiegen sei, um die Menschheit zu erlösen. Und jetzt kommen wir zu Ostern, dem wichtigsten Fest der Christen: Dieser Sohn musste am Kreuz sterben, um daraufhin den Tod zu überwinden. Er ist aus dem Grab heraus von den Toten auferstanden, wie es im Evangelium heißt, und hat dem Tod ein Schnippchen geschlagen. Diese Auferstehung Jesu ist die Botschaft an alle Christen, dass mit ihrem Tod nicht ihr Ende kommen wird, sondern dass sie wie Jesus auferstehen werden. Da bis jetzt noch kein Mensch vom Tod wieder ins Leben zurückgekehrt ist, ist dieses Weiterleben in der Glaubenslehre in das Jenseits verschoben worden. Die Erzählung von der Kreuzigung Jesu und dessen Auferstehung vom Tod ist meiner Meinung nach eine wesentliche Ursache für die so erfolgreiche Verbreitung des Christentums. Versteht ihr? Das Leiden Jesu verfängt bei den

Menschen, sie fühlen mit und die Auferstehung gibt Hoffnung für eine Erlösung von den eigenen Erschwernissen des Lebens. Das Kreuz ist das Symbol des Christentums, zu sehen auf jeder Kirchturmspitze, auf jedem Berggipfel, in jeder Schulklasse, an unzähligen Halsketten und und und. Die Leidensgeschichte Jesu wird in vielen Orten der Welt, siehe auch hier, nachgestellt. Kein Christ wird meiner Aussage widersprechen, dass die Osterbotschaft der zentrale Kern seines Glaubens ist. Denken wir jetzt umgekehrt: Diese schreckliche, aber spektakuläre Kreuzigung Jesu wäre nicht passiert, er hätte nicht aus dem Grabe auferstehen und den Menschen Hoffnung auf Erlösung bringen können. Die Basis des Glaubens wäre weg! Es war doch, nach christlicher Lehre, Gottes Plan, seinen Sohn Jesus Mensch werden, ihn dann sterben zu lassen und ihn wieder vom Tode aufzuerwecken, um die Menschheit zu erlösen. Dazu benutzte er Juden als Erfüllungsgehilfen. Anstatt diesen Juden dankbar zu sein, dass sie entsprechend Gottes Absicht Jesus gekreuzigt und damit den Erfolg und die Ausbreitung der christlichen Lehre ermöglicht haben, verdammt man sie und ihr ganzes Volk. Bis zum heutigen Tag.

Ich muss einschränken, dass das meine ureigene These ist. Eine wissenschaftliche Untersuchung oder Abhandlung mit diesem Blickwinkel ist mir noch nicht in die Hände gefallen. Jetzt habe ich euch mit meinen Gedanken vollgelabert. Es wird Zeit, dass ihr zu Wort kommt. Sag, Martin, wie gefallen dir die Veränderungen hier in der Gemeinde?«

Martin schwirrt tatsächlich der Kopf. Er kann trotzdem Hellers Argumentation gut nachvollziehen. Da ist was dran. Den Gedankengang einfach umzudrehen und zu fragen, was wäre aus dem Christentum geworden, wenn Jesus damals nicht am Kreuz hätte sterben müssen? Wenn die Kreuzigung seines Sohnes Gottes Plan war, dann sind jene, die Jesus gekreuzigt haben, rehabilitiert. Er denkt an seinen Satz, den er als Jesus am Ölberg, als er sich aus Angst vor dem Bevorstehenden an seinen Vater wendet, zu sagen hat: *Vater, wenn du willst, nimm diesen Kelch von mir! Aber nicht mein, sondern dein Wille soll geschehen.* Alles, was passiert ist, muss also Gottes Wille, Gottes Plan gewesen sein und man darf jene nicht verurteilen, die seinen Plan zu erfüllen hatten.

Martin hat erkannt, dass sich Heller da tiefgehende, für ihn nachvollziehbare Gedanken gemacht hat. Jedenfalls ist er kein unreflektierter Schwafler. Deshalb beschließt er, durch ihn etwas über die jetzige Situation in Spieß in Erfahrung zu bringen, ihm ein wenig auf den Zahn zu fühlen. Er hat hoffentlich eine andere Sichtweise als sein Vater.

»Papa hat dich eine seiner geistigen Stützen genannt. Sag, hast du ihm das eingeredet mit dem Grenzzaun draußen, mit den Bau- und Umbruchplänen hier im Ort und dem Pakt mit Nesselbach? Kommt das von dir? Von ihm kann es nicht kommen, außer er hat seit meiner Abwesenheit eine komplette Metamorphose durchgemacht. Ich bin vor vier Jahren deshalb von ihm, von hier weggezogen, weil schon ewig alles beim Alten war und er als Bürgermeister keinen Rührer gemacht hat, um daran irgendetwas zu ändern. Und nun das!«

Heller sieht, dass seine Gäste beide kaum etwas von ihrem Getränk konsumiert haben. Für sich selbst bestellt er noch ein zweites kleines Bier. Dann holt er aus, um die Geschichte zu erzählen.

Martin blickt zwischendurch immer wieder zu Ivana und

fragt sich, was sie damit anfangen kann. Ob sie all die Details überhaupt interessieren, wie viel sie versteht.

Schließlich kommt Heller auf Nesselbach zu sprechen. Der Kontakt zu diesem sei von Hermann Feichter gekommen. Als Nesselbachs Jagdfreund habe Feichter für diesen seine Fäden im Gemeinderat gezogen. Sein Papa sei erpicht darauf gewesen, die Ortsstruktur umzukrempeln. Da das Gemeindebudget dafür niemals ausgereicht hätte und öffentliche Förderungen nicht zu erhoffen waren, habe das Unterstützungsangebot Nesselbachs wie ein Lottogewinn geklungen. Allerdings sei dieses Angebot an zwei Bedingungen geknüpft gewesen. Zum einen die von Nesselbach schon ewig betriebene und nie erreichte Reviererweiterung. Bisher hätten sich die Almbesitzer immer vehement dagegen gewehrt. Wie sie die störrischen Bauern umstimmen konnten, wisse er wirklich nicht. Jedenfalls werde darüber im Dorf einiges vermutet. Sein Papa schweige dazu wie ein Baumstumpf. Die zweite Bedingung sei der geplante Nickelabbau.

Martin fährt hoch. »Was? Welcher Nickelabbau? Ich habe gewusst, dass die Revierpacht nicht alles sein kann! Das Ungleichgewicht zwischen der Pacht und den Millionen, die Nesselbach offenbar bereit ist, in die Gemeinde zu stecken, sind mir sehr unglaubhaft erschienen.«

Heller beschreibt, was hinter diesem Nickelabbauprojekt steckt. Nesselbach müsse sich sehr sicher sein, dass daraus etwas werde. Er müsse schon sehr nah an einer Abbaukonzession dran sein, weil er so bedenkenlos in die Gemeinde investiere. Seinem Papa könne das aber egal sein, denn das Risiko trage in diesem Fall ausschließlich Nesselbach. Für ihn und die Gemeinde sei wichtig, dass er das versprochene Geld bereitstelle. Gott sei Dank hätten sie auf sein Anraten hin alles vertraglich fixiert. Nur sei in diesen Vertrag eine für seinen Vater verhängnisvolle Klausel geschrieben worden.

»Nämlich, dass Nesselbach ein Vetorecht zu jedem geplanten Projekt hat. Er kann zu jedem einzelnen Projekt ja oder nein sagen. Das hat er mir bereits erzählt. Warum ist diese Klausel für ihn verhängnisvoll? Er selbst sieht kein Problem darin.«

Heller schmunzelt.

»Kannst du dir nicht denken, aus welcher Richtung diese Klausel kommt?«

Martin überlegt.

»Glaubst du, dass Nesselbach, der nur zur Jagd hierher kommt und seine wohlhabenden Jagdgäste in sein Jagdhaus nach oben schleust, irgendein Interesse daran hat, was hier gebaut wird? Was sollte ihm persönlich dieses Vetorecht denn bringen?«

»Feichter?«, dämmert es Martin.

»Ja, du hast es erfasst. Sein Jagdfreund Feichter hat mit dieser Klausel deinen Vater und die gesamte Gemeindevertretung in der Hand. Er kann machen, was er will, und er ist äußerst geschäftstüchtig. Dein Papa ist als Bürgermeister bestenfalls sein Erfüllungsgehilfe. Und leider – oder Gott sei Dank? – hat er noch nicht ganz begriffen, was ihm da passiert ist.«

Und Nesselbach sei eben Nesselbach, fährt er fort. Er sei ein erfolgreicher Geschäftsmann. Seine Leidenschaft sei die Jagd, die er mit seinen illustren Jagdgästen teile. Er sperre sein Jagdgebiet nach Belieben ab. Das schöne, bei Wanderern so beliebte Gebiet, sei nur mehr in wenigen Zeiten des Jahres zugänglich. Er schwebe so über Spieß wie ein kleiner Geist oder gar Gott, der nach Gutdünken entweder Manna oder Hagelkörner auf sein Volk regnen lässt.

Nun sei es aber höchste Zeit, Martins hübsche Freundin zu Wort kommen zu lassen, unterbricht er sich selbst. Ob sie alles verstehen konnte, wovon er gerade gesprochen habe.

»Oh, ich habe gut verstanden«, antwortet Ivana. »Ich durchschaue aber trotzdem nicht, was da gerade abläuft. Wahrscheinlich, weil ich kein Bild von diesem … – wie heißt der, der alles bezahlt?«

»Nesselbach.«

»… von diesem Nesselbach habe und auch nicht von seinem Jagdfreund. Aber ich glaube jetzt zu verstehen, warum dein Papa so unzugänglich und so mürrisch ist. Für ihn ist das alles sehr schwierig.«

»Mein Papa, mein Papa«, beginnt Martin und verfällt ins Nachdenken.

»Weißt du, was mir überhaupt nicht klar ist?«, wendet er sich schließlich an Heller. »Was bezwecken sie mit diesem blöden Zaun am Taleingang? Papa behauptet, dieser Zaun sei jenes Element, das sie alle hier eine, alle Parteien, alle. Die führen sich da draußen auf, wie an einer Staatsgrenze von Usbekistan oder so. Ich hatte alle Mühe, Ivana durch den Grenzbalken zu bringen, nur weil sie Rumänin ist. Die haben Listen von Personen, denen der Zutritt verwehrt ist. Und alle, außer die Nesselbachs, werden registriert.«

»Überall in der EU baut man die Kontrollen an den Staatsgrenzen ab und hier macht man so einen Unsinn!«, wirft Ivana ein. »Wer soll das verstehen! Ich glaube, ihr könnt gar nicht nachvollziehen, wie ich mich gefühlt habe, als wir im Regen vor dieser Grenze gestanden sind und ich nicht hinüberdurfte. Ich wollte nichts wie weg. Ich habe geglaubt, wir seien in einem offenen, gastfreundlichen Land – und dann sowas! Was denken die sich dabei?« Ihre Augen richten sich direkt an Heller.

»Meine Lieben, ich heiße zwar Heller, bin aber weit davon entfernt, ein Heller zu sein. Wenn ich wüsste, warum sie hier das Bedürfnis verspüren, unter sich zu bleiben und sich von oben und außen abzugrenzen, würde ich vielleicht meinem Namen etwas gerechter werden. Es gibt mehrere mögliche Gründe für ihr Abgrenzungsbedürfnis: Diverse Ängste, Überheblichkeit, Verblendung, Engstirnigkeit, Neid oder einfach Unwissenheit. Wenn ihr all das in einen Topf gebt und umrührt, seht ihr vielleicht die Antwort auf eure Frage.«

Martin ist mit dieser sehr allgemein gehaltenen Einschätzung nicht glücklich. Er hatte gehofft, mehr zu erfahren. Entweder kann Heller die Situation tatsächlich nicht genau überblicken oder er will die volle Wahrheit nicht auf den Tisch legen. Da er eher auf die erste Variante tippt, weil Heller erst kurz hier lebt und daher die Spießer noch nicht ausreichend kennen kann, will er es bei dieser unbefriedigenden Information belassen.

»Ihr müsst einen Insider fragen, der hier geboren ist, wenn ihr dazu mehr erfahren wollt«, fügt Heller an, als habe er Martins Gedanken gelesen.

»Vielleicht kann uns mein Opa etwas dazu sagen. Der kennt die Menschen hier, als seien es seine Familienmitglieder. Wir wollten schon längst bei ihm sein. Es wird Zeit.«

»Wie heißt denn dein Opa? Das muss Mamas Vater sein, denn der andere Großvater ist ja schon gestorben.«

»Andreas Fuchs. Der frühere Briefträger im Ort.«

»Der Andre!«, platzt es aus Heller heraus.

*

Mit drei Portionen Essen brechen sie vom Kirchenwirt auf. Irmi hat mitbekommen, dass sie zu Andre gehen wollen. Als Übergangslösung zum Alten- und Pflegeheim, das in Zukunft vom Kirchenwirt bekocht werden soll, ist eine mobile Essensversorgung für Bedürftige eingerichtet worden. Andre, der allein lebt, bekommt jeden Tag seine warme Mahlzeit geliefert. Irmi hat ihnen sein Essen in die Hand gedrückt, woraufhin die beiden gleich zwei zusätzliche Portionen für sich einpacken ließen.

Sie treffen Andre auf der Hausbank. Ein kleines, braungebranntes Haus aus unbehandeltem Lärchenholz schützt ihm den Rücken. Sein Hunger hält Ausschau nach Essen, oder ist es nur die Gewohnheit? In Erwartung des vertrauten Essenslieferanten kann er Martins Gesicht nicht einordnen.

»Opa, erkennst du mich nicht?«

Erst jetzt erhebt sich Andre und umfasst Martins Gesicht mit beiden Händen.

»Du bist's, Bub! Woher kommst du auf einmal geflogen, aus dem Universum? Und wer ist das? Hast du mir deine Braut mitgebracht?«

»Ja, das ist meine Braut«, sagt Martin und dreht sich, seine Aussage auskostend, nach hinten um.

»Sie heißt Ivana.«

»Grüß dich, Ivana! Du bist aber keine Dasige.« Andre reicht seine Rechte an sie weiter.

Ivanas Augen rätseln. Ihre Wangen sind gerötet.

»Er meint, dass du keine von da bist, keine Einheimische«, übersetzt Martin.

»Nein, bin ich nicht. Ich bin Rumänin und komme aus der Stadt Braila«, erklärt sie ruhig.

»Ist das nicht am Schwarzen Meer?«

»Volltreffer!«, ruft Martin entzückt. »Er überrascht mich immer wieder mit seinen geografischen Kenntnissen. Ich glaub, ich hab dir schon einmal davon erzählt. Opa, du musst Ivana unbedingt deine Büchersammlung zeigen.

»Ja? Glaubst du, dass das Mädchen sich dafür interessiert?«

»Und wie! Sie liebt Bücher. Über alles. Aber vorher müssen wir noch zu Mittag essen. Hast du noch keinen Hunger?«

Sie setzen sich in die kleine Wohnküche. Während sie essen, spricht Andre über Marie, die ihm jeden Tag aufs Neue fehle. Sie sei eine Seele von Mensch gewesen und habe ihn samt seinen Flausen immer ertragen. Sie habe nie darüber geklagt, dass er sein halbes Vermögen in seine Bücherliebe gesteckt habe. Eines Tages sei es ihr aber doch zu viel geworden und sie habe sich auf den Friedhof zurückgezogen. Er erzählt es so, als ob Martin nicht miterlebt hätte, dass seine Großmutter bereits gestorben ist.

Kurz danach öffnet er ihnen die Tür zu seinem Salon, wie er es nennt. Eine Längswand ist mit einem bis zur Decke reichenden Bücherregal verstellt. Ein Regal gegenüber trägt flach gelegte Atlanten, Stapel von Zeitschriften und sorgfältig beschriftete VHS-Kassetten. Vor einem Fernsehgerät älteren Baujahrs und mehreren Rekordern stehen ein niedriger Couchtisch und ein Polstersessel. Ein einziges Fenster gibt den Blick in den Garten vor dem Haus frei. Dicke Vorhänge sind zum völligen Verdunkeln des Raums bereit. Auf einem breiten

Tisch stehen mehrere Globen unterschiedlicher Größe und Form. Mit diesen habe alles begonnen. Als es ihm zum ersten Mal bewusst geworden sei, dass die Erde eine Kugel ist, habe er sich mit seinen wenigen Ersparnissen den ersten Globus gekauft. Liebevoll dreht er ein Erdmodell, auf dem die Grenzen und Namen der damaligen Staaten zu erkennen sind. Er habe den Ehrgeiz entwickelt, die Namen aller Staaten auswendig zu lernen und sie sofort auf seinem Globus wiederzufinden. Eines Tages sei er auf die Idee gekommen herauszufinden, welches Land auf der Erdkugel genau gegenüber von Spieß liege. Die Position von Spieß sei bei dem kleinen Maßstab nur ungefähr zu erahnen. So viel er die Kugel gedreht habe, das exakte Gegenüber sei nicht zu bestimmen gewesen. Wenn er mit einem langen Bohrer genau durch den Mittelpunkt der Kugel bohren würde, müsste dieser doch auf der anderen Seite an der gesuchten Stelle herauskommen, sei sein Gedanke gewesen. Als er endlich einen entsprechenden Bohrer zur Hand gehabt habe, sei ihm zu Bewusstsein gekommen, dass er beim Bohren nie genau den Mittelpunkt der Erdkugel treffen würde. Da das Material des Globus Glas sei, – er klopft auf die Oberfläche der Kugel – sei obendrein die Gefahr, dass dieses beim Anbohren zerspringen würde. Erst im Nachdenken um eine andere Lösung seien ihm die Längen- und Breitenkreise aufgefallen, die den Globus rasterförmig überziehen. Mithilfe dieses Rasters habe er schließlich den gesuchten Punkt gefunden. Seine Enttäuschung sei riesig gewesen, als er erkennen musste, dass dort nur Wasser ist. Meer, soweit das Auge reicht. Das nächste Festland sei etwas westlich gelegen, nämlich Neuseeland. Er dreht den Globus, um auf diese Position hinzuzeigen. Er habe damals geglaubt, dass es genau gegenüber eine Art Gegenwelt geben müsse. Was hier ein Tal sei, sei dort ein Berg. Er lacht laut auf, erheitert über seine jugendliche Naivität. Während er die neueren Globen erklärt und wie er mit Hilfe derer die Verteilung des Sonnenlichts auf der Erdoberfläche und deren Veränderung im Jahresverlauf zu verstehen gelernt habe, begibt sich Ivana zum Bücherregal und studiert die Titel der Werke. Sie stellt fest, dass es sich ausschließlich um Sachbücher über einzelne Länder handelt, die fein säuberlich nach Kontinenten geordnet sind. Während sie sich auf die Suche nach Rumänien macht, hört sie Andre an Martin die Frage stellen, ob er wisse oder abschätzen könne, wie viele Länder es auf der Erde insgesamt gebe. Martin muss passen. Es seien 193 offiziell anerkannte und ein paar weitere, wie zum Beispiel der Vatikan. Die Anzahl ändere sich immer wieder.

»Und du kennst die Namen von jedem Land?«, fragt Ivana nach hinten.

»Von den größeren schon. Nicht nur die Namen der Länder, sondern auch deren Hauptstädte. Die vielen kleinen Länder in Mittelamerika, in Bereichen Afrikas und vor allem in Ostasien hätten ihm immer Schwierigkeiten bereitet, bis er es aufgegeben habe. In letzter Zeit bemerke er aber auch bei den großen Staaten Lücken, vor allem seit Marie gestorben ist. Sie habe sich zwar nie für irgendein Land der Erde außer Österreich interessiert, ihm komme aber so vor, als habe sie einiges aus seiner Erinnerung mit in ihr Grab genommen. Oder liege es einfach daran, dass er sie nicht mehr mit seinen Spintisierereien, wie sie gerne dazu gesagt hat, bequatschen könne?

»Hier ist Rumänien!«, ruft Ivana erfreut und zieht zwei Bücher aus dem Regal.

»Ja, Rumänien«, antwortet Andre und denkt wehmütig

an seine Lektüre darüber zurück. »Komm, ich zeig dir was!« Er nimmt sie bei der Hand und führt sie zu Stapeln von Blöcken und Notizbüchern. Mit einem sicheren Griff zieht er ein Buch heraus. Auf einem Schild des Umschlags steht in Großbuchstaben: RUMÄNIEN. »Du darfst es lesen, wenn für dich meine Schrift zu entziffern ist. Ich habe für fast alle Länder, mit denen ich mich beschäftigt habe, in solchen Büchern das Wichtigste zusammengeschrieben. Alles, was ich über Rumänien in Erfahrung bringen konnte, steht da drinnen. Es sind einfache Worte, denn mit Schreiben und Worten, da tu ich mir schwer. Aber ohne Aufschreiben hätte ich mir nicht genug gemerkt.«

Ivana bedankt sich und ersucht ihn, das Buch, solange sie in Spieß bleibe, behalten zu dürfen. Dann stöbert sie durch die Überschriften seiner Aufzeichnungen und staunt über den Umfang seines Werks.

»Setzen wir uns doch ein wenig hin!«, schlägt Andre vor und stellt zwei Sessel neben seinen Armlehnstuhl, in dem er wohl seine unzähligen Lesestunden verbracht haben muss.

»Wie viele Bücher, glaubt ihr, stehen in diesem Regal?«

Ivana und Martin versuchen zu schätzen. Sie liegen mit ihren Schätzungen weit unter der tatsächlichen Zahl von 470.

»Weil ich im Regal gerade einen Reiseführer von Rumänien entdeckt habe, bist du schon einmal durch mein Heimatland gereist?« Ivana hält ihm das Buch hin.

»Im Kopf schon, mit dem Körper nicht!«

»Bist du überhaupt jemals in irgendeines der vielen Länder gereist, die in den Büchern beschrieben sind?«, fragt Martin, obwohl er genau weiß, dass er seinen Heimatort praktisch nie verlassen hat.

»Ach, wozu hätte ich das tun sollen? Spieß ist doch schön zum Leben. Als Briefträger habe ich nicht viel verdient. Das Verdienst hat gerade für das Fortkommen der Familie und für diesen Luxus hier gereicht. Ich hätte mir das Umherreisen in der weiten Welt nicht leisten können. Gemütlich vor dem Fernseher zu sitzen und gefahrlos in die weite Welt zu blicken konnte ich mir leisten, und es war schön!«

»Das hat dir immer gereicht? Du wolltest nie die Landschaften und Bauwerke sehen und die Menschen kennenlernen, von denen du in deinen Büchern gelesen hast?«

»Hätte ich mühsam an irgendeinen entfernten Ort reisen sollen, um dort Spieß zu suchen? Ist es dort schöner oder hässlicher als hier?«

»Warum nicht? Ist dieser Vergleich nicht interessant? Von Büchern und Fernsehen bekommst du Bilder von der Welt serviert, die nicht deine eigenen sind. Irgendwer begibt sich an einen Ort, macht sich einen Eindruck von diesem und erzählt in einem Buch darüber oder dreht einen Film mit von ihm ausgewählten Szenen. Das ist nicht dasselbe, wie wenn du selbst vor Ort bist und deine eigenen Erlebnisse davon in dir aufnehmen kannst. Du kannst den Ort mit allen dir zur Verfügung stehenden Sinnen wahrnehmen, im Gegensatz zu deinen Möglichkeiten hier im Wohnzimmer.«

»Wolltest du nie ans Meer?«, hängt Ivana an, in der Meinung, dass diesen Wunsch jeder Landmensch in sich tragen müsse.

»Nein, nie. Ich habe Angst vor so viel Wasser. Allein die Vorstellung, mit einem Schiff auf eine endlos weite Wasseroberfläche hinauszufahren, bringt mich zum Zittern. Ersaufen muss der grässlichste Tod sein. Wisst ihr, Kinder, bevor ihr mir ein Loch in den Bauch fragt: Mich hat es einfach nie von hier weggezogen. Ich bin mit Spieß verwurzelt wie eine Lärche mit dem Boden und habe das Gefühl, ich brauche die Wiesen und Wälder, die Häuser, die Menschen, die darin wohnen mit ihren Sitten und Gebräuchen, wie die Luft zum Atmen und das Wasser zum Trinken. Ich interessiere mich für die Gestalt und den Aufbau der übrigen Welt, betrachte Fotos und Filmdokumentationen davon. Ich müsste mein Leben hier aufgeben, wollte ich jeden Punkt auf der Erde persönlich kennenlernen. Kennenlernen heißt für mich nicht, für einen Tag oder eine Woche irgendwo zu leben. So eine kurze Zeit reicht dafür nicht aus. Sehen ja, aber den Atem und das Leben jedes Landschaftsteils erfassen, das ist in so kurzer Zeit nicht möglich. Einen kleinen Bereich genau zu kennen, heißt noch immer nicht, die gesamte Welt zu kennen. Und zudem habe ich, ehrlich gesagt, Angst: Überall dort, wo nicht Deutsch gesprochen wird, verstehe ich die Sprache nicht. In fremden Ländern herrschen andere Sitten, die Leute leben anders, denken anders, und ich könnte wahrscheinlich ihre Blicke und Gesten nicht richtig deuten. Ich würd sie falsch verstehen. Man sieht und liest ständig über die Grausamkeiten, zu denen Menschen überall in unserer Welt fähig sind. Betrügereien, Terroranschläge, Krieg, Gier, Neid, Hass und vor allem religiöser Wahn blicken einem aus den Bildern entgegen. Warum soll ich dort hinfahren und mich diesen Gefahren aussetzen?«

»Du hattest also immer Angst vor dem Unbekannten?«

»Ja. Hier im Ort kann man jedem vertrauensvoll in die Augen schauen. Freilich gibt es auch hier ein paar falsche Fünfziger. Aber man kennt diese und man weiß mit ihnen umzugehen.«

»War dein Verlangen nach Abwechslung, die Neugier nach Andersartigem nie stärker als die Angst?«, will Ivana wissen.

»Nein, nie! Ich habe die Neugier auf die Welt in völliger Sicherheit mit den Büchern und diesem Schaukasten befriedigt.« Er zeigt auf seinen Fernseher. »Sind diese vielen Bücher und Videokassetten nicht Beweis genug? Die meisten hier im Ort scheren sich einen Teufel darum, was in der weiten Welt passiert. Sie gehen auf in der Blasmusik, im Kirchenchor, in ihrer Funktion im Gemeinderat oder in der Pfarre, in ihrer vertrauten Gemeinschaft beim Binden der Prangstangen, in ihrer ausgelassenen Vergnügtheit beim Faschingsball, in ihren Gebräuchen beim Jagdverein. Sie halten die Tradition hoch und achten unbarmherzig auf die Befolgung der lokalen Sitten und Normen. Wenn du nicht als Junger, wie du, Martin, den Weg nach draußen findest, kommst du aus diesem Geflecht sowieso nicht mehr weg. Und einen offenen Geist brauchst du obendrein.«

Martin und Ivana versinken in Nachdenklichkeit. Am meisten gehen ihnen die Aussagen über seine Ängste gegenüber dem Fremden in ihrem Kopf herum.

Andre beendet schließlich den Moment des Schweigens. »In letzter Zeit tu ich mir etwas schwer mit meiner Eigenheit. Ich bin jetzt 78 Jahre alt. Wer weiß, wie lange ich noch zu leben habe. Deshalb bin ich froh, dass du jetzt bei mir bist, Martin! Ich frage mich, für wen das Sammeln der vielen Bücher und das Ansammeln von Wissen über die Länder der Welt gut gewesen sein soll. Mein Wissen bringt niemandem etwas und ich werde es mit mir ins Grab mitnehmen. Nichts wird schließlich davon übrig sein. Ein Leben für nichts!«

»Aber Opa!«, startet Martin den Versuch, ihn aufzuheitern.

»Ich finde es großartig, wie du dein Leben angelegt hast. Dein Blick über die Grenzen von Spieß hinaus ist so außergewöhnlich! Du bist wenigsten immer dafür aufgeschlossen gewesen, was da draußen vor sich geht, auch wenn du deinen Heimatort nie verlassen hast. Ich bin schon immer von dieser Offenheit begeistert gewesen. Du bist sicher ein Grund dafür, dass ich mich nach Salzburg und weiter nach Maastricht aufgemacht habe.«

»Gut, dass du das so siehst.«

Er steht auf und zieht einen Brief aus einer Schublade. Mit zittriger Hand holt er ein Schreiben aus dem Kuvert. »Hier, das ist mein Testament. In diesem habe ich festgehalten, dass du alle meine Bücher und alles, was sich in diesem Raum befindet, erben sollst. Ich bin überzeugt, du bist der Einzige, der damit etwas anfangen kann. Deine Mama bekommt das Haus. Sie wird es dir, als ihr einziges Kind, dann hoffentlich später übergeben.« Er schaut versonnen durch den Raum auf all seine Bücher. »Du kannst schon ab heute darüber verfügen und damit machen, was du willst.«

Martin blickt zu Ivana. Seine Augen beginnen zu glänzen. Sie greift nach seiner Hand und hält sie fest. »Liebster Opa! Ich bin überglücklich, dass du mir deinen ganzen Schatz hier anvertraust. Ich nehme ihn gerne an und werde mich fürsorglich darum kümmern. Aber solange du lebst, musst du ihn unbedingt noch bei dir behalten und um dich herum haben!«

»Ich brauche die Bücher nicht mehr. Nichts von dem hier kann ich mitnehmen!«

»Du hast schon recht. Mitnehmen kann man nichts. Aber du bist jetzt 78. Du kannst gut und gern noch zwanzig Jahre leben«, versucht ihn Martin zu beruhigen.

»Sie wollen, dass ich von hier wegziehe. Ins neu geplante Altersheim. Sie haben schon ein Zimmer für mich reserviert. Spätestens in drei Jahren ist es so weit.«

*

Eine Fußballmannschaft in einem Friedhof zu versammeln, lässt diesem Hof keinen Frieden. Es wird gelacht und gealbert. Die elf Spieler haben einen Teil ihrer Anhängerschaft mitgebracht. Der Pfarrer hatte nichts dagegen. Schließlich sollten sich die Akteure an Zuschauer gewöhnen und nicht bei jeder kleinen Ablenkung ihre Fassung verlieren. Das einzige Verbot, das er ihnen auferlegte, war das Mitbringen eines Balls. Er hat gerade damit begonnen, den einzelnen Kickern die Namen der Apostel zuzuordnen, als Martin und Ivana leicht verspätet um die Kirchenecke biegen. Wie wenn ein Techniker mit einem Fade-out den Ton ausgeblendet hätte, verstummen die Stimmen der Anwesenden. Martin, dem alle Gesichter noch vertraut sind, gewinnt als Erster die Herrschaft über die Stille.

»Hey Burschen, wer spielt gegen wen heute?«

»Wir spielen alle gegen dich«, sagt Fritz und reicht Martin die Hand zum Gruß.

»Und du bist der Engel, auf den wir auch noch gewartet haben?«, wendet er sich an Ivana.

Bevor Ivana antworten kann, übernimmt Martin die Initiative und stellt ihr seinen besten Jugendfreund Fritz und allen Umstehenden sie als seine Freundin vor. Nun ist der Bann gebrochen und alle finden sich zur Begrüßung ein. Ivana spürt wenige kräftige und eine Reihe schludrig weicher Hände. Außer Fritz wagt keiner den direkten Blick in ihre Augen. Ist es

Schüchternheit? Es erinnert sie an das Begrüßungszeremoniell gegnerischer Fußballmannschaften, welches sie gelegentlich bei größeren Turnieren im Fernsehen beobachtet hatte. Spieler, die in Kürze hart auf hart aufeinandertreffen werden, reichen einander die Hand, ohne sich eines Blickes zu würdigen. Ihr ist der Händedruck zur Begrüßung ohnehin fremd, in Rumänien lebt man das anders.

Nun seien sie fast komplett, stellt der Pfarrer fest, nur Agnes und Rosi, das Engel-Double, fehle noch. Er erwarte sich für die zukünftigen Proben mehr Pünktlichkeit, mahnt er ein.

Den Engel könne doch irgendwer spielen, es seien genug Leute da, die das vorübergehend übernehmen könnten, meint Hubert, der Tormann. Nun entwickelt sich eine Diskussion darüber, ob denn der Engel unbedingt mit einem Mädchen besetzt werden müsse. Engel seien doch männlich! Die Bemerkung, Engel seien in Wahrheit geschlechtslos und so jemand sei in Spieß nicht zu finden, außer …, wird vom Pfarrer abrupt abgeschnitten. Es sei ihm ein Anliegen, möglichst viele Einheimische in die Passionsspiele einzubinden. Da es aber nur sehr wenige Frauenrollen gebe, habe er sich entschlossen, den am Ölberg erscheinenden Engel weiblich zu besetzen. Mehr brauche man zu diesem Thema nicht zu sagen. Dann klebt er den Darstellern kleine Papierschilder mit ihren zugeordneten Apostelnamen auf die Brust und beginnt sie zu positionieren. Er verteilt sie an einzelne Gräber, Petrus ganz vorne und Judas mit Abstand hinten. Jesus stellt er zwanzig Schritte weiter aufwärts mitten in eine freie Rasenfläche. Alle Übrigen möchte er als Publikum am unteren Rand des Friedhofs entlang der Kirchenmauer sehen und ersucht sie, dort möglichst ruhig zu verharren.

Ivana, als einzige Nichtbeteiligte, hockt sich abseits so vor die Friedhofsmauer, dass sie einen guten Überblick über die Szene hat. Sie sieht von ihrem erhöhten Beobachterplatz aus, wie der Pfarrer die Positionen der einzelnen Akteure festlegt und wie dann die ganze Partie hinter der Kirche verschwindet, um geordnet wieder aufzumarschieren. Jesus und die Apostel nehmen ihre vorhin festgelegten Positionen wieder ein, das Publikum formiert sich unterhalb der Gräber entlang der Kirchenmauer. Dieser Aufmarsch wird mehrmals wiederholt. Allmählich lösen sich ihre Gedanken von der Szene vor ihr. Sie legt den Kopf zurück und lässt ihren Blick den schlanken, hohen Kirchturm hochwandern. Dessen Spitze weist senkrecht nach oben in den wolkenlosen Himmel. Manche behaupten, Kirchenspitzen wiesen zu Gott. Für sie ist es die Unendlichkeit. Wenn Gott die Unendlichkeit wäre, dann wäre er etwas, das sie sich einfach nicht vorstellen kann. Wie kann denn etwas nie aufhören? Wäre Gott wie die Unendlichkeit etwas Unerklärbares? Sie mag sich mit diesen für sie unergiebigen philosophischen Gedanken nicht länger beschäftigen und holt sich wieder zurück auf den Boden. Hier steht die Kirche auf festen Fundamenten unverrückbar mit der Erde verbunden. Rund um dieses solide Bauwerk stehen Häuser, verlaufen Wege und Straßen, liegen Äcker und Wiesen. Sie alle bilden zusammen mit den Lebewesen, die sie bevölkern, einen Mikrokosmos. Ob dieser nun in den Bergen Österreichs liegt oder in Rumänien, ist unerheblich. Irgendwo im rumänischen Banat lassen sich sicher ähnlich strukturierte Lebensräume finden. Wer in einem so kleinen Kosmos zur Welt gekommen ist, will in diesem bleiben. Sie oder er wird ihn bestenfalls verlassen, um wiederzukehren.

Zum Beispiel von einer Arbeit oder von einer Urlaubsreise. Wie sie sich vom Biologieunterricht her noch erinnern kann, herrscht zwischen den Lebewesen, die einen Lebensraum bewohnen, Konkurrenz, auch innerhalb einer Spezies. Konkurrenz nach Nahrung, nach Wasser, nach Wohnraum, nach Geschlechtspartnern. Der Unterschied zwischen Tier und Mensch ist, dass diese Liste beim Menschen noch zumindest um die Bedürfnisse nach Anerkennung und Liebe erweitert werden muss. Wenn es zu eng und die Konkurrenz zu groß wird, gibt es für die Organismen nur drei Möglichkeiten: zu kämpfen und den Gegner zu eliminieren oder zu vertreiben, den Lebensraum selbst zu verlassen und anderswo sein Glück zu versuchen oder zu krepieren. Ihr ist bewusst, dass das Wechselspiel zwischen den Organismen, den Menschen im Speziellen, nicht ausschließlich von der Konkurrenzsituation abhängt, aber doch sehr wesentlich. Auch Neugier, Wissensdrang, Lust auf Abenteuer, Lust auf Neues und Abwechslung dürften einzelne Menschen in die unsichere und ungewisse Ferne treiben. Mindestens einer dieser Faktoren trifft auf Martin zu. Aber warum wollte er wieder zurück? Weil sie ihn dazu ermuntert hat? Obwohl es sie selbst von zu Hause weggezogen hat, war ihr die Rückversicherung zum Stammrevier, zu ihrer Familie, stets unverzichtbar. Aus dieser Einstellung heraus hat sie es fast als ihre Pflicht erachtet, Martin dazu zu bewegen, den Kontakt zu den Eltern wieder aufzunehmen. Sie hatte in Maastricht noch nichts davon gewusst, dass er seine Auswanderung ohnehin auf die Studiendauer zeitlich begrenzt angelegt hatte, wie seine Mutter jedenfalls behauptet.

Da die Proben noch in vollem Gang sind, erhebt sie sich, um einen Blick in die Kirche zu werfen. Gewohnt an die Fülle an Bildern in den orthodoxen Kirchen in Rumänien, staunt sie über die Schlichtheit des großen Innenraums. Sie beschäftigt sich aber nicht lange mit den einfachen hölzernen Sitzbänken und der massiven Holzkonstruktion der Empore, denn vor sich sieht sie, wonach sie gesucht hat: die Prangstangen. Zehn mit Blumen verzierte, etwa fünf Meter hohe Stangen sind an den Stirnseiten der vordersten Sitzbänke befestigt und ragen in die Senkrechte. Fünf Stangen links und fünf Stangen rechts des Mittelganges bilden eine kurze Allee. Martin hat ihr bereits deren Machart genau beschrieben. Trotzdem will sie sich die ursprünglichen Prachtstücke noch aus der Nähe ansehen. Die Blumenköpfe sind bereits eingetrocknet. Die anfänglich weißen Blütenblätter der Margeriten, die den Hintergrund bilden, sind leicht verkrümelt und vergilbt. Die Leuchtkraft der aus roten, blauen und gelben Blüten und auch der aus grünem, feinem Blattwerk geflochtenen Bänder hat bereits Einbuße erlitten. Die mit diesen Girlanden gebildeten Rauten an der Oberfläche heben sich aber immer noch eindrucksvoll vom hellen Hintergrund ab. Interessiert, ob diese durch einen Draht oder durch eine Schnur zusammengehalten werden, tastet sie mit zwei Fingern mit aller Vorsicht an ein Blütenband, als ihr plötzlich eine männliche Stimme unmittelbar hinter ihr Einhalt gebietet: »Nicht anfassen!« Aus Schreck entfährt ihr ein Schrei, der im leeren Raum widerhallt. Sie dreht sich um und erkennt Fritz hinter sich, den ihr Martin zuvor als seinen besten Jugendfreund vorgestellt hat. Fritz entschuldigt sich, er habe sie keineswegs erschrecken wollen. Sie seien jedoch bemüht, die Prangstangen so lange als möglich zur Schau zu stellen. Wenn jeder Besucher sie mit den Händen betrachten wollte, dann würden die Blumen nach kurzer Zeit in kleinen Bröseln auf dem Boden liegen. Sie fragt ihn, wie er denn auf derartig leisen Sohlen in die Kirche kommen konnte, dass sie nichts von ihm bemerkt habe, und ob er nicht bei den Proben gebraucht werde.

Er sei mit seinem Teil schon fertig. Die anderen probten noch weiter. Ihre erste Frage lässt er links liegen. Als sie ihn in Erwartung einer Erklärung fragend anblickt, findet er weitere Worte. Sie habe ihm leidgetan, als sie im Friedhof so lange habe unbeteiligt herumsitzen müssen. Niemand rede mit ihr, habe er sich gedacht. Sie müsse doch viel zu erzählen haben von Martin, von dessen Verbleib in den letzten vier Jahren und von sich selbst. Von ihrer Heimat Rumänien, fügt er noch an. Ivana fragt sich, ob ihre Herkunft bei der Vorstellung im Friedhof erwähnt worden sei. Bevor sie jedoch darauf eingeht, fordert sie ihn auf, zusammen mit ihr nach draußen zu gehen. Ihr Gespräch sei zu laut und zu unwürdig für die Heiligkeit des Kirchenraums.

»Woher weißt du, dass ich Rumänin bin?«, bringt sie gleich ihre noch offene Frage an, als sie die schwere Kirchentür hinter sich geschlossen haben.

»Spieß ist klein und es wird viel geredet. Wenn der verlorene Sohn des Bürgermeisters nach langen Jahren wieder zurückkehrt, ist das schon etwas, worüber man reden muss. Und wenn dieser eine Freundin mitbringt, die noch dazu aus Rumänien stammt, dann erst recht.«

»Woher wissen alle, dass ich Rumänin bin und was ist daran so besonders?«

»Weißt du denn nicht, dass du bei uns hier eine ‚unwelcome

person' bist?«, sagt er und bricht über seinen verwendeten englischen Ausdruck in ein glucksendes Lachen aus.

Sie sieht ihn leicht zweifelnd an. Wie soll sie seine Emotion interpretieren?

»Sie mögen Ausländer nicht so gerne hier in ihrer Nähe haben.«

»Was heißt hier Ausländer? Wenn ich aus dem Sudan käme oder aus Afghanistan, dann könnte ich den Ausdruck ja noch verstehen. Gut, ich bin keine Österreicherin. Aber sitzen wir nicht in einem gemeinsamen Boot? Wir sind doch alle zusammen in der EU!«

»Ach was, die EU! Brüssel ist von uns weit weg. Ab und zu hören wir im Fernsehen darüber. Vor den EU-Wahlen tauchen plötzlich wie aus dem Nichts Gesichter auf und erzählen uns das Blaue vom Himmel, damit wir sie ins EU-Parlament wählen. Nach den Wahlen verschwinden sie wieder in der Versenkung. In Wirklichkeit haben sie als Österreicher dort nichts zu melden. Da haben andere das Sagen.«

»Wen meinst du damit?«

»Uns erzählen sie, dass es wichtig sei, dass die EU den großen Mächten wie den Amerikanern, den Russen und Chinesen die Stirn bieten könne, ganz anders als jeder einzelne Mitgliedsstaat in der Lage sei. Wozu gibt es dann immer noch die G7, die Großen Sieben, oder die Großen Zwanzig? Wer gehört zu den G7? Da sind die USA, Japan, Kanada und dann Deutschland, Frankreich und Italien. Und ja, die Engländer sind auch noch dabei. Und was ist mit der EU? Sie hat einen Beobachterstatus! Die Frau Van der Leyen – sie ist doch die Präsidentin der EU-Kommission, nicht? – sitzt irgendwo abseits auf einem Bankerl und darf zuschauen. Sind Deutschland, Frankreich und Italien nicht Mitglieder der EU? Warum kochen die dort ihre eigene Suppe? Das soll einer verstehen! Wer gehört zu den Großen Zwanzig? Wieder sind es die drei aus der EU: Deutschland, Frankreich und Italien und nicht die EU als Ganzes. Da stimmt doch was nicht!«

»Was ich weiß, geht es bei den Treffen dieser Gruppierungen nur um einen reinen Informationsaustausch. Da wird nichts beschlossen. Aber ich muss dir recht geben, die Europäische Union wird dabei durch das Auftreten Deutschlands, Frankreichs und Italiens *on their own accord* – sie sucht nach dem passenden deutschen Wort, bekommt aber auch von Fritz keine Hilfe – eigen, mir fällt das richtige Wort nicht ein, vorgeführt. Du weißt, was ich meine!«

»Siehst du! Ich halte nichts vom gemeinsamen EU-Boot. Nur drinnen sitzen und mitrudern ist mir zu wenig. Gesteuert wird das Boot ohnehin von anderen als von denen, die offiziell am Ruder stehen.«

»Österreich sitzt zusammen mit weiteren 26 europäischen Staaten in der EU. Hättest du lieber, dass sich die EU wieder auflöst und jeder gegen jeden agieren und fighten muss?«

»Ja!« Wieder folgt sein nicht einzuordnendes Lachen.

»Ist es denn nicht besser, dass sich 27 Staaten bemühen, gemeinsam Lösungen und Regeln für ein gutes Zusammenwirken zu finden, auch wenn das nicht einfach ist? Kannst du nicht stolz darauf sein, Bürger eines so großen Staatenbundes zu sein, genauso, wie alle Amerikaner stolz sind Staatsbürger der USA zu sein?«

»Du scheinst ja ein richtiger EU-Fan zu sein. Wie denn das?«

Ivana weiß nicht genau, woran sie bei ihm ist. Sie ist irritiert von seinem eigenartigen Lachen und von der Tatsache, dass er sich von den anderen abgesetzt hat, um sich an sie heranzuschleichen. Es war doch Schleichen, sonst hätte sie ihn in die Kirche kommen gehört. Sie ist erstaunt über seine nicht von der Hand zu weisenden Gedanken zur EU. Er dürfte kein unkluger Bursche sein. Sie ist sich nicht sicher, was er von ihr will. Ist es wirklich nur das Bemühen, ihr Gesellschaft zu leisten, das ihn dazu bewegt hat, die Proben zu verlassen? Da Martin ihn als seinen besten Jugendfreund vorgestellt hat, vertraut sie ihm schließlich und erzählt von ihrem und Martins Studium in Maastricht. Sie erwähnt nebenbei, dass sie hier sei, um Martin bei einer Umfrage unter Jugendlichen zu unterstützen, da dieser wegen der Proben kaum Zeit dafür habe. Fritz hakt ein. Er will genau wissen, worum es bei der Umfrage gehe und wer diese in Auftrag gegeben habe. Wieder hat sie das Gefühl, dass ein gehöriges Maß an Skepsis hinter seinem Interesse steckt. Wer soll schon den Auftrag gegeben haben? Geheime Mächte? Es juckt sie, ihn zu provozieren. Martin arbeite im Auftrag des Nachrichtendienstes INTCEN der EU, möglicherweise auch im Auftrag der CIA. Genaues wisse sie selbst nicht. Sie beißt sich auf die Zunge und entscheidet sich für die Erklärung, dass es im wissenschaftlichen Interesse ihres Uni-Instituts sei, herauszufinden, wie die von den Entscheidungsorganen der EU in Brüssel gefassten Maßnahmen in den einzelnen Mitgliedstaaten ankämen und von der Bevölkerung dort aufgenommen würden. Es sei ja nicht unwesentlich, ob die geplanten Maßnahmen und auch das dafür zur Verfügung gestellte Geld zum Beispiel nur in die Hauptstadt Wien gelangten oder ob die Spießer auch ihren zugeschriebenen Anteil davon abbekämen. In diesem speziellen Fall gehe es um die jungen Menschen im Alter von 16 bis 30 Jahren. Diese seien doch die Zukunft der EU. Daher sei es wichtig zu erfahren, wie deren Haltung der EU gegenüber ist. Ob sie etwa alle so negativ eingestellt seien wie Martins Freund Fritz. Diesmal mischt sich das auffällige Lachen ihres Gegenübers mit ihrem Lachen.

»Du bist ein kleines Lausmensch!«, wird Fritz zum ersten Mal persönlich.

Ivana, immer noch grinsend, mustert ihn. Sie hat den Ausdruck noch nie gehört und vermutet eine von ihr nicht erkannte Doppeldeutigkeit dahinter. Seine schelmischen Augen bestätigen ihre Vermutung. Es bietet sich aber keine Gelegenheit nachzufragen, denn er äußert seine Verwunderung darüber, dass die Umfrage in Österreich gemacht werde und nicht in einem anderen EU-Land. Während sie ihm erklärt, dass die Umfrage von einer Arbeitsgruppe in allen EU-Ländern durchgeführt werde, sie sei für Rumänien zuständig, kommt ihr der Gedanke, einen Versuchsballon starten zu lassen. Daher fügt sie gleich an, dass es sie für Martin interessieren würde, ob in Spieß alle Jugendlichen solche EU-Muffel seien wie er. Ob er glaube, dass eine Befragung hier im Ort realisierbar sei. Sie habe genug Zeit dafür, während Martin bei den Proben beschäftigt sei. Sie hätten ausreichend Umfragebögen dabei.

Wieder bricht sein Lachen heraus. Wie er die Sache einschätze, würde bei so einer Befragung nicht viel herauskommen. Er glaube nicht, dass sich irgendjemand von den einheimischen Youngsters auch nur einmal ernsthaft mit der EU beschäftigt habe.

Auch das sei ein mögliches Ergebnis der Umfrage. Sie

soll die tatsächliche Stimmung unter den Jungen abbilden und nichts verschönern. Wenn es bei euch so ist, dann ist es eben so, bekräftigt sie. Gut, dann sollten sie doch Nägel mit Köpfen machen, springt er auf. Am folgenden Tag, dem Samstag, finde am Abend ein Freundschaftsspiel der Fußballmannschaft statt. Nach dem Spiel fänden sich die Spieler mit Freundinnen und einigen Anhängern beim Kirchenwirt ein. Das habe schon jahrelange Tradition. Er werde alle und alles auf die Umfrage vorbereiten, das verspreche er. Martin, wenn er Zeit habe, und sie sollten am Abend um acht Uhr mit ihren Umfrageunterlagen zum Wirt kommen. Er werde sie voll unterstützen, sie könne sich darauf verlassen.

Ivana geht erfreut auf sein Angebot ein. Jetzt kann sie ihren Aufenthalt in Spieß auch für sich nützen. Nachdem Martin offenbar immer noch beschäftigt ist, erlaubt sie sich die Frage, ob Fritz sich hinter dem Grenzzaun wohlfühle. Wie denn die Jugendlichen generell damit zurechtkämen.

Wieder kommt ein grelles Lachen. Wie oft er diese Frage schon gehört habe! Der Grenzzaun sei doch eher eine symbolische Abgrenzung: Hier beginnt unser Ort. Dieser gehört nur uns und sonst niemandem! Ist das nicht schön? Mit diesem Zaun kämen keine Auswärtigen ungesehen und unkontrolliert zu ihnen und niemand habe Zugriff auf nur einen Quadratmeter von Spieß. Ein Ausverkauf wie sonst so oft sei hier nicht möglich. Wer sie besuchen wolle, sei willkommen, müsse aber seine Identität bekannt geben.

Ob sie denn alle hier leben könnten, ob die Jungen eine gute Ausbildung und Arbeit hätten, fragt sie nach.

Alle hätten einen Job beziehungsweise eine Jobgarantie,

betont er, als Maurer, Elektriker, Heizungsinstallateur, Zimmerer, Tischler, Binder, Pfleger im Altenheim, Physiotherapeutin, Verkäufer im neuen Geschäft, Friseurin, als Koch, Kellnerin, Kinderpädagogin, Lehrer und Lehrerin und natürlich auch als Jungbauer.

Ohne Ausbildung könnten doch diese angebotenen Berufe nicht ergriffen und erfüllt werden, wendet sie ein. So wie sie es überblicke, gebe es in der kleinen Gemeinde sicher nicht die erforderlichen Schulen und Ausbildungsstätten.

Dazu diene die Jobgarantie. Die Gemeinde offeriere allen, die die Schulpflicht hinter sich gebracht hätten, eine oder mehrere Berufsmöglichkeiten, je nachdem, was im Ort gefragt sei, und eine sehr günstige Wohnung nach Abschluss der Ausbildung. Die Ausbildung müsse dann ganz oder teilweise irgendwo in Österreich erfolgen. Der Platz in Spieß sei für die Zukunft aber abgesichert. Er räumt ein, dass der Umbruch in seiner Gemeinde noch sehr jung und daher vieles erst in Planung sei. Ivana denkt zurück, welche verrückten Berufsträume sie als junges Mädchen gewälzt hatte und wie froh sie war, letzten Endes dann frei darüber entscheiden und wählen zu dürfen, in welche Richtung sie gehen werde. Welche Möglichkeiten kann so ein kleiner Ort denn schon anbieten?

»Du sprichst bezüglich des Grenzzauns von einer symbolischen Grenze. Faktum ist aber, dass dieser Grenzzaun tatsächlich vorhanden ist und streng bewacht wird. Ich musste das vor Kurzem am eigenen Leib verspüren. Als Rumänin bin ich diesbezüglich ein gebranntes Kind, das musst du mir glauben. Ich selbst habe die kommunistische Ära Rumäniens mit dessen Zugehörigkeit zum Warschauer Pakt und dem bis zum Ende der Ceaușescu-Diktatur repressiven Grenzregime nicht erlebt. Die Generation meiner Großeltern und Eltern allerdings ist heute noch davon traumatisiert.«

Sie blickt ihm direkt in die Augen. Diese spiegeln jedoch nur Verständnislosigkeit wieder. Wie nur könnte er sie verstehen?

Sie gibt auf und fragt nach dem Beruf, den er zurzeit ausübe.

»Ich bin Chauffeur!«, antwortet er stolz.

»Chauffeur von einem Bus?« Sie hat bis jetzt außer Traktoren, Bussen und den paar Geländewagen des ominösen Gemeindefinanziers keine anderen Fahrzeuge im Ort wahrgenommen.

»Nein, ich bin Fernfahrer. Ich fahre dreimal in der Woche mit einem Sattelzug der Firma Nesselbach & Co nach Wiener Neustadt und wieder zurück.«

Sie fragt erstaunt: »Was transportierst du dort hin?«

»Nichts. Hin nichts! Ich fahre mit dem leeren Fahrzeug hin und mit Holzstämmen und gegebenenfalls mit Pellets wieder zurück.«

»Überall, wo ich hinschaue, sehe ich Bäume. Nicht nur hier, überall rundherum gibt es Wald. Bei der Anreise sind wir an großen Sägewerken vorbeigefahren. Ihr transportiert Holz dorthin, wo es Holz in Massen gibt? Wozu soll denn das gut sein?«

»Das lässt sich ganz einfach erklären. Nesselbach verdient sein Geld unter anderem aus dem Handel mit Holz. Er betreibt riesige Sägewerke in Ungarn, Bulgarien, Rumänien und der Slowakei. Offenbar schafft er es dort, das Holz so billig einzukaufen, dass er die hierortigen Holzpreise unterbieten kann. Vielleicht ist dir auch unser neues Sägewerk aufgefallen, in dem wir die Holzstämme veredeln können.«

Ivana gibt es einen Stich. Die Tatsache, dass es seit

Jahren in den Karpaten Rumäniens illegale Abholzung von riesigen Waldflächen gibt, ist ihr nicht unbekannt. Diese machten auch vor Natura 2000 Gebieten, also vor wegen ihrer ökologischen Besonderheit unter Schutz gestellten Wäldern wie dem Fagaras-Gebirge in den Südkarpaten, nicht Halt. Die Abholzungen würden sogar entgegen die EU-Naturschutzvorschriften von den rumänischen Behörden genehmigt. Dass die Regierung ihres Heimatlandes trotz eines in Brüssel diesbezüglich laufenden Vertragsverletzungsverfahrens nichts dagegen unternimmt, macht sie besonders traurig und wütend. Schließlich wird sie immer wieder von ihren Studienkolleginnen mit der so schwer auszurottenden Korruption in ihrem Land konfrontiert und kann nur mit Achselzucken reagieren. Einzig ihr unbändiger Optimismus verleitet sie zur gelegentlichen Aussage, dass es von Tag zu Tag besser werde. Es brauche Geduld und auch den nötigen Druck aus Brüssel. Sollten die Holzlieferungen hierher mit all dem zusammenhängen?

»Es ist doch sehr interessant, dass die rumänischen Baumstämme offenbar ohne Probleme durch euren Grenzzaun dürfen, ich als Rumänischstämmige hingegen nicht. Nur durch Ausnahmegenehmigung vom Bürgermeister.«

Er lacht seinen gewohnten Lacher.

»Sag, Fritz«, setzt sie fort, nachdem von ihm außer dem Lachen keine Reaktion auf ihre Bemerkung folgt, »von wem aus gehen die Errichtung des Grenzzauns und der Pakt mit Nesselbach und all die Veränderungen hier im Ort?« Sie stellt die Frage, obwohl sie die Antwort darauf zu wissen glaubt.

»Das macht alles der Hermann. Dem verdanken wir alles!«

Sie kann nicht mehr fragen, wer Hermann ist, denn in diesem Moment tritt Martin auf sie zu. Er zeigt sich froh, dass sie mit Fritz einen Gesellschafter bei sich hat. Die Proberei habe doch sehr lange gedauert. Ivana erzählt ihm begeistert, dass sie mit Fritz für den Abend des nächsten Tages die Durchführung seiner Umfrage unter den Fußballern und deren Freunden vereinbart habe. Das sei doch eine glänzende Möglichkeit, zu schauen, wie die jungen Leute darauf reagierten. Martin bedauert, dass er dafür keine Zeit habe, er habe mit dem Pfarrer gerade einen Probentermin für den Samstagabend vereinbart. Das bisschen Umfrage werden sie doch auch ohne ihn hinbekommen, das sei doch gelacht, meint Fritz. Er werde Ivana dabei voll unterstützen. Nach diesem Versprechen verabschieden sie sich und machen sich auf den Weg nach Hause. Als Ivana mit Martin allein ist, stellt sie die Frage, ob sein Papa mit Vornamen Hermann heiße.

*

Ivana blickt von oben auf das Dorf. Sie hat Martin hinauf zu jener Stelle begleitet, die der Pfarrer für Golgotha und die Grablegung Jesu ausgewählt hatte. Er werde dort die Schlussszene der Passionsspiele proben. Für diese Szene sei zumindest Dämmerungslicht erforderlich. Jesu Auferstehung aus dem Grab heraus müsse in greller Beleuchtung erfolgen. Für diesen Tag sind von der Feuerwehr Scheinwerfer samt einem Beleuchtungsassistenten bereitgestellt, um den gewünschten Effekt auszutesten.

Sie blickt auf die Kirche, die auf der gegenüberliegenden Talseite erhaben über dem Dorf aufragt. Der Kirchturm ist gerade noch von den Strahlen der im Westen hinter die Berge abtauchenden Sonne beleuchtet. Der größte Teil des Dorfes liegt bereits im Schatten. Es wird jedoch einige Zeit dauern, bis das Licht für ihre Zwecke ausreichend gedämpft ist. Es ist daher nicht zu erwarten, dass Martin bald zu den Umfragen nachkommen wird. Sie hat sich für den Abend chic gekleidet und dafür prompt von ihm, anstatt bewundert zu werden, eine abfällige Bemerkung eingehandelt: Ob sie denn vorhabe, die gesamte Fußballmannschaft aufzuganseln. Obwohl sie diesen Begriff noch nie gehört hatte, konnte sie sich ausdenken, was er damit meinte, und reagierte verärgert. Leider besitze sie kein Dirndl, um adäquat gekleidet zu sein. Im Übrigen wolle sie dem ganzen Dorf zeigen, welch hübsche Freundin der Sohn ihres Bürgermeisters mit nach Hause gebracht habe. Inzwischen ist sie über die kleine Verstimmung hinweg und fühlt sich sehr wohl in ihrem Outfit. Noch hat sie eine halbe Stunde Zeit bis zum vereinbarten Treffen beim Kirchenwirt. Um sich die Wartezeit zu vertreiben, beschließt sie, durch das Dorf zu spazieren. Sie bewundert die Gärten vor den Häusern, die neben verschiedensten Gemüsesorten eine Fülle von Blüten beherbergen. Aus Trögen vor den Fenstern und auf den Holzbalkonen leuchten Pelargonien und Petunien. Immer wieder bemerkt sie aus einem der Fenster Augen auf sich gerichtet, die nach kurzem Hinschauen nach hinten abtauchen. Hin und wieder döst ein Hund vor einer Haustür und regt kein Ohr bei ihrem Erscheinen. Sie hält sich fern von Zäunen, denn den Zornausbruch eines Wachhunds kennt sie zu gut von den Dörfern ihres Heimatlandes. Häuser, Gärten, Zäune, schlafende Hunde, Hinterhöfe mit abgestellten Geräten, offene Scheunentore sind vorbereitet auf Leben, auf spielende Kinder, auf mit Arbeit Beschäftigte, auf sich miteinander unterhaltende Erwachsene. An diesem Abend ist die Bühne leer. Es fehlen die Akteure. Sie stellt sich Martin vor, wie er als Kind mit seinen Spielgefährten in den engen Gassen zwischen den Häusern gelaufen sein muss, sich gegenseitig fangend oder sich voreinander versteckend. Durch die Stille hindurch sucht sie den Weg zum Häuschen von Martins Großvater. Hat sie ihn sich richtig gemerkt? Tatsächlich taucht das Holzhaus nach einigen Fehlversuchen vor ihr auf. Gerade als sie wieder umkehren will, bemerkt sie ihn auf der Hausbank.

»Schönen Abend, Martin-Opa!«, ruft sie ihm zu.

»Guten Abend, Ida! Siehst du, wie die Sonne aufgeht?« Er erhebt sich von der Bank und zeigt Richtung Kirchturm.

Sie bemerkt Verwirrtheit in seinem Blick. »Du, die Sonne ist doch am Untergehen! Schau, sie verschwindet gerade hinter den Bergen dort oben.«

Er folgt ihrem Arm, der nach Westen zeigt. »Ein bisschen aufgehen tut sie aber auch!«, beharrt er trotzig.

Sie verzichtet auf einen Diskurs darüber, wer von beiden jetzt Recht habe. Schließlich weiß sie von den Globen, die er in seinem Haus aufgestellt hat. Bei einem Blick auf die Erdkugel sei es nur eine Frage des Standpunkts, ob die Sonne irgendwo aufgehe oder unter.

»Ist der Tag nicht wunderschön heute?«, lenkt sie ab.

»Nein!«

Sie wundert sich über die Entschiedenheit seiner Verneinung und wartet auf eine Erklärung. Doch diese kommt nicht.

»Was gefällt dir denn nicht? Seit dem Morgen scheint die Sonne. Es könnte schöner nicht sein.«

»Der Tag ist nicht gut. Ich spüre das. Heute ist kein guter Tag.«

»Geht's dir nicht gut? Tut dir was weh?«, fragt sie besorgt.

»Heute ist kein guter Tag!«, wiederholt er kopfschüttelnd, dreht sich um, setzt sich wieder auf seine Hausbank und starrt vor sich hin.

Sie hockt sich neben ihn und wartet, ob er vielleicht von sich aus über seinen Kummer sprechen würde. Er war doch guter Dinge bei ihrem Besuch am Tag zuvor. Tut es ihm vielleicht im Nachhinein leid, dass er seinem Enkel seine gesamte Büchersammlung überlassen hat?

»Es ist nicht auszuhalten«, tröpfelt es nach einer Weile der Stille über seine Lippen. Er wischt mit der Hand über den Mund.

»Was hältst du nicht aus?«

»Wir werden hier wie Tiere in einem Käfig gehalten und niemand regt sich darüber auf.«

»Du meinst den Grenzzaun am Taleingang? Warum stört dich der? Kommst du denn noch jemals weg von hier?«

Als ob sie den richtigen Knopf erwischt hätte, beginnt er zu reden. Für ihn, den alten Tatter, sei es doch völlig egal, ob er allein in seinem Haus, im Altersheim oder hinter einem Zaun im Käfig sterbe. Aber für die Jungen könne diese Enge nicht gut sein, diese Begrenztheit. Begrenzt in der Bewegung, begrenzt im Handeln, begrenzt im Denken. Sie hielten diesen Käfig für ihre Heimat, die vor Einflüssen von außen zu schützen sei. Durch einen läppischen Zaun! Als ob nicht jeder seine Heimat in sich trage, egal wo auf der Erde er sich gerade befinde. Heimat brauche keinen Käfig um sich herum. Sie brauche Offenheit, Vergleich, Austausch, Entwicklung und nicht nur Bewahrung. In der letzten Zeit denke er sehr viel über das Sterben nach und das, was er zurücklasse. Eines sei ihm klar geworden: Es könne bereits in zwei Jahren oder erst in zehn oder gar zwanzig Jahren sein, aber er wolle nicht abtreten, bevor nicht dieser Irrsinn beseitigt worden sei.

Wozu raten? Aufgrund ihrer lebensfrohen Natur hat sich Ivana noch nie ernsthafte Gedanken über den Tod gemacht. Soll sie ihm vorschlagen, er solle alles tun, um den Zaun zu beseitigen, damit er dann sterben könne? Aber vielleicht fände er dadurch einen inneren Frieden an seinem Lebensabend! Ohne über die Möglichkeit der Umsetzung nachgedacht zu haben, rutscht ihr der Vorschlag heraus:

»Reiß ihn einfach weg!«

»Ich allein? Womit? Mit einer Zange oder mit Sprengstoff? Wie stellst du dir das vor? Ich habe mein ganzes Leben noch nie Sprengstoff in der Hand gehabt. Und mit einer Zange könnte ich bestenfalls einen Durchschlupf für einen Hasen in den Maschendraht schneiden, aber nicht den gesamten Zaun umlegen.«

»Warum du allein? Bist du sicher, dass du der Einzige hier bist, der den Zaun weghaben will?« Andre beginnt ein Klagelied über die Entwicklung in Spieß. Die Gemeindevertretung, allen voran der Bürgermeister, sein Herr Schwiegersohn, hätten für all die Veränderungen eine Befragung der Bevölkerung versprochen. Als sie den Vertrag mit Nesselbach abgeschlossen hätten, sei plötzlich keine Rede mehr davon gewesen. Über alle Köpfe hinweg – viele hätten ja damals aufgrund der Nachwirkungen ihrer Virenerkrankungen nicht klar denken können – hätten sie mit dem Bau des Grenzzauns begonnen. Er zählt eine Reihe von Versprechungen auf, mit denen sie an der Nase herumgeführt worden seien.

Nach weiteren Beschwerden über die eigenmächtige Vorgangsweise der Gemeindeleitung schreitet sie ein und unterbricht seine Anklage. Sie habe in wenigen Minuten eine Verabredung beim Kirchenwirt und müsse daher gleich weg. »Wenn plötzlich das ganze Dorf einen Aufstand machen würde, wäre das doch Sprengstoff genug. Meinst du nicht?«, lässt sie ihm als Anregung zum Abschied zurück und macht sich auf den Weg.

Vor dem Kirchenwirt angekommen, hört sie lautes Treiben aus dem Lokal. Sie muss sich fassen und einen Ruck geben, um in die Gaststube einzutreten. Als sie die Tür öffnet, fällt der Pegel des Geredes und des Gelächters plötzlich merklich ab und sie ist froh, dass ihr Fritz gleich entgegenkommt. Das Gastzimmer ist vollgefüllt mit den Fußballern, die sie bereits auf dem Friedhof kurz kennengelernt hat, mit einigen Freundinnen und Fans und vor allem Bierkrügen auf den Tischen vor ihnen.

Fritz führt sie zum Stammtisch der Kicker und klopft mit einem Kugelschreiber so lange auf sein Bierglas, bis im ganzen Saal Ruhe eingekehrt ist. Dann stellt er Ivana vor und erzählt noch einmal – er habe ja mit den meisten schon darüber gesprochen – von der Umfrage, die sie für den Bürgermeister-Martin mit ihnen durchführen wolle. Es wäre schön, wenn sie alle mitmachen würden. Er habe sich vorgestellt, dass Ivana und er sich ins Nebenzimmer setzen werden, wo sie dann in Ruhe die Fragebögen ausfüllen könnten. Ivana werde sicher alle Details erklären. Die Umfrage sei völlig anonym. Es werde kein Name festgehalten. Aber, aber, bevor die Fragerei beginne, müsse die Interview-Leiterin sich dem Vereinsritual des Fußballclubs unterziehen, sonst gehe da gar nichts.

Bevor sie irgendwie reagieren kann, steht ein Bier vor ihr. Alle blicken voll Erwartung auf sie. Sie versteht und setzt das Glas an ihre Lippen. Die Anfeuerungsrufe enden erst, als sie den Krug geleert hat. Applaus erfüllt das Lokal, als ob sie gerade einen Song zum Besten gegeben hätte.

Nun begibt sie sich mit Fritz in den Nebenraum. Sie teilt Fragebögen und Kugelschreiber aus. Wichtig sei, erklärt sie, dass die Antworten ehrlich seien, egal, ob ja oder nein. Sie finde es am gescheitesten, die Fragen gemeinsam durchzugehen. EU-Jugendstrategie? EU-Jugendgarantie? Noch nie gehört! Sie hat einigen Erklärungsaufwand. Was die EU denn für sie bedeute, bekommt sie die Frage aus dem Untersuchungsbogen gespiegelt. Sie wolle niemanden beeinflussen, sie könne aber gerne nach Beendigung der Umfrage darauf zurückkommen.

Vorausgesetzt, dass alle 27 EU-Mitgliedstaaten gleichberechtigt zu einer Union vereinigt seien – und das seien sie laut den EU-Verträgen –, müsste es doch für jede Bürgerin und für jeden Bürger dieser Staaten eine Beruhigung und eine Ehre sein, sich in dieser aufgehoben zu wissen, erklärt sie dann. Ob es denn für sie nicht ein schönes Gefühl sei, ‚wir Europäer' sagen zu können. Wir sagen, und in dieses Wir einen großen Teil der Bewohner vom Schwarzen Meer im Osten bis zum Atlantik im Westen, vom Europäischen Nordmeer bis zum Mittelmeer im Süden einschließen zu können? Dieses Wir erfasse eine unglaubliche Weite, um vieles größer als die Fläche von Spieß mit dem Umkreisradius vom Kirchenwirt bis zum Grenzzaun. Wobei sie dieses kleine Wir, in dem jeder jeden kenne, nicht schmälern möchte. Dieses kleine Wir bedeute für jeden den Schwerpunkt innerhalb des großen Wirs, aber es sei eben ein Teil des großen. Sie als Rumänin aus der Heimatstadt Braila sei stolz darauf, genauso wie alle Menschen in Spieß einem der Puzzleteile der großen EU anzugehören. Sie fände es schade, sich nur einem einzelnen Puzzlestein zugehörig zu fühlen und nicht dem ganzen Puzzle.

Ivana ist überrascht über den idealisierenden Eifer, in den sie sich hineingeredet hat. Doch eben dieser Eifer hat die Augen der Jugendlichen zu fesseln vermocht. Ihr Akzent scheint diese nicht zu stören. Sie staunt über ihre Fragen. Sie sind offen und verraten, dass sich die meisten noch nie eingehend mit dem Thema EU beschäftigt haben. Sie ist leicht verunsichert, dass sie, nur wenige Jahre älter als der Großteil der Kirchenwirtgäste, diesbezüglich Aufklärung bieten sollte. Das dumpfe Gefühl, das sich ihrer vor dem Eintritt ins Wirtshaus bemächtigt hatte, ist aber bereits verflogen. Ungezwungene, freundschaftliche Atmosphäre, so, als säße sie mitten unter Studienkolleginnen im *De Beur* in Maastricht. Zwischen interessierten, fragenden, lachenden und zeitweise schäkernden Augen bahnen sich die Gespräche allmählich andere Wege, weg von der EU, hin zu profaneren Themen. Untereinander im Dialekt sprechend und dann wieder ins Hochdeutsche wechselnd, meist hölzern, an sie gewandt. Offen, freundlich, schüchtern neugierig, glänzend kokett wenden sie sich ihr zu und wandern weiter. Bist du echt eine Rumänin? Kaum zu glauben. So hübsch. Schön, dass du von so weit her den Weg zu uns gefunden hast! Dialektgespräche übersetzt zu bekommen erübrigt sich bald oder stört. Danke Fritz! Ich brauche die Übersetzung nicht. Ist schon gut, lass es bleiben! Sie bilden die Klangkulisse im Hintergrund zwischen Lachen und Schlagermusik aus kleinen Lautsprechern unter dem Plafond. Stört euch der Grenzzaun im Taleingang nicht?, streut sie ein, sobald Vertrauen besteht. Klar! Wen stört der nicht? Was sollen wir machen? Wir müssen damit leben. Ihr müsst? Wieso? Lächelnd bemüht sie das Bild vom Vogel im Käfig, der sinnlos kleine Wege flattert, könnte er sich doch in Freiheit hoch hinauf in die Lüfte erheben, wofür er eigentlich geschaffen ist. Wehrt euch doch! Zusammen seid ihr stark! Wer sollte sich dagegen wehren, wenn nicht ihr Jungen? Meinst du? Wir könnten doch … … … wenn wir alle zusammenhalten und uns koordinieren! Das wär doch was.

*

Grössing sitzt in der Küche und grübelt. Am Samstag, eine Woche nach Ivanas Treffen mit den Jungen beim Kirchenwirt, hat ihn in aller Herrgottsfrüh sein Handy aus dem Schlaf gerissen. Er rätselt noch immer über die Stimme des anonymen Anrufers und dessen kryptische Andeutungen. Sollte er vielleicht die Polizei einschalten? Er muss sie aufwecken. Sonst würde er hier noch stundenlang herumsitzen und untätig warten, bis sie aus den Federn kriechen. Irgendwie kommt ihm die Stimme aus dem Telefon bekannt vor. So ein Feigling! Anrufen und nicht zu seiner Mitteilung stehen! Das liebt er. Man sollte so jemandem kein Gehör schenken und gar nicht darauf reagieren, dann würde sich diese Unsitte bald aufhören. Was kann denn der Bursche zu befürchten haben, dass er seinen Namen nicht nennt und nur Andeutungen macht?

»Was ist los, Peter?«, kommt es von der Tür her, was ihn aus seinen Gedanken reißt. Ida wundert sich, dass er sich noch keinen Kaffee zubereitet hat, was sonst seine erste Morgenaktion ist. »Kein Kaffee heute?«

»Nein. Setz dich her. Ich muss mit dir reden.«

Da muss etwas Besonderes vorliegen. Sie geht zur Kaffeemaschine und füllt nachdenklich zwei Tassen an. Noch bevor sie sich zu ihm gesetzt hat, beginnt er zu erzählen. Eine anonyme männliche Stimme habe ihm gemeldet, dass in Spieß eine große Aktion im Gange sei, die ihm sehr schaden könnte. Er solle sich vorsehen, bevor Gröberes passiere. Es sei Feuer am Dach. Auf die Frage, wer er denn sei und was für eine Aktion er meine, habe er geantwortet: Mehr könne er nicht verraten. Er solle seinen Sohn und vor allem seine Schwiegertochter fragen. Die wüssten Bescheid.

»Hast du die Stimme nicht erkannt? Es kann ja nur ein Einheimischer sein. War's vielleicht der Feichterbub, der Gustl?«

»An ihn habe ich auch als Erstes gedacht. Dem hätte ich das am ehesten zugetraut. Aber seine Stimme ist es nicht gewesen. Den kenne ich zu gut. Ich werd die zwei jetzt aufwecken. Ich muss wissen, was da los ist!«

»Du wirst sie nicht aufwecken! Bleib sitzen! Es ist erst halb sechs. Schau auf die Uhr! Du reißt sie aus dem Tiefschlaf. Sie sind gestern erst sehr spät nach Hause gekommen.«

»Das ist mir wurscht. Wenn die beiden es für angebracht finden, gegen mich irgendetwas zu unternehmen, dann müssen sie es auch aushalten, um halb sechs aus dem Bett geholt zu werden. Besonders diese Rumänin, die sich anmaßt, ihre Nase in Dinge zu stecken, die sie einen feuchten Dreck angehen! Ich bereue es schon längst, sie nach Spieß hereingelassen zu haben.«

»Peter! Ich bitte dich. Wovor hast du eigentlich Angst? Du hast doch hier in unserem Ort nichts zu befürchten. Du machst gewissenhaft deine Arbeit und tust niemandem etwas zuleide. Könnte es nicht sein, dass es sich einfach um einen Lausbubenstreich handelt?«

»Sehr bubenhaft hat die Stimme nicht geklungen. Ach, was weiß ich! Neider gibt es immer.«

»Du hast doch nichts Unrechtes getan, bei dem man einhaken könnte, oder?«

Er blickt sie kopfschüttelnd an. Wie kann sie nur so eine Frage stellen?

»Ich wüsste schon, wie man deinem guten Ruf schaden könnte.«

»Was soll das jetzt? Ich mach mir wegen des Anrufs Sorgen und du kommst mit solchen Andeutungen daher. Wovon redest du?«

»Nehmen wir an, jemand im Dorf würde verbreiten, dass ihr Bürgermeister ein- bis zweimal pro Monat im Schlafzimmer der Gemeindeärztin verschwindet, um sie zu vögeln. Was glaubst du, was dann passieren würde?«

Er ist verblüfft über die Beiläufigkeit, mit der Ida diese Sätze in den Raum stellt. Wenn sie ihm hinter die Schliche gekommen wäre, müsste sie doch verletzt und zornig reagieren. Aber nichts dergleichen. Sie wirkt ruhig, so als ob sie über einen Neuzugang zu ihrem Kirchenchor sprechen würde. Es dauert zu lange, bis er zu einer Antwort findet: Wenn immer jemand auf so eine absurde Behauptung käme, würde er sich zu wehren wissen.

»Ja, wirklich?«

In ihm beginnt es zu gären. Genau das ist es, was er jetzt nach diesem Anruf braucht! Oder sollte sie vielleicht tatsächlich Bescheid wissen und den Sohn samt Begleiterin für eine Racheaktion eingespannt haben? Mit einem Ruck steht er auf. »Ich weck die beiden jetzt auf. Das ist mir alles zu blöd! Ich möchte endlich wissen, was da abgeht.«

Ida bleibt gefasst zurück. Sie weiß, sie kann ihn nicht zurückhalten. Nach wenigen Minuten kommt er wieder, setzt sich auf seinen Platz und wartet schweigend. Sie steht auf und räumt ihre Kaffeeschale in den Geschirrspüler. Seine Tasse ist nicht angerührt. Es dauert, bis Martin im Pyjama verschlafen zur Tür hereinkommt.

»Was ist denn um Gottes Willen los, dass ihr mich jetzt aufwecken müsst? Ist etwas passiert?«

Sein Vater wartet auf Ivana, doch diese kommt nicht nach.

»Setz dich«, befiehlt er schließlich und zeigt auf die Eckbank ihm gegenüber.

»Möchtest du einen Kaffee?«, fährt Ida dazwischen, um den strengen Ton ihres Mannes abzufedern.

Martin ist irritiert über den eigenartigen morgendlichen Empfang, nickt dann seiner Mutter zu und setzt sich wie angewiesen hin.

Ohne Rücksicht auf das Surren der Kaffeemaschine beginnt Grössing vom Anruf zu berichten. Der Kerl behaupte, sagt er, und blickt Martin scharf in die Augen, er müsse nur ihn und seine Freundin fragen, die wüssten Bescheid. »Worüber wisst ihr Bescheid? Und was habt ihr beide damit zu tun?«

Martin fühlt Röte in sein Gesicht aufsteigen. Welches Arschloch hat da angerufen und nicht wie vereinbart dichtgehalten? Nur jetzt nichts verraten und vor allem Ivana schützen.

»Ich weiß nicht, wovon du sprichst, Papa! Nur weil da einer am Telefon etwas Diffuses behauptet und nicht einmal bereit ist, seinen Namen zu nennen, glaubst du, ich wäre da an einer Intrige gegen dich beteiligt.«

»Ich habe nicht behauptet, dass du beteiligt bist, aber dass du weißt, was da abläuft!«

»Was soll ablaufen? Ich weiß von nichts!«

»Und was ist mit dem Anruf heute Morgen? Ich habe doch nicht geträumt. Vielleicht kann uns deine Rumänin aufklären.«

Reflexartig versucht sich Martin vor sie zu stellen. Sein Vater solle doch, bevor er ihn oder gar Ivana beschuldige, als allererstes an Feichter denken, bringt er schnell und in angehobenem Tonfall vor. Wenn ihm in der Vergangenheit irgendjemand in Spieß Schwierigkeiten gemacht habe, dann seien es immer die Feichters gewesen. Leider habe er sich mit dem Vertrag mit Nesselbach unter Hermanns Regie von diesem völlig abhängig gemacht. Er solle doch endlich die Augen aufmachen und genau hinschauen.

Dieser Vorwurf verleitet den Vater zu einer Verteidigungsrede. Er müsse ja zugeben, dass sie von Nesselbach und leider auch von Feichter abhängig seien. Aber der Hermann sei genauso von ihnen abhängig. Sie, er meine die Gemeindevertreter, seien nämlich die Ideenlieferanten und die Verbindung zu den Spießer Bürgern. Sie würden sich mit den Menschen im Ort kurzschließen und dann demokratisch entscheiden, was diese brauchten und für gut hielten. Feichter sei Geschäftsmann. Für sein Geschäft sei es wichtig, dass renoviert und gebaut werde, sonst nichts. Ihr Ziel sei es, Spieß lebenswert zu erhalten und zu gestalten, und zwar für Jung und Alt. Spieß zähle zu den sogenannten benachteiligten Kulturlandschaften Österreichs. Diese litten besonders an Bevölkerungsschwund. Sollten sie diesen wertvollen Lebensraum und die darin gewachsene Kultur einfach aufgeben? Sie würden stattdessen eine Mustergemeinde schaffen, denn sie hätten das Geld dafür.

Woher es komme, sei doch völlig egal! Er sei überzeugt, dass in wenigen Jahren die Menschen aus ganz Österreich und darüber hinaus scharenweise zu ihnen pilgern würden, um zu bestaunen, was ihnen gelungen sei. Der Grenzzaun, da sei er sich gewiss, werde Interesse wecken und Spieß zu einer Attraktivität machen.

»Dann ist es ja gut. Bleibt in eurem Käfig und lasst euch von außen als Relikte vergangener Zeiten bewundern. Möglicherweise werden welche kommen, um euch zu bestaunen. Aber die Überbleibsel seid ihr und nicht sie.«

»Wann kommt sie endlich?«

»Wer?«

»Die Rumänin!«

»Die Rumänin, sie heißt Ivana, wie du ja schon lange weißt, wird sicher nicht kommen«, erwidert Martin heftig, verärgert über die Hartnäckigkeit seines Vaters. Er war überzeugt, ihn bereits von seinem Verdacht ablenkt zu haben. »Ich werde sie wegen dieses blöden Anrufs nicht aufwecken und sie schläft üblicherweise lange. Ich weiß, dass du Probleme mit ihr hast. In einer Woche ist unsere erste Probephase vorbei, dann hast du uns wieder los. Ich muss mit ihr nach Rumänien, um dort meine Erhebungen für die Uni voranzutreiben.« Er steht auf, um abzugehen.

»Ich werd die Polizei einschalten!«

»Um was zu tun?«, mischt sich Ida ein, die sich bis jetzt stumm im Hintergrund gehalten hat.

»Sie sollen herausfinden, was die beiden ausgeschnapst haben.«

»Du glaubst also dem feigen, anonymen Anrufer mehr als deinem eigenen Sohn?«

»Ich will wissen, was da los ist. Wenn sie nicht freiwillig reden, muss ich zu härteren Mitteln greifen.«

»Du wirst gar nichts!« Sie erhebt sich von ihrem Sessel. »Was glaubst du, was los ist im Ort, wenn bei uns plötzlich die Polizei vorfährt, um Martin und Ivana zu verhören? Der Bürgermeister lässt seinen eigenen Sohn polizeilich vernehmen, wird es durch die Gassen hallen! Wenn du noch einen Funken an Ehrgefühl für deine Familie übrighast, beruhigst du dich jetzt und unternimmst nichts.«

»Familie, Familie, die Rumänin gehört nicht zu unserer Familie! Sie soll jetzt herunterkommen, damit ich sie befragen kann!«

»So nicht! Wenn du so herumschreist, werde ich sie schon gar nicht aufwecken«, wehrt sich Martin.

Ida geht vehement dazwischen und fordert die beiden Männer auf, sich an den Tisch zu setzen. Da sei einiges zu besprechen. Jetzt muss alles auf den Tisch, was sie schon lange verschlossen in sich herumgeschleppt hat, alles: Was vor vier Jahren zwischen den beiden vorgefallen ist, dass Martin so abrupt aufbrechen und jede Verbindung zu ihnen hat trennen müssen. Dass ihr Mann über die Jahre nicht den geringsten Versuch unternommen hat, mit seinem Sohn wieder in Kontakt zu kommen und sich mit ihm zu versöhnen. Ihre Entschlossenheit und ihre Überzeugung, dass jetzt der richtige Zeitpunkt zur Aussprache ist, sitzen der trotzigen Verstocktheit der beiden Männer gegenüber und zwingen diese zum Reden.

Brockenweise erfährt Ida, dass eine eher harmlose Auseinandersetzung zwischen beiden zu Martins Aufbruch geführt hat. Es hat damals, entgegen ihren Vermutungen, keinen

Eklat gegeben. Geärgert habe er sich schon, ja, wegen des versprochenen Geldes, das dann plötzlich an ganz konkrete Bedingungen gebunden war. Vor allem aber habe er nach der Matura gespürt, die Welt sei für ihn offen. Das, was sein Vater für seine Zukunft geplant habe, habe ihn nicht im Geringsten interessiert. Dessen Weltbild, das kaum über die Grenzen von Spieß hinaus reiche, sei ihm zu provinziell, erklärt Martin schonungslos.

Er werde schon sehen, wenn er sich irgendwo draußen ohne Geld eine Existenz aufbauen müsse, worauf er verzichtet habe. Er könnte hier einen soliden Beruf ausüben, hätte am Ende zwei Häuser zur Verfügung und könnte sicherlich einmal als Bürgermeister in seine Fußstapfen treten. Wenn er glaube, mit einer Rumänin in der Welt herumzigeunern zu müssen, sei das seine Sache. Irgendwann werde er seinen Entschluss auf jeden Fall bereuen, gibt Peter emotionsgeladen zurück.

Martin sei jung und habe noch genug Zeit, um sich sesshaft zu machen. Bis dahin könne er sich die Welt doch anschauen. Es werde für Spieß kein Nachteil sein, wenn er schließlich mit seinem erweiterten Erfahrungsschatz wiederkomme, versucht Ida zu vermitteln.

Wenn er dann irgendwann zurückkomme, werde er Spieß nicht mehr wiedererkennen und die Spießer werden ihn auch nicht mehr wiedererkennen.

Martin staunt über die Prophezeiung seines Vaters.

»Unsinn!«, wirft Ida ein.

Daraufhin entspinnt sich ein unschönes Wortgefecht zwischen den beiden. Martin wundert sich über die offenkundige Lieblosigkeit. So hat er seine Eltern noch nie erlebt.

»Wenn du schon glaubst, so mit mir reden zu dürfen,« fährt

es aus Ida schließlich heraus, »dann werde ich jetzt meine Zurückhaltung auch aufgeben. Dein Vater«, wendet sie sich an Martin, »nimmt sich nämlich die Freiheit heraus, mehrmals im Monat heimlich ins Haus unserer Gemeindeärztin Kerbel zu schleichen, um mit ihr herumzuvögeln. Er glaubt, dass ich davon nichts mitbekommen würde. Dabei kann ich diese Frau schon an ihm riechen, sobald er zur Haustür hereinkommt. Und dir gegenüber möchte er sich als der große Lehrmeister aufspielen. So steht es mit ihm. Du kannst stolz auf ihn sein!«

Peter schickt ihr einen Blick voll des Vorwurfs. Warum das alles vor dem Sohn? Warum ihn da hineinziehen?

Ida stiert vor sich hin und greift nach einem Taschentuch, um sich die Nase zu putzen und die Augen zu trocknen. Langsam wird die Stille zwischen ihnen unerträglich.

Martin schüttelt den Kopf und steht auf. In der Tür dreht er sich um und spricht in ruhigem, bestimmtem Ton: »Was immer zwischen euch da abläuft, lasst mich und Ivana aus dem Spiel! Wir wollen damit nichts zu tun haben.« Er geht und lässt seine Eltern allein zurück.

Im Schlafzimmer trifft er Ivana am Bettrand sitzend an.

»Was ist los? Hattest du Streit mit deinem Vater?«

»Wie kommst du darauf?«

»Ich habe aufgeregte Stimmen gehört und sehe es an deinem Gesicht.«

»Irgendein Idiot hat ihn angerufen und angedeutet, wir beide wüssten etwas von einer gegen ihn geplanten Aktion. Hast du eine Vorstellung, wer uns verraten haben könnte?«

»Hat er sich nicht zu erkennen gegeben?«

Nein. Alle, die bei unseren Besprechungen dabei gewesen

sind, waren mit Volldampf bei der Sache und haben geschworen, dicht zu halten. Ich kann mir nicht vorstellen, wer das gewesen sein könnte.«

»Ich auch nicht. Oder vielleicht doch!«, denkt sie laut. »Bei einem könnte ich es mir vorstellen.«

»Bei wem?«

»Bei deinem Freund Fritz!«

»Fritz? Nein! Wie kommst du auf diesen Verdacht?«

»Schon bei der Umfrage beim Kirchenwirt unlängst ist er mir immer nahegerückt. Auch bei unseren Besprechungen immer wieder. Ist dir das gar nicht aufgefallen? Mir ist es schon so auf die Nerven gegangen, bis ich ihn in einem passenden Augenblick unter vier Augen angesprochen habe. Er solle mich sofort in Ruhe lassen! Möglicherweise war der Anruf sein Racheakt.«

»Und ich Trottel war froh, dass er dir Gesellschaft leistet. Ich muss in Zukunft doch mehr auf dich aufpassen.«

»Das mache ich schon selbst. Aber sag, wie hat denn dein Papa auf den Anruf reagiert?«

Martin erzählt nun über den familiären Disput in der Küche. Von seinem Vater sei nichts mehr zu befürchten, ist sein abschließendes Resümee.

*

Sonntage dürfen länger schlafen als gewöhnliche Wochentage. Doch an diesem Sonntag ist alles anders. Eine Woche nach dem Treffen der jungen Spießer mit Ivana herrscht schon in zeitiger Früh rege Betriebsamkeit im ganzen Ort. Haustüren werden behutsam geöffnet und lautlos wieder geschlossen. Der Weg hinauf zur Kirche ist wie an einem außergewöhnlichen Festtag belebt. Das Tor der Kirche ist weit geöffnet. Fahnen werden herausgetragen und vor der Kirche verteilt. Unmittelbar darauf wuchten zwei Burschen die erste Prangstange waagrecht durch das Tor ins Freie und bringen sie in die Senkrechte. Es dauert, bis alle zehn in einer Zweierreihe hintereinander aufragen. Ihre ursprüngliche Farbenpracht haben sie nicht mehr zu bieten, aber sie machen noch immer was her. Als Letztes wird der Baldachin zusammengefaltet antransportiert. Noch stehen alle in festlicher Tracht bunt gemischt und ein wenig orientierungslos auf dem Kirchplatz und dem Zugangsweg. Ordnung muss her. Sie werden aufgereiht, vorne die Kleinsten, die jüngeren Geschwister, die sie in ihr Geheimnis eingeweiht haben, dann die Jungfrauen in weiß beschürztem Dirndl. Statt der Marienstatue tragen sie ein Transparent über ihren blumengeschmückten Köpfen. Dahinter eine kleine Abordnung der Landjugend, ebenfalls mit Banner, dann die Fahne der Feuerwehr, die Fahne des Kameradschaftsbundes, getragen von drei Jünglingen, die noch einige Jahre auf den Militärdienst zu warten haben, dann die zehn Prangstangen unmittelbar vor dem Baldachin, den hier alle Himmel nennen. Dieser Himmel wird von vier alten Männern in der Höhe gehalten. Dahinter bilden junge Burschen und Mädchen und wenige ältere Herren die auf etwa fünfzehn Personen reduzierte Musikkapelle. Schließlich ordnen sich alle ein, die keinem Verein zugehören, ausgerüstet mit Transparenten und Tafeln.

Gerade als der Pfarrer aufgeregt aus dem Pfarrhof stürmt, schlägt der kleine Trommler auf ein Zeichen hin den Fußmarsch ein. Der gesamte Zug setzt sich in Bewegung und lässt den Schnaubenden hinter sich. Außer jener der

Musikanten sind die Beine der Prozessionsteilnehmer des Marschierens ungeübt und kümmern sich kaum um den gleichmäßigen Rhythmus des Trommlers, lassen sich durch diesen aber vorwärtsschieben.

In kurzen Abständen öffnen sich Fenster und Türen der Häuser und lassen die Verwunderung über das Geschehen auf der Straße ins Freie. Erst die Kenntnisnahme der Schriftzüge auf den Transparenten verwandeln diese Verwunderung in Zorn über den Missbrauch ihres heiligsten Prangtagrituals für eine Demonstration gegen den Grenzzaun. In aller Eile sind Bürgermeister, Gemeindevertreter und Polizisten herbeigeholt mit der Aufforderung, etwas gegen diesen Unfug zu unternehmen. Vor dem Rathaus stehen einander die beiden Gruppierungen gegenüber. Der Bürgermeister spricht mit dem Polizeikommandanten. Daraufhin befielt dieser seinen Mannen, Ordnung zu schaffen.

Die Polizisten stehen mit forschen Mienen vor Transparenten und Tafeln mit Aufschriften wie »Weg mit dem Grenzzaun!«, »Wir wollen Freiheit!«, »Wir wollen ein weltoffenes Spieß!«, »Wir wollen nicht in einem Gefängnis leben!« und unbeirrbaren, unbewegten Gesichtern.

»Packt eure Sachen und geht nach Hause! Nach Hause! Los! Geht sofort, sonst!« Sie müssen erkennen, dass ihre Befehle ins Leere gehen. Soviel sie anordnen und auffordern: Niemand bewegt sich. Einer der Ordnungshüter kann seine Machtlosigkeit nicht mehr ertragen. Laut schreiend tritt er nach vor: »Wenn ihr nicht sofort zusammenpackt und nach Hause geht, dann …«. Er greift auf seine Pistolentasche.

In diesen Sekunden bahnt sich der Pfarrer einen Weg unter seinen Himmel und ruft von dort aus:

»Seid ihr denn von allen guten Geistern verlassen? Ihr werdet mir doch nicht auf eure eigenen Kinder schießen! Es wäre gescheiter, ihr hörtet, was sie von euch wollen. Sie wollen nicht hinter einem überwachten Grenzzaun leben! Räumt diesen dämlichen Zaun endlich weg, der ihnen die Zukunft verbaut!«

Tobender Applaus über die unerwartete Unterstützung. Aus dem Tumult heraus wird ein Stück Holzplanke vor dem Bürgermeister und seinen Kollegen aufgestellt und mit einem weißen Tuch verhüllt. Unmittelbar darauf tritt eine ebenfalls unter weißem Leinen verhüllte Person bedächtig langsam herbei und schlüpft unerkannt unter das Plankentuch. Nach kurzer Zeit steigt eine Rauchfahne auf und eine Stichflamme löst sich aus dem Holz der Planke. Aus dem Blickwinkel des Bürgermeisters ergibt sich der Eindruck, als ob das Holz samt der dahinter versteckten Person in Kürze vor ihnen verbrennen würden. Entsetzt schreien er und seine Gefolgschaft auf und rennen auf das Feuer zu, um das Ärgste zu verhindern. In diesem Moment löst sich die Gestalt von der brennenden Planke und entfernt seine weiße Hülle. Vor dem verdutzten Bürgermeister steht Andre Fuchs. Da über diese geplante Aktion nur ein kleiner Kreis informiert ist, ist die Aufregung bei allen anderen entsprechend groß und es dauert, bis sie sich wieder beruhigen. In die einkehrende Stille hinein erhebt sich Andres Stimme: »Herr Bürgermeister und gleichzeitig auch Herr Schwiegersohn!« Nach der abfälligen Betonung des »Herr Schwiegersohn« macht er eine Pause. Alle halten den Atem an, bis er wieder fortfährt: »Ich schäme mich für dich! Muss ich dich denn auf diese Weise daran erinnern, dass ihr uns eine Volksabstimmung über den Grenzzaun versprochen habt? Leider habt ihr euer Versprechen nach kurzer Zeit schon wieder vergessen und diesen verfluchten Zaun eigenmächtig errichtet. Uns Alte könnt ihr ja vielleicht einsperren, aber eure Kinder nicht! Ich frage diese jetzt an eurer Stelle, ob sie in einem Käfig leben wollen.«

Er dreht sich um und ruft mit lauter Stimme: »Wollt ihr den Grenzzaun beibehalten?«

»Nein!«, kommt es wie aus einem Mund zurück.

»Ich wiederhole: Wollt ihr den Grenzzaun beibehalten?«

»Nein!«

»Hörst du? Jetzt weißt du, was unsere Jugend will!«

»Weg mit dem Zaun, weg mit dem Zaun!«, skandieren daraufhin die Umzugsteilnehmer und werden durch den Schlag des Trommlers immer wieder neu dazu angefeuert.

*

Das Licht einer Taschenlampe dringt durch die halbgeöffneten Augenlider. Was soll das?

»Passport!«

»Sind wir denn an der Grenze?« Der Motor des Busses wird abgestellt. Irgendwo im kleinen Rucksack muss der Pass sein.

»Schauen Sie nicht so streng, Frau Grenzerin! Da ist er ja.«

»Sammelt die jetzt alle Pässe ab? Alle fünfzig? Das kann dauern! Wer wird denn mitten in der Nacht so ein Getue machen! Wie spät ist es?«

»Halb eins.«

Der Chauffeur muss den Gepäckraum öffnen. Sie lassen ihn doch tatsächlich alle Koffer herausräumen.

»Was soll denn das? Sind wir nicht in der EU, in Schengenland?« Aus dem unruhigen Schlaf gerissen und im Dunst des Businneren ist klares Denken unmöglich. Einige schlafen unbekümmert weiter, andere reiben sich ängstlich die Augen.

»Die zwei Flaschen Vogelbeerschnaps als Gastgeschenk im Koffer werden doch kein Problem sein?«

»Nein, innerhalb der EU gibt es für Reisende keine Transportbeschränkungen mehr.«

»Doch, doch, es gibt EU-weite Richtwerte und Obergrenzen für bestimmte Waren wie zum Beispiel Alkohol. Für Spirituosen, dazu gehört dein Schnaps, dürfen 10 Liter nicht unterschritten werden.« Lachen.

»Da müsste ja jeder mindestens 10 Liter Schnaps im Koffer haben!«

»Nein, so ist das nicht gemeint. Jedes EU-Land kann die Obergrenze selbst festlegen, dabei darf aber der vorgegebene Richtwert nicht unterschritten werden. Wieviel Liter hier erlaubt sind, weiß ich nicht, jedenfalls mindestens zehn.«

Bis alle Pässe überprüft sind, dauert es über eine halbe Stunde. Die Koffer sind wieder eingeräumt. Endlich geht es weiter.

»Denen ist wohl fad gewesen in der Nacht!«

Nach der Grenzstation gibt sich die Landschaft nur mehr durch vereinzelte Lichtpunkte zu erkennen. Nur gelegentlich stören die Lampen und Reklamebeleuchtungen einer Siedlung den verkrampften Schlaf auf den unbequemen Bussitzen.

Martin und Ivana mit ihren beiden Schwestern sitzen in der Eingangshalle des Hotels Orient in Braila. Sie warten auf die Gäste aus Spieß, die in Kürze per Bus hier eintreffen sollen.

Martin hat gerade eine SMS bekommen, dass die Reisegruppe circa eine halbe Stunde später als geplant ankomme. Der Grund dafür sei ein unerwarteter Aufenthalt am Grenzübergang Nadlac. In Braila ist alles bestens vorbereitet und organisiert: Die drei Frauen werden den Gästen aus Österreich alle Highlights der Stadt zeigen, für Sonntagvormittag ist ein Freundschaftsspiel gegen die Jugendmannschaft des C.F. Braila geplant, anschließend eine dreitägige Reise nach Constanta an das Schwarze Meer.

Es war nicht ganz ihr Ernst gewesen, als Ivana beim Kirchenwirt in Spieß vollmundig die Einladung nach Braila aussprach, nachdem sie an ihrem Tisch in begeisterten Worten über ihre Stadt geschwärmt hatte. Um sie herum saßen Fritz, einige seiner Fußballkollegen, manche davon mit Begleiterin. Sie waren nach der Umfrage bei ihr hängengeblieben. Ivana würde alles organisieren und für die Kosten der Übernachtung aufkommen. Sie könnte auch ein Fußballspiel gegen eine Mannschaft aus Braila zuwege bringen und einen Abstecher ans Schwarze Meer. Ganz gewiss. Ihr Angebot sei allerdings an eine Bedingung geknüpft, setzte sie in leisem Ton raffiniert in die Runde: Es müsste ihnen gelingen, den Grenzzaun am Ortseingang zu beseitigen und den Ausbau der Grenzstation zu stoppen. Sie war selbst überrascht, welche Wirkung ihre Ansage hatte. Es wurden sofort Pläne geschmiedet. Sie saßen noch bis spät in die Nacht hinein zusammen – Martin schloss sich ihnen nach den Proben auch an – und kamen schließlich auf die Idee mit der Prangtagsprozession. Die Tischrunde schwor sich als Organisationskomitee ein und vereinbarte absolute Geheimhaltung. Die Alten dürften davon nichts mitbekommen. Der Einzige, der sich nicht an die vereinbarte

Abmachung halten sollte, würde Fritz sein, so vermuteten es jedenfalls später Ivana und Martin. Es war Ivanas Initiative, am nächsten Tag Martins Großvater Andre einzubinden. Dieser war begeistert und mobilisierte in aller Heimlichkeit seine Altersgenossen. Eine Woche später führte die Entschlossenheit und Hartnäckigkeit der vorwiegend jungen, im Aufzug eines festlichen Prangtages auftretenden Protestteilnehmer dazu, dass die Gemeindevertreter nach und nach zu ihnen überwechselten. Die Erste war Silvia Lerchner, die ihren Parteikollegen Max Maier an der Jacke zupfte und mit sich auf die andere Seite zog. Der Reihe nach folgten die anderen Kollegen. Das Perfideste war, dass Hermann Feichter schließlich an den Bürgermeister, der ohnehin nicht fassen konnte, was da gerade passierte, herantrat und ihn laut aufforderte, er solle sein unsinniges Projekt des Grenzzauns und der bewachten Grenzstation endlich aufgeben. Man könne doch nicht eine ganze Gemeinde von der restlichen Welt absondern. Grössing versagte unmittelbar die Stimme. Wieder zur Fassung gekommen, stellte er sich wutentbrannt vor den Festzug und vor allem vor die Überläufer der Gemeindevertretung hin und erklärte seinen Rücktritt. Ohne irgendeinen Versuch der Rechtfertigung drehte er sich um und trat ab.

Die jungen Spießer hatten nicht im Entferntesten damit gerechnet, dass ihr Protest diese Wirkung haben, und auch nicht bedacht, welches Chaos damit in der Gemeindeführung ausgelöst werden würde. Der zurückgetretene Bürgermeister war tagelang nicht mehr ansprechbar und von den übrigen Gemeindevertretern zeigte sich niemand bereit, das Kommando vorübergehend zu übernehmen. Als Ivana und Martin, die den Protest nur aus der Ferne beobachtet hatten, zwei Wochen später Richtung Rumänien abreisten, konnten sie die Spießer Grenze unbehelligt passieren. Die Station war nicht besetzt, der Grenzbalken abgeschraubt. Zwei Monate später, schon wieder beim Studium in Maastricht, bekamen sie von Martins Mutter die Nachricht, dass der Grenzzaun bereits abgetragen worden sei. Was mit dem Rohbau der Grenzstation geschehen soll, sei noch nicht klar. In drei Wochen werde der Bürgermeister neu gewählt. Peter, also Martins Vater, trete nicht mehr zur Wahl an. Wahrscheinlich werde Hermann Feichter neuer Bürgermeister. So kam es dann auch. Ivana und Martin nahmen mit ihren Spießer Freunden Kontakt auf, um die versprochene Reise nach Rumänien zu organisieren.

Mit Gehupe fährt der Spießer Reisebus beim Hotel Orient vor. Ivana und ihre Schwestern springen aus ihren Fauteuils auf, um ihre Gäste zu empfangen. Es dauert, bis der Bus alle von der elend langen Reise gezeichneten Jungen aus seinem Inneren entlassen hat. Zu Ivanas Überraschung kommt ihnen nicht nur Martins Mutter, sondern auch sein Vater entgegen. Ihr spontaner Impuls, ihn zu umarmen, wird durch seine entgegengestreckte rechte Hand abgefangen. Doch auch der Händedruck fällt ausgesprochen herzlich aus. Seit er nicht mehr Bürgermeister ist, hat er Zeit, sich zusammen mit Ida ein wenig in der großen Welt umzuschauen. Die Reise nach *Braila* bildet dazu den Anfang. Einen Aufschrei der Freude löst das Erscheinen von Martins Großvater Andre in der Tür des Busses aus. Damit hätten sie in ihren Träumen nicht gerechnet.

»Vor meinem absehbar nahen Abflug ins Jenseits musste ich doch diese Gelegenheit nützen, um mich der großen Welt einmal vorzustellen. Liebe Rumänen, hier bin ich, der

Andre Fuchs, der bis jetzt nur aus der Ferne auf euch geblickt hat. In *Nadlac* hatte ich kurz Angst, dass sie uns nicht über die Grenze einreisen lassen. Doch, Grenzen sind da, um überwunden zu werden!«

Unter Applaus geht er auf Martin und Ivana zu und drückt sie an sich.

*

Der Wasserspiegel der Donau strahlt in spätabendlichem Rot. Die sanften Wellen langsam dahingleitenden Wasserkörpers blicken auf das prächtig beleuchtete Ufer der Stadt *Braila*, dessen Lampen gelbe Punkte und Streifen in dieses stimmungsvolle Rotdunkel mischen. All diese Tropfen, die Arm in Arm vorbeiziehen, sind neu in der Stadt, genauso wie die Spießer Gäste. Wahrscheinlich verschwendet an diesem Abend niemand von diesen einen einzigen Gedanken darüber, dass einige Tropfen aus ihrer Heimat stammen und mit ihnen vor Wochen schon einmal auf Tuchfühlung gewesen sind. Dass sich diese Tropfen auf dem langen Weg hierher mit anderen österreichischen, slowenischen, kroatischen, deutschen, slowakischen, ungarischen und schließlich mit bulgarischen und rumänischen Genossen verbrüdert und ihre mitgebrachte Energie ausgetauscht haben. Wenn man sich vorstellen kann, dass Tropfen einander Geschichten erzählen, was auf ihrem langen Fließweg durchaus denkbar ist, dann ist es auch möglich, dass die Spießer Tropfen von den Ereignissen in Spieß geplaudert haben. Wenn nicht, dann haben sie Gelegenheit, am Abend des Ankunftstages der Spießer in Braila, Martin und seiner Mutter zuzuhören, die sich nach dem Abendessen im *Camelia*, einem am Donauufer fixierten Schiffsrestaurant, von der bereits feucht-fröhlichen Gesellschaft absentiert haben, um auf der Promenade flussabwärts zu spazieren. Sie verschwinden zwar zeitweise hinter riesigen Weiden oder am Ufer angelegten Ausflugsschiffen, aber sie sind für sie gut zu hören.

Die Mutter, die Martin zur Seite gezogen und zu diesem Spaziergang bewegt hatte, will ihn nicht gleich mit den Themen überfallen, die ihr auf der Zunge brennen. Ohne, dass sie es wirklich interessiert, fragt sie nach dem Fortschritt und den Ergebnissen seiner Umfrage in Rumänien.

Es sei in allen Ländern nahezu gleich: Von den EU-Programmen zur Förderung der Jugend hätten die jungen Menschen praktisch nichts mitbekommen. Das gelte jedenfalls für Rumänien, Bulgarien, Ungarn und auch für Österreich. Die Befragungen für Deutschland und Frankreich müsse Ivana erst auswerten. Die städtische Jugend sei EU-affiner als die ländliche, das auf alle Fälle. Martin will zu einer genaueren Erklärung ansetzen, wird jedoch von seiner Mutter unterbrochen: Sie mache sich Sorgen um Papa. Seit seinem Rücktritt vom Bürgermeisteramt sei er unleidlich. Er sei nicht mehr dazu zu bewegen gewesen, für den Gemeinderat zu kandidieren. Mit diesen Verrätern wolle er nichts mehr zu tun haben. Freudlos gehe er seinem erlernten Beruf als Tischler nach. Er fahre jeden Werktag zu seiner früheren Firma, deren Chef ihn bereitwillig wieder aufgenommen hat. An Sonn- und Feiertagen besuche er nicht einmal mehr die Kirche, geschweige denn das Wirtshaus. Für ihn sei eine Welt zusammengebrochen.

»Was ist, verzeih mir die Frage, was ist mit Burgi? Trifft er sie noch?«, fragt Martin vorsichtig.

»Ich glaube nicht. Mir ist noch nichts an ihm aufgefallen, was darauf hindeutet. Er hockt immer zuhause. Müsste wohl sein, dass er sich während meiner Chorproben mit ihr trifft. Aber bis jetzt habe ich nichts dergleichen bemerkt, nichts gerochen, mein ich. Ganz ehrlich gesagt, mir wäre lieber, er ginge zu ihr und nehme stattdessen wieder wie ein normaler Mensch am Dorfleben teil. Er ist ein Schatten seiner selbst und es tut weh, das zu sehen.«

Martin merkt, dass ihr dieses Zugeständnis sehr schwer von der Zunge geht.

»Wie hast du ihn denn in den Bus zur Reise hierher verfrachten können?«, fragt er schnell nach, um sie auf andere Gedanken zu bringen.

»Interessanterweise ist das kein Problem gewesen. Er hat sich sogar schon sehr auf die Reise gefreut.« Sie legt eine Sprechpause ein und setzt dann fort: »Du Martin, ich habe zwei wichtige Angelegenheiten, die mich beschäftigen.«

»Und die wären?«

Sie habe vor kurzem erst vom Pfarrer erfahren, dass er den Jesus nicht spielen wolle. Warum denn das auf einmal?

»Ganz einfach. Ich habe erkennen müssen, dass der Aufwand für meine Umfrage und deren Auswertung und für das restliche Studium einfach zu groß ist. Ich müsste mehrmals nach Spieß kommen, um zu proben. Von Maastricht aus ist das zu mühsam und zu zeitaufwendig. Ich denke, der Pfarrer hat mit Thomas einen guten Ersatz für mich gefunden.«

Sie sei so stolz darüber gewesen, dass er die Hauptrolle übernommen habe. Sie selbst habe sich mit dem Kirchenchor gerade deshalb so engagiert. Das Abendlied von Rheinberger sei für den kleinen Chor alles andere als leicht zu bewältigen.

»Du Mama, sag, hast du den Pfarrer auf die Idee gebracht, er solle mich fragen, ob ich die Rolle übernehmen würde? Ehrlich!«

»Nein!«

»Wirklich nicht?«

»Zumindest nicht direkt. Ich habe dem Pfarrer öfters geklagt, dass ich sehr darunter leide, dass ich keinen Kontakt zu dir habe und dass du nie nach Hause kommst, nicht einmal in den Ferien. Vielleicht hat er deshalb ...«

Martin spürt ihren versteckten Vorwurf. Er vermute jedenfalls, sagt er, ohne auf diesen irgendwie zu reagieren, dass hinter der E-Mail des Pfarrers ein Versuch der Familienzusammenführung gestanden haben könnte. Er sei sehr überrascht darüber gewesen, dass dieser an ihn gedacht habe, obwohl er ahnen habe müssen, dass es für ihn nicht einfach sein würde, für die Rolle zur Verfügung zu stehen. Er habe sich anfangs über die Anfrage sehr gefreut. Nach den Proben in den Ferien habe er aber erkannt, dass das Ganze für ihn zeitlich einfach nicht zu schaffen sei.

»So, jetzt zu deinem zweiten Anliegen. Worum geht's denn?«

Bevor sie antworten kann, läutet Martins Handy. Ivana informiert, dass die Gesellschaft in Kürze zum Programmpunkt *Braila bei Nacht* aufbrechen werde. Die wunderschön beleuchteten Brunnenanlagen wie die *Fantana Kinetica* dürfe seine Mama nicht versäumen. So machen sie kehrt.

»Darf ich hoffen, dass du am Ende dieses Studienjahres fertig wirst?«, schließt seine Mutter an das vorige Gespräch an, ohne sich um den Inhalt des Telefonats zu kümmern. »Zuhause ist alles für deine Rückkehr vorbereitet.«

Martin blickt sie erstaunt an.

Er könne sofort in Opas Haus einziehen, mit oder ohne Ivana. Ganz Spieß warte schon auf ihn. Zumindest ein Großteil der Spießer, schränkt sie mit einem Nachsatz ein. Viele bedauerten, dass Papa nicht mehr Bürgermeister sei und setzten nun all ihre Hoffnung auf ihn. Dass er so bald als möglich in seine Fußstapfen trete.

»Ist das nicht eher deine Hoffnung, Mama?«

Nein, sie habe vor der Gemeinderatswahl mit vielen gesprochen und deren Meinung gehört, vor der Wahl, die ja keine richtige Wahl gewesen sei, mit Feichter als einzigen Bürgermeisterkandidaten.

Sie hätten alles Geld, das ihm zustehe, für seine Zukunft fein säuberlich auf ein Konto gelegt, fährt sie fort. Das Haus ihres Vaters sei, wie schon gesagt, für ihn vorbereitet und später könne er auch ihr Haus, also sein Elternhaus, übernehmen. Wer sonst als er, nachdem er keine Geschwister habe.

Martin lässt sie reden und ärgert sich insgeheim, dass die finanzielle Unterstützung seines Studiums seitens der Eltern ausgeblieben ist und er in den Ferien immer Geld verdienen hat müssen, um über die Runden zu kommen.

Oh Gott, die vielen Bücher, die würden eines Tages alle ihm zufallen. Sie wisse zwar nicht, ob er damit etwas anfangen könne, wahrscheinlich sei das Zeug großteils eh nichts mehr wert, spricht sie ihre Gedanken laut vor sich her.

Sie weiß also noch nichts davon, dass Andre ihm die Bücher bereits geschenkt hat.

Er sei fest entschlossen, sein Studium in diesem Jahr abzuschließen, möchte er ihr sagen. Bis jetzt laufe alles gut. Was er aber nicht wolle, sei, wieder nach Spieß zurückkehren, was immer für ihn dort vorbereitet und vorgesehen sei. Vielleicht den Becken schweben Möwen aus Edelstahl, aus deren Schnäbeln Sprühregen wirbeln. Fontänen, Spritzer, Regennebel sind abwechselnd in Blau, Grün und Magenta beleuchtet. Den Höhepunkt und die Quelle dieser Beckenkaskade bilden riesige Wasserfontänen, die sich aus einem kreisrunden Becken über sich nach oben gestreckte handähnliche Stahlskulpturen ergießen und auf diesen spritzend und zerstäubend den Weg nach unten finden.

All die Pracht dieses Wasser- und Farbenspiels kann Martins Worte nicht aus Idas Kopf vertreiben: *Ich komme nicht nach Hause.* Wie wird Peter das verkraften? Wie kann ich ihm das beibringen? Nur ein sie ständig begleitender, hartnäckiger Ohrwurm nimmt den Kampf mit diesen quälenden Gedanken auf: die Melodie des Abendlieds von Josef Gabriel Rheinberger, die sie mit ihrem Kirchenchor bereits über Monate für die Spießer Passionsspiele geprobt hat. »Bleib bei uns, denn es will Abend werden. O bleib bei uns, denn der Tag hat sich geneiget.«

Helmut Santner
TREIBHOLZ
Roman

Ade, geboren im Zweiten Weltkrieg, verlassen von der Mutter, nicht willkommen in der Familie des Vaters Adam. Der Weg seiner Kinderjahre ist steinig und macht es weder ihm noch seinem Vater leicht, zueinanderzufinden. Er treibt durch die Jahre, zumeist haltlos.

Helmut Santner begibt sich auf die Spuren seines Halbbruders und zeichnet in ‚Treibholz' dessen Leben nach.

Ein berührender Roman über die Geschichte eines jungen Menschen auf der Suche nach Geborgenheit.

Wolfgang Pfeifenberger Verlag
ISBN 978-3-901496-49-3

Helmut Santner, geboren 1956 in Unternberg, aufgewachsen im Salzburger Lungau. Er studierte Kulturtechnik und Wasserwirtschaft an der Universität für Bodenkultur in Wien und war beruflich als Umwelttechniker tätig. Nebenbei trat er mit Videofilmen, selbst verfassten Gedichten, Minidramen und Kurzgeschichten an die Öffentlichkeit.

Zurzeit lebt er in Kumberg in der Steiermark.

Nach der erfolgreichen Veröffentlichung seines Debütromans *Treibholz* im Jahr 2021 folgt nun mit *Das Dorf am Zaun* sein zweites größeres Prosawerk.